W0212041

Jane Gardam
Gute Ratschläge

Aus dem Englischen
von Monika Baark

Hanser Berlin

Die englische Originalausgabe erschien 1991
unter dem Titel *The Queen of the Tambourine* bei
Sinclair-Stevenson Limited.
Der vorliegenden Übersetzung liegt die Ausgabe
von 2014, erschienen bei Abacus, London, zugrunde.

1. Auflage 2024

ISBN 978-3-446-27957-5
© Jane Gardam 1991
Alle Rechte der deutschen Ausgabe
© 2024 Hanser Berlin in der
Carl Hanser Verlag GmbH & Co. KG, München
Umschlag: Anzinger und Rasp, München
Illustration: © Elizabeth Mayville
Satz: Gaby Michel, Hamburg
Druck und Bindung: GGP Media GmbH, Pößneck
Printed in Germany

FSC
www.fsc.org
MIX
Papier | Fördert
gute Waldnutzung
FSC® C014496

Für Rhododendria

For she's the Queen
Of the Tambourine
The Cymbals and the Bones

Music Hall Song

7. Februar

Liebe Joan,

ich hoffe, wir kennen uns gut genug, dass ich das sagen darf. Ich finde, du solltest versuchen, das mit deinem Bein zu vergessen. Ich glaube, es ist etwas Psychologisches, Psychosomatisches, und Charles nimmt es furchtbar schwer. Es macht sowohl ihn als auch dich zum Gespött und ihr ruiniert euch euer Leben.

Bitte gib dir mal einen ordentlichen Ruck, ja? Vergiss deine ganzen Wehwehchen. Das Leben ist etwas Wundervolles, Joan. Diese großartige Tatsache ist mir bei meiner Arbeit mit den Sterbenden klar geworden.

Deine treue Freundin
Eliza (Peabody)

***

17. Feb.

Liebe Joan,

ich hatte dir letzte Woche einen kurzen Brief geschrieben und frage mich, ob er vielleicht verlorengegangen ist? Ich weiß, wir beide kennen uns noch nicht sehr lange und sind erst seit ein paar Jahren Nachbarinnen, aber irgendwie habe ich das Gefühl, dir sehr nahe zu sein. Vielleicht, weil wir uns zum ersten Mal in der Kirche begegnet sind. Ich erinnere mich, wie da plötzlich diese neue und mir doch irgendwie vertraute Frau im Seitenschiff saß, an deinen glasklaren, leicht feindseligen Blick. Es war, als hättest du einfach durch irgendeine Lichtspiegelung auf einmal dort Gestalt angenommen. Ich weiß noch, dass du dich weder hingekniet noch den Kopf gebeugt hast. Und als du an der Kirchentür gefragt wurdest, ob du dich irgendwo einbringen oder die Blumen übernehmen wolltest, hattest du plötzlich diesen Blick, und seitdem habe ich dich nie wieder in der Kirche gesehen.

In meinem Brief bin ich vielleicht von einer Freundschaft ausgegangen, die nicht ganz so eng ist wie in meiner Vorstellung, und habe mir bezüglich deines Beins vielleicht zu viel herausgenommen? Bitte verzeih mir, wenn ich übers Ziel hinausgeschossen bin, aber es schmerzt mich sehr, Charles so bedrückt zu sehen. Ein Mann, dessen Frau mit knapp fünfzig ein unbestimmtes Beinleiden hat, läuft Gefahr, zur Witzfigur zu werden.

Warum kommst du nicht mal vorbei? Ich koche gerade Orangenmarmelade und habe einen wirklich tollen Kniff entdeckt, um die weißen Häutchen in den Griff zu kriegen, der vielleicht auch für dich interessant sein könnte. Die Marmelade wird dadurch herrlich durchscheinend.

Deine treue Freundin

Eliza

***

6. März

Liebe Joan,

inzwischen sind mehr als vierzehn Tage vergangen seit meinem kurzen Brief wegen deines Beins, und ich weiß ja, dass du einen Hund hast, der Briefe frisst, daher habe ich mich nur gefragt, ob er und meine zweite kurze Botschaft verlorengegangen sind? In letzter Zeit scheint dich niemand gesehen zu haben, nicht mal Charles, und die Fenster von Nummer 34 sind alle verschlossen. Ich habe Henry gebeten, darauf zu achten, als er gestern Abend mit Toby um die Laternen zog, und er meinte, *Licht* habe auf alle Fälle gebrannt, aber ich denke, es könnte auch nur eine *Zeitschaltuhr* gewesen sein? Vielleicht seid ihr überraschend verreist?

Solltest du meine Briefe nicht bekommen haben, wollte ich nur sagen, wie leid mir das tut mit deinem Bein, mit dem es trotz der vielen Arztbesuche wohl einfach nicht besser wird. Von meiner Arbeit im Hospiz weiß ich, wie traurig es ist, wenn alle Behandlungen nichts bringen. Aber, wie ich immer zu meinen Sterbenden sage, diese Dinge können psychosomatisch bedingt sein, selbst kurz vor Toresschluss, und lassen sich manchmal leicht durch ein Gespräch ins Lot bringen, entweder mit einer Fachkraft, gern über den National Health Service – wobei ich sicher bin, dass Charles da niemals geizen würde –, oder einfach mit einer netten, fürsorglichen Person wie mir.

Ich wär mit Freude jederzeit bereit dazu. Charles sagte mal, du seist in Oxford ein *sehr hübsches* Mädchen gewesen, und wir finden es wirklich *schlimm*, dich in diesem Zustand zu sehen – mag die Krankheit nun seelisch oder körperlich sein.

Sei so gut und schreib mir zurück. Henry nimmt den Brief jetzt mit auf seine Laternenrunde.

Deine dir wohlgesinnte Freundin

Eliza

***

20. März

Liebe Joan,

gerade habe ich Charles den Hügel hinunter zur Arbeit gehen sehen, und er wirkt sehr verhärmt. Ich habe versucht, dich anzurufen, aber es geht niemand ans Telefon. Nun befürchte ich, dass du vielleicht *ernsthaft krank* bist, und ich will nur zu gerne tun, was ich kann, außer dienstags-, mittwochs- und freitagsvormittags, wenn ich bei meinen Sterbenden bin, und mittwochnachmittags, da habe ich Frauenzirkel. *Dort* werde ich dir wohl kaum über den Weg laufen, wie du von Beginn an klargestellt hast!! Gleich bei unserer zweiten Begegnung hast du mir mit deiner herrlich unumwundenen Art deutlich gemacht, was du von all den braven »Gattinnen« hältst. Du wolltest nichts davon wissen, als ich dir erklärt habe, dass unsere netten Treffen *keineswegs* nur für die Ehefrauen von erfolgreichen Männern sind, sondern für alle, die nicht voll im Berufsleben stehen und fest daran glauben, dass die Aufgabe der Frau das *Heim* ist, und Gott und die Ehe und das Stellunghalten – was du natürlich tust. Alle haben immer gesagt, du seist unheimlich gut darin, »dranzubleiben«. Dein Garten ist unkrautfrei und dein Hund immer wunderschön sauber – genau wie dein Auto. Und du bist eine so gute Freundin und Nachbarin, und Mutter natürlich, ein Gebiet, das mir vollkommen fremd ist.

Ich habe für dein Bein gebetet, Joan, und hoffe, dass ich dich mit meinem ersten Brief, falls du ihn bekommen hast, nicht verärgert habe. Ich bin ja leider sehr unverblümt. Bei uns im Zirkel heißt es immer, ich sei »unverblümter als ein Steingarten« – du siehst, wir haben hier ein paar ganz gewitzte Damen –, und ja, ich nenne das Kind beim Namen. Sogar im Hospiz. Aber du kannst dir sicher sein, es würde mich überhaupt nicht stören, Joan, wenn du dich deshalb aufregtest. Die Patienten regen sich oft über mich auf. Neulich hat einer gesagt: »Noch so ein Spruch, und ich rufe nach Schwester Phyllida.« Aber ich verkrafte alles, Joan, alles, was du sagen willst, bei der Liebe unseres Herrn, der all unsere Sünden auf sich genommen hat. Und bitte versteh mich richtig, ich will gar nicht ausschließen, dass dein Bein dir zu schaffen macht. Psychosomatische Erkrankungen sind oftmals schmerzhaft. Natürlich weiß ich das nur vom Hörensagen, ich hatte so eine Krankheit noch nicht, tatsächlich war ich in meinem ganzen Leben noch nie krank, aber ich bete, dass dies meiner Authentizität (wie man heute sagt) keinerlei Abbruch tut, geschweige denn der Sympathie, die ich stets für meine kranken Freundinnen empfunden habe, zu denen auch du zählst, liebe Joan. Deine Abwesenheit in den letzten Wochen hat mich wirklich traurig gemacht. Ich denke ständig daran. Es bestärkt mich nur umso mehr in meinem Wunsch, dir zu helfen.

Deine liebevolle Freundin E

PS: Anne Robin hat mir gestern erzählt, sie hätte dich neulich von weitem im Armyshop gesehen, ich weiß also, dass du immerhin *auf den Beinen* bist. Henry hat mir versprochen, Charles heute im Finanzministerium anzurufen, da ihr keinen Anrufbeantworter habt und niemand reagiert, wenn man anruft oder an die Tür klopft. Wir möchten euch gern zum Essen einladen. Bitte sagt zu – und lass dich nicht von mir ärgern. Ich habe mich sogar schon gefragt, ob du mich vielleicht mal begleiten und dich ein wenig mit den Sterbenden befassen möchtest? Ich bin sicher, Mutter Ambrosine hätte nichts dagegen, nur müsstest du vielleicht die Beinschiene unter einer Hose oder einem langen Rock verstecken.

Oder mittags mal auf einen Drink? Oder Lunch im Little Greek?

Herzlich E

1. April

Liebe Joan,

ich schicke diesen Brief an die erste Anschrift auf der Liste, die du dem armen Charles vor etlichen Wochen, wie mir scheint, auf dem Tisch in der Diele dagelassen hast. Erst gestern ist es uns gelungen, mit Charles Kontakt aufzunehmen – gut einen Monat, nachdem du ihn verlassen hast. Ich habe die ganze Nacht wachgelegen, mir den Kopf zerbrochen und um Vergebung gebetet, falls mein Briefchen etwas mit deinem Verschwinden zu tun gehabt hat. Was ich mir einfach nicht vorstellen kann. Es war nur eine Geste, ein Angebot in gutem Glauben von Freundin zu Freundin. Meist schreibe ich, was mir gerade in den Sinn kommt, im Vertrauen auf den Willen Gottes.

Es war sehr schwierig, aus Charles etwas herauszubekommen, als wir es endlich geschafft hatten, ihn zu einer Mahlzeit hierher zu locken – die er dann kaum anrührte. Er hat abgenommen, ist dünner als je zuvor, ich bin sicher, er isst nur noch Tiefkühlkost, und die Kinder, wie mir scheint, genauso. In meinen vorigen Briefen habe ich nicht erwähnt, Joan, dass Simon und Sarah außerordentlich schlampig herumlaufen, kein Ethnolook oder gebleichte Haare oder eigentümlich rasiert, wie es nur normal wäre, sondern *schlampig*. Sie kommen von der Schule nach Hause und essen mitten auf der Straße irgendetwas aus Tüten, und sie haben Päckchen dabei, in denen Strohhalme stecken. Die Päckchen werfen sie einfach ins Gebüsch.

Charles ist außer sich, Joan. Zumindest ist er, um ganz ehrlich zu sein, sichtlich *untergründig* außer sich. Nun zeigt er ja, das weiß ich, nur ungern seine Gefühle. Oder überhaupt. Nur du allein, Joan, kannst ermessen, was er wohl gerade durchmacht: Erst stellst du ihn bloß mit deinem Bein und läufst mit deinen Sainsbury-Tüten herum, weil du nicht mehr Auto fahren kannst. Und dann die Demütigung, dass du ihn verlässt. Und zwar *mit dem Auto*, wenn ich es recht verstehe! Und, wie er uns dann schließlich erzählte, mit ordentlichen Schuhen und ohne Beinschiene, die du offenbar im Bett zurückgelassen hast. Wie ein Totem. Ein böser Scherz. Ein Akt der Gehässigkeit.

Ich habe naturgemäß gemischte Gefühle, was diese Sache betrifft, denn mein Brief hat einerseits viel Gutes ausgelöst. *Du hast die Beinschiene abgeworfen, Joan.* Auch wenn ich das in meinen Briefen nicht ausgeführt habe – genau dafür habe ich um deinetwillen gebetet. Ich habe mich dem Thema in mehreren Gebetssitzungen gewidmet, in der Kirche und hier und da bei mir zu Hause. Was ich jedoch nicht verstehen kann, ist, wie der Herr meinen Hinweis auf die Psychosomatik des Beins punktgenau aufgreifen und dir gleichzeitig erlauben konnte, mit dem Abwurf der Beinschiene den lieben Charles bis ins Mark zu treffen.

Armer, verwirrter Charles. Er hat uns gesagt, du hättest die Liste der Postfächer und Konsulatsnummern auf dem Tisch in der Diele neben meinem ersten Brief liegenlassen, und quer darüber eine Art Metapher: eine Kornähre. Ich wüsste gern, wie du um diese Jahreszeit an eine Kornähre gekommen bist, es sei denn, sie stammt aus dem Kaninchenkäfig der Gargerys; oder was sie uns sagen sollte. Keine Nachricht, sagte Charles, in irgendeiner anderen Form, nicht mal ein Kuss oder ein Lebwohl.

Ich muss dir das jetzt mal sagen, Joan: Ich glaube, du bist krank. Ich weiß, die ganze Sache fing damit an, dass ich dir geschrieben habe, du seist *nicht* krank, aber als wir heute im Zirkel darüber gesprochen haben, waren wir der einhelligen Meinung, dass du HILFE brauchst. Eine Frau, die ein so wundervolles Haus verlässt, zwei so lebhafte Kinder, Charles' ganzes Geld und den lieben genügsamen Charles selbst, muss krank sein. Wir haben ihn gefragt, ob er nicht eine Zeitlang bei uns wohnen möchte, und er hat im Prinzip nicht abgelehnt. Er denkt darüber nach. Die Kinder, sagt er, seien durchaus in der Lage, auf sich selbst aufzupassen, und nähmen ihn ohnehin gar nicht wahr, jetzt, so kurz vor den A-Levels. Ich kann ihnen ja auch immer schnell eine Quiche rüberbringen.

Und das ist die andere Sache, Joan. Die A-Levels. Wie konntest du Simon und Sarah so kurz vor den A-Levels im Stich lassen? Eins weiß ich, obwohl ich selbst keine Kinder habe, nämlich, dass das die Zeit ist, in der junge Leute die Liebe einer Mutter besonders brauchen. Wir leben in Zeiten harter Konkurrenz.

Ich versuche, dir *nicht* böse zu sein, Joan. Ich versuche nur einzuordnen, was du getan hast, und es im Verhältnis zu dem großen, ernsten Schlussakt des Lebens zu betrachten, nämlich dem Tod. Ich habe mit einem meiner Patienten im Hospiz darüber geredet, oder sagen wir, ich habe geredet und er hat mich dabei angesehen, mit einem Auge. Er hat mir voller Weisheit zugehört. Wir können so viel von den Sterbenden lernen, Joan, vor allem, dem Leben nicht allzu viel abzuverlangen – diesem Leben. Türkei, Afghanistan, Nepal, China – das war etwas für *viktorianische* Frauen, Joan. Es gibt keine Notwendigkeit für uns, diesen mutigen Weg erneut einzuschlagen. Heute muss die moderne und emanzipierte Frau den inneren, spirituellen Weg für sich finden, und dafür braucht man nicht in den Orient zu gehen. In der Woodlands Road gibt es vorzügliche Meditationskurse. Du bist keine siebzehn mehr, Joan.

Das alles habe ich Mutter Ambrosine unterbreitet, aber du weißt ja, wie zynisch die wirklich guten Seelen klingen können. Mutter Ambrosine sagte: »Diese Joan und ihr Treiben scheint Sie ja sehr zu beschäftigen, Eliza«, und das ist wahr. Ja, sie beschäftigt mich. Ich wüsste einfach nur zu gerne, *warum*, liebe Joan. Warum und wie in aller Welt du einen so attraktiven und liebevollen Mann wie Charles nach all den ruhigen Jahren verlassen konntest.

Alles Liebe, deine E

***

10. Mai

Liebe Joan,

ich schreibe dir hiermit an die Prager Botschaft, die an dritter Stelle auf deiner Liste steht, und wenn du dort bist, hoffe ich, dass du es schaffst, dir ein paar Sehenswürdigkeiten anzuschauen und Fotos zu machen. Wie ich höre, gibt es in Prag sehr hübsche Puppentheater, ein ideales Thema für einen Vortrag bei unserem Frauenzirkel. Könntest du eventuell sogar Dias machen? Ich schreibe dir *in gutem Glauben*. Wenn ich's recht verstehe, hat Charles noch gar nichts von dir gehört, und wenn er abends zum Essen kommt, was inzwischen fast täglich der Fall ist, herrscht eine stillschweigende Übereinkunft, nicht über dich zu sprechen. Über die Kinder reden wir schon, da sie fast mit dabei sind. Wir hören von drüben ihren Partylärm, selbst wenn wir noch beim Essen sind. Er kaut einfach vor sich hin. Die Partys gehen bis tief in die Nacht.

Ich mache mir Sorgen um Sarah. Neulich bin ich ihr auf der Straße begegnet und habe sie dazu beglückwünscht, zur Vertrauensschülerin gewählt worden zu sein, und alles, was sie dazu sagte, war: »Übel, oder?« Ich frage sie immer, und auch Simon, wenn ich ihn sehe: »Gibt's was Neues?«, aber Sarah starrt mich inzwischen nur noch an, und der arme Simon ist immer gleich weg auf seinem Rad mit dem Plastikradio über dem Lenker, aus dem Brahms schallt.

Ich muss dir alles über S und S erzählen, Joan, Prag hin oder her. Es ist deine Pflicht, davon zu erfahren. Ich glaube ernsthaft, dass Simon Drogen nimmt. Er hat dieses unbestimmte Strahlen, und irgendetwas ist mit seinen Schulterblättern. Außerdem – das habe ich auch Charles schon erzählt –, habe ich Sarah neulich abends sehr spät mit einem jungen Mann nach Hause kommen sehen, und sie hat ihn mit reingenommen. Auf jeden Fall lief (nach einiger Zeit) Musik, und es war Mozart, aber es war nach ein Uhr morgens.

Joan, es gibt doch Mutterpflichten. Wie kannst du deine Kinder in dieser Phase ihres Lebens im Stich lassen? Ich werde dir das Gleiche noch mal an deine Folgeadresse schreiben, wobei ich mir beim besten Willen nicht vorstellen kann, wie lange der Brief nach Kurdistan unterwegs sein wird.

Charles verbringt jetzt sehr viel Zeit mit Henry, und ich glaube, dass Henry ihm ein bisschen hilft. Wie du weißt, trägt Henry sich, seit er Lektor geworden ist, mit dem Gedanken, in den Kirchendienst einzutreten – sobald er aus dem Auswärtigen Dienst ausgeschieden ist. Fürs erste lernt er, Seelsorger zu sein, und ich denke, Charles profitiert davon.

Charles isst jetzt wieder gut, das wird dich bestimmt freuen. Er und Henry sitzen nach dem Abendessen zusammen und reden ziemlich viel. Sie sprechen leise, und ich sitze an meinem Wandbehang.

Liebe Joan, ich frage mich manchmal, ob du gegangen bist, weil du gehofft hast, du könntest Charles eifersüchtig machen? Lass dir gesagt sein, in dem Fall war die Hoffnung vergebens. Nachdem ich ihn letzte Woche in der Kirche beim Singen beobachtet habe – sein langes, asketisches Gesicht, seine große Nase, seine dezente Brille –, kann ich dir versichern, er wird nie eine andere Frau angucken.

Wenn er der Typ dafür wäre – ich sage es dir ganz unverblümt, wie immer –, wenn er das wäre, und es wäre ja ganz normal für einen gesunden Mann seines Alters, sich anderweitig zu trösten, würde er sich sicherlich an mich wenden. Es ist ja nun mal so, dass ich mit meinem Aussehen die Männer in den Bann ziehe. Das ist keine Selbstgefälligkeit, sondern Tatsache. Ich verstehe mich einfach mit Männern. Früher sagte Henry immer, ich hätte schlicht einen Startvorteil: »Kleine Brüste, lange Beine, schwarze Augen, rote Haare.«

Anfangs zumindest komme ich gut mit ihnen aus. Wenn sie mich zum ersten Mal den Sterbenden vorstellt, sagt Mutter Ambrosine immer: »Nicht *reden*, Eliza. Lassen Sie sie einfach nur schauen.« Das hat manchmal auch etwas Betrübliches. Mein Aussehen ist eine ziemliche Belastung, selbst jetzt noch mit fünfzig. Ich habe es nie für etwas Sinnvolles einsetzen können. Früher hat Herny immer gesagt, ich hätte eigentlich zum Stummfilm gehört oder zum Zirkus als Reifenartistin. Letzteres ist ein kurioser und fantasievoller Gedanke.

Jedenfalls, Joan, schielt Charles nicht in meine Richtung. Ich denke, es hat in seinem Leben nie eine andere Frau gegeben als dich. Er lebt für den Tag deiner Wiederkehr, und deiner Erklärung.

Ihm ist auch klar, Joan, dass du ihn nicht wegen eines anderen Mannes verlassen hast – wobei ich nicht glaube, dass er ohne mein Nachfragen überhaupt auf die Idee gekommen wäre. Er vertraut dir von Grund auf. Anne Robin sagte, im Armyshop habe sie dich ein Einpersonenzelt und einen einzelnen Schlafsack kaufen sehen, und du habest dich nach nur einer Waffe zur Selbstverteidigung erkundigt. Du wirst ganz bestimmt allein reisen.

Ich werde dir weiterhin schreiben, Joan, da ich mich in gewisser Weise für dich verantwortlich fühle. Ich weiß, dass du dich bald wieder an das echte Alltagsleben erinnern wirst, und an den lieben Charles. Solltest du es wirklich bis nach Kurdistan schaffen, da gibt es meines Wissens Teppiche. Ich hoffe, dass du dir einen kaufst. Er würde in der Diele sicher fabelhaft aussehen. Wie Henry und ich in unseren langen Jahren im Ausland festgestellt haben, ist es immer gut, sich etwas mit nach Hause zu nehmen, wofür das Land berühmt ist. Das sind bessere Andenken, als sich auf das zu verlassen, was man im Kopf hat oder aus Büchern weiß mit ihrer allgemeinen Aura von Romantik. Trink nur um Himmels willen keine Ziegenmilch. Damit kenne ich mich wirklich aus.

Deine Eliza

***

12. August

Liebe Joan,

ich lege diesen Brief dem Paket bei, um das du in deinem Brief gebeten hast, wobei, wäre der Brief nicht in deiner Handschrift gewesen, die ich von deinen Weihnachtskarten vor Urzeiten her kenne, und hätte er nicht ein »Foto des Überbringers« enthalten, hätte ich besagten Überbringer niemals in mein Haus gelassen. Aber er ist mein erster Kurde seit langem gewesen.

Er ist sehr hübsch, muss ich sagen. Und sehr jung. Schade, dass er so wenig Englisch spricht und etwas ungelegen kam. Charles, Simon und Sarah waren gerade zur hereingeschneit, um uns die großartigen Neuigkeiten zu überbringen, dass Sarah am St Hilda's College in Oxford angenommen wurde und Simon in Cambridge einen Musikpreis gewonnen hat!! Die jungen Leute sind schon komisch heutzutage. Als der Kurde ins Haus spazierte, standen S und S ungerührt da, Sarah zog gähnend Bücher aus dem Regal und warf sie auf den nächstbesten Stuhl, und Simon ließ seine Hosenträger schnalzen. Charles hatte Champagner mitgebracht und Henry uns gerade eingeschenkt. Natürlich boten wir dem Kurden auch ein Glas an, und er leerte es in Windeseile, um daraufhin einen Flachmann aus seiner Tasche zu ziehen und uns reihum eine klare Flüssigkeit in unsere Gläser zu träufeln. Auch den Kindern. Obwohl sie natürlich strikt abstinent und völlig grün hinter den Ohren sind, tranken sie ihr Glas leer und begannen sich auf einmal für den Rest des Abends mit dem Kurden zu verabreden, obwohl ich gehofft hatte, alle würden zum Essen bleiben, und mittlerweile ein Blumenkohlauflauf in der Mikrowelle seine Runden drehte.

Zusammen mit dem Kurden zogen sie krakeelend die Straße hinunter Richtung U-Bahn und Londoner Nachtleben, vermute ich. Nach dem Essen sahen wir uns die Nachrichten an und ich sagte: »Charles, wie kannst du so ruhig bleiben, nach allem, was passiert ist?« Henry meinte: »Charles ist einfach ein ruhiger Mensch.« Dann sagte ich – ich denke fast, es lag an der Flüssigkeit aus dem Flachmann –: »Aber wie kannst du so ruhig bleiben, Charles, wo deine Frau in eurem Volvo Richtung Himalaya fährt und dieser merkwürdige Mann hier auftaucht, um ihren Schmuck abzuholen?«

Charles wirkte richtig niedergeschlagen, Joan, und als ich das sagte, gingen er und Henry hinüber in die Kirche. Nach einer Weile kam dein Freund – von wegen Freund, Joan, dein Liebhaber, ich bin ja nicht von gestern – allein zurück und verhielt sich sehr eindeutig. Er versuchte mich hinauf in eines der Zimmer zu drängen. Zum Glück tauchten ungefähr in dem Moment Henry und Charles wieder auf und zwangen ihn, sich auf die Wohnzimmercouch schlafen zu legen. Am nächsten Morgen war er immer noch da und rührte sich nicht, und die halbe Hausbar lag verstreut um ihn herum. Nachmittags gegen drei, das heißt vor wenigen Minuten, verfrachteten wir ihn in seinem noch halb angetrunkenen Zustand vor die Tür, und nun sitzt er mit dem Kopf in den Händen auf den Stufen vorm Haus, während ich diesen Brief fertigschreibe. Dann will er gehen.

Ich sagte: »Das kannst du nicht machen, Charles, du kannst ihm nicht ihren Schmuck mitgeben. Sie nimmt dich aus wie eine Weihnachtsgans – denk an dein Auto und das alles.« Da sagte Charles: »Das Auto hat sie geschasst und sich einen Jeep gekauft« – einfach so. Also muss er mit dir in Kontakt gewesen sein, was man mir ruhig mal vorher hätte sagen können.

Jedenfalls fühle ich mich ganz elend und werde diesen Brief hiermit beenden.

Mit freundlichen Grüßen

Eliza

***

10. November

Liebe Joan,

drei Monate sind vergangen, und ich schreibe dir nach Thailand, in der Hoffnung, dass dies deine nächste Anlaufstelle ist. Ich denke fast, du wirst einige Zeit in Kurdistan geblieben sein, um deinen Schmuck in Empfang zu nehmen. Ich war eine Zeitlang zu krank – vor Kummer –, um dir zu berichten, wie diese skurrile Episode ausging.

Aber vielleicht jetzt.

Nachdem ich einen Brief an dich beendet hatte, von dem ich nicht weiß, ob du ihn jemals bekommen wirst, ging ich hinaus vor die Tür, um dem Kurden das Päckchen zu geben. Charles hatte von drüben die kleine viktorianische Lackschachtel geholt, die auf dem Kaminsims in deinem Schlafzimmer stand und zwischen den Potpourrischälchen, der Emailleuhr, der Pflasterdose mit dem Schriftzug »Rosen, Tulpen, Gerbera, unsre Lieb' blüht immerdar« bestimmt eine traurige kleine Lücke hinterlassen hat. Das KANNST DU NICHT ALLES SCHON VERGESSEN HABEN, Joan! Der arme, gute Charles!

Ich kippte den Schmuck in ein Kaffeesäckchen von Harrods, und während ich damit zugange war, standen Charles und Henry gleichzeitig auf und gingen. Zu dem Kurden sagten sie kein Wort und stiegen ungezwungen plaudernd hinter vorgehaltenen Aktentaschen über ihn hinweg. Ich sagte zu dem offenbar namenlosen Kurden: »Wie Sie damit durch den Zoll kommen wollen, weiß ich beim besten Willen nicht«, und er bewies, dass er doch etwas Englisch beherrschte, denn er öffnete das smaragdgrüne Kleid, das er über seiner Hose trug, entblößte seinen Brustkorb und hängte sich den Beutel zwischen die Brusthaare. Dann küsste er mir die Hand und entschwand. Auf der anderen Straßenseite kamen Richard Baxter und Dulcie gerade vom Einkaufen und er legte schützend den Arm um sie.

Joan.

Joan – ich bin alles in allem längst nicht so dämlich, wie ich immer tue.

Ich überreagiere, nicht wahr?

Joan, ich habe Angst. Ich weiß nicht warum.

Joan, meinst du nicht, du solltest Charles wenigstens von irgendwoher mal anrufen? Er ist so ein guter Mensch.

Alles Liebe, deine Eliza

***

20. November? – ich weiß es nicht

Liebe Joan,

es ist drei Uhr morgens und ich bin allein im Haus, denn Henry und Charles nehmen an einem theologischen Wochenendkursus teil. In Nummer 34 ist alles dunkel.

Joan, ich muss dir etwas sagen. Ich bin in Charles verliebt. Bitte, bitte komm zurück. Ich wollte nicht, dass das passiert. Ich habe niemanden, den ich um Rat fragen kann, bis auf die Nonnen und die Sterbenden.

Ich will niemandem den Mann wegnehmen.

Eliza

* * *

Samstag, den ? Nov.

Liebe, gute Joan,

ich bin absolut überwältigt von deinem wunderbaren Geschenk, das mich gerade aus Kambodscha erreichte. Unvorstellbar, dass du es bis nach Angkor Wat geschafft hast, und ich kann nur hoffen, dass du gut auf dich aufpasst. Die politische Lage dort ist seit mindestens zwanzig Jahren instabil, wenn nicht noch länger. Ich selbst war nie dort. Dabei wollte ich immer so gern.

Ich habe nie in meinem Leben etwas Schöneres besessen als dieses herrliche goldfarbene Gewand. Ich sitze da und drücke es an mich und streiche über den Stoff. Kein Wort dazu, außer *»von Joan«* – ich wünschte mir wirklich, du hättest einen Brief beigelegt. Ich möchte so gern etwas über den Kurden erfahren, und ob die Ohrringe und Perlen gut angekommen sind. Ich nehme an, du hast sie verkauft, wenn du dir so glamouröse Geschenke leisten kannst. Charles spricht nicht darüber, wie du dich seiner Meinung nach finanzierst. Simon habe ich mal direkt darauf angesprochen, und er sagte: »Ganz einfach, sie hat das Tafelsilber mitgehen lassen«, aber das glaube ich auf gar keinen Fall.

Ach, Joan, was für ein Kleid! Wann soll ich es bloß anziehen? Ich habe Henry vorgeschlagen, uns nächstes Jahr fürs Glyndebourne-Festival Karten zu besorgen, nur wir drei, aber er und Charles standen da und starrten mich an, als wäre ich verrückt. Beide werden von Tag zu Tag asketischer. Als sie heute früh zur Arbeit aufbrachen, ging ich nach drüben, um nach Sarah Ausschau zu halten, die gerade für ein paar Tage zu Hause ist. Ich fand sie ganz allein unten am Gartenhaus auf der Terrasse, sie stand zwischen den Dahlien und allerletzten Rosen und spielte Querflöte, und die Bienen summten noch alle, als hätte der Winter vergessen, Einzug zu halten.

Mitten im Takt hielt sie inne. Sie sagte: »Eliza!«

Ich sagte: »Oh, spiel bitte weiter, Sarah, das war herrlich«, und sie sagte: »Erst wenn ich den Schock überwunden habe.« Sie besah mich von allen Seiten und sagte: »Mir hat sie auch eins geschickt, aber deins ist besser. Du Glückspilz. Wohin führt Henry dich in diesem Fummel aus – zum Großen Diözesenball?«

Also musste ich die Sache mit einem Lachen abtun.

Vielen, vielen Dank, liebe Joan,

deine treue Freundin

Eliza

***

25. Dezember

Liebe Joan,

es ist Weihnachten, nachmittags, und ich sitze ganz hinten im Wohnzimmer und schreibe und und schaue auf den schneebedeckten Garten. Die Straße ist sehr ruhig, da die meisten mit ihren Familien irgendwo hingefahren sind oder beim Spaziergang durch den Park ihr Weihnachtsessen verdauen. Den Heiligabend habe ich bei den Sterbenden verbracht. An Heiligabend geben sie sich immer besonders große Mühe – die Nonnen, meine ich. Es geht recht fröhlich zu. Freitag war die Weihnachtsfeier des Frauenzirkels, und ich hatte dein Kleid an. Leider konnte Henry nicht mit mir hingehen, weil er parallel seine eigene Bürofeier hatte. Charles war ebenfalls auf einer derartigen Veranstaltung, also ging ich allein als »Hilfskraft« und bediente am Buffet. Ich bekam sehr viele Komplimente wegen des Kleides, und einigen – aber nicht allen – erzählte ich, woher ich es habe. Denjenigen, denen ich unterstelle, dass sie sich immer noch sehr über deine Aktion echauffieren, habe ich lieber nichts erzählt.

Nach dem Aufräumen bin ich allein und ziemlich spät nach Hause gekommen, denn das Auto sprang nicht an und ich musste zu Fuß gehen. Hatte ich dir schon von meinem neuen Auto erzählt? Henry hat es mir auf Charles' Rat hin gekauft. Charles versteht nicht allzu viel von Technik, nicht wahr? Oder sagen wir, er versteht etwas von Technik, wendet sein Wissen aber nicht auf technische Dinge an. Er ist auch kein sehr gesprächiger Mann, nicht wahr? Nicht dass ich gesprächige Männer gewohnt wäre. Henry ist über die Jahre immer schweigsamer geworden, und da dies ein sehr bedeutsamer Brief werden wird, Joan, will ich ebenso unverblümt sein wie damals in meinem verhängnisvollen Brief aus dem Frühjahr.

Ich glaube, es ist an der Zeit, dir mitzuteilen, dass Henry eigentlich nicht für die Ehe taugt. Das ist aber nicht der Grund, warum wir keine Kinder haben. Es war eine Vernunftentscheidung, die wir vor Jahren gefällt haben. Die ganze Apparatur ist noch da, ganz normal, zumindest soweit ich das beurteilen kann. Ich habe sie seit Jahren nicht gesehen, und die einzig andere, die ich kenne, die mir, nun ja, förmlich ins Gesicht sprang, ist die an Michelangelos David in Florenz, die natürlich aus Marmor und beängstigenderweise überlebensgroß ist. Aber das, womit ich jetzt konfrontiert bin, hat mit diesen ganzen Sachen nichts zu tun. Henry interessiert sich einfach nicht für Frauen. Ihm fehlt jede Neugierde. Einmal habe ich zu ihm gesagt: »Frauen stehen unter der Herrschaft des Mondes«, und sein Gesicht straffte sich vor Grausen. Er sagte: »Ich fürchte, Eliza, du willst den Mond *haben*«, und ich erwiderte: »Was die Liebe betrifft, stimmt das wohl«, und er schüttelte sehr energisch seine *Times* zurecht.

Ziemlich bald nach unseren Flitterwochen hörte er auf, mich als etwas Berührenswertes zu sehen, Joan, obwohl sich damals die Leute auf der Straße nach mir umgedreht haben. Wenn mir Männer hin und wieder Blumen schickten – na ja, meist nur aus Höflichkeit, nach einer Einladung zum Dinner –, öffnete er dem Boten die Tür und sagte: »Eliza – Blumen. Hast du die Hundeleine gesehen?«

Als die ersten Monate vorbei waren, lagen wir zusammen im Bett wie zwei Steinfiguren, Ritter und Dame auf einem Kirchengrab, Hand in Hand vielleicht, doch die Beine gekreuzt, die Nasen gen Himmel. In jeder Ehe wird es ja mit Sicherheit den Moment geben, in dem man sich den anderen als gesonderte Person denkt, nicht wahr? Eine Frau sollte für ihren Mann immer sie selbst und immer etwas Besonderes sein, und sei es nur als die Frau, die er mal geliebt und auserkoren hatte, um die er gebuhlt und die ihn betört hatte, die er zumindest als angemessen erachtet hatte. Nicht aber Henry. Ich erinnere mich an uns beide in unserem ersten Haus in St John's Wood in den frühen Sechzigerjahren. Das Haus wurde kaum von uns bewohnt, da wir so viel im Ausland waren, doch ich erinnere mich, dass wir damals sehr glücklich waren wegen des herrlichen Gefühls von Sicherheit und Verheißung. Es funktionierte. Es war nicht nur eine Studentenromanze gewesen, die im üblichen Chaos endete. Es war eine gute Zeit. Doch schon da war ich nichts Besonderes mehr.

Letztes Jahr haben wir uns neue Betten gekauft. Weißt du noch? Ich bin ganz sicher, dass du dich daran erinnerst, denn genau in dem Moment fing ich an, mich für dich zu interessieren. Ich sah, wie du während der Lieferung dastandst und zusahst. Dann bist du schnell in dein Auto gesprungen.

Es ist ein feierlicher Augenblick, Joan, wenn das erste Ehebett davongetragen wird. Leb wohl, du Schlachtfeld, leb wohl, ihr Hügel und Täler. »Leb wohl, du Feld und grüner Hain, wo Nymphen sich ergötzt'.« Eine Nymphe war Henry nun nicht gerade. Ich denke immer noch – nein, dachte –, ich könnte eine sein.

Henry stellte die neuen Betten getrennt voneinander auf, eins an jeder Zimmerwand, und sagte: »Sieht das so nicht viel besser aus? Passen perfekt, wie maßgefertigt.« Und so war es. Die Betten passten perfekt. Aber es drängte sich mir der Eindruck auf, Joan, dass mit dieser Aussage irgendetwas Wichtiges unterschlagen wurde.

Ich sprach Henry darauf an. Ungefähr zur gleichen Zeit, als ich dir den albernen Brief schrieb und gestand, mich in Charles verliebt zu haben, den du hoffentlich nie bekommen hast. Obwohl es im Grund egal ist, weil ich mir vorstellen kann, was du gedacht hast, als/falls du ihn gelesen hast: »Das wollen wir doch mal sehen.«

Du hast recht. Ich kann mir jetzt vorstellen, was du in den letzten Jahren mit Charles durchgemacht haben musst.

Nach der Sache mit den Betten begann Henry in ganz London und den Vororten, sogar in North Londen, auf Tausende von Gebetsveranstaltungen zu gehen. Mir war aufgefallen, dass er aufgehört hatte, Eier zu essen. Es war ein privater Scherz zwischen uns beiden. Als Schuljunge waren sie seine Leib- und Magenspeise. Seine Mutter sagte immer: »Du Glückliche, du wirst nie zu kochen brauchen, du kannst ihm immer ein Ei vorsetzen.« Eine irgendwie widerliche Bemerkung, fand ich, aber sie war ja auch eine irgendwie widerliche Frau. Nun, möge Gott mir vergeben, denn sie ist tot. Jedenfalls hörte er auf, Eier zu essen.

Dann wurde mir bewusst, dass er offenbar gar nicht mehr aß. Er stocherte in seinem Essen herum. Aber er trank. Und wie er trank. Und er trank immer weiter. Eine Zeitlang. Dann gab er erst den Mitternachts-Whisky auf, und dann den Wein. Einige Wochen lang saß er, wenn ich zu Bett gegangen war, unten und hörte trinkend und nicht mehr trinkend seine Tonbänder. Es gab ein bestimmtes *Requiem* – ich kann mich nicht entsinnen, welches, jedenfalls nicht das von Lloyd Webber. Es brandete durchs Haus, unheilvolle und ewig währende Trauer. Aus Nummer 34 drangen die schiefen Akkorde von Simons und Sarahs kakophonischen Gegenstücken. Die Noten verschmolzen. Es schrillte und wummerte, und die Bewohner der Rathbone Road horchten. Hin und wieder kam Charles rüber und saß mit Henry in seinem Arbeitszimmer, und auch sie hörten die *Requiems*.

Dann, irgendwann, es muss ungefähr September gewesen sein, gab Henry das Trinken auf. Ganz und gar. Henry hatte schon lange ein eher zerstreutes Interesse an Sex. Es war immer hin und wieder mal passiert. Eine halbherzige Sache, aufs

Geratewohl. Man spürte, wie die Klänge des *Requiems* sein Dasein durchdrangen. Schlaff wie eine Fahne an einem windstillen Tag ließ er sich hängen, und irgendwann war es ganz vorbei mit dem Sex. Ich hatte keine Lust, es anzusprechen. Nur einmal fragte ich an einem leuchtend blauen Morgen beim Aufstehen: »Weißt du noch, die Gascogne?«, aber alles, was ihm mit grauem Gesicht dazu einfiel, war: »Eliza, wir sind alte Leute.«

Den Patienten im Hospiz fiel auf, dass ich bedrückt aussah. Barry, mein Lieblingspatient, meinte: »Sie sehen aus, als müsste Sie mal einer in den Arm nehmen. Legen Sie sich doch zu mir«, und hob die Bettdecke an. Er lachte, weil ich rot wurde. Er kitzelte es aus mir heraus – was los war. Na ja, nicht direkt. Ich erzählte ihm nicht alles. Er sagte nur: »Ist der Ofen aus bei der grauen Eminenz? Oder«, fragte er, »gefällt er Ihnen nicht mehr?«

Ach, Joan, das gab mir zu denken. Es gab mir zu weinen. Barry reichte mir ein Taschentuch aus einer Box, und noch eins und noch eins. Ich sagte: »Ich weiß nicht, was mit mir los ist«, und er erwiderte: »Ich schon, altes Haus. Sie haben noch nicht angefangen.

Einfach noch nicht angefangen«, sagte er und schloss die Augen. »Das Leben«, sagte er. »Denken Sie mal drüber nach. Stellen Sie nicht so viele Fragen, und noch was, Eliza, *reden* Sie nicht so viel. Aber fangen Sie an zu leben, bevor ich damit aufhöre.«

Tja, nachdem er dem Sex abschwor, schwor Henry auch mir ab. Vollständig. Anders kann ich es nicht beschreiben. Er zuckte zusammen und wandte sich ab, wenn ich mich schnäuzte. Schloss gequält die Augen, wenn ich mit Freundinnen telefonierte. Jeden Abend hörte ich, wie die Haustür ins Schloss fiel, und aus der Küche oder vom oberen Treppenabsatz sah ich ihn wie eine Katze ins Haus schleichen, seine Aktentasche abstellen und einen Blick in den Garderobenspiegel werfen. Einen sehr betrübten Blick, Joan. »Ähem, ähem«, sagte er dann.

Anfangs grunzte er in meine Richtung, bevor er sich in sein Arbeitszimmer setzte und die Tür hinter sich zuzog. Eines Abends kam er dann nach Hause und hatte einen elektrischen Wasserkocher und ein Heizöfchen dabei. Wortlos. Bald kam eine kleiner Elektrokocher hinzu. Ein »Baby Belling«. Ab da schlief er in seinem Arbeitszimmer.

Vor, ach, drei Monaten bin ich rübergegangen zur Nummer 34, um Charles darauf anzusprechen. Ich klingelte. Keine Antwort, also ging ich ums Haus herum in den Garten, spähte durch die Fenster. Alles war zu, Joan. Joan – wenn du dein *Wohnzimmer* sehen könntest. Nicht dass es unaufgeräumt wäre – jetzt, wo Simon und Sarah meist nicht da sind, gibt es niemanden, der Unordnung macht. Charles verbringt sein Leben damit, einen Feldzug gegen die Unordnung zu führen. »Pyjamas kommen in die Schublade mit der Aufschrift Pyjamas«, usw. Ich presste die Stirn gegen das Küchenfenster und sah, dass überall Zettelchen klebten, auf denen *»Mülltüten«*, *»mehr Unkrautvernichter«* und *»Dahlien kommen Freitag«* stand.

Doch das Haus ist tot. Tot. Alles sauber und stumm und tot. Alles verstaubt, weil Angela vor Monaten gekündigt hat. Sie sagte, sie grusele sich und sehe dich ständig irgendwo im Haus, noch ohne Beinschiene, wie du lachend und langbeinig die Treppe runter- und raus zu deinem Auto flitzt. »Geister«, sagte sie. »Ich tippe, sie ist irgendwo im Haus, im Keller verscharrt«, aber dafür musste sie sich bei mir entschuldigen. Traurig ging ich zu deiner Haustür zurück und klingelte noch einmal demütig, und diesmal ging Charles recht schnell an die Tür. Andächtig stand er vor mir. Er bat mich nicht ins Haus.

Ich erzählte ihm nur ein bisschen von Henry, und er war keinerlei Hilfe. Ich sagte: »Tut mir leid, mit meinen Problemen zu dir zu kommen, wo du schon genug eigene hast.«

»Genug eigene?«

»Joan.«

»Joan kann mich mal«, sagte er.

Ich war geschockt, unsagbar geschockt, Joan. Mir wurde ganz anders.

»Joan *kann mich mal*«, sagte er und knallte mir die Tür vor der Nase zu.

Nun, das Ende vom Lied war, dass Henry an diesem Weihnachtsnachmittag ausgezogen ist, um mit Charles zusammenzuleben.

Sie sagten es mir nach dem Weihnachtsessen. Charles ergriff das Wort, während Henry oben war und seine Sachen packte, und als Henry nach unten kam, sagte Charles: »Ich hab's ihr gesagt, Henry«, und Henry sah auf seine Schuhe. Russell and Bromley. Noch vor gar nicht allzu langer Zeit war ich bis nach Piccadilly gefahren, um sie zum Schuster zu bringen, und einen Monat später noch mal, um sie abzuholen. Eine Stunde hin, eine Stunde zurück. Er sagte: »Tut mir leid, Eliza. Ich schreib dir. Ist alles mit dir – es ist doch alles in Ordnung, oder?«

»Je weniger an diesem Punkt gesagt wird, desto besser«, sagte Charles und bugsierte ihn behutsam weiter. »Ich bringe ihn im neuen Jahr vorbei, dann könnt ihr die Modalitäten klären.« Und weg waren sie.

Ich sah ihnen vom Fenster aus nach – vom Fenster zur Straße, nicht vom Gartenfenster aus, wo ich jetzt sitze und schreibe, mit Blick hinaus in den verschneiten Garten, wo die Äste der hohen Bäume geriffelt sind von Schnee und die Vögel mit ihren Füßen Stacheldrahtmuster auf dem Rasen hinterlassen. Draußen vor dem Wohnzimmerfenster ist der Schnee verhunzt und braun, wo die Leute – die Gillespies und Hardwicks und Gargerys und Oatses und Baxters und Robins – nach dem Frühstück zu ihrem jeweiligen Weihnachtsessen losgezogen sind, meist mit Wagenladungen voller Kinder. Ich dachte, gut, dass Simon und Sarah Ski fahren sind. Mit etwas Glück wird das alles vorbei sein, wenn sie zurückkommen.

Ich bitte dich – Joan! Das ist doch Irrsinn. Es ist doch wohl keiner von beiden, du weißt schon, *vom anderen Ufer.* Homosexuell. »Schwul« wie man heute sagt. Ich kenne niemanden, der weniger schwul ist als Charles und Henry. Wobei man natürlich nie ganz sicher sein kann. Alles Erbmasse. Aber ich meine nur, sie sind beide so *kopflastig*. Was soll denn das Finanzministerium denken, und Henrys Kollegen? Vielleicht ist es nur etwas Altmodisches wie bei Sherlock Holmes und Watson. Immerhin sind beide recht viktorianisch. Warum sollten zwei Männer nicht zusammenleben? Es können ja heute nicht mal zwei Frauen zuammenleben, ohne dass alle denken, sie hätten was miteinander. Wären Charles oder Henry verwitwet, wären sie genau der Typ Mann, der am liebsten im Albany wohnen würde. Aber als Nachbarn. Es gibt Männer, die träumen allen Ernstes davon, während ihre Ehefrauen ihre Hemden bügeln und ihren Speiseplan zusammenstellen und ihre Post beantworten, ohne sich zu fragen: »Und wer macht das alles dann für mich?« Woher ich das alles weiß? Ich, die unmögliche Eliza, Königin der Vorstadt? Ich weiß es einfach.

Ich bitte dich, Joan. Stell sie dir vor, die beiden zusammen nebeneinander in einem *Bett.* Oder gar noch mehr!

Sie sind aus dem gleichen Holz geschnitzt wie ihre Väter, Joan. Männer in Machtpositionen, die an eine privilegierte, exklusive Männerwelt glauben, mit Butler und altem Geld, Gratis-Jagdgesellschaften, High Tables, an denen sie stundenlang beim Portwein sitzen und keinen Gedanken an die Arbeiterklasse verschwenden, geschweige denn das Wort an sie richten müssen. Und weißt du was, Hase? Sie haben recht. Diese Welt gibt es.

Es ist eine Welt, in der man nur sehr wenige Menschen kennt, und diese wenigen einem so ähnlich sind, dass Worte überflüssig sind, man verständigt sich über vertraute Laute. Deswegen gibt es diesen Typ Engländer noch, und deswegen ist er so rundum zufrieden, sitzt indifferent in seinem Londoner Herrenclub, denn immer, wenn sein Blick auf die anderen indifferenten Gestalten in ihren tiefen Armsesseln fällt, schaut er in den Spiegel. Was für Tempel das sind auf der Pall Mall, Joan! Groß wie der Kreml. Die Frauen, die die Dienstbotenräume betreten dürfen, müssen gesondert essen, aus einer gesonderten Küche, die so dreckig ist, dass das Tischset am Teller kleben bleibt, wenn der Kellner kommt, um ihn abzuräumen. Irgendwo in diesen Herrenclubs, jenseits der politischen Diskussionen, jenseits des Gemurmels über die neuesten Nachrichten, tauchen Geister auf – lang verstorbene Kricketspieler, alle mit ihren großen goldenen Alibifrauen. Und irgendwo in den Köpfen der sinnierenden Mitglieder gibt es eine treu ergebene, müßige Frau, eine FRAU eben, Gehilfin, Versatzstück, Anhängsel, Muttterersatz. Alle würden es abstreiten, aber es ist wahr, und erst heute ist es mir aufgegangen.

In Charles wie auch in Henry erstrecken sich endlose Weiten des Schweigens, der Undurchschaubarkeit und Geheimniskrämerei, und ich war immer bereit, das fraglos hinzunehmen. In Henrys Beruf gibt es vieles, das er ganz und gar für sich behalten muss. Es ist sein Leben jenseits des Berufs, das mich, wie ich gerade feststelle, zur Weißglut bringt: die traditionelle Vorstellung von der Ehefrau, die zu akzeptieren hat, dass er auf gewisse Weise vornehmen Abstand wahrt. Einen bewussten Abstand. Kein Außen-vor-Sein, wie wir alle in gewisser Weise außen vor sind.

Ich habe ihm sicher das Leben schwer gemacht. Anscheinend mache ich immer alles falsch. Ich springe in die Bresche, wenn die himmlischen Heerscharen vor Angst zur Salzsäule erstarren. Zum Beispiel im Hospiz. Ich habe oft damit gerechnet, gefeuert zu werden, und vermute, dass ich deshalb so wenig mit den Sterbenden und mehr mit dem Einräumen der Geschirrspülmaschine zu tun habe. Es gibt aber auch Sterbende, die nicht an mir Anstoß nehmen. Barry sagt: »Wissen Sie, was Sie sind, altes Haus, Sie sind die reine Medizin.« Es würde mich nicht wundern, wenn Barry wieder gesund würde, falls es dich interessiert – wobei das ein Geheimnis ist, das ich mir nicht mal selbst eingestehe.

Ich frage mich, Joan, wo du bist. Ich wünschte, du würdest einfach hereinspaziert kommen und wir könnten reden, wobei, wenn ich ganz ehrlich bin, es wäre mir gar nicht recht. Das Schreiben hat eine Distanz zwischen dir und mir geschaffen, und ich kann mich kaum an dein Gesicht erinnern. Neulich habe ich von dem Kurden geträumt und bin weinend aufgewacht. Ich frage mich, was er dir eigentlich bedeutet hat, wie viele andere es gab und wie weit du mit ihnen gegangen bist? Hast du dich einfach auf Männersuche begeben? War's nur Midlife-Lüsternheit? Ach, aber das glaube ich nicht. War deine Flucht durch die Wechseljahre ausgelöst? Du hast immer so gescheit und vernünftig gewirkt, unbehelligt von allem Dunklen. Joan – erklär du's mir.

Nun wird es dunkel in der Rathbone Road. Ich sollte mich auf den Weg ins Hospiz machen, falls Barry verstorben ist, oder Ähnliches. Heute würde mich nichts wundern. Es würde zur Hiobsstimmung dieses Tages passen. Aber vielleicht ist schon genug passiert für einen einzigen Weihnachtstag.

Könntest du mir schreiben –?

Ich werde diesen Brief in den Briefkasten vor dem Little Greek einwerfen, wenn ich mit den Hunden gehe, auch wenn es noch Tage dauern wird, bis er geleert wird, immerhin haben wir Weihnachten. Joan, wenn du mir *jetzt* schreiben und ein bisschen von dir erzählen könntest. Bald wirst du in Dhaka sein, meiner alten Heimat. Vielleicht könnte ich sogar kommen und dir ein bisschen Gesellschaft leisten? Es wäre mir ein großes Vergnügen. Mir geht es nicht so furchtbar gut in letzter Zeit.

Fröhliche Weihnachten wünsche ich dir.

Deine Freundin Eliza

***

? Januar

Liebe Joan,

der schwarze Weihnachtstag ist jetzt gut einen Monat her, und zwischen den Briefen war eine lange Pause. Ich muss mich wohl fragen, warum ich dir weiterhin schreibe. Du warst eigentlich nie meine Freundin. Von unserer ersten Begegnung an, als dein untadelig offenes Gesicht einen wachsamen Ausdruck annahm, wusste ich, dass du um meine Freundschaft lieber einen Bogen machen wolltest. Ich ahnte, dass du alles das in mir sahst, was du um beinahe jeden Preis vermeiden musstest.

Wie ich dich beneidete, wenn ich manchmal – oft – am Fenster stand. Du warst immer so beschäftigt, immer unterwegs in deinem kleinen Auto, deine Haustür stand immer offen, dein Haus war immer voller Leute. Junge, sorglose Leute. Lange Lunchpartys. Benefizpartys im Garten. So gut organisiert, und dabei so zwanglos. Wie du jeden Tag Punkt Viertel vor drei mit deinem Hund vor die Tür bist und um halb vier wieder zu Hause warst. Immer genau richtig gekleidet mit deiner mädchenhaften Frisur. Auch als du langsam grau wurdest, sahst du immer noch jung und sexy aus. Und wie du gelacht hast – gelacht und gerufen und gewinkt, während du sechsmal am Tag, wenn nicht öfter, in dein Auto gesprungen bist. Dein Lachen war in der ganzen Rathbone Road zu hören. Wir lauschten deinem Lachen – wie mir heute scheint – mit einem mulmigen Gefühl.

Und dann wurde ich wohl Zeuge sämtlicher Stadien deiner Desillusionierung, wobei ich sie nicht gleich als solche erkannte. Ich versuchte freundlich zu sein, wurde jedoch immer von diesem, etwas zu strahlenden Blick abgeschmettert, und dann folgte ein ablehnender und, wenn du erlaubst, recht überheblicher und wütender Seitenblick. Er gefiel mir nicht, genauso wenig die Art, wie du angefangen hast, deine Oberlippe hochzuziehen, so müde, so lebensmüde warst du geworden. Es grenzte an ein höhnisches Grinsen. Es war ein höhnisches Grinsen. Ich hatte Erbarmen mit dem Grinsen und betete für dich.

Vermutlich habe ich bei dir nur beobachtet, was in weniger dramatischer Form bei vielen Frauen unseres Alters in der Rathbone Road zu sehen war: Langeweile, Überdruss, Erkenntnis. Die reichen, gebildeten Engländerinnen aus der Mittelschicht, die endlich der Strapazen des massenkompatiblen Lebens müde sind, schauen morgens in den Spiegel und sehen das Gesicht einer Frau in den mittleren Jahren. Und sind unfähig, sie zu grüßen.

Die einzige, die ich komplett ausnehmen kann von alldem, ist Marjorie Gargery, die das Glück hat, beharrlich in den schulischen Leistungen ihrer Kinder aufzugehen. Da sie mit ihren Kindern einen weiten Bogen geschlagen hat, ist Marjorie für viele Jahre in Sicherheit. Sam, wenn du dich erinnerst, ist gerade erst fünf, und alle vier Mädchen gehen noch zur Schule. Hepzibah wird, klug, wie sie ist, bei Marjorie durch mehrere akademische Grade hindurch für Spannung und Mitfiebern sorgen, bis hin zu der aufregenden Frage, ob sie es zur Professorin schafft oder nicht. Gladiola ist ein fruchtbares Kind und wird viele kluge Kinder gebären, und mit etwas Glück kann Marjorie sie bis zu ihrem Tod in ihrer Entwicklung begleiten. Die großen Rätsel der Pubertät stehen diesen Mädchen natürlich noch ins Haus. Wer weiß, ob sie nicht alle am Ende auf die Schule pfeifen. Emma sah neulich höchst verwegen aus, fand ich. Sie murmelte irgendetwas von der National Front. Und Grizel und ihre Sportlehrerin sind recht dicke Freundinnen geworden.

Seit deinem Weggang hat sich das Verhalten der Bewohner der Rathbone Road gelockert, Joan. Ich meine jetzt nicht in moralischer Hinsicht. Ich meine, dass wir eigentlich mehr miteinander reden. Deine Flucht hat zu einer Spaltung in der Straße geführt. Einige sind nachdenklicher geworden, andere treten offensiver auf. Anne Robin trägt neuerdings ein riesiges langes rundlich geschnittenes Kleidungsstück, das an eine Aubergine oder das Umstandskleid einer Sultanin erinnert. Es bedeckt ihren ganzen Körper, was an und für sich gar keine schlechte Sache ist. Andere sind noch verbohrter geworden, vor allem die Frauen über fünfzig, die Memsahibs, die »altehrwürdigen Gattinnen«. Zwei von ihnen habe ich vorige Woche auf einer unserer Sherry-Partys getroffen, und man kam auf dich zu sprechen. Ich sagte, du fehltest mir sehr, und Lady Gant erwiderte, sie hoffe, nun ja, du seist glücklich, wo immer du jetzt stecktest, sie zweifle aber doch ein wenig daran und mehr habe sie dazu nicht zu sagen. Ich sagte zu Anne Robin: »Also gab es Gerede«, und Anne sagte: »Einige von uns haben die Zähne gezeigt.« Sie strich über ihr glockenförmiges Kleid und sagte: »Es gibt einen Code, den wir hier nach wie vor einhalten.«

Warum, Joan, zeigen Frauen anderen Frauen, die sich von ihren Männern verabschiedet haben, die Zähne? Lady G konnte Charles nicht ausstehen. Tut mir leid, aber ich denke, das ist dir nicht neu. Offenbar wegen damals, als er ihr auf einem Grillfest bei den Gargerys etwas zu nah gekommen ist. Ach nein – das kann nicht sein. Das hätte ihr eher gefallen.

Weißt du, ich war Charles einmal sehr zugetan. Vor ein paar Monaten noch glaubte ich, ich hätte mich in ihn verliebt, und bin deshalb in Panik geraten. Teils war es die Aufregung, dass die alten Regungen noch nicht ganz tot waren, teils Grausen, dass alles wieder von vorne losgehen könnte. Ich habe dir damals geschrieben. Einen albernen Brief. Habe ich ihn abgeschickt? Manche habe ich abgeschickt, manche nicht. Keiner kam zurück und keiner wurde beantwortet.

Da ich nun allein lebe, das heißt, allein bis auf die beiden Hunde, denn Charles hat nie angeboten, deinen zum Dolphin Square mitzunehmen, genauso wenig wie es Henry in den Sinn gekommen ist, Toby mitzunehmen, da ich nun also alleine lebe, habe ich reichlich Gelegenheit, nicht nur die Entwicklung meiner Gefühle zu studieren, sondern Gefühle überhaupt. Seit meiner zwei kurzen Jahre in Oxford, wo ich mich ein wenig mit Moraltheorie beschäftigt habe, ist das nicht mehr passiert. Ich dachte, das hätte ich alles längst vergessen.

Aber ein bisschen was muss hängen geblieben sein, denn jeden Morgen beim Aufwachen stelle ich fest, dass ich mühelos in eine Analyse meiner moralischen Prinzipien und »Herzensangelegenheiten« übergehen kann. Und da der Sex in den letzten drei Jahren so nachgelassen hat, bin ich imstande, meine eigenen Gefühle und diejenigen meines Umfelds mit einer erfreulichen Klarheit zu beobachten und festzuhalten – wenn auch leider nicht ohne eine gewisse Überheblichkeit, denn ich stelle fest, dass ich manchmal sowohl den Abstand als auch den Durchblick habe, etwa so, als wäre ich der einzige nüchterne Mensch auf einer feuchtfröhlichen Party.

Zumindest habe ich mir das so zurechtgelegt, Joan, von September bis Weihnachten und an jenem ganzen grauenhaften schwarz-weißen Nachmittag, als die schneeschweren Klumpen von den Bäumen fielen, plitsch platsch, und die buckligen Blumenbeete verschandelten, die dalagen wie Gräber. Ein Alptraum von einem Nachmittag. Ich weiß noch, wie sich im Steingarten plötzlich ein schwarzer Stein bewegte. Er kam geradewegs über das geweißte Gras auf mich zu. Es war die Schildkröte der Nachbarn, die an einem dunklen Wintertag nach Luft schnappte. Es war der Tag, an dem Charles und Henry zusammen weggingen.

Mein losgelöster Zustand hielt trotzdem den ganzen Nachmittag und über den Brief an dich hinweg an. Das Haus war warm, das Feuer brannte, die Hunde schliefen ausnahmsweise beide gleichzeitig, und ich hatte genug zu essen im Haus, um wochenlang nicht einkaufen gehen zu müssen. Es gab in Zukunft keine Hemden mehr zu waschen und zu bügeln, keine Socken mehr zu stopfen – tote schwarze Fische mit Löchern als Gesicht (ich bin die letzte Frau Europas im Besitz einer Stopfnadel), kein Beantworten von Einladungen zu Veranstaltungen, bei denen ich nicht eingeladen bin, Schluss mit Sekretärin spielen, Termine merken, Rechnungen bezahlen, Schlossherrin sein.

Apropos Rechnungen. Darüber musste ich gerade nachdenken. Ich werde dafür beten, dachte ich, und sobald die Banken wieder aufhaben, werde ich unser gemeinsames Konto leerräumen.

Als ich zum Ende meines Briefes kam und dich mehr oder minder fragte, ob ich nach Dhaka kommen und mich dir anschließen dürfte, blieb mein Blick an der Wand neben dem Kamin hängen, dort, wo das Porträt von Henrys Ahnen hängt, gemalt von einem Gainsborough-Schüler, und unwillkürlich dachte ich: Zwanzigtausend Pfund. Dies waren Barrys Worte gewesen. Er hatte mich gefragt, wo ich wohne, sich nach der Einrichtung, dem Stil der Möbel erkundigt. Als ich das Porträt erwähnte, sagte er: »Wenn's der Gainsborough-Schüler ist, von dem ich gehört hab, ist es zwanzigtausend Pfund wert. Könnt ich Ihnen organisieren, bei einem Mann in Epsom.« Barry hat Gypsyblut in den Adern – Pferde, Autos, Antiquitäten.

Ich betrachtete das Gesicht. Genau wie Henrys. Das gleiche schmale Ziegengesicht. Ich ging hinüber zu dem Bild, nahm es von der Wand und suchte eingehend nach einer Signatur. Ich drehte es um und befühlte das splittrige, aufgeplatzte Holz auf der Rückseite. Ich drehte es wieder um und versuchte Henrys Blick zu begegnen. Ich machte die Entdeckung, Joan, dass Peabody-Augen keine Augen sind, in die man hineinsehen kann. Es sind schwarze Johannisbeeren. Ich pflanzte das Bild auf den Schreibtisch und dachte an Epsom.

Das Telefon klingelte. Ich war etwas langsam. Bevor ich den Hörer abnahm, drehte ich das Bild um. »Hallo?«

»Thomas Hopkin.«

»Nein, Eliza Peabody hier.«

»Ich bin Tom Hopkin.«

»Ach so, ja.«

»Sie kennen mich nicht.«

»Das ist richtig.«

»Ich stehe in einer Telefonzelle am Ende Ihrer Straße. Ich hatte mich gefragt, ob ich Sie vielleicht antreffe.«

Ich beschloss, Joan, dass es sich um irgendeinen vertrackten Privatdetektiv handeln musste, den Henry angeheuert hatte. Dann dachte ich, aber was gäbe es denn zu detektieren? Es sei denn, Henry hatte mich wegen irgendeiner paranoiden und unkommunizierten Eifersucht verlassen. Aber auf was? Auf wen? Barry wäre Henry nicht mal im Traum eingefallen, außerdem stirbt er gerade an AIDS. Barry wäre für Henry eine unbekannte Größe. Irgendein »Mann von der Straße«. Natürlich würde er sagen – und glauben –, dass Jesus auch Barry liebt, womit er, also Henry, aus dem Schneider wäre. Ist das die Möglichkeit, dachte ich, ein Privatdetektiv, der an Weihnachten arbeitet!

Mein ganzes Leben lang habe das Gefühl gehabt, bestimmte Ereignisse seien die Konsequenz meiner Sünden. »Ich habe nichts falsch gemacht«, sagte ich laut. »Henry ist es, der mich verlassen hat.«

Stille. Ich wollte gerade auflegen, da fiel mir ein: Das hier ist kein Privatdetektiv. Es ist ein Einbrecher. Er probiert wahrscheinlich alle Telefonnummern aus, um zu sehen, wer da ist und wer nicht. Weihnachten ist für den Einbrecher wie zusätzlich Geburtstaghaben. Er hat spitzgekriegt, dass ich zu Hause bin, und dass ich allein bin.

»Ich habe sehr viele Leute da«, sagte ich, »ich schmeiße gerade eine Party. Ich fürchte, ich kann nicht länger sprechen, außerdem muss ich meine Bullterrier füttern.«

»Ich wollte nur ein paar Geschenke vorbeibringen«, sagte Tom Hopkin. »Sie sind von Joan. Ich bin gerade gelandet. Würde das passen?«

Tja, Joan. Natürlich sagte ich Ja.

Dann ging mir auf, in was für eine äußerst haarige Situation ich mich gebracht hatte, so ganz allein im Haus. Ich fragte mich, ob ich irgendwie eine vergnügte Runde simulieren könnte, zumindest ein müdes Verdauungsgemurmel. Ich stellte den Fernseher sehr laut, schaltete den Kassettenrekorder an und erzeugte ein fröhliches Medley. Die *Requiems* legte ich beiseite. Ich schloss die Küchentür, damit die Hunde zu hören, aber nicht zu sehen waren.

Als es klingelte, kläfften die beiden wie zu erwarten wütend drauflos, und als Tom Hopkin das Haus betrat, schlug ihm eine beachtliche Illusion vorstädtischen Weihnachtstrubels entgegen.

Er stand auf der Matte, die Arme voller Pakete. Schneeflocken beklecksten sein schlaffes Haar und lose Platscher klebten auf seiner großen Brille. »Tom Hopkin«, sagte er, »British Council. Bangladesch, aber so bellen keine Bullterrier.« Er ging an die Küchentür und ließ beide an sich hochspringen. »Jack Russell«, sagte er zu Toby, »halt die Klappe. Pudel, lass mein Bein los.«

»Ich fürchte, das wird er nicht tun. Er ist zwar kein Bullterrier, aber er bildet sich's ein. Bitte halten Sie die Geschenke von ihm fern. Er frisst Papier. Er gehört Joan. Ich glaube, auch seinetwegen ist sie in Bangladesch. Oje, den kriegen wir nie wieder in seinen Korb.« Letzteren Satz musste ich kreischen.

»Korb«, befahl der Mann und trat aus, und Toby zog sich unter den Küchentisch zurück und dein Hund knurrte verunsichert und schlich sich davon und setzte sich mit dem Rücken zum Publikum unter die Treppe. »Ich sagte KORB«, belferte dein Freund. Beide Hunde ließen den Kopf hängen und steuerten auf ihre Plätze zu. Mit unterwürfigem Blick saßen sie angespannt da, neugierig und doch fügsam. Tom Hopkin knallte ihnen die Tür vor der Nase zu und wir gingen ins Wohnzimmer, während ich zusah, wie der Schnee, der ihn bedeckte, schmolz und seine Brillengläser aufklarten. Dahinter ein unsteter Blick.

»Könnten Sie wohl«, fragte er, »ein paar Ihrer Geräte ausschalten?«

»Ausschalten?«

»Den Lärm.«

Ich schaltete sie aus. Fernseher. Kassettenrekorder.

»Radio?«, fragte er.

Ich schaltete auch das aus.

»War das die Party?«

»Na ja – ja. Ich dachte, Sie wären vielleicht ein Eindringling.«

»Ah.«

»Wissen Sie, Joan hat sich offensichtlich verändert. Wir wissen jetzt nicht mehr viel über sie. Der letzte Freund, der hier war, ein Kurde, hat sich zulaufen lassen. Er trug ein grünes Kleid.«

»Ach, Tacky«, sagte er.

»Keine Ahnung. Möglich wär's.«

»Ziemlich behaart?«

»Oh, also, ja«, sagte ich, und er sagte: »Wie hübsch Sie sind, wenn sie erröten, hier im Feuerschein. Ich frage nur ungern, aber hätten Sie etwas Essbares im Haus? Ich habe seit gestern nichts gegessen.«

»An Weihnachten?!«

»Ich saß im Flugzeug. Ich esse auf Flügen nie etwas. Ich faste. Ich trinke bloß Wasser.«

»Essen Sie denn – normales Essen? Es gibt Pute und alles. Und Plumpudding und Mince Pie.«

Ich ging in die Küche, wo die Hunde mir konsternierte Blicke zuwarfen, ohne sich vom Fleck zu rühren. Ich bereitete ein Festmahl zu. Ich sagte: »Es dauert ein paar Minuten, um den Plumpudding aufzuwärmen«, und er kam an die Küchentür und sagte: »*Plum*pudding. Wie herrlich viktorianisch. Früher war jeden Tag Weihnachten. Gastronomisch gesehen. Sie sind ja richtig altmodisch. Meinen Sie, ich könnte solange ein Bad nehmen?«

Er war bis auf die Haut durchnässt, wie mir jetzt auffiel. Wie hätte ich Nein sagen können. Und siehe da, noch bevor ich etwas erwidern konnte, rannte er schon die Treppe hinauf und die Wasserhähne rauschten.

Ich folgte ihm und sagte: »Hier, ein Handtuch«, und sein nackter Arm schlängelte sich um die Tür und griff danach. »Warten Sie«, sagte er. »Wären Sie so gut?«, und er reichte mir seine gesamte Garderobe heraus. Alles. Socken. Unterhose mit Eingriff. Schuhe. »Einfach nur um den Herd herum aufhängen, ja?«

»Und was ziehen Sie solange an?«

Schweigen.

»Möchten Sie etwas von Henry?«

»Wäre das möglich? Ein Bademantel würde genügen. Bis meine Sachen trocken sind.«

»Ja. In Ordnung. Henrys Ankleidezimmer ist gleich links«, und während ich unten auf einem frischen Glasteller die Brandybutter anrichtete, rief ich hinauf: »Ziehen Sie an, was Sie möchten. Er hat alles mitgenommen, was er braucht«, und schenkte mir aus der Kelchvase, die ich normalerweise für langstielige Blumen benutzte und die vor dem Küchenfenster stand, ein üppiges Glas Wein ein. Beim Weihnachtsessen hatten wir nicht einen Schluck Wein getrunken. Henry und Charles hatten hin und wieder ihre Gläser gehoben, ein Nippen vorgetäuscht und sich zu Tode betrübt und mit heiliger Langsamkeit die Münder abgetupft. Ich hatte gar nichts getrunken.

Ich befüllte die Vase aufs Neue.

»Auf den Knien wäre schön«, sagte dein Freund Tom Hopkin, der plötzlich vor mir stand, und ich fuhr herum und stieß einen spitzen Schrei aus, denn er war in voller Abendkleidung. Schwarze Fliege, blassrosa Smokingjacke und Henrys liebste Abendschuhe. Auch sein Gesicht war rosa. Das Haar seidig, blond und sauber. *»Ahoi«*, sagte er und zwirbelte mit Henrys Monokel an seiner Kette herum. »Das gibt's bei uns nicht oft in Bangladesch.«

Ich sagte: »Auf den Knien?« Das ängstliche Gesicht des Vikars kam mir in den Sinn. »Sind Sie ein Geistlicher?«

»Ein Geistlicher? Ich bin vom British Council. Ich meinte das Abendessen. Könnten wir es auf den Knien essen?«

Ich wedelte mit dem Glastellerchen herum.

»Abendessen«, sagte er. »So – Platz da – ich kümmere mich um den Rest. Los, ziehen Sie sich ein Kleid an. Ein hübsches. Nehmen Sie sich ein Glas Wein mit«, und damit füllte er die Vase auf.

Also ging ich nach oben und zog das goldfarbene Kleid an und stürzte den Wein hinunter und stand da und sah mich an. Ich kramte nach einem Lippenstift, und nachdem ich ihn aufgelegt hatte, wischte ich ihn wieder ab. Lippenstift macht alt. Ich goss mir Parfüm über. Dann steckte ich mir die Haare hoch.

Dann machte ich sie wieder auf.

Zwei Tabletts mit Pute. Eine neue Flasche neben dem Kaminfeuer, fertig entkorkt. Dein Freund beobachtete mich durch Henrys Monokel. »Sie hat mir ein Paar passende Ohrringe für Sie mitgegeben«, sagte er. »Schnapp.«

Ich packte die Ohrringe aus, Joan, und sagte: »Aber die müssen ja zehn Tonnen wiegen.« Dann legte ich sie an und stellte fest, dass sie federleicht waren. Ich sagte: »Sie sind wie der Jahrmarkt im Park. Sie sind wie Tamburine. Sie kitzeln an den Schultern«, und ich stellte fest, dass sich Stille über den Raum gelegt hatte und Henrys Monokel einen gleichmäßigen

Glanz aussandte. »Haben die ein Glück«, meinte er. »Pouilly-Fuissé? Was sollen wir für Musik einlegen?«

»Es sind hauptsächlich *Requiems.* Ich glaube, ich möchte gar keine Musik hören.«

»Also *Requiems* bestimmt nicht. Fühlen Sie sich wohl?«

»O ja, sehr.«

»Und wie ich sehe, hatten Sie Hunger.«

Ich sah hinunter und erkannte, dass ich meine ganze Portion Pute mit kalten Röstkartoffeln, Brotsauce, zweierlei Füllung und einem grünen Salat verspeist hatte, dass mein Glas geleert war und sich in der Flasche nur noch ein Rest Pouilly-Fuissé befand. Ich dachte: Eliza, nimm dich in Acht, was sollte die Frage nach deinem Wohlbefinden? Und ich versuchte mich zu sammeln, um etwas Souveränes und Gastgeberisches zu sagen, zum Beispiel: »Was *bin* ich froh, dass Sie angerufen haben, und wie *geht* es eigentlich Joan?« Aber ich brachte nur einen Seufzer zustande und lehnte mich wünschend zurück.

»Wieso«, fragte er, »steht das Bild da mit dem Gesicht zur Wand?« Er drehte es um und sagte: »Ah so, ja.«

»Er ist einer von Henrys Ahnen.«

»Der arme Kerl.«

»Henry ist mein Ehemann.«

»Ja, ich weiß über Henry Bescheid.«

»Henry ist – hat Joan viel erzählt?«

»Nein. Nicht viel. Aber man denkt sich seinen Teil.«

»Sie schreibt nie. Zumindest nicht mir. Ich schreibe oft.«

»Warum schreiben Sie? Sind Sie mit ihr verwandt?«

»Meine Güte, sind Sie altmodisch. Das kommt bestimmt davon, dass Sie unter Indern leben. Sie müssen schon sehr lange im Ausland sein. Familien sind hierzulande nicht mehr wichtig genug für Briefe. Nicht mal Freunde schreiben sich noch groß Briefe heutzutage.«

»Also war Joan eine enge Freundin?«

»Na ja, sie war eigentlich gar keine Freundin. Aber sie hat eine Liste mit Adressen dagelassen – mit Postfächern.«

»Warum schreiben Sie denn dann? Bleiben Sie sitzen, ich hole den Plumpudding.«

Ich hörte, wie in der Küche lang und breit diskutiert wurde, und als er mit Silbergeschirr und der Flasche Courvoisier aus der Hausbar zurückkam, zu der der Schlüssel, ich schwöre, unter der Untertasse im Arbeitszimmer liegt (deine Freunde sind recht trinkfreudig, Joan), trabten beide Hunde kleinlaut hinter ihm her.

»Na schön«, sagte er gerade zu ihnen, »wir werden sehen. Das hängt ganz davon ab, wie ihr euch in der nächsten halben Stunde benehmt«, und er reichte mir den Plumpudding und schwenkte eine große weiße Stoffserviette. Dann setzte er sich auf die andere Seite des Kamins vor seinen eigenen Teller. Die Hunde blickten ihn versonnen an. Erst ließ der eine sich hinplumpsen, ordnete seine Vorderpfoten, legte das Kinn darauf ab und blickte weiter versonnen, dann der andere. Mein Hund seufzte.

»Viel besser«, sagte Tom Hopkin. »Nicht wahr?«

»Ja, viel besser.«

»Ich seh's gern, wenn man die Suppe auslöffelt«, sagte er, »ich meinte, sind Sie schon auf eine Antwort auf die Frage gekommen, warum Sie Joan so zwanghaft Briefe schreiben?«

Ich dachte: Herrje, er hält mich für lesbisch. Er will jetzt das übliche versaute Zeugs hören. Wenn ich es leugne, denkt er, ich versperrte mich der sogenannten neuen Natürlichkeit. Übel, wie Sarah sagen würde.

»Ihrem Erröten und so weiter entnehme ich, dass Ihr Interesse an Joan etwas recht Hehres ist. Sex mit Ihnen ließe wohl zu wünschen übrig.«

Das war ein Schlag in die Magengrube.

»Ich habe eigentlich kein sonderliches Interesse an Joan als Person, außer, dass ich aus irgendeinem Grund das Gefühl habe, sie sehr gut zu kennen.« (Ich dachte: Wie macht er das? Er zwingt mich, die Wahrheit zu sagen.) »Wie gesagt – wir waren nicht mal befreundet. Wenn überhaupt, waren wir ein Gegensatzpaar. Sie erinnert mich an jemanden oder etwas – ich weiß nicht. Ich glaube, ich schreibe ihr, weil ich mich für ihr Verschwinden ein bisschen verantwortlich fühle. Ich habe ihr vorgeworfen, sie sei ein Hypochonder und solle sich zusammenreißen. Erst habe ich dafür gebetet. Gott sagt mir oft, was ich tun soll. Zumindest war das mal so.«

»Erteilen Sie öfters Leuten Ratschläge, die nicht Ihre Freunde sind?«

Ich erzählte ihm von meiner Arbeit im Hospiz.

»Sie dachten, Sie könnten ihr medizinische Hilfe anbieten? Haben Sie denn eine Ausbildung?«

Ich ließ den Kopf hängen und sagte, dass ich dort hauptsächlich Geschirr spülte, mich aber tatsächlich manchmal berufen fühlte, einen Stift zu schwingen und ein wenig herumzuschwadronieren.

»Aber das ist doch kein Grund, sich zu schämen!«

Er lehnte sich in seinem Stuhl zurück. Das neue Holzscheit knackte und schlug Funken. Der Courvoisier wogte sanft in seinem Glas und fing das Licht ein. Sein Haar glänzte jugendlich seidig. Ich dachte: Dies ist der Mann, nach dem ich mein ganzes Leben gesucht habe.

»Sie sind offenbar eine vortreffliche Frau«, sagte er, und ich brach in Tränen aus.

»Ich bin weit davon entfernt. Aber ich gebe mir Mühe.«

»Wobei – eine vortreffliche Frau zu sein?«

»Nein, natürlich nicht. Sie sind gemein. Wer könnte das

wollen? Ach, na ja – ja, wahrscheinlich doch. Ich kann nicht anders. Ich versuche, ein guter Mensch zu sein. So bin ich erzogen. Ich war zu früh dran für das ganze Theater mit der Selbstverwirklichung, für Selbstliebe und Germaine Greers Feminismus – ich hatte zu viel zu tun, um Henry am Laufen zu halten. Ich weiß, dass alle sagen, ich sei humorlos und eingebildet und selbstgerecht und ich rede zu viel, aber nicht mal Lady Gant kann mir unterstellen, ich würde mir keine Mühe geben. Ein guter Mensch zu sein.«

»Gibt es *wirklich* jemanden namens Lady Gant?« Er lächelte zufrieden. »Und versuchen Sie auch, Gutes zu *tun*?«

»Ja, natürlich. Warum auch nicht? Ich kann nicht anders. So bin ich erzogen.«

»Gewiss, *warum denn auch nicht*? Noch ein Gläschen Courvoisier? Sie sind einem Besäufnis doch nicht abgeneigt? Erzählen Sie mir von Henry.« (Scharfer Blick aufs Porträt.) »Sie sagen, er habe Sie verlassen.«

»Hab ich nicht. Hab ich das gesagt? Das weiß doch noch gar keiner. Es ist gerade erst heute Mittag passiert.«

»Heute? Beim Weihnachtsessen? Nun, Weihnachten ist für große Ereignisse bekannt – es gibt recht viele Selbstmorde. Hat er jemals den Abwasch gemacht?«

»Henry? Na ja, es gab ja kaum was abzuwaschen. Wir haben beide eigentlich nichts gegessen. Als er und Charles heute aus der Kirche kamen, wusste ich gleich, da ist was im Busch. Und dann sind sie auf einmal aufgestanden und gegangen. Noch vor dem Nachtisch.«

»Das hört sich in der Tat unmenschlich an.«

Ich nippte an meinem Courvoisier und wollte schon wieder weinen; doch während ich so dasaß, begann ich nachzudenken, und nach dem Nachdenken – der Wein und der Brandy hatten mir mitnichten die Sinne verwirrt, Joan, falls du das denkst – beim Nachdenken wurde mir klar, dass es einiges gab, das für Henry sprach.

»Es gab für ihn nicht viel zu verlassen. Es war kein sehr fröhliches Weihnachtsfest. Ich habe es nie geschafft, ihm ein Kind zu schenken. Wir haben beide keine Eltern mehr. Verwandte gibt es kaum, und unsere Freunde haben alle ihre eigenen Pläne. Charles saß da wie ein toter Fisch, seine Frau war in Bangladesch und hatte nicht mal eine Weihnachtskarte geschickt. Ich habe Henry jetzt wirklich nichts mehr zu sagen. Schon seit Jahren, wobei ich immerhin versuche, ein Gespräch in Gang zu halten. Ich denke, das war vielleicht Teil des Problems. Ich hätte mysteriös und verschwiegen sein sollen. Er ist ein sehr hochrangiger Beamter. Meine Zunge geht gerne mit mir durch, wenn wir zusammen auf Partys sind, und ich bin schon seit Ewigkeiten nicht mehr mit ihm gesehen worden. Er hat denselben Dienstrang wie Charles, und die beiden sind enge Freunde geworden. Beide interessieren sich ausschließlich für ihre Arbeit und ihren Glauben.«

»Und was ist mit der Liebe?«

»Die Liebe?«

»Lieben Sie sich, Sie und Henry?«

»Ob wir uns lieben? Na ja. Ich – darüber denke ich nicht nach. Religion beschäftigt mich auch sehr.«

»Sprechen Sie weiter.«

»Na ja, in unserem Alter, also in Henrys und meinem Alter, sollten wir wahrscheinlich versuchen, Gott zu lieben.«

»Wie, auch nachts?«

»Na ja, immer. Das ist ein christliches Prinzip. Wieso sollten wir das nicht klar kommunizieren, wie die Moslems das tun. Außerdem haben wir getrennte Betten, auf jeder Zimmerseite eins. Henry sagt, sie sähen aus wie maßgefertigt.«

»Und wenn Sie im Bett liegen, denken Sie da auch an Gott?«

»Ja. Manchmal.«

»Und Henry stört das? Meinen Sie deshalb, er habe wenig zurückzulassen gehabt?«

»Ach, Henry hält sich gar nicht mehr im Schlafzimmer auf. Er schläft unten im Arbeitszimmer mit einem kleinen Heizlüfter.«

Tom Hopkin schloss die Augen und öffnete sie wieder. Er sah mich an.

»Eliza, Joan hat mir Süßigkeiten für Sie mitgegeben. Sollen wir sie aufmachen?«

Er setzte sich neben mich aufs Sofa und wir aßen die Süßigkeiten. Um ehrlich zu sein, Joan, sie waren nicht sehr gut. Sie waren so süß, dass mir ganz anders wurde. Ich ging auf kalten Entzug. Sie waren ganz wabbelig und sahen aus wie blasses, gepudertes Menschenfleisch. »Orientalische Köstlichkeiten«, sagte Tom Hopkin, und ich sagte: »Ich habe auch Pralinen da. Barry hat sie mir geschenkt«, und wir aßen Barrys Pralinen, die traumhaft schmeckten, zwei Etagen voll.

»Wer ist Barry?«, fragte er beim dritten Sahnetrüffel – er hatte ihn sich aus der unteren Etage geangelt. Für einen Moment überlegte ich allen Ernstes, ob ich es ihm erzählen könnte. Aber nein.

Da nahm er mich in die Arme, und ich merkte, wie der eine Arm hinter meinem Rücken, der auf dem Sofa ruhte, weiter in die Ferne zu streben begann, während er mich zur Seite und nach unten schob. Ich dachte: Ich wünschte, ich wäre bei dieser Sache nicht ganz so analytisch.

Dann wälzte er sich mit einer schwerfälligen Seitwärtsbewegung auf mich, und ich dachte: Que sera, sera. Bitte lieber Gott, ich habe es nie mit einem anderen Mann als Henry gemacht, und ich bin ein halbes Jahrhundert alt.

Ich wartete.

»Ich hab's«, sagte er, schnappte sich ein Buch aus dem Regal neben dem Kamin, manövrierte es um meinen Hals herum und hielt es mir mit beiden Händen vor die Nase. Er schob seine Wange dicht an meine. »Dryden«, sagte er. »Ich lese es Ihnen vor.«

Nachdem er die *Cäcilienode* komplett durchhatte, Joan, wusste ich nicht mehr, wo mir der Kopf stand. Ich saß aufrecht, angespannt, aufgeladen, wachsam, ängstlich da. Und sehnsüchtig. Ich sehnte mich nach dem letzten Vers. Ich sehnte mich nach Hopkin. Das Buch war so dicht vor unseren Gesichtern und er flüsterte mir so klangvoll in mein rechtes Ohr und hielt mich so fest im Arm.

Ich dachte: Ich sitze hier allein im Haus mit einem wildfremden Mann im besten Anzug meines Mannes mit unmittelbarem Zugriff auf meine Halsader. Er hat anderthalb Flaschen vom Wein meines Mannes getrunken, und drei Brandys. Er ist geisteskrank. Er liest mir ein höchst unangemessenes Gedicht vor. In Kürze wird er mich vergewaltigen.

»Wundervoll«, sagte er und klappte das Buch zu. Er schmiegte sein Gesicht an mein Schlüsselbein. Das Monokel stieß klackernd gegen deine Ohrringe. Die Tamburine rasselten. Er ließ das Monokel fallen.

Wenn sie meine Leiche finden, sagte ich mir, werden einige vielleicht traurig sein; aber ich küsste Tom Hopkin erst mit geöffneten Augen und dann mit geschlossenen. Dann wechselten wir die Lage und ich küsste ihn erneut. Dann drehte ich den Großen Ahnen aus dem achtzehnten Jahrhundert um hundertachtzig Grad und ließ mich rückwärts in Toms Arme gleiten, worauf wir zusammen auf den Boden rollten. Bei der Landung rief er: »Korb«, und beide Hunde trabten artig in die Küche. Er machte sich los, ging hinüber, um die Tür zu schließen, kam zurück und gesellte sich zu mir auf den Kaminvorleger.

»Eliza?«

»Ja?«

»Wäre es möglich, ein Taxi zu rufen?«

»Ein *Taxi*?«

»Ich sollte zurück in die Wohnung.«

»In welche Wohnung?«

»Ich habe eine Wohnung in Warwick Gardens.«

»Warwick Gardens? Aber Sie hatten doch gerade noch Tropenkleidung an. Sie waren gerade angekommen.«

»Nein. Auf dem Weg vom Flughafen bin ich kurz in die Wohnung gefahren. Ich bin etwas zerstreut.«

Ich dachte an all das, was heutzutage so gesagt und geschrieben wurde über Frauen, die die Initiative ergreifen. Es gibt einen unvermeidlichen Satz. »Sie *müssen* jetzt nicht gehen.«

Ich probierte ihn aus. Er schaute nachdenklich.

Irgendetwas hatte ich wohl falsch gemacht. Es ist nach wie vor der Mann, der es sagen muss. Ich hatte geglaubt, wir wären da inzwischen weiter. Ich hatte geglaubt, die Frauen fällten jetzt die Entscheidungen – Anne Robin, Marjorie Gargery, Lady Gant. Ich sah sie alle, wie sie sich dem neuen Roman, der TV-Serie, dem läuternden und verjüngenden feministischen Merkblatt entsprechend verhielten, jede mit ihrem heimlichen Geliebten hinter den blickdichten Gardinen ihrer hübschen Häuser mit den Alarmanlagen und Fensterschlössern und Ketten vor der Tür.

Welche *Geliebten*? Was in aller Welt weiß ich denn – was irgendeine von ihnen treibt? Ich begann vor meinem inneren Auge die Geliebten heraufzubeschwören, Joan, die ein wenig Nervenkitzel in das Leben von Robin, Gargery und Gant brachten. Den Milchmann für Robin, sie ist die Ausgeburt des Konventionellen; den Fensterputzer für Gargery, der sie mit seinen langen Schwenkarmen mit sich reißt. Für Gant? Was?

Ha – einen Arzt. Einen jungen und eingeschüchterten Kassenarzt, geplättet unter dem Feld des güldenen Tuches. Ich warf den Kopf hin und her vor Vergnügen, oder war es Hysterie, in Anbetracht ihres Glückes, und ich lachte und lachte unter der hageren köstlichen Anatomie dieses Mannes, der aus der Kälte gekommen war und sich in Henrys Samtjackett hineinschlawinert hatte.

»Oh, nicht weinen«, sagte er. »Bitte weinen Sie nicht. Ich habe mich unmöglich aufgeführt. Das muss der Jetlag sein.« Er setzte sich auf, schraubte sich das Monokel aus dem Auge und setzte seine Brille auf. »Es war Irrsinn, heute Abend noch mal loszugehen. Für mich ist es ungefähr vier Uhr morgens. Meine Frau ist da viel vernünftiger. Sie ist gleich ins Bett gegangen. Ich brauchte ein bisschen Bewegung, also habe ich die Geschenke vorbeigebracht.« Ich saß auf dem Teppich und er tappte davon, um kurz darauf in seiner eigenen Kleidung wieder aufzutauchen.

»Ich habe Henrys Sachen zurückgetan. Es war sehr angenehm. Bitte sagen Sie ihm recht vielen Dank, wenn er nach Hause kommt – ich bin sicher, er kommt bald zurück. Ich fühle mich – nun, ein wenig schuldig. Schönen Abend, ihr Hunde.«

Ich begleitete ihn nicht zur Tür, und erst eine gute Stunde nach seinem Abschied rappelte ich mich hoch und legte die Kette vor. Die Hunde würden heute auf die Runde um den Block verzichten müssen.

Das Bad war völlig verwüstet – Schaum auf dem Boden, überall Handtücher, triefnasse Badematte. Henrys Sachen lagen kreuz und quer verstreut. Ich dachte: Warum schickt Joan mir solche schrecklichen Männer? Um mir klarzumachen, dass es schlimmere gibt als meinen eigenen? Will sie mir sagen, ich soll mir nicht die Mühe machen, ihr in die Freiheit zu folgen?

Liebe Joan, ich fände es wirklich gut, wenn du jetzt mal schreiben und mir erzählen würdest, was du so treibst. Und zwar rasch. Wenn ich mich zu dir gesellen soll, muss ich den Ahnen verkaufen, solange Barry noch in der Lage ist, das Geschäft in die Wege zu leiten. Seit Weihnachten ist schon wieder ein Monat vergangen.

Am Weihnachtsabend ließ ich mich aufs Bett plumpsen, Joan, in deinem Kleid und den Ohrringen, und das Bett begann sich zu drehen. Es schraubte sich immer weiter hinauf und aus dem Fenster und fort in die Ferne. Ich sah hinunter auf die Straße mit ihrem zertretenen Schnee, den hell erleuchteten Bäumen in jedem Fenster, den aalglatten Autos, die nach und nach in aller Ruhe heimkehrten, aus denen Familien quollen, die Geschenke trugen, einander etwas zuriefen. Babys, Päckchen, Flaschen, Spielzeug, Hunde, Decken, endlich wieder zu Hause. Die gut genährte westeuropäische Hochleistungs-Menschenfamilie. Die Sieger.

Immer höher schraubte ich mich hinauf und über den Horizont hinweg, dann weiter und weiter und weiter und raus aus der Welt.

Richtung Himmel? Es ist keiner mehr da, mit dem ich über den Himmel sprechen kann. Heute dachte ich, ich hätte vielleicht einen gefunden. Er hatte genau die richtige Stimme für die *Cäcilienode*. Eine himmlische Stimme. Und himmlische Hände. Nun, vielleicht liegt es an meiner Obsession mit dem Himmel und alldem, dass ich in dieser Welt so grandios gescheitert bin. Ich sollte mich auf eine Welt nach der anderen konzentrieren. Aber ich frage mich, was Gott sich dabei gedacht hat, mir so viel Einsamkeit aufzuerlegen?

Ich glaube daran, Joan, dass ich leiden könnte, ich glaube, dass ich sogar großes Unglück ertragen könnte, schreckliches Leid in der Hoffnung einer glorreichen Auferstehung. Aber wie soll man mit Gott Hand in Hand gehen, wenn Er seiner Dienerin abzuverlangen scheint, den Weihnachtsabend allein in der Rathbone Road zu verbringen?

Nichtsdestotrotz bin ich deine aufrichtige
und geknickte Nachbarin Eliza
Frohes neues Jahr.

***

22. Jan.?

Am zweiten Weihnachtstag schlief ich bis mittags, Joan, und die Hunde waren außer sich. Ich jagte sie in den Garten, warf mir etwas über und ging mit ihnen in den Park. Die Sonne war hervorgekommen und damit die ganze Nachbarschaft, alle in ihrer Weihnachtskluft, die Kinder mit ihrem nagelneuen Spielzeug. Der Teich war zugefroren und die Leute liefen Schlittschuh. Der Himmel war kupferfarben und leuchtete über dem Schnee. Ich ging in den Wald und lief mehrere Meilen, einmal um den See, rein und raus aus den Golfbunkern, ringsum und manchmal quer über die zugeschneiten Grünflächen; rauf zur Windmühle, zurück über den unbefestigten Weg, wo Pferde galoppierten und Leute sich mit Atemwolken vor den Mündern aus der Ferne grüßten. Ich sah ein paar Bekannte, aber im Park ist es einfach, anderen aus dem Weg zu gehen. Mal winkte ich ihnen zu und drehte dann unauffällig ab, mal blieb ich stehen und vertiefte mich in das Schaufenster des Antiquitätenladens neben dem Marstall. Die Passanten – vielleicht lag es an der tiefstehenden orangenen Sonne, die für besonders ausladende Schatten sorgte – sahen viel größer aus als früher, als wir vor Jahren hergezogen waren; und so viel besser gekleidet, so viel lauter, selbstbewusster, die Kinder auf Hochglanz, alle reich. Die Hunde strotzten von ihrem Premiumfutter, und ihre ledernen Leinen und Halsbänder waren mit Silbernieten versehen wie mittelalterliche Armbänder. Nur ich blieb gleich in meinem ewigen grauen Mohairmantel und den alten schwarzen Stiefeln. Ich begab mich wieder nach Hause und schlief bis zum nächsten Morgen durch.

Dann ging ich zur Bank und hob das ganze Geld ab. Wir hatten zwölftausend Pfund auf dem laufenden Konto. Viel zu viel, aber Henry kann überhaupt nicht mit Geld umgehen und ich meistens auch nicht. Ungefähr dreißigtausend lagen auf einem Festgeldkonto, aber dafür müsste ich ein bis zwei Tage warten, hieß es. Die Frau hinter dem Schalter war müde von Weihnachten, ihr Hals war übersät mit Knutschflecken, und ihre Brüste ragten mir unter dem weißen Pullover entgegen. Während sie mir emsig mein Konto auf dem Bildschirm ausbuchstabierte, zeigte sie mit ihnen nach hierhin und dorthin wie eine Terroristin mit einem Maschinengewehr, als hätten sie jede Menge Spaß zusammen gehabt. Eine vulgäre Vorstellung.

»Könnte ich alles abheben? In Scheinen?«

Sie hatte gerade gegähnt, fing sich aber mit einem Klickgeräusch. »Da müsste ich erst den Kollegen fragen. Das kann einen Moment dauern.« Sie drehte sich um und rutschte von ihrem Hocker und tuschelte mit einem jungen Mann, der rasch unter seinen Augenbrauen hervorsah. Er sagte: »Ah, Mrs Peabody. Geht in Ordnung.« Und nach einiger Zeit kam die junge Frau mit einem Packen Geld zurück. Ich unterzeichnete und steckte ihn in eine Sainsbury-Tüte. Ich fragte mich, ob man mir Geleitschutz anbieten würde, aber nein. Geld ist auch nicht mehr das, was es mal war. Ich verließ die Bank und betrat die Building Society gleich nebenan, um das Geld dort auf mein privates Konto einzuzahlen. Die ganze Zeit hatte ich das Gefühl, etwas Gemeines und Niederträchtiges zu tun.

Der Mann hinter dem Schalter sagte: »Einen Augenblick«, und verschwand, um ein leises Gespräch zu führen, und ein anderer streckte seinen Kopf hinter der Trennwand hervor und warf mir einen raschen Blick zu. Ob ich mich, fragte der erste Mann, ausweisen könne? Ich zeigte ihnen meinen Liberal-Party-Mitgliedsausweis, sehr alt und abgegriffen, fast schon ein Sammlerstück; meine University-Women's-Club-Karte – noch älter und abgegriffener; meine London-Library-Benutzerkarte, »gültig bis 1966«, und eine Quittung vom Friseursalon im Harrods, die alle erbleichen ließ, obwohl sie fünf Jahre alt war. Dennoch zahlten sie das Geld ein und lächelten freundlich.

Danach ging ich nach Hause und stieß auf Charles, der mit einem Strauß U-Bahn-Chrysanthemen am Tor stand, ich meine die Sträuße in Klarsichtfolie, die es an jedem Londoner U-Bahnhof gibt. Sie waren von einem abgeschmackten Pink und fast verblüht. Ich fragte ihn, ob er seinen Schlüssel verbummelt hätte – er hat seit Monaten einen eigenen –, und schaute nervös auf seine Füße, um zu sehen, ob er seinen Nylonbeutel dabeihatte. Er transportiert darin seine schmutzigen Hemden. Er und Henry haben beide einen. Er hatte ihn nicht dabei – und sein Hemd war nicht mehr sehr weiß. Selbst für seine Verhältnisse wirkte Charles ausnehmend ernst.

»Können wir uns kurz unterhalten, Eliza?«

Wir gingen zusammen ins Wohnzimmer, wo dein Hund – sein Hund – auf ihn losging, und ich ging Kaffee kochen und er krempelte sein Hosenbein hoch, um den Schaden zu begutachten. Im Wohnzimmer standen noch die Puten- und Plumpuddingreste, der Stiltonkäse und ein komplexes Stillleben aus leeren Gläsern. Der Ahne stand auf dem Boden inmitten von Kissen. Der Kaminvorleger war in sich verknäuelt und das Feuer erloschen. Die Gardinen waren vorgezogen, und der

Raum war nur durch das bisschen Tageslicht erhellt, das durch die Ritzen drang, ein überaus trauriges Szenario. Ich hasse vorgezogene Gardinen. Was ich lange in meiner Ehe habe aushalten müssen, ist Henrys Gardinenfetisch. Er ist schleichend über ihn gekommen – in Oxford lagen wir immer Seite an Seite und sahen hinauf in den Mond, doch seit drei bis vier Jahren ist es so weit gekommen, dass er abends, sobald es dunkel wird, manchmal sogar früher, die Fenster abklappert, um akribisch die Gardinen glattzuzupfen. Im Schlafzimmer hat er darauf beharrt, zusätzlich Jalousien zu installieren. In seinem Ankleidezimmer zieht er erst die Jalousien hoch, wenn er vollständig bekleidet ist, sommers wie winters. Seit ich das Schlafzimmer für mich allein habe, habe ich sämtliche Gardinen abgehängt. Ich habe sie dem Hospiz angeboten. »Colefax and Fowler, gefüttert«, sagte ich. Aber sie meinten nur: »Eliza, meine Liebe – wir haben hier wirklich genug Jalousien.«

Jedenfalls hatte ich nach meinem Weihnachtsabenteuer mit deinem Freund, Joan, den Schauplatz unseres so herrlichen Abends nicht mehr angerührt. Ich hatte behutsam die Tür dahinter geschlossen wie bei einem Schrein. Charles schien sich darin unwohl zu fühlen.

»Könntest du vielleicht Licht machen? Was liegt denn hier alles rum? *Verflucht!*« Es knirschte, und der Ahne klappte vornüber und fiel auf die Nase. Ich hörte Charles die Gardinen zurückziehen, und als ich mit dem Tablett ins Zimmer kam, hielt er sich den Fuß und sah mit Schrecken auf Peabody selig.

»Wieso hängt das Bild nicht an der Wand? Ist es abgefallen?«

»Nein, ich spiele mit dem Gedanken, es zu verkaufen.«

»Eliza, es gehört Henry. Er ist erst seit zwei Tagen weg.«

»Wir haben Gütergemeinschaft.«

»Aber es ist ein Familienerbstück. Es ist unverkennbar ein Peabody.«

»Ja. Wie geht es Henry?«

»Er ist sehr in Sorge. Sehr unglücklich, denke ich, Eliza. Wenn wir uns vielleicht setzen könnten. Ich muss mit dir reden. Es wird furchtbar schwierig werden, aber ich habe Henry versprochen, dass ich's versuche. Du bist sehr gut zu mir gewesen, seit Joan weg ist. Keine andere Frau hätte sich wohl meiner Hemden angenommen. Das hier tu ich für dich genauso wie für Henry.«

»Na ja, es geht weniger um die Hemden. Eher um den Hund.«

»Ach, der Hund. Du weißt, der Hund fehlt mir.« (Freude stieg in mir auf wie die Sonne über dem winterlichen Park.) »Ich wünschte nur, in Dolphin Square wären Hunde erlaubt.« (Die Sonne ging wieder unter.)

»Wohnt ihr beide am Dolphin Square?«

»Ja. Wir haben uns die Wohnung vom alten Felix ausgeborgt. Die Gegend ist ja sehr beliebt.«

»Ja.«

»Für Leute wie uns. Natürlich fehlt mir unsere gute alte Straße. Ein regelrechter Geheimbund, nicht wahr – das englische Vorstadtleben mit seiner freundlichen Nähe und seinem festen Zusammenhalt? Gar nicht das, was die Presse kolportiert. Und natürlich die Kirche. St Saviour's fehlt mir. Es ist ein Segen, dass du von hier aus ein Auge aufs Haus haben kannst. Du bist so gut, Eliza. Ach, Eliza, wer hätte letztes Jahr Weihnachten so etwas kommen sehen? Wo Joan noch so fröhlich war und wir alle zusammen für den Kinderschutzbund Weihnachtslieder gesungen haben.«

»Ja. Und da hatte sie auch noch nicht ihr schlimmes Bein.«

»Letztes Silvester ging's damit los – so um die Zeit herum.«

Joan, er ließ seinen kahlen Kopf hängen, dein armer alter Ehemann, und ich wartete, um zu sehen, ob ihm eine Träne über die große Nase lief, aber nein. »Aber zurück zum Thema«, sagte er, und ich sah mir erneut die Nase an, vor allem die Spitze. Er strich sich mehrfach darüber, und ich musste an Gogol denken, Joan. Ich fühlte mich plötzlich schwach, ein Lachen braute sich in mir zusammen wie am Weihnachtsabend, als ich mit einem Mal vor mir sah, wie sich Anne und Gargery und Gant und Co. mit ihren Hausfreunden vergnügen.

Charles warf mir einen scharfen Blick zu.

»Du lachst, Eliza?«

»Tut mir sehr leid.«

»Henry hat mich hergeschickt, um dich zu fragen, ob du in eine Scheidung einwilligst. Er meint, ihr wärt beide schon seit einigen Jahren zutiefst unglücklich gewesen. Natürlich wird er dafür sorgen, dass du finanziell gut gestellt bist. Zehntausend im Jahr kann er aufbringen, sobald das Haus verkauft ist.«

»Und«, fragte ich, »geht das nun weiter mit dir und ihm?«

Charles sah argwöhnisch aus. »Wir sind uns da sehr einig«, sagte er, »wobei es gewisse Aspekte gibt … Zwei Männer, die zusammenleben, sind heutzutage immer noch hochgradig suspekt. Beruflich wäre es für keinen von uns förderlich.«

»Hat Henry denn gesagt, warum er die Scheidung will?«

»Na ja – ach, schrecklich.« Er faltete die Hände und öffnete sie wieder. »Schrecklich.«

Wir betrachteten beide die Asche im Kamin.

»Kann ich dir einen Drink anbieten, Charles? Whisky?«

Er nippte an seinem Whisky, dann stellte er ihn auf dem goldgläsernen Tisch ab und sah ihn an. Durch das Glas hindurch entdeckte ich auf dem Boden einen der fröhlichen Weihnachtsohrringe mit eingedrücktem Haken. Ich spürte, wie mir die Tränen kamen.

»Bitte sei absolut ehrlich, Charles. Ich habe immer versucht, ehrlich zu sein.«

»Er sagt ... Er fürchtet ... Er findet, du hast dich verändert.«

»Wie denn?«

»Na ja, du seist wunderlich geworden.«

»Wieso?«

»Na ja, deine Obsessionen.«

»Obsessionen?«

»Na ja. Das Hospiz. Die Straße. Joan, natürlich. Der Hund.«

»Der Hund? Der *Hund* ist meine Obsession?«

»Und Religion. Und wie du ständig alles analysierst und beobachtest – und dozierst. Über Dinge redest, die außerhalb deiner Sphäre liegen. Politik, zum Beispiel. Und dass du so *viel* redest.«

»*Politik*? Aber das ist doch *sein* Thema.«

»Auf Dinnerpartys. In der Gegenwart von Leuten, die so viel besser informiert sind. Du hörst nicht zu, du redest auf sie ein. Es ist peinlich für einen Mann in Henrys Position. Dieses endlose Gerede – verzeih mir bitte.«

»Aber ich habe immer schon meine Meinung gesagt.«

»Es ist – tut mir leid, Eliza – es ist die Art, wie du dich neuerdings zum Narren machst. Er sagt, du hättest dich nicht mehr im Griff. Man käme nicht im Traum darauf, dass du mal studiert hast. Du hast nie Besonnenheit entwickelt. Gleichberechtigung hin oder her, aber Besonnenheit ist nun mal hauptsächlich ein männliches Attribut, vor allem im Staatsdienst, wo es natürlich immer noch sehr wenig Frauen gibt, wie wir wissen. Das Aburteilen ist eine weibliche Schwäche, legitimiert durch das heikle Wort ›Instinkt‹. Das Aburteilen, meint Henry, habe bei dir immer mehr zugenommen.«

»Ich bin seit dreißig Jahren mit Henry verheiratet. Wieso

fällt ihm das alles jetzt erst auf? Er hat nie durchblicken lassen, dass er mich für unbesonnen, voreingenommen und töricht hält. Wie eigenartig. Es klingt schwer danach, als suchte er verzweifelt nach Gründen.«

»Oh, er ist ein *guter* Mensch, Eliza.«

»Er war nie ein guter Mensch, man heiratet keinen Mann wegen seiner Güte, zumindest nicht mit zwanzig.«

»Das ist sehr lange her.«

Da sagte ich zu ihm: »Jetzt versteh ich Joan bis ans Ende ihrer Fingernägel, bis in ihre Haarspitzen, und ich beweine sie. Hurra, dass ihr die Flucht gelungen ist.« In dem Moment fiel mein Blick auf meine Fingernägel, und sie kamen mir befremdlich vor.

»Joan?«, sagte er. »Joan?«

»Du willst mir also sagen«, sagte ich, »dass Henry eine Andere hat.«

Charles wirkte verblüfft. »Nein, nein. Natürlich nicht.«

»Warum nicht?«

»Er ist viel zu beschäftigt. Und er ist ein frommer Mann, Eliza.«

»Ach ja. Das hatte ich ganz vergessen.«

Nachdem Charles gegangen war, unternahm ich den Versuch, das Haus aufzuräumen. Ich gab den Hunden zu fressen und führte sie spazieren, aß das Bein irgendeines Vogels, hob den Ahnen vom Boden auf und verfrachtete ihn ins Auto. Ich fuhr ins Hospiz.

Kurz bevor ich losfuhr, lief ich aber noch mal ins Haus und fand die Ohrringe, bog den einen, der sich unter dem Tisch im Teppich verheddert hatte, wieder zurecht und zog beide an. Sie baumelten herum. Eigentlich hätten sie eine weitere Erinnerung an den blamablen Besuch deines Freundes vom British

Council sein müssen, aber so war es nicht. Sie sind irgendein orientalischer Schnickschnack, den du wahrscheinlich auf irgendeinem Basar aufgelesen hast, liebe Joan, warum sollten sie Zauberkräfte haben? Aber das haben sie. Sie machen gute Laune und befreien mich – von Henry, Charles und den Ankündigungen aus der Rathbone Road, denen ich mich bald werde stellen müssen. Ich warf mein Haar zurück und marschierte mit dem ominösen Ober-Ahnen unterm Arm an Mutter Ambrosine vorbei und hinein ins Hospiz.

»Heilige Mutter Gottes, wenn das mal nicht Gypsy Rose Lee ist«, sagte sie. »Und was ist mit dem Bild? Ist das für Barry? Wir haben keinen Platz für so ein großes Ding.«

»Wie geht es ihm?«

»Bemerkenswert. Bemerkenswert. Es geht ihm viel besser. Es ist natürlich nur eine Atempause, Liebes, aber viel besser. Ich wage zu behaupten, es kommt daher, dass er in den letzten Tagen seine Ruhe vor Ihnen hatte. Wo haben Sie bloß gesteckt? Uns über Weihnachten derart im Stich zu lassen!«

»Es war viel los.«

»Hier war auch viel los, vor allem viel Abwasch. Der Abwasch hat Sie vermisst, und wir haben Sie vermisst, mein Kind.«

»Ich habe Sie auch vermisst«, sagte ich und merkte, dass es wirklich stimmte. Im Hospiz herrscht Frieden und Kraft. Schon an der Türschwelle nimmt man es wahr. Es riecht nach Blumen, gutem Essen und Möbelpolitur. Man spürt Freude, sobald man das Haus betritt. Und es tat gut, Kind genannt zu werden.

Barry saß im Bett, schaute fern und ließ den Apparat weiterlaufen, als ich hereinpolterte. Er hob warnend die Hand und deutete mit dem Zeigefinger auf meinen Stuhl. Ich setzte das Bild ab, dann setzte ich mich selbst, und eine Zeitlang schauten wir den Rennautos zu, die röhrend im Kreis fuhren, hin und wieder aus der Bahn flogen und irgendwo hineinkrachten. Ein- oder zweimal stiegen schwarze Rauchsäulen auf. Ein- oder zweimal ertönten Feuerwehrsirenen und Leute rannten in Rinnsalen wie Ameisen auf einen saftigen Käfer zu, und es gab eine Welle und ein Aufbrausen von hektischem Applaus und Bestürzung. Das Heulen und Kreischen des Rennens erfüllte Barrys Zimmer und floss in uns beide hinein. Endlich sah er mich an, drückte den Knopf auf seinem Kissen, und das ganze Halligalli löste sich in Luft auf. »Was *ist* das, Eliza?«

»Ein Bild, das ich von Ihnen schätzen lassen möchte.«

»Nein. Das hier. Sie. Das Gebaumel. Die Tamburine.«

»Die sind ein Weihnachtsgeschenk.«

»Sieht mir aber nach mehr aus.«

»Wieso? Sind sie nicht hübsch? Mir gefallen sie …« Ich wackelte mit dem Kopf, und die Schellen klingelten drauflos. »Sie sind unvernünftig, kitschig, albern und passen überhaupt nicht zu mir. Sie sind lustig, sie machen mir Spaß. Wobei Spaß ein schwammiges Gebiet ist.«

»Sie sind wirklich lustig. Sie sind der Tagesanbruch. Sie sind das Licht am Ende des Tunnels. Endlich sehen Sie mal nicht nach Beamtengattin aus.«

»Wie sieht denn eine Beamtengattin aus?«

»Immer auf der Hut. Vernachlässigt.«

»Henry hat mich verlassen«, sagte ich, bevor er den Versuch eines Lachens startete. Er besteht nur aus Knochen und Knochen, mit strahlenden Augen. Seine paar Haare stehen ihm vom Kopf ab. Erstaunlicherweise saß er heute aufrecht, wenn auch mit Kissen im Rücken. Zwischen ihm und dem Kissen klaffte fast eine Lücke, was mir so noch nie aufgefallen war.

»Wegen der Ohrringe?«

»Nein. Wie's scheint, hat er mich all die Jahre für ein Dummchen gehalten.«

»Na ja, Sie sind ja auch ein Dummchen, Eliza. Möchten Sie was Süßes?«

»Barry, halten Sie meine Hand.«

»Wir dürfen keinen Sex mit dem Personal haben.«

Doch er hielt sie mir trotzdem. Seine fühlte sich etwas wärmer an. Die Nägel waren weniger blau. Er betrachtete meine. »So hübsch«, sagte er.

»Wie war Weihnachten? Tut mir leid, dass ich nicht kommen konnte.«

Er sah aus dem Fenster. Es hatte wieder angefangen zu schneien. »Waren Sie im Park? Mit den Hunden? Haben Sie sich zu Tode amüsiert?«

»Ein Mal. Musste sein. Man darf Hunde nicht schlecht behandeln.«

»Nein?«

»Sie wissen doch, dass ich die Hunde nicht haben will. Ich will lieber hier sein.«

»Dann schaffen Sie sie ab. Und ihn. Es ist höchste Zeit. Hat er Sie verlassen? Fantasieren Sie schon wieder? Eliza? Ich hoffe nicht, dass Sie sich in eine normale Frau verwandeln. Ich will meine Eliza. Nicht irgendwen. Fangen Sie bloß nicht an, sich Geschichten zu erzählen und überzuschnappen.«

»Bin ich doch angeblich schon. Ich werde ›immer wunderlicher‹, sagt Henry. Und er meint, ich würde mich lächerlich machen, wenn ich über Politik rede.«

»Wer tut das nicht, altes Haus. Hat er Sie *wirklich* verlassen?«

»Er ist mit Charles zusammengezogen, an den Dolphin Square.«

»Oho! Was halten wir denn davon?«

»Barry, er will die Scheidung.«

Beide sahen wir hinaus in den Schnee. »Das tut mir leid«, sagte er, »das tut mir leid, altes Haus. Nicht zu glauben.«

»Wieso?«

»Wie kann man jemanden wie Sie verlassen?«

Ich schwieg, um nicht weinen zu müssen.

»Wieso nicht«, sagte ich schließlich. »Alles, was Charles über mich gesagt hat, stimmt. Ich *bin* ein Dummchen. Ich bin launisch. Anscheinend bin ich labil. Ich bin unberechenbar, rechthaberisch, oberflächlich, und mein Geist ist nirgends verankert. Ich habe zu wenig zu tun nach all den arbeitsreichen Jahren, und das Bedürfnis nach Nichtstun. Ich sehe aus wie eine Vogelscheuche – ich habe keine Lust, morgens aufzustehen. Ich habe mir seit Jahren nichts zum Anziehen gekauft. Ich sehe aus wie eine Hilfskraft, eine Agnostikerin, eine Wohltäterin, eine Gemeinderätin, eine ehrenamtliche Krankenbesucherin, und es ist mir egal.«

»Das ist seine Schuld.«

»Ist es nicht. Ich habe jede Menge Geld.«

»Er sieht Sie nicht.«

»Woher wissen Sie das?«

»Unsichtbare Ehefrauen erkenne ich von weitem.«

»Inzwischen find ich es gut – dieses Unsichtbarsein. Man kann alles unbemerkt beobachten.«

»Nein. Das ist nicht wahr. Das tun Sie nicht. Sie spielen gern den Racheengel. Sie rauschen mit flammenden Schwertern herbei, sagen den Leuten die Wahrheit – über ihre Beine und so weiter. Sie verbrennen sich, aber Sie kommen drüber hinweg. Das sind Sie, Eliza. Seien Sie es. *Seien Sie es*, in Gottes Namen. Was Sie wirklich brauchen, wenn Sie nur mal zur Ruhe kämen, ist Liebe.«

»Wer braucht die nicht? Und ich *bin* ein Dummchen.«

»Ja. Wie gesagt. Aber nur ein oberflächliches Dummchen. Nur auf der Oberfläche. Sie legen's darauf ***an***, altes Haus.«

Irgendwann sagte ich: »An Weihnachten habe ich mich mit einem Traummann auf dem Kaminvorleger vergnügt.«

»Na, sehen Sie. Es geht bergauf.«

»Nein. Ich musste ihm ein Taxi rufen.«

Mutter Ambrosine steckte ihren Kopf durch die Tür und sagte: »Könnten Sie ihre Hand loslassen, lieber Barry, sie muss jetzt die Geschirrspüler einräumen.«

»Sehen Sie sich das Bild an«, sagte ich. »Sagen Sie mir, was es wert ist. Ich schau gleich noch mal rein, bevor ich gehe.«

Doch als ich zurückkam, war das Bild weggestellt und mit dem Gesicht zur Wand gedreht worden, und da ließ ich es stehen. Barry war flach auf den Rücken gebettet worden und schien zu schlafen.

»Bis morgen«, sagte ich.

Im Schlaf sang er: *»For she's the Queeen of the Tambourine.«*

»Gute Nacht, Barry.«

»The Cymbals and the Bones.«

Dann sollte ich jetzt wohl mal den Rest meiner Dankesbriefe erledigen. Sarah und Simon haben mir Talkumpuder und Seife geschickt. Von Charles bekam ich eine Karte, darin lag eine weitere Karte mit der Mitteilung, ich sei nun für ein Jahr Mitglied im Freundeskreis der redundanten Kirchen. Das heißt, ich kann jetzt jede verfallende Kirche des Vereinigten Königreichs besuchen und eine Begleitperson gratis mitnehmen. Henry hat mir eine Topfpflanze geschenkt – ein weißes Alpenveilchen mit schlaffen, halb verdursteten Blüten und gummiartig über den Topfrand hängenden Stängeln. Nachdem ich sie gegossen hatte, gab sie den Geist auf.

Es ist immer noch ziemlich verschneit hier und wir hatten weiße Weihnachten. Ich weiß nicht mehr, ob ich dir das erzählt hatte. Es scheint lange her zu sein. Ich weiß nicht mehr, wann ich dir zuletzt geschrieben habe, aber es muss zu der Zeit gewesen sein, als dein Kleid kam.

Deine E.

***

4. Februar 1990

Liebe Joan,

ich habe dir sehr viele Briefe geschrieben. Ich vermute, sie sind dir lästig gewesen – das heißt, falls du dir die Mühe gemacht hast, sie zu lesen, denn inzwischen ist es ungefähr ein Jahr her, dass du das Weite gesucht hast, und ich habe nicht eine einzige Antwort bekommen. Tatsächlich habe ich viel mehr Briefe geschrieben als abgeschickt. Ich bin vorsichtig geworden.

Ich denke mir, dass du jetzt mehr oder minder permanent in Dhaka lebst, und werde weiterhin dorthin schreiben. Ich habe es aufgegeben, auf Antworten zu warten, und das war in gewisser Hinsicht befreiend. Viele der nicht abgeschickten Briefe waren unpassend. Sie wären für dich in deiner Lage nicht von Interesse oder Nutzen gewesen, nur in meiner: Und da du offenbar nicht imstande bist, auch nur das geringste Interesse daran aufzubringen – na ja, warum auch –, benutze ich dich ausschließlich als Tagebuch, als Spiegelbild. Ich sehe dich mit nackten Füßen auf einer schattigen Veranda Limettensaft trinken und meine Briefe sichten und gottfroh an alles denken, dem du entronnen bist. Sie können dir, wie ich fürchte, leider nicht viel mehr geben. Sie sind Tatsachen. Sie spenden weder dir noch mir den Trost des Fiktionalen.

Mein Interesse an dir reißt aber nicht ab, und es ist mir ein

Rätsel. Was ist dran an deiner Flucht, das mir so zwingend vorkommt, so vertraut und doch so zutiefst rätselhaft? Irgendetwas hat es mit mir zu tun, das sich mir im Augenblick entzieht. Das im Verborgenen liegt. Was ist das Verborgene? Etwas viel Ernsteres als Neid. Es ist bestimmt nicht der unterschwellige Wunsch, so zu sein wie du oder mich in dich zu verwandeln, das heißt, Charles' Ehefrau zu sein, um Gottes willen, nein! Diese Nase auf dem Kopfkissen neben mir. Wie sie über der Cornflakesschale hängt, wie sie sich vor dem Rasierspiegel aufbäumt.

Entschuldige, Joan. Ich weiß, man soll einen fremden Ehemann nicht auslachen, selbst wenn er von seiner Frau verlassen wurde. Eine Zeitlang konnte ich überhaupt nicht lachen, weißt du. Bevor du abgehauen bist, habe ich, glaube ich, nie gelacht. Seit bestimmt zehn Jahren habe ich nicht mehr gelacht.

Gesetzt den Fall, du bist wirklich abgehauen. Fast ein Jahr ist es her und keiner weiß was. Niemand weiß irgendetwas. Oder vielleicht doch, und keiner sagt es mir. Von dir höre ich nichts, jetzt, wo Simon und Sarah flügge sind und Charles am Dolphin Square untergetaucht ist (wie ich höre, ziehen die beiden jeden Morgen im grünen Wasser des Swimmingpools ihre Bahnen) und dein Freund Tom Hopkin ist wie vom Erdboden verschluckt. Er ist eine flüchtige Traumerinnerung, und wären da nicht die Ohrringe und die gezuckerten Lymphdrüsen, würde ich ihn für eine Halluzination halten.

Mir gefallen die Ohrringe immer noch sehr, und Barry und den Nonnen auch. Barry sagt, allein der Ohrringe wegen will er noch eine Weile am Leben bleiben und sehen, was passiert. Er singt immer so ein Lied …

Weißt du was, ich kann mich gar nicht erinnern, ob ich dir das alles schon mal erzählt habe.

Eliza

12. Feb.

Liebe Joan,

entschuldige, aber dies ist ein Brief, der abgeschickt werden muss und den du auf irgendeine Art zu lesen und zu beantworten gezwungen sein wirst. Ich werde den Umschlag als DRINGEND kennzeichnen und außerdem das Konsulat in Bangladesch anrufen und sie bitten, dich umgehend zu kontaktieren. Es geht um Sarah.

Keine Sorge. Sie ist gesund und munter, wie ich dir gleich berichten werde. Kein Unfall, keine Krankheit. Wohlbehalten heimgekehrt aus dem Skiurlaub. Du hättest es sonst erfahren. Schreckliches dringt immer durch. Das hier ist eine andere Art von Krise. Hör zu:

Gestern rief Sarah bei mir an und bat mich, ihr ein paar Sachen zu schicken. Ob ich gleich rübergehen und sie zusammensuchen könnte, ein paar Oberteile und Pullover. Ich betrat Nummer 34 und hörte mich selbst umhertrappeln. Ich stieg die triste Treppe hinauf in Sarahs Zimmer und überlegte gerade, einige der Sachen vor dem Versenden zu waschen, denn sie rochen etwas muffig, da klingelte das Telefon. Es war noch nicht abgemeldet worden. Du siehst, wie diffus Charles geworden ist. Wieder war Sarah dran, und sie fragte, ob ich allein sei.

»Hier sind nur Geister.«

»Ich dachte, du wärst vielleicht nicht allein bei dir zu Hause. Deswegen hatte ich dich gebeten, rüberzugehen. Die Pullover sind egal.«

»Ist was passiert?«

»Nein, nein! Alles in Ordnung. Alles in bester Ordnung.«

Ihre Stimmlage, Joan, hat sich verändert. Du weißt, wie sie früher immer mit Birminghamer oder amerikanischem Akzent gesprochen hat – bestimmt weißt du das. Jetzt ist es eine Art klare, hohe, vornehm-antiquierte Stimme, die sie viel älter klingen lässt. Sie erinnert ein wenig an die Stimme der Queen. »Oh, *durchaus nicht*, Eliza. Es ist nur, ich bin etwas …« Ihr versagte die Stimme. »Ich hatte mich nur gefragt, ob du irgendwann mal in Oxford bist.«

»Ich käme gern nach Oxford, Sarah. Danke. Sehr gern. Ich führe dich zum Lunch aus.«

»Nein, kein Lunch. Könntest du herkommen, zu mir nach Hause? In mein Zimmer?«

»Aber natürlich. Ich bring uns ein Lunch mit, wenn du möchtest.«

»Nein, nein. Schon gut. Ich würde nur gern mit dir sprechen. Mehr kann ich gerade nicht sagen. Hinter mir steht schon der nächste und will telefonieren.«

»Wann soll ich denn kommen? Nächstes Wochenende?«

»Ich hatte gedacht« (sorgsame Intonation), »ob du heute kommen könntest? Am Nachmittag? Gegen zwei fährt ein Zug.«

»Heute kann ich nicht, Sarah, ich muss ins Hospiz.«

»Es ist furchtbar wichtig. Kannst du's nicht umlegen?«

»Na ja, ich *könnte* schon, Sarah. Aber könnte nicht dein Vater …?«

»Machst du Witze?«, sagte sie mit Birminghamer Akzent, und dann: »Oh, Eliza« (Ihre Hoheit), »bitte komm!«

»Könntest du mich vom Bahnhof abholen?«

»Tja, eigentlich kann ich im Moment nicht hier weg. Könntest du dir ein Taxi nehmen? Du kennst dich in Oxford doch aus. Ich geb dir meine Adresse.«

Also rief ich Mutter Ambrosine an, die sagte, sie werde es verkraften und Barry beginne gerade mit einem Wandbehang und habe außerdem seinen Fußball. Am frühen Nachmittag kam ich in Oxford an und pflügte durch die Straßen und sah mir all die ordentlichen und fähigen jungen Leute an, sauber und aufgeräumt, und all die Mädchen mit frisch gewaschenen Haaren – hier schloss sich der Kreis mit der Zeit, als ich eine von ihnen war, wobei ich nie so hart und selbstsicher aussah. Und in meinem zweiten Jahr habe ich ihnen ja dann den Rücken gekehrt.

Sarahs Unterkunft schien irgendein kirchliches Haus zu sein, vermutlich hatte Charles es für sie gefunden. Wusstest du das? Mir war nicht klar gewesen, dass Sarah gläubig ist. In Anbetracht der vielen Marienfiguren in den Nischen im Vorhof hätte ich auf katholisch getippt, aber nachdem ich endlich die Tür aufgeschoben hatte – mein Klingeln schien keiner mitbekommen zu haben –, sah ich, dass die Wand im Treppenhaus bis unters Dach mit griechisch- oder russisch-orthodoxen Priestern voll hing, die böse aus ihren Bärten guckten. Ein paar gottgefällig wirkende, schlaksige Menschen – kleinköpfige Männer mit flötenden Stimmen und hagere Frauen mit starken Profilen und in Wollsocken – standen zusammen im Flur. Sie sahen durch mich hindurch, verstummten aber dabei. Einer der Männer schnäuzte sich. Ein Hauch von Weihrauch lag in der Luft. An einer Pinnwand hing eine Liste mit den Uhrzeiten der Gottesdienste, es waren sehr viele. Es schien eine Religion zu sein, die wusste, wo's langgeht.

Ich lächelte, aber niemand sprach. Ich stieg die Treppe hinauf bis unters Dach und klopfte an Sarahs Tür.

»*Hallo!*«, sagte die Königin. Sie ist bildschön, Joan; braungebrannt vom Skiurlaub, und ihrem rosa Seidenkostüm nach zu schließen, scheint Charles sie großzügig zu unterstützen. Ihr Gesicht ist wie aus der Werbung, schimmernder Lippenstift in exakt passendem Rosaton; guter Haarschnitt, Fingernägel, die noch nie eine Spüle gesehen haben.

»*Meine liebe* Eliza!«

Ihre Wimpern sind perfekt geschwungen, zwei schwarz getuschte Halbkreise. Sie erinnerten mich an meine lang vergessene, schreckliche Cousine aus Harrogate, am Tag, als sie 1954 von der Schule abging. Ihre Finger wimmelten von dicken Ringen. An der Wand hingen ein Kruzifix und diverse Heiligenbilder. Ansonsten war sie fast kahl. Ein Plastikeimer stand herum. »Das Dach ist undicht«, sagte Sarah. »Die Etage hier ist ziemlich ramponiert. Entschuldige mich kurz.« Und sie verließ den Raum. Ich spazierte umher.

»Kaffee?«, fragte sie und kam mit welchem zurück.

»O ja, bitte.«

»Entschuldige.« Und wieder war sie weg. Diesmal kam sie mit einem Milchkännchen zurück, nur war es leer. »Herrliches Wetter, oder?« sagte sie. »Schön, dass du vorbeikommen konntest.«

Wir tranken unseren Kaffee, oder zumindest trank ich meinen Kaffee und sie sah ihren eindringlich an und stellte ihn wieder hin. Sie sagte: »Sekunde«, trug ihren aus dem Raum und kam ohne ihn zurück. Wir saßen eine Weile da und betrachteten ein Bild der heiligen Ursula im Kreise ihrer elftausend Jungfrauen.

»Du sagtest, es sei dringend, Sarah?«

»Ja«, sagte sie. »Ich bekomme ein Kind.«

Es tut mir leid, Joan. Ich berichte es genau so, wie es sich zugetragen hat. Zweifellos wird dich Charles am Ende noch offiziell in Kenntnis setzen, aber ich möchte, dass du es eins zu eins erfährst. So sollte es sein.

Ich sagte: »Sarah! Du bist erst im zweiten Semester.«

Sie sagte: »Ich weiß. Es war dumm von mir.«

»Es war mehr als dumm von dir. Es ist völlig verantwortungslos und falsch. Deine Musik! All die Jahre!«

»Ach, die Musik läuft nicht weg.«

»Nein, aber *du* läufst weg. Du kannst nicht in Oxford bleiben. Ach Kind – du bist ja nicht bei Trost.«

»Doch. Es wird keine Rolle spielen.«

»Sarah, du denkst doch wohl nicht etwa, ich würde dir beim Organisieren einer …?«

»Nein, natürlich nicht.«

»Vermutlich werden dir alle dazu raten. Geraten haben.«

»Es weiß noch niemand was davon.«

»Aber sie werden es erfahren. Und es tut mir leid. Mit Abtreibungen will ich nichts zu tun haben.«

»Großer Gott, ich doch auch nicht«, sagte sie, und wir beide saßen da und betrachteten die elftausend Jungfrauen, die in Grüppchen herumstanden wie eine Blumenrabatte, alle singend. Singende Blumen. Elftausend geöffnete Münder, saubere Ovale, mühelos im hohen C. Ein einfaches Leben.

»Ach, Sarah. Warum hast du mich hergebeten? Ich kenne mich doch überhaupt nicht aus. Ich hatte nie ein Kind. Ich habe nie für eins gesorgt.«

»Ich weiß, aber du hättest sollen, Eliza. Es hätte dir gefallen. Ein Kind zu haben hätte dir gefallen.«

»Was redest du da?«

»Na ja, ich – wir – wir haben uns nur gefragt, ob du nicht vielleicht für unseres sorgen könntest, was meinst du? Du und Henry. Nur am Anfang, für ein bis zwei Jahre.«

»Bist du verrückt geworden? Glaubst du etwa, du könntest einer – einer Bekannten deiner Mutter, die in Süd-London lebt und du in Oxford –, einfach ein Baby in die Hand drücken? Einer Frau, die nicht die leiseste Idee hat, was sie damit anstellen soll?«

»Du würdest es wissen. Ich weiß das. Du kriegst doch immer alles hin. Schau doch mal, wie gut sich der Hund eingewöhnt hat, und Daddy.«

»Sarah!«

»Na ja, es war das erste, was mir einfiel. Ich weiß einfach, es würde gutgehen. Ich hab sofort an dich gedacht. Instinktiv.«

»Sarah, abgesehen von allem anderen, Henry lebt nicht mehr mit mir zusammen.«

»Wo ist er denn hin?«

»Er – nun, er lebt jetzt mit deinem Vater zusammen, wenn du's genau wissen willst. Am Dolphin Square. Er hat mich verlassen.«

»Wie – wegen Daddy?«

»Nein. Das nicht.«

»Wir müssen Gott danken«, sagte sie und warf einen Blick auf das ekstatische Gesicht der heiligen Ursula, »für die kleinen Gnaden. Oder auch nicht. Wäre vielleicht ideal gewesen.«

»Eliza«, sagte sie. Wir hatten stumm dagesessen. Wir hörten nichts als den Januarwind, der gegen das Fenster des Wohnheimzimmers rüttelte, und sakrale Gesänge, die von irgendeinem anderen Jungfrauenchor aus der Kirche unten hinaufwehten. »Eliza – entschuldige.«

Als sie zurückkam, sagte sie: »Im Moment ist es ganz schlimm. Ich hab's bei Blackwell's in einem Buch nachgelesen, und da hieß es, nach dem dritten Monat soll's besser werden.«

»Sarah, der Kindsvater ...«

»Ja. Wir treffen ihn gleich zum Tea. Das heißt, wenn du nichts dagegen hast. Ich habe gesagt, du kommst mit.«

»Aber das ist etwas sehr Persönliches. Das ist was für deine Eltern. Für deinen Vater ...«

»Sieh mal, Eliza, sei *bitte* vernünftig.« (Jetzt wieder Birmingham.) »Und Mum ist in Bangladesch und macht Erfahrungen.«

»Sie muss nach Hause kommen.« (Ja, Joan.)

»Glaub ich nicht dran. Sie ist krank im Kopf, weißt du. Schraube locker. Ballaballa. Wir kommen nicht an sie ran. Sie ist jetzt schon ein Jahr weg.«

Jetzt würde ich dir gern erzählen, Joan, dass Sarah in dem Moment anfing zu weinen. Das war aber nicht der Fall. Sie schlug ihre seidigen Beine übereinander, nahm ein Alte-Welt-Puderdöschen aus der Tasche, besah sich aus verschiedensten Winkeln und suchte ihr Gesicht nach Anzeichen von Schwäche ab. Wieder erinnerte sie mich an meine schreckliche Cousine Annie Cartwright vor dreißig Jahren, und ich kann nicht mal sagen, warum, aber während mir dieser Gedanke durch den Kopf ging, wurde es mit einem Mal kalt im Raum. Ich stellte fest, dass ich zitterte. Wie erleichtert war ich, als Sarah etwas ebenso Unfeines tat, das aber ihrem Wesen entsprach. Sie zog ein kleines weißes Taschentuch aus der Tasche und begann daran zu nuckeln.

»Na schön, Sarah. Meinetwegen. Natürlich komme ich mit. Wann müssen wir los?«

»Halb vier. Wir sind spät dran. Tea wird um Viertel vor vier bis halb fünf serviert.«

»Ich vermute in einem der Colleges. Als ich studiert habe, gab es keinen Tea, nur ein Rosinenbrötchen auf dem Plastiktablett. Ist das denn nicht zu öffentlich?«

»Nein, es ist zwar ein College, aber es ist sehr ruhig. Wir sitzen im Gemeinschaftsraum der Fellows. Er ist Professor.«

»Sarah – da muss er ja mindestens neunzig sein!«

»Du bist nicht auf dem Laufenden, Eliza«, sagte die Queen und holte eine Handtasche und, Großgütiger, ein Paar Handschuhe. »Zum Teil sind die heute *entsetzlich* jung. Reg ist nicht mal fünfzig.«

»Reg?«, sagte ich. Reg klang irgendwie nicht nach einem Professor. Hatte ihr jemand einen Bären aufgebunden? Hatte ich mich verhört? War es der Hausmeister? Der Portier? Als wir durch das große Tor eines Colleges auf den Portier zugingen, um uns durch die Scheibe seines kleinen Büros bei ihm anzumelden, schien das unwahrscheinlich. Ein entzückender Mann. Er lächelte mit onkelhafter Freude beim Anblick Sarahs, die ein freundschaftliches Verhältnis zu ihm zu pflegen schien. Er sagte, Professor Hookaneye erwarte uns, er werde durchklingeln.

»Hookaneye?«

»Ja«, sagte die Queen. »Die Familie kommt aus Tewkesbury.«

»Ich verstehe ehrlich gesagt nicht, was die Herkunft der Hookaneyes ...«

»Ach du liebe Zeit«, sagte sie und verschwand hinter einem goldenen Pfeiler.

Jenseits von ihr auf dem Rasen erblickte ich einen sehr schlanken Mann von Henrys Größe, mindestens ein Meter achtzig. Er überragte uns, hing in der Luft wie an der Schnur eines Magiers. Mit seinem länglichen Kopf sah er aus wie ein Leicester-Schaf.

Nun, Joan, was das angeht, sollte ich dich wohl erst mal beruhigen. Er ist absolut respektabel. Ich würde sagen, er ist der respektabelste Mann, der mir je begegnet ist. Er trug einen blassgrauen Zweireiher, eine dunkelblaue Krawatte und hochglanzpolierte Schuhe. Er ging mit vorsichtigen Schritten, den Kopf ein wenig geneigt. Er hatte dichtes graues Haar wie ein Helm. Jeder Winkel seines Körpers war bedeckt. Ich habe noch nie einen Mann erlebt, der so wenig Haut zeigte – außer vielleicht bei der IRA oder dem Ku-Klux-Klan, und von denen habe ich noch keinen live gesehen. Allein die Vorstellung eines nackten Professor Hookaneye war furchteinflößend. Ein heiliges Geheimnis.

»Leider Gottes«, sagte er, »müssen wir erst noch mal zu mir. Der andere Teilnehmer unserer Teagesellschaft verspätet sich.«

»Der andere Teilnehmer?«

»Ja. Jeder Fellow darf nur einen Gast einladen, also habe ich einen Kollegen zu Hilfe bitten müssen, für die Patentante.«

Ich sah mich nach der Patentante um und warf Sarah schließlich einen finsteren Blick zu.

»Ich würde *durchaus* auf den Tea verzichten«, sagte ich, »und hier sprechen.«

Wir hatten uns auf seinem Biedermeiersofa zurechtgesetzt. Ich fragte mich, ob dies der Ort der Verführung war, und sah den Professor, der seine Fingerspitzen wie zum Gebet zusammengelegt hatte, eindringlich an. Wir saßen da. Die goldenen Gebäude strahlten durchs Fenster. Der Raum war ein Wunder der Ordnung. Auf einem Stehpult lag ein dickes Buch. Offenbar in Sanskrit. Ich fand, dass der Professor bei dem Wort »sprechen« einen sonderbaren Gesichtsausdruck angenommen hatte.

Ich sagte: »Ich würde gern *ausführlicher* mit Ihnen sprechen. Je schneller wir's hinter uns bringen, desto besser.«

Er sagte ausweichend, ein wenig gereizt, wie ich fand: »Aber Sie möchten uns doch bestimmt mal alle beim Tea erleben?« Er warf mir ein nervöses – und ich kann es nicht anders sagen – liebliches, wenn auch verdutztes Lächeln zu. »Meinst du nicht, dass deine Patentante Gefallen daran fände, Sarah? Sarah hat mich oft hier allein besucht, Mrs Peabody. Nicht wahr, Sarah.«

»Na, das glaub ich gern«, sagte ich und sah ihm direkt in die Augen. »Natürlich wäre es mir eine Ehre, nach unten zu gehen und Tee zu trinken, aber *sind wir dort ungestört genug*? Es wird doch einiges zu besprechen geben. Wo Sarahs Mutter in

Bangladesch ist und Charles nicht immer zur Verfügung steht. Charles ist ihr Vater ...«

»Oh, ich kenne Joan und Charles«, sagte er geschmeidig.

»Dann überrascht mich das Ganze noch mehr.« Mein finsterster Blick ließ ihn, wie ich sah, innehalten. Er schien auf einmal tief in Gedanken, verfolgte jede meiner Regungen. Ich betrachtete meine Fingernägel und fand sie interessant. Unter den Rändern waren verschwommene grüne Linien, blass, marineblau und unheimlich.

Er schwang sich aus seinem Ohrensessel und sagte: »Ach, weißt du was, Sarah – was meinst du, sollen wir's einfach wagen? Ohne den zweiten Begleiter nach unten gehen zum Tea?«, und damit führte er uns auf diversen verschlungenen Pfaden über Durchgänge mit hallenden Marmorböden in einen Raum, wo in schattigen Ecken Gestalten saßen wie ungute Gedanken, allein oder in gesitteten Grüppchen, essend und trinkend und sich dann und wann einen funkelnden Blick zuwerfend. Es legte sich eine grausame Stille über den Raum, als Professor Hookaneye mit uns beiden vorbeiging. Er tat mir fast leid, und ich versuchte mich unsichtbar zu machen, damit man Sarah für den einzig zugelassenen Gast halten würde, aber da ich meine alte grüne Hose anhatte, meinen Anorak und die Ohrringe – ich hatte keine Zeit gehabt, mich umzuziehen, sonst hätte ich den von Sarah befohlenen Zug verpasst –, war das alles andere als einfach. Sarah war erst recht nicht unsichtbar in ihrem edlen Seidenkostüm, dem Fünfzigerjahre-Harrogate-Schmuck (wo hatte sie den aufgetrieben?) und den schimmernden Beinen. Sie war wie ein Flamingo im Hühnerhaus.

Auf einem gewaltigen runden Mahagonitisch standen Teller mit dünn geschnittenem Brot und Butter, Rührkuchen, Marmite und Honig. Man musste sich selbst bedienen. Reg brachte uns Tassen mit dünnem Tee und führte uns in einen entlegenen Winkel, damit wir, wie er sagte, besser gucken könnten.

Ich guckte. All diese Schädel voller Hirne. Darunter einige der besten Hirne der Welt. Ich konnte die Hirne fast sehen. Die Köpfe wirkten wie von innen erhellt, sodass jede schwammige weiße Masse im Halbdunkel leuchtete wie eine Bergmannslampe oder ein gigantischer Glühwurm. Ein innerer Heiligenschein.

Heiligenschein, von wegen, dachte ich und sah mir Professor Hookaneye an, der sich zurückgelehnt hatte und wohlwollend in seinem Tee rührte. Was, wenn ich jetzt laut und deutlich sagen würde: »Was schlagen Sie vor, Professor Hookaneye, was soll nun mit Sarah passieren? Wollten Sie mir ernsthaft vorschlagen, ihr Kind zu adoptieren?« Ich dachte an das, was Sarah in seiner Asketenhöhle widerfahren war, ihr junges Leben war ruiniert, ihre Zukunft in traurigem Zerfall, ihr sorgloses Flötenspiel zwischen den Rosen vorbei. Ich überlegte, ob ich mein Honigbrot nehmen und ihm damit eine schmieren sollte.

Aber er sprach leise und präzise weiter, gab uns in einem freundlichen und entzückenden Rundumschlag Einblicke in das Who's Who der großen Männer vor uns. »Ich dachte, vielleicht würden Sie gern die Kirche und unseren Speisesaal sehen«, sagte er zu mir (»Geh mit ihm«, formte die Königin mit den Lippen), und wir gingen gemessenen Schrittes aus dem Raum, gefolgt von beredten Blicken, die alle sagten: »Zwei Gäste! *Zwei Gäste!*«

Vor dem Eingang des Speisesaals floh die arme Sarah erneut. Reg Hookaneye sagte: »Sie scheint nicht ganz auf dem Damm zu sein. Sie arbeitet zu viel« – und ich war sprachlos. Aber er und ich zogen weiter, bis wir in einen Raum gelangten, wo jeden Abend nach dem Essen das Dessert eingenommen wird. Wir standen da und sahen silberne Kerzenleuchter, einen Obstteller à la van der Meer sowie eine große Karaffe Portwein. Ein Traum.

»Dazuzugehören ist ein Privileg«, sagte er – was für ein lieber, bescheidener Mann, nicht wahr. Ich sagte: »Da wir gerade unter uns sind, Professor Hookaneye, würde ich mich gerne kurz setzen und die Sache mit Ihnen besprechen.«

»Oh, hier können wir uns nicht hinsetzen«, sagte er, »hier kann ich Sie unmöglich sitzen lassen.«

»Dennoch müssen wir irgendwann über Sarahs Baby reden.«

»Sarahs *was*?«

Er wurde so bleich, dass die Farbe sogar aus seinem Anzug zu weichen schien. Er packte die Rückenlehne eines Throns, zog ihn vom Tisch weg und klappte darauf zusammen. Er starrte mich an.

»Aber Sie wissen doch, warum ich gekommen bin?«

»Sie … Sie hat nur gesagt, sie würde gern ihre Patentante zum Tea mitbringen.«

»Professor Hookaneye – heißt das, Sie wissen nichts davon? Von Ihrem eigenen Kind?«

Er starrte weiter vor sich hin. Dann legte er den Kopf auf den Tisch, neben die Trauben. Draußen hörte ich Stimmen, eine gehörte Sarah und die andere war angenehm und kam mir bekannt vor. »Entschuldige, dass ich's nicht zum Tea geschafft habe, Reg. Unverzeihlich. Ich war in der Bibliothek. Gütiger Himmel – Eliza Peabody!« Es war Tom Hopkin, sehr strahlend, mit gutmütig funkelnden Brillengläsern.

»Mir scheint«, sagte er, »großer Gott, Hookaneye ist bewusstlos geworden. Hier, ich nehme seinen Kopf. Jemand muss seine Füße nehmen.«

»Ich mach das schon«, sagte Sarah und stöckelte herbei.

»Nein, nein, lass mich«, sagte ich. »Sarah darf nicht schwer heben.« Und dann dachte ich, na ja, vielleicht sollte sie sogar.

Am Ende nahmen sie und ich je ein langes, dünnes Bein und Tom griff unter die schmalen Schultern und wir trugen Professor Hookaneye aus dem Raum und hinaus auf den Campus, um ihn auf den blassen Steinen neben einem Gully abzulegen. Es war niemand in der Nähe. Wir hielten inne.

Und dann, Joan, geschah etwas sehr Schreckliches und Außergewöhnliches. Hookaneye löste sich in Wohlgefallen auf. Der schlaksige, herrlich gearbeitete, exzellent gekleidete Leib des Professor Hookaneye schimmerte und vibrierte und schmolz und verflüchtigte sich und begann wirbelnd in der mittelalterlichen Kanalisation zu verschwinden, sodass ruckzuck nur noch eine Schuhspitze zu sehen war – schwarz poliert wie das Rund eines kleinen verlorengegangenen Kricketballs. Dr. Hookaneye, Joan, war nicht mehr.

Ich hob den Blick zu den anderen und sah, wie Sarah von Tom Hopkin weggeführt wurde. Sie schien zu weinen. Ihr Kopf lehnte fast an seiner Schulter, und er hatte den Arm um sie gelegt. Ich sah zurück zum Gully, und blubb blubb blibb gurgel wackelte und wabbelte die Schuhspitze und war mit einem letzten Gurgler schwuppdiwupp verschwunden. Der Gully war voll mit Reg. Steht zu hoffen, dass das College heute Abend nicht von einem Wolkenbruch heimgesucht wird. Ich rannte zu Sarah.

»Ich kümmere mich um sie«, sagte Tom.

»Ich muss ihre Tutorin finden.«

»Ich werde ihre Tutorin finden. Sie müssen gehen. Fahren Sie nach Hause, Mrs Peabody. Ruhen Sie sich ordentlich aus. Sie scheinen nicht ganz Sie selbst zu sein.«

»Sie haben mich Mrs Peabody genannt!«

»Geh bitte, Eliza. Ich ruf dich an.«

»Ich werde es Joan erzählen müssen. Ich werde ihr alles erzählen.«

Sie standen da und betrachteten mich eindringlich. Tom ließ Sarah stehen und küsste mich auf die Wange. Er hob den Zeigefinger und zog liebevoll die Linie meines Kieferknochens nach. »Eliza, Eliza«, sagte er.

»Du verpasst deinen Zug«, sagte Sarah. Sie sah rosig aus, belebt. Ihr war nicht schlecht.

»Ich ruf dir ein Taxi«, sagte Tom.

»Du mit deinen Taxis.«

»Ich muss Sarah nach Hause bringen.«

»Wirst du's melden, dass …?« Ich sah zurück zum Gully.

»Was?«

»Na ja, Dr. Hookaneyes Verschwinden?«

»Ach, so was macht er andauernd«, sagte Tom. »Keine Sorge. Morgen früh ist er wieder topfit.«

»Topfit! Topfit?«

»Nur keine *Sorge*, liebe Eliza«, sagten sie unisono wie zwei Krankenschwestern.

»Ich glaube, ich gehe lieber zu Fuß zum Bahnhof.«

Und nach meinem Abschied von dem entzückenden Portier (hatte er es gesehen? War auch er es gewohnt?) machte ich mich mit fieberhaft klopfendem Herzen auf den Weg durch Oxford und erreichte endlich das Tor meines alten Colleges.

Und dort vergaß ich den Bahnhof und ging automatisch durchs Tor und erkundigte mich nach meiner alten Tutorin, von der ich wusste, dass sie immer noch in ihrer alten Wohnung wohnte. Ich klopfte an die Tür und fand sie wie immer mit einem Stift in der Hand an ihrem Erkerfenster. Hinter ihr im Fenster wiegten sich die knospenden Peitschen der Weiden. Ich sah junge Frauen in Zweier- und Dreierpaaren vorbeigehen, rufend und lachend, den Wind im Haar. Aufgeweckt, leichtfüßig, erfüllt vom Frühling.

»Eliza – wie schön. Setz dich doch.«

Ich setzte mich zu ihr und schwieg eine Zeitlang.

»Du erwischst mich gerade zwischen zwei Tutorien. Liebe Eliza, warum hast du nicht geschrieben? Wir hätten uns zum Plaudern verabreden können. Es ist bestimmt vier Jahre her.«

»Ich musste ganz plötzlich herkommen. Zu einer Art – Patenkind.«

»Leider nicht dein eigenes.«

»Nein.«

»Bist du immer noch traurig deswegen?«

»Heute nicht mehr. Jetzt nicht mehr. Heute weiß ich, dass ich damit nicht zurechtgekommen wäre.«

»Steckt dein Patenkind in Schwierigkeiten?«

»Sie ist in einer Art – ich glaube, sie ist in die Hände einer bösen Energie geraten. Einer finsteren Macht. Auch ich wurde davon angegriffen. Etwas sehr Sonderbares. Als würden wir eine fremde Brille tragen. Ihr Liebhaber …«

Doch in dem stillen, mir so vertrauten Raum mit der pergamentbedeckten Kakaodose voll bunter Anzünder im Kamin, dem hübschen Rauschen des Gasofens, den weißen Regalwänden, dem blauen Pissarro zwischen den beiden Fenstern und dem silbernen Zigarettenkästchen auf dem Tisch neben dem Stapel Essays – dem Duft von Büchern, Tinte, Blumen, Frieden –, schwieg ich. Lass mich Dank sagen für diesen unveränderlichen Ort.

»Zigarette, Eliza?«

Wer bietet einem denn heutzutage noch Zigaretten an? Aber wer weiß, wenn ich annehme, quillt am Ende irgendein langes Schuppentier aus dem Kästchen und schlängelt sich über den Tisch und den alten Perserteppich zu meinen Füßen und erreicht mich und windet sich höher und höher …

»Du hast doch irgendetwas, Eliza.«

»Nein. Alles bestens. Es war nur ein ziemlich seltsamer Nachmittag. Ich verstehe die jungen Leute nicht mehr.«

»Hat dieses Mädchen eine Mutter?«

»O ja. Sie ist durchgebrannt. In den Orient.«

»Wie herrlich altmodisch. Und sie hat sie in deine Obhut gegeben?«

»Ja. Nein. Na ja, nicht direkt.«

»Hat sie einen Vater?«

»Ja.«

»Dann soll er übernehmen. Am College muss man sich jetzt selbst betten, buchstäblich und im übertragenen Sinne. Und zusehen, wie man liegt. Und leiden, wenn man feststellt, dass das Bett voller Kohlen ist.«

»Ja, sie hat in Betten gelegen, das kann man wohl sagen – aber andererseits, wir haben's doch genauso gemacht. Sie wirkt so verloren. So unglücklich. Ich muss jetzt los, Dr. Pye. Auf Wiedersehen.«

»Komm bald wieder. Schreib mir.«

»Ich schreibe keine Briefe.«

Weg war ich, und in der windigen Straße suchte ich nach irgendeinem Umhang, den ich mir umlegen könnte, in den ich mich einhüllen könnte, dasselbe Fleisch und Blut, dieselben Knochen, die vor dreißig Jahren genau diesen Weg zum Bahnhof zurückgelegt hatten – dieselbe Zusammensetzung von Chemie, Wasser und Fett, die für Henry entbrannt gewesen war. Ein Körper, der seinetwegen Oxford und sich selbst aufgegeben hatte, bei einer öffentlichen Entsagungszeremonie in der Kirche des Merton College.

Oxford Richtung Paddington. Im Zug schreibe ich dir diesen Brief in ein Schulheft, das ich im Bahnhof gekauft habe. Den Briefumschlag auch. Ich schließe die Augen. Ich versuche nicht zu denken. Ich schreibe weiter.

Felder und Kühe. Straßen und dann Hecken. In den Hecken neue blutrote Triebe und weiße Würmer, die strohigen Halme der letztjährigen Blumen. Sie blühen nur eine Saison. Dieses Ende meines Tages, Joan, ist der Beginn einer neuen Ära für dich. Dein erstes Enkelkind ist unterwegs. Irgendwer hat dich im Visier da draußen in Bangladesch, ein unsichtbares Auge, das noch niemand kennt und das seinerseits bis jetzt nur Dunkelheit kennt. Es wird dich finden. Wenn du tot bist, wird es über dich reden. »Meine Großmutter ist verrückt geworden und nach Bangladesch verschwunden, und kein Mensch hat sie je wiedergesehen.« Du und Sarah, ihr werdet niemals wieder allein sein. Auch du wirst dich um diesen neuen Menschen kümmern müssen. Es gibt keinen Vater, denn Professor Hookaneye wurde vom Gully verschluckt.

Er ist weggeschwemmt worden, und ich werde diesen Brief in Paddington abschicken.

Herzliche Grüße

deine Eliza

***

Sehr dunkel ist das Haus, sehr penetrant der Geruch (die armen Hunde). Das Telefon klingelt.

»Hallo?«

»Ach, Eliza.«

(Siehe da, die Königin!)

»Eliza, es tut mir schrecklich leid.«

»Du musst dich nicht entschuldigen, Sarah, da bist du auf dem falschen Dampfer, wenn du das denkst.«

»Wir haben uns gefragt – Mr Hopkin und ich – wir haben uns gefragt, ob … Ist alles in Ordnung mit dir? Eliza?«

»Alles bestens. Ich bin nur etwas verwirrt. Nein – es ist nicht alles in Ordnung.«

»Eliza, ich hätte mich klarer ausdrücken sollen. Du hast dich offenbar verhört. Professor Hookaneye ist mein *Pate.*«

»Aber das ist ja noch widerwärtiger.«

»Er hat mit dem Baby nichts zu tun. Ich sagte, wir würden mit meinem *Paten* Tee trinken. Nicht mit dem Kindsvater. Der Vater ist bloß irgendein Typ aus meinem College. Ich mag ihn nicht mal besonders. Mir würde nicht im Traum einfallen, ihn da mit reinzuziehen. Ich dachte, du und Onkel Reg, ihr könntet mir vielleicht – du weißt schon – raten. Bist du noch da? Der Vater hat auch gerade angefangen zu studieren. Aber wenn ich Vater sage – Eliza?«

»Entschuldige, Sarah, ich muss jetzt sofort auflegen.«

»Wieso denn?«

»Ich habe deiner Mutter geschrieben. Im Zug. Ich habe den Brief in Paddington abgeschickt.«

»O Gott«, rief weder die Königin noch die Birminghamer Bronx, sondern Sarah aus tiefstem Herzen, »gütiger Himmel!«

»Ich schicke ihr ein Telex. Ein Fax. Sie soll den Brief ignorieren.«

»Aber, hör zu, Eliza, leg noch nicht auf …«

Aber ich legte auf und sauste zum Postamt, das natürlich schon zuhatte.

Ein Fax. Wie schickt man ein Fax? Man braucht ein Büro. Henrys Büro. Ich betrat die Telefonzelle auf der High Street und merkte erst jetzt, dass es schon acht Uhr abends war. Alles hatte schon zu. Ich würde am Dolphin Square anrufen müssen. Was, wenn Charles dran wäre! Ich musste es wagen.

»Hallo? Ach, hallo Henry, hier ist Eliza.«

Klebrige Stille.

»Henry. Es geht nicht um uns. Oder die Hunde. Es ist dringend. Ich muss Joan ein Fax schicken.«

»Oh, Eliza, bitte.«

»Es ist ganz kurz. Kriegst du das hin? Nach Bangladesch? Such die Nummer der Botschaft raus – du weißt doch, wie das geht. Sarah sitzt in der Klemme. Nicht so schlimm, wie ich dachte, aber trotzdem noch schlimm genug.«

»Eliza.« Nervöses Hüsteln. »Eliza, Schatz, warte mal kurz.«

»Lass mich eben diktieren – ach, Henry, bitte.«

»Da wir jetzt endlich sprechen, Eliza, könnten wir vielleicht kurz über unser Konto reden?«

»Ah ja. Kriegst du alles zurück. Ich komm zurecht. Es war reine Hysterie. Aber könntest du bitte dieses Fax schicken?«

»Ja. Schatz. Ähem, ähem – natürlich. Also, Eliza, warum antwortest du nicht auf meine Briefe? Wegen des Porträts? Irgendjemand aus Epsom hat mich angeschrieben und mir ein Angebot gemacht. Was soll ich davon bitte halten?«

»Sag ihm, es steht nicht zum Verkauf. Deine Frau ist nicht autorisiert, es zu verkaufen. Alles, wenn du nur ... An Joan: ›Schrecklicher Fehler Hookaneye Pate nicht Vater Brief aus Zug von Oxford nach Paddington nicht beachten habe falsch verstanden. Schreibe bald Eliza.‹ Geht das?«

»Natürlich geht das. Warte kurz. ›Hookaneye Pate‹. Ist das irgendein Code? Ich versteh nicht ...«

Ich legte auf und stürmte hinaus auf die Straße und sah die Autos vorbeirollen. Dann ging ich heimwärts, den Umweg durch die ruhigen Seitenstraßen, mit langsamen Schritten, und schaute dabei erst über die eine Gartenhecke, dann über die nächste. Harte glänzende Frühlingsknollen waren schon zu sehen, ein kleiner Rasen sah aus wie eine Stickerei aus Krokussen. Hin und wieder kamen heimkehrende Männer aus der

Nachbarschaft in ihren zerknitterten Londoner Anzügen an mir vorbei. Ihre Aktentaschen für das abendliche Arbeitspensum sahen schwer aus, die Gesichtszüge waren angespannt und die Augen glasig vom Wunsch nach einem doppelten Gordon's. Manche sagten: »Ah, Eliza, *hallo*«, und machten Anstalten stehenzubleiben (ich bin nicht viel draußen gewesen in letzter Zeit), aber ich lächelte und ließ mich weitertreiben, bis ich vor der Tür der Saint Saviour's stand.

Unsere Kirche hat immer recht lange offen. Wir setzen unsere Schätze aufs Spiel. Aber es ist eigentlich immer jemand da. An diesem Abend dröhnte die Orgel. Jemand übte. Ein oder zwei schattige Gestalten lauerten in den Sitzbänken und ein leises Klappern kam aus der Sakristei. Ich kniete mich in eine Bank und wartete auf Gott.

Er war nicht zu Hause.

Im Zweifel hilft beten. Auswendig gelernt, wenn's nicht anders geht. Den guten alten Katechismus. Bis man ruhig wird und der Nebel sich lichtet.

Vater unser, der du bist im Himmel, was habe ich da bloß angestellt in Oxford? Wie im Himmel so auf Erden, hilf Sarah aus ihrer schrecklichen Misere, und ich weiß einfach nicht, was zu tun ist, und vergib uns unsere Sünden, klingt doch sehr nach jugendlichem Leichtsinn, aber *so* unbeleckt ja wohl auch wieder nicht, man denke an all die Jungen aus der Schule, und Mozart morgens um eins. Sie muss doch mittlerweile etwas Erfahrung haben mit Männern, dein Reich komme, dein Wille geschehe, und vielleicht ist es ganz gut, dass wir nicht wissen, wessen Kind es ist, Shakespeare musste auch Knall auf Fall heiraten, womöglich gibt es immer eine Art Vorbild? Auf Erden gibt es mehr Geheimnisse als im Himmel, und wenn's hart auf hart kommt, warum sollte ich *nicht* Sarahs Kind in Pflege nehmen? Vielleicht darf ich ja? Ich habe sonst nichts im Leben außer das Hospiz. Ich muss für meine geistige Gesundheit kämpfen mein Reich und die Kraft und die Herrlichkeit in alle Ewigkeit, Amen.

Ich blickte hoch und sah den Vikar, der zu mir hinuntersah. Ich bekreuzigte mich und stand auf.

»Verzeihung, Eliza. Ich dachte, Sie wären ansprechbar.«

»O ja. Bin ich. Ich bin absolut ansprechbar.« Ich wartete auf die Frage: »Wie geht es Ihnen? Ich habe ein paarmal angeklingelt, aber Sie waren nie da. Kann ich Ihnen irgendwie helfen? Ich habe mitbekommen, was passiert ist.« Das wäre es, was der Vikar gesagt hätte, nur bekommen wir ihn nie zu Gesicht – die Gemeinde ist zu groß und er ist erschöpft. Der Vikar und seine Frau sollen wunderbare Leute sein, heißt es, aber ständig irgendwo in der riesigen Gemeinde unterwegs. Der Vikar sagte nichts.

Beim Blick in sein spitzes Gesicht dachte ich, ich sollte ihn testen. Er muss doch irgendetwas im Kopf haben außer Probleme mit der Gemeinde. Immerhin braucht man sechs Jahre, um Priester zu werden – genauso lange wie Tierarzt. Seit dem ersten Rausch der Berufung muss er doch irgendetwas gelernt haben über kranke Seelen. Auch wenn seine Predigten immer von seinem Sommerurlaub handeln.

»Könnte ich mal mit Ihnen sprechen, Nick?«

»Natürlich. Aber ja. Aber ja.«

Der Organist zog den Orgeldeckel zu und schaltete die Orgel aus, rief Gute Nacht und verschwand polternd aus der Südtür. Die Putzleute in den Bänken schienen abgerückt zu sein. Der Vikar und ich waren allein im letzten Licht des Tages, wobei das einzelne Klarglasfenster über uns noch bläulich schimmerte und das große Kreuz am Altar für die Fastenzeit in schwarzen Flor gehüllt war. »Wird langsam dunkel hier drin«, sagte er. »Ich kann meine Uhr nicht erkennen. Ich muss zu einer Besprechung. Ich bin wohl schon spät dran. O weh. Melden Sie sich einfach.«

Ich dachte: Du setzt dich jetzt hier hin. Du guckst mich jetzt an. In diese Bank hier vor mir. Dreh deinen Kopf zur Seite und neige ihn ein wenig. Bitteschön. Jesus hat zugehört. Er dachte wirklich über die Frauen nach. Die Frau, beim Ehebruch ertappt. Er kritzelte mit Seinem Finger in den Staub. (Was eigentlich? »Lass sie in Ruh.«) Jesus hat ruhig zugehört.

Ich sagte: »Wär's eventuell möglich, *jetzt* mit Ihnen zu reden? Wie Sie sehen, habe ich Angst. Ich habe heute mitansehen müssen, wie sich jemand in seine Bestandteile auflöst.«

»Ach ja, Sie arbeiten ja im Hospiz. Ja, zum ersten Mal dem Tod zu begegnen ist ein Schock.«

»Es war nicht der Tod, glaub ich zumindest. Es ist in Oxford passiert.«

»Ah, auch dort ist viel in Auflösung begriffen. Schauen Sie, Eliza – tut mir furchtbar leid, aber ich muss los. Es ist der Finanzausschuss.«

»Ja, in Ordnung.«

Und wieder geschah es. Ich sah in das spitze, besorgte kleine Gesicht, die geschäftigen schwarzen Augen sichteten einen unsichtbaren Terminkalender, und ich stellte fest, dass ich durch die Haut bis auf den Knochen und durch den Knochen hindurch in das matschige Kissen seines Hirns sehen konnte. Durch die konturierte Landkarte seines Gesichts und wieder hinaus durch den stacheligen Nacken in das Schnitzwerk des Stehpults hinter ihm. »Ich durchschaue dich«, dachte ich und sagte es vermutlich sogar, denn er erwiderte mit Blick auf seine Armbanduhr: »Ach ja, Sie durchschauen mich, Eliza? O weh – das tut mir leid.«

Gleich – ich wartete nur darauf – wird er sich verflüssigen und davonfließen. Er wird sich unter seinem Talar in nichts auflösen. Er wird zu Wasser werden. Wasser den Bach hinunter. Wasser, das durchs Eisengitter und die Heizungsrohre des Kirchenschiffs läuft, und dann liegen da nur noch sein schäbiges Priestergewand und daneben seine Schuhe, ein Paar schäbige Jungsturnschuhe übrigens, die da unter dem Saum hervorschauen.

Während ich fast zärtlich die Turnschuhe betrachtete, begann der Vikar wieder feste Gestalt anzunehmen. Als ich ihm wieder ins Gesicht zu sehen wagte, sah ich das arme kleine Mündchen, die scharfen Zähne zu einem seelsorgerischen Lächeln gebleckt. »Ich will Ihnen nicht aus Eigennutz Ihre kostbare Zeit stehlen«, sagte ich, »aber – es tut mir so leid; ich habe noch nie darum gebeten – aber ich muss *jetzt* mit Ihnen reden.«

»Das Problem, Eliza, ist, es ist nicht *meine* Zeit. Meine Zeit gehört mir nicht, vor allem nicht heute. Es war ein verheerender Tag. Ich habe schon drei Sitzungen hinter mir. Wir sind einfach nicht genug Leute.«

»Sie sollten sich von uns helfen lassen.«

»Von uns?«

»Uns Frauen.«

»Ah, nun ja – Sie machen Ihre Sache ja schon wunderbar, aber kommen Sie, Eliza, vollwertige Teilhabe an den Kirchenämtern ist etwas, worüber wir uns *wirklich* unterhalten müssten.«

»Na ja, das könnten wir doch jetzt?«

»Tut mir wirklich schrecklich leid …« Und mit schwungvoll flatternden Röcken entschwand er.

Als ich zwei Straßen weiter den unteren Teil der Rathbone Road erreichte, schleppte ich mich den Berg hinauf bis zu unserem Plateau ganz oben – dem obersten Oben, der Spitze der Spitze –, und meine Füße waren schwer wie Blei. Die Gargerys waren in ihrem Vorgarten und trafen mit Papiertüten voller Dünger und glänzenden Gartengeräten Vorbereitungen für den Sommer. »Kommen Sie, nehmen Sie einen Drink mit uns«, riefen sie. »Man sieht Sie ja gar nicht mehr.« Sie streiften ihre Gartenhandschuhe ab und schüttelten sie aus, und er legte seinen Rasenkantenstecher beiseite. Sie eilten ans Tor. Sie sahen mich neugierig an. »Kommen Sie und feiern Sie mit uns. Gehen Sie nicht allein nach Hause. Sam wurde bei Mrs Rigby angenommen.«

»Aber er ist doch noch nicht mal fünf.«

»Stimmt!« Sie lachten, und er legte ihr den Arm um die Schulter. »Aber inzwischen hat Mrs Rigby eine Aufnahmeprüfung und eine Warteliste von einem Jahr.«

Sie sagte: »Sie nimmt die Kinder nicht, wenn sie nicht schon lesen können, wissen Sie.«

Er sagte: »Und Basiswissen mitbringen.«

Sie sagte: »Sie hat es gern, wenn die Kinder richtig singen können.«

Er sagte: »Fuß in der Tür. Kommen Sie doch rein.«

Ich sagte: »Es war ein langer Tag. Geben Sie Sam einen Kuss von mir«, und ich spürte ihre sorgenvollen Blicke im Rücken. Die guten Gargerys. So perfekt. Sie werden eine halbe Stunde brauchen, um die Rechen und Schaufeln zu säubern. Sie werden sie säubern, ohne die Gartenhandschuhe auszuziehen, die ihre Hände und Nägel makellos halten.

»Ich habe schon tausendmal angerufen«, rief die Königin, als ich das Haus betreten und den Hörer meines sturmklingelnden Telefons abgenommen hatte. »Wo bist du denn hin? Eliza? Bist du noch da? Ich war noch nicht fertig. Du bist auf und davon, bevor ich fertig war. Ich wollte dir nicht nur sagen, dass Onkel Hookaneye mein *Pate* ist, ich wollte dir sagen, dass alles *in Ordnung* ist.«

»Alles ist in Ordnung?«

»Ja. Irgendwas hat sich wieder eingerenkt. Ich muss mich nach dem Tee entspannt haben oder so was, als Onkel Hookaneye uns verlassen musste. Ich glaube, das warst du, Eliza. Es war toll von dir, den Weg auf dich zu nehmen. Und ich meinte es wirklich ernst – ich *hätte* dir mein Baby anvertraut.«

»Du meinst damit, dass sich da etwas tut? Mit dem Vater?«

»Nein, Eliza. Ich meine damit, dass alles wieder gut ist. Ich habe doch kein Baby erwartet. Es war eine Scheinschwangerschaft. Wie bei einem Hund.«

Und somit verbleibe ich deine unbestreitbare Freundin

E. P.

***

10. März

Tja – da bin ich wieder.

Am nächsten Morgen, Joan, sagte ich mir, ich könnte mal einen ordentlichen Hausputz machen, angefangen mit der Küche. Du erinnerst dich, dass ich dir erzählt hatte – gesetzt den Fall, ich habe den Brief abgeschickt –, dass Angela schon vor langer Zeit bei euch aufgehört hat? Tja, jetzt hat sie beschlossen, auch bei mir aufzuhören. Nach zwanzig Jahren, Joan. Sie war ewig bei mir, lange bevor du auf der Bildfläche aufgetaucht bist. Wir haben allerhand zusammen durchlebt, Angela und ich, und ich sage mir seit Jahren, was für eine treue Seele sie ist. Kein Wort kam ihr über die Lippen, als Henry anfing, im Arbeitszimmer zu wohnen. Es fiel keine einzige Bemerkung wegen der verschütteten Suppe und der Dosen und der Speckstücke rund um Henrys Kochplatte, die sie beseitigen musste. Sie protestierte nicht, als wir deinen Hund aufnehmen mussten. Seltsamerweise sagte sie immer: »Welchen Hund? Ich sehe keinen anderen Hund«, obwohl dein Hund sie vom ersten Moment an nicht leiden konnte und kein Hehl daraus machte.

Natürlich war Angela nie besonders mitteilsam, und eine Frohnatur sieht anders aus. Rumms, wumms, bamm, und man weiß, sie ist da. Schnief, krach, seufz, und der Monolog über die Seltenheit der Busse aus Fulham nimmt für den Rest des Vormittags Schwung auf. Du erinnerst dich, wie verstört wir waren, als sie uns plötzlich beschimpfte, weil die Fahrtkosten, die wir ihr erstatten, längst nicht mehr aktuell seien (obwohl sie weit über sechzig ist und ohnehin umsonst fährt), und diese Art von ihr, Geschenke anzunehmen: Das steife und kurze Kopfnicken und dann die Geschichten von den großzügigen Arbeitgebern ihrer Freundinnen, die für fast keine Arbeit so ungeheuer dankbar seien.

Ich kann nicht behaupten, dass mir Angela jemals *sympathisch* gewesen wäre. Sie ist so jemand, die allein durch ihre Gegenwart Dankbarkeit einfordert. »Sehr lieb von Ihnen, dass Sie trotz des Regens gekommen sind, Angela. Natürlich fahr ich Sie nach Hause.« Und dann im Stau auf der Putney High Street Konversation machen, während sie mit zugekniffenem Mund dasitzt.

Ich vermute, Joan, dass Angela uns in Wirklichkeit nie ausstehen konnte, wenn ich jetzt darüber nachdenke. Und aus unserer Sicht ist es sehr mühselig, drei Mal die Woche den ganzen Vormittag eine Frau im Haus zu haben, die ihre helle Freude daran hat, Abneigung zu empfinden, auch wenn du immer gesagt hast, das sei nur eine Marotte von ihr. Den Duft im Badezimmer damals, den blitzeblanken Küchenfußboden und das Funkeln des Türklopfers habe ich aber doch sehr zu schätzen gewusst. Eines Tages kam ich nach Hause und sie hatte den Hund shampooniert. Sie hatte seinen Korb mit dem Gartenschlauch abgespritzt und sämtliche Hundedecken gewaschen.

Toby lag zitternd unterm Tisch. Ich sagte: »Wie nett von Ihnen, Angela. Die ganze Wäscheleine voller Hundedecken! Ich staune, dass Sie den Hund nicht gleich mit aufgehängt haben«, und sie sagte: »Schön wär's.«

Henry und ich haben sie immer für schroff, aber ehrlich gehalten. Unter all der Giftigkeit ein Herz aus Gold, das uns liebte.

Vor einem Monat – ach, vielleicht mehr, vielleicht vor mehreren Monaten – kam ich eines Morgens nach unten, und sie stand an der Spüle und schepperte und klapperte wie immer mit dem Geschirr und ich musste gähnen. Ich sagte: »Ah, Angela, hallo, wie wär's mit 'nem Tässchen Kaffee«, und sie fuhr mit dem Schwamm in der Hand herum und ihre Augen glühten vor Hass. Sie schrie: »Nein. Ich hab die Schnauze voll. Ende der Fahnenstange. Das war's jetzt gewesen.«

»Oh, aber Angela, was –?«

»Vier Busse sind an mir vorbeigefahren. Ich steh um fünf auf, putze sieben Büros und Treppenhäuser. Meine Enkel haben die Masern und hier ist ein Dreck, und Sie liegen im Bett mit 'ner Kippe in der Fresse. Und den Ohrringen da in den Ohren.«

»Angela!«

»Und er ist nicht mehr hier, die arme Seele. Zwingt sie ihm 'ne Kochplatte auf. Dann scheucht sie ihn sogar davon weg. Und kein Mensch sagt mir wohin und sagt mir überhaupt mal was. Für ihn hab ich all die Jahre geschuftet, falls es Sie interessiert, Gott helfe ihm mit seiner wichtigen Stellung und keiner, der für ihn sorgt, und trotzdem immer so höflich und ernst, tagein, tagaus. Für ihn würd ich weiter arbeiten, aber nicht mehr für Sie. Ich bin hier fertig.«

»Haben Sie das drüben bei den Nachbarn auch so formuliert, als Sie gegangen sind? Spielen Sie dasselbe Lied wie in Nummer 34, als da die Familie in die Brüche ging?«

»Sie quasseln sich wieder was zusammen. Ich gehe.«

»Ach Angela – zwanzig Jahre.«

»Vor zwanzig Jahren waren Sie 'ne ganz andere Frau.«

»Soll ich Ihnen Henrys Adresse geben? Ich bin sicher, er hätte nichts gegen etwas Hilfe am Dolphin Square, auch wenn Fulham nicht gerade um die Ecke liegt. Alle beide hätten nichts dagegen.«

»Alle beide«, sagte sie. »So ist das also. Wundert mich kaum, muss ich sagen«, und die Tür donnerte ein letztes Mal hinter ihr ins Schloss.

Und so, Joan, komme ich nach einer miserablen Nacht übermüdet nach unten in meine ungeliebte Küche – mit Kippe und Ohrringen –, setze mich an den Tisch, bemerke die Hunde und denke, Shampoo wäre heute angezeigt, aber ich bleibe sitzen.

Koche, ohne aufzustehen, Kaffee. Betrachte die Ringelblumenteller auf der Anrichte, noch aus den Kindertagen meiner Mutter auf dem Lande. Bemerke den Dreck auf den Tellern. Sitze weiter da.

Nehme den Herd in Augenschein, sinniere über die Herkunft der Rinnsale auf der Frontseite nach, das Fett und die Soßenspritzer auf den einstmals glänzenden Kuppeln. Sitze weiter da.

Wieder ohne mich zu erheben, öffne ich die Küchentür, um die Hunde rauszulassen. Die Hunde strecken sich und gehen steifbeinig umher, um den Tag zu riechen. Ich sehe den Hunden zu beim Kratzen, Wälzen, Ohrenabrubbeln, Seufzen, Pinkeln und In-ihren-Korb-zurückgehen.

Ich denke an Oxford. Denke an Sarah, die sich vermutlich gerade an die Arbeit macht.

Denke an die elftausend Jungfrauen.

Denke an die Liebe.

Denke an Henry am Fuß der Magdalen Bridge und wie er mir entgegenkommt. Denke an mich mit zwanzig, wie ich rot werde, während er sich nähert. Einen Knoten in der Zunge vor Begehren, aber so keusche Küsse.

Denke an die Hochzeit in Merton Chapel, Henry im Cutaway, sehr weise für seine jungen Jahre, und ich im cremefarbenen Seidenkostüm – Rohseide, ja nicht glänzend. Henry mit Prädikatsexamen in Naturwissenschaften und einem kleinen Auto mit Kofferraumklappe und Fenstern wie Schießscharten in einem mittelalterlichen Schloss. Und wie wir damit kreuz und quer durch Frankreich gesaust sind – Henry hat ganz schön auf die Tube gedrückt! – und echte mittelalterliche Schlösser besichtigt haben. Billige Pensionen. Eine steinerne Treppe überhangen mit Kletterpflanzen, die in ein scheunenartiges Dachzimmer mit steinernen Wänden und alten Holzbalken und einem Bett in Form einer Galeone führte.

Morgens durch die Fensterläden gleißende Streifen Sonne. Hahnenschrei. Von den Feldern her Rufe. Das *petit déjeuner.* Kaffee in Schalen. Im Erker sitzen und frühstücken, während die Sonne schon brennt. Draußen sanfte Weinberge bis zum Horizont, reihenweise dunkelgraue Stümpfe, rote Erde, Verheißung. Henrys schöne Hände, Joan.

Es klingelte an der Haustür, und irgendwann ging ich öffnen und es war Anne Robin. Ich steckte mir eine neue Zigarette an.

Ob sie reinkommen dürfe?

»Ach Gottchen, Eliza«, sagte sie. »Menschenskind. Ich war ja seit Ewigkeiten nicht mehr hier. Wie hübsch« (sichtet das Chaos).

»Milch? Ist leider nur löslicher.«

»Ist er koffeinfrei? Gottchen, entschuldige bitte, ich mit meinem blöden Gesundheitsfimmel.«

Ich fand den koffeinfreien. »Zucker?«

»Große Güte, nein. Eliza – ach, hallo Toby. Na, man sieht dich ja kaum noch auf der Straße. Eliza, wie *geht* es dir? Dich sieht man auch kaum noch.«

Sie hat die glänzendsten Wangen. Weißt du noch? Helle Augen. Das Weiße ist blau wie bei einem Baby. Und picobello saubere Fingernägel. Und Zehennägel bestimmt auch. Breit und weiß und halbmondförmig gefeilt. Ich lasse mich hängen. Stehe da. Über meiner Kaffeetasse. Ihr Haar sieht frisch gewaschen aus, wunderschöner Schnitt, und jedes einzelne Haar ragt empor wie güldener Draht. Mit dem Anwaltsehemann und seiner internationalen Kanzlei, den fünf gesunden Kindern, die jetzt alle im Internat sind und sie kaum noch brauchen, mit ihrer typischen strahlenden Spannkraft und so viel Geld, dass sie nicht weiß, wohin damit, schreibt sie jetzt Prosa. Die Wände ihres kleinen Schreibzimmers sind mit William Morris tapeziert, sechzig Pfund die Rolle. Ihr Computer steht auf ihrem George-III.-Sekretär neben einer Vase mit Blumen à la Vita Sackville-West. Ständig gibt sie Fernsehinterviews als die vollreife Frau mit dem perfekten Leben. Sie wird nach ihren Ansichten zu Margaret Drabble und Proust gefragt, zumindest war das der Fall, bis sie die beiden verwechselte. Dann kam sie ziemlich fix die Erfolgsleiter heruntergesaust und wäre fast endgültig rausgewesen aus dem Spiel. Davon spricht sie nie!

Neben dem Computer und den Blumen steht ein Foto von ihrem Mann George in jungen Jahren, noch ohne Hamsterbacken vom Gin. Ich erinnere mich jetzt, dass du es warst, die sagte – das einzig nicht gerade Nette von dir, das mir noch in Erinnerung ist: was haben die Leute nur alle gegen George? –, das müsse irgendeine Art Trickaufnahme sein, so wie auf dem Pier, wo man sein Gesicht durch die Öffnung einer Pappfigur steckt. Jedenfalls sieht man George in weißen und goldenen Tressen, als wäre er dem Film *Bengali* entsprungen. Bevor er zum Freund scharfer Sachen wurde.

»Wie geht es George?«

»Du meine Güte, *George*. Ihm geht's *gut*. Nehm ich an. Ich seh ihn natürlich kaum. Wenn er zu Hause ist, bin ich auf einer meiner Lesereisen und umgekehrt. Im Moment ist er in Hongkong. Ist es nicht traurig, dass wir alle unsere Männer kaum noch sehen? Wir hier in der Straße, meine ich. Wir haben es doch alle geschafft. Wir sind so reich geworden. Und, meine Liebe, die nächste Generation wird noch reicher werden, sie arbeitet noch härter. Das ist die Strafe, nicht wahr? Eine harte Strafe.«

»Gut, dass Sie Ihre Arbeit haben«, sagte ich, ohne mit der Wimper zu zucken.

»Oh – sie ist meine *Rettung*! Meine Kinderbücher. Na ja, so werden sie genannt.«

»Oh, aber das sind sie doch sicher nicht.«

»Ich schäme mich kein bisschen, wissen Sie, auch wenn sie es *sind*.« Plötzlich glühten ihre Wangen.

»Natürlich nicht. Das habe ich überhaupt nicht gemeint.«

»Was nicht gemeint? Immerhin gibt es Mrs Molesworth.«

Wir sahen in unseren koffeinfreien Kaffee und dachten an Mrs Molesworth, und ich stellte fest, dass ich zittrige Tränen in den Augen hatte, die Anstalten machten, daraus hervorzuschießen, Tränen der Sehnsucht. Sehnsucht nach einer Welt mit weißen Kniestrümpfen und Zöpfen. Schläger und Ball. Zitronenlimonade. Endlosen Tagen und lachenden Menschen. Anne ließ den Blick durch meine verdreckte Küche schweifen.

»Wie ich höre«, sagte sie, »haben Sie Angela verloren.«

»Ja. Schon vor längerem. Erst hat sie Joan verlassen, dann mich.«

Anne Robin wirkte ernst. »Wollen Sie jemand anders? Ich bin sicher, meine würde ein, zwei Stunden bei Ihnen einlegen.«

»Ach, nein danke. Es gibt im Moment eigentlich nichts zu tun, seit Henry weg ist. Das bisschen kann ich selbst machen.«

»Apropos …«

»Ja?«

»Ach, na ja, nichts. Ich habe mich nur gefragt, ob es irgendetwas gibt, was man tun könnte.«

»Wegen Henry? Nein, ich denke nicht. Er ist mit Charles durchgebrannt, wissen Sie. Er will die Scheidung.«

»Also stimmt es wirklich? Niemand weiß Genaues.«

»Na ja, ich weiß ja selbst nichts Genaues.«

»Ich meine, wir haben uns gefragt, ob Sie vielleicht darüber reden wollen? Mit uns aus der Straße? Sie waren immer so gut, wenn irgendetwas schiefging. Die netten Briefchen, die Sie immer geschickt haben. Und die Ratschläge, die Sie immer erteilt haben. ›Coaching‹, sagt man heutzutage. So natürlich und erfrischend …«

»Ich habe ein paar Briefe zu viel geschrieben. Ich habe Joan einen Brief geschrieben.«

»Ah«, sagte sie. »*Joan* also.« Sie sah mich nervös an.

»Haben Sie jemals das Gefühl, Sie hätten ein Wort zu viel geschrieben, Anne?«

»Ein Wort zu viel? Nun, es sind ja nur winzig kleine Bücher, die ich schreibe. In keiner Weise didaktisch. Einfach nur lustig. Nein, ich glaube nicht, dass ich zu viele geschrieben habe. Längst nicht so viele wie Enid Blyton. Ich habe dasselbe Problem wie sie, wissen Sie, sie *fließen* einfach aus mir heraus. Ich nehme einfach immer wieder denselben Plot, und kein Mensch merkt es. Ich wünschte nur, ich würde mehr Kritiken bekommen. Hören Sie, Sie erzählen das alles aber niemandem, nicht wahr, Eliza?«

»Ich bin sicher, die Kinder freuen sich, dass Sie so viel schreiben. Sie lieben Sie doch bestimmt.«

»Ja. Na ja, nein. Na, ich bin nicht sicher. Wissen Sie, das Schreckliche ist, Eliza, ich bin nicht sicher, ob Kinder überhaupt meine Bücher lesen. Man kennt mich nur aus dem Kinderbuchladen und von meinen Schreibkursen. Aber – Sie erzählen das keiner Menschenseele, nicht wahr, Eliza? – es kommt mir so anmaßend vor, mich zwischen wunderbare Menschen zu drängen wie Salman Rushdie und Beckett und Lancaster Forbes und so weiter, aber tatsächlich werde ich einen Erwachsenenroman herausbringen. Unter Pseudonym.«

»Das freut mich.«

»Wissen Sie, ich habe mich immer als Schriftstellerin für Erwachsene gesehen, schon als Kind. Ich meine, kein Kind würde immer nur Kinderbücher schreiben wollen, nicht wahr, und sehen Sie sich Blake an. Ist Blake nicht der kindlichste von allen? Ich sehe ohnehin kaum einen Unterschied zwischen Erwachsenen und Kindern, Sie?«

»Doch, schon.«

»Ach. Wirklich? Das war mir nicht klar, dass Sie sich über solche Dinge Gedanken machen, Eliza, ich meine, wo Sie doch keine eigenen Kinder haben.«

Ich betrachtete das dunkle Gesicht des koffeinfreien Kaffees.

»Mein Problem ist, ich habe so viele Kinder gekriegt und habe sie so lange um mich gehabt. Wir haben sie alle erst mit zehn zur Schule geschickt. Als sie noch zu Hause waren, habe ich wohl irgendwann angefangen, selbst wie ein Kind zu denken. Sie wirkten immer älter als ich. Ich bin *wirklich* ein bisschen kindisch.« (Oh, meine liebe Anne, du hast gelauscht.) »Und ich musste bei meinem Erwachsenenroman doch ganz schön die Zähne zusammenbeißen, um das – Sie wissen schon, die sexuellen Sachen zu schreiben. Die junge Frau, die mich beraten hat – Sie wissen schon, meine Lektorin, sie ist sehr jung und ganz und gar modern mit diesem ausgehungerten Ausdruck, wissen Sie, ihr haben die ganze Zeit die Hände gezittert vor lauter Nervosität, ein nettes Mädchen – nun, sie hat mich gebeten, eine Masturbationsszene einzubauen.«

»Aber wozu?«

»Sie meinte, das würde heutzutage erwartet.«

Mrs Molesworth verließ hastig den Raum, und ich sagte: »Tut mir leid, Anne, bei diesem Thema bin ich hoffnungslos. Ich lese solche Sachen nicht.«

»*Nein?* Aber wir dürfen nicht prüde sein, verstehen Sie. Wir sollten das wahre Leben reflektieren.

»Aber Masturbation ist nicht das wahre Leben, Anne. Es geht dabei nur um Fantasien.«

»Es kann aber an sich auch ganz schön sein«, sagte Anne, und dann lief sie puterrot an.

»Was ich wirklich an Ihnen mag«, sagte ich, sehr schnell, in scharfem Ton, rasch, bevor sie vor Scham in Ohnmacht fiel, »ist die Art, wie Sie Geschichten erzählen. Die Geschichte von Joan, die sich im Armyshop das Zelt und das Gewehr besorgt ...«

»Das war nicht Joan«, sagte sie, »ich würde niemals jemanden *Joan* nennen. Niemand unter fünfzig heißt heutzutage noch *Joan*. Es gibt absolut ***niemanden*** in meinen Büchern mit dem Namen Joan.«

»Nicht in einem Buch«, sagte ich. »Es war Joan – unsere Joan. Sie hatten mir von Joan erzählt. Aus Nummer 34.«

Sie beugte sich vor und betrachtete eingehend meinen Aschenbecher und den Berg Kippen. Dann ihre kreideweißen Halbmonde. »Eliza ...«

»Ja?«

»Wir machen uns solche Sorgen. Die ganze Straße. Wir reden über Sie. Wir hatten Ihretwegen schon Versammlungen.«

Ich sah sie an.

»Eliza, ich habe vorgeschlagen, und die anderen sind auch der Meinung – na ja, zumindest einige –, dass Sie sich eine Arbeit suchen müssen. Irgendeine Beschäftigung.«

Ich sagte: »Ah.«

Denn was Anne und ihre Freundinnen nicht wissen, liebe Joan, ist, dass ich in der Zeit, bevor sie alle hergezogen sind, kurz nachdem ich aufgehört hatte, mit Henry im Ausland zu leben, sehr wohl einen Job hatte, eine Art Job, kurzzeitig. Ich nahm ihn aus Scham für meine Faulheit und mit Widerwillen an, denn er wurde mir von Lady Gant aufgedrängt.

Damals saß Lady Gant in vielen städtischen Gremien und hatte einen unbezahlten Schatten namens Bella als Gehilfin. Bella Bentley. Sie hatte ein Dauerlächeln im Gesicht. Man sieht Bella noch immer in der Gegend, immer noch in ihren Sechzigerjahre-Minis und mit hochtoupierten Haaren, obwohl sie über fünfzig ist. Manchmal trägt sie kleine Kostümchen mit Broschen. Damals wohnte sie irgendwo unten an den Bahnschienen in einem möblierten Zimmer und hatte irgendeinen Bürojob in London, wobei es wahrscheinlich ein Teilzeitjob war, weil sie fast jeden Nachmittag bei den Gants in der Diele anzutreffen war, wo sie dastand und bergeweise Altkleidung für den Ramschverkauf anlächelte, oder im Wohnzimmer, wo sie durch kippelnde Papierstapel und Geschäftsunterlagen watete, oder in der Küche, wo sie mit ältlichen Sandwiches und mächtigen Marmeladenbiskuits hantierte, die auf Beförderung zu irgendwelchen Partys warteten. Die Gant spazierte umher und erteilte Kommandos. Das war, bevor sie ihren Hirntumor bekam – hatte ich das eigentlich erwähnt?

Eines Tages fragte die Gant, ob sie vorbeischauen dürfe. »Zum Lunch«, sagte sie, »nichts Aufwändiges«, und kam mit Bella im Schlepptau hereingerauscht, die lächelnde Bella, deren Beine unter dem Minirock recht sehnig geworden waren. Die Gant hatte ihren üblichen empörten Gesichtsausdruck, die Miene eines unheilschwangeren Champignons. Während sie ihre Mäntel auszogen, strich die Gant mit dem Zeigefinger über den Tisch in der Diele und untersuchte ihn auf Staub. Sie war sich dessen nicht bewusst, ebenso wenig, dass sie die Gabel für das Käsesoufflé (Fertigpackung: nach Jahren der diplomatischen Immunität bin ich immer noch dabei, kochen zu lernen) zur Hand nahm und mit ihrer Serviette polierte. Bella bemerkte es nicht nur, sondern bemerkte, dass ich es bemerkt hatte, und nahm aus lauter Loyalität ihre eigene Gabel und tupfte mit der Serviette daran herum; worauf die Gant rief: »Was in aller Welt *machst* du da, Bella?«

»Nun, weswegen wir hier sind, Bella und ich«, sagte sie, »ist, um Sie zu überreden, für die Shires zu arbeiten. Ich weiß, dass Sie in letzter Zeit ein wenig neben sich stehen. Das Allerbeste wäre für Sie, sich in die Arbeit zu stürzen. Wir verlangen nicht viel. Protokolle, Buchhaltung, hin und wieder Verbindungen zum öffentlichen Sektor aufnehmen, solche Sachen. Es ist ein freundliches kleines Komitee. Ich nenne es ein Komitee von guten Zuhörern. Und natürlich ist da noch der Fahrpool, der erstellt werden muss. Die Fahrer, die die Babys nach London zur Adoption bringen. Da würden auch Sie unter anderem eingesetzt werden. Eine sehr lohnende Aufgabe.«

Ich sagte, es gebe niemanden im ganzen Land, der weniger für eine solche Arbeit qualifiziert wäre als ich. Es sei unmöglich.

»Diese Einstellung, Eliza, hat sich schon oft als Ausgangspunkt eines sinnvollen, engagierten Lebens erwiesen. Hast du die Butter gepachtet, Bella? Seien wir ehrlich – was in aller Welt wollen Sie mit Ihrer Zeit anfangen, jetzt wo Sie zurück in England sind? Wollen Sie den lieben langen Tag dieses Riesenhaus putzen?«

Ich sagte, ich führte ein zurückgezogenes Leben und Teamwork aller Art interessiere mich nicht.

»Aber die *Shires* sind Ihnen doch ein Begriff?«

Durchaus. Durchaus.

Die *Shires*, liebe Joan, gibt es heute nicht mehr, aber es gab die Einrichtung noch recht lange – bis kurz vor deiner Ankunft. Es war ein Heim für unverheiratete Mütter, das fast ein Jahrhundert lang mitten im Park stand. Gegründet wurde es von drei mysteriösen Schwestern aus Derbyshire, kurz *Shire*, die für Derbyshirer Verhältnisse höchst überraschenderweise ihr gesamtes Vermögen den unverheiratet schwangeren Mädchen vermacht hatten, die bei ihren Familien in Misskredit geraten waren. Es war ein herrschaftliches Haus mit ermutigenden Aussichten und gesunder Luft. Es gab eine Küche mit sauber geschrubbten Tischen und einen Schlafsaal mit stabilen Eisenbetten, eine Diele und eine Freitreppe, breit und ohne Teppich. Somit bestand die Möglichkeit, sich Bewegung zu verschaffen, und im Frühstadium der Schwangerschaft besorgten die Mädchen die Hausarbeit und in den letzten Wochen halfen sie in der Küche. Wenn es so weit war, wurden sie in die örtliche Entbindungsklinik gefahren, wo sie bis zu zwei Wochen blieben, und dann zurück ins Heim gefahren wurden mit dem Baby, für das meist schon eine Adoptivfamilie organisiert worden war, die sich nichts sehnlicher wünschte, als den Kleinen oder die Kleine aufzunehmen, wobei es zur Aufgabe des Kindes keinen Zwang gab, nur ein bis zwei Mal pro Woche während des Aufenthalts ein Beratungsgespräch, um den Mädchen die immensen Vorteile auseinanderzusetzen, die sie dem Kind vorenthielten, wenn sie sich dagegen entschieden. In den *Shires* gab es nur zwei Regeln. Nämlich, dass keine Mutter stillen und dass ein erneut gefallenes Mädchen nicht wiederkommen durfte.

Die Mädchen wurden vor und nach der Geburt des Kindes gut vorbereitet auf den Tag der Abgabe. Sie wurden angespornt, sich und das Kind hübsch anzuziehen. Jede Mutter musste ihr Kind zwingend selbst übergeben. Das sei unabdingbar, hieß es. Das Baby würde in einem Haus in Belgravia von einer mütterlichen Amtsperson in einer Kompetenz ausstrahlenden, gestärkten blauen Uniform entgegengenommen. Diese freundlich blickende Frau hastete dann mit dem Kind davon und brachte es in einen Nebenraum, wo die neue Familie bereits wartete. Meist wurden zwei bis drei Mütter gleichzeitig abgefertigt, damit sie danach nicht allein waren. Nach der Übergabe wurden sie von einem von uns Komiteemitgliedern zur nächsten öffentlichen Beförderungsmöglichkeit gefahren, das Gepäck der letzten Monate wurde aus dem Wagen geladen, und mit einer Handreichung Geld, je nach familiären Verhältnissen, wurden sie winkend verabschiedet. »Die meisten«, sagte die Gant, »sind sehr dankbar. Viele von ihnen sind recht gebildet und kommen aus guten anglikanischen Familien. Die Sorte, denen der Ruf ihrer Eltern etwas wert ist. Sie fahren nach Hause, als wären sie auf Reisen gewesen – die alte Geschichte. Einige schicken uns noch die eine oder andere Weihnachtskarte, aber im Großen und Ganzen hoffen wir, dass es das war. Wir respektieren ihre Privatsphäre.«

»Klingt recht exklusiv.«

»Keineswegs. Wir nehmen Mädchen aus allen Schichten. Es gibt eine Bedürftigkeitsprüfung, aber bewerben kann sich jede. Natürlich legen wir allen den Besuch der Elf-Uhr-Gottesdienste ans Herz.«

Mit Erfolg. Über ein halbes Jahrhundert lang hatten im hinteren Teil der St Saviour's zwei Reihen ballonartiger Frauen gesessen. Wie die ersten gewesen sein mochten, konnte man sich nur ausmalen, die heutigen aber waren extrem gesprächig und aßen jede Menge Süßkram aus knisternden Verpackungen. Ein- oder zweimal gab es einen Vorfall – einmal kam sogar der Krankenwagen. Die heutigen Mädchen hielten sich in der Gemeinde in keiner Weise zurück, sie begegneten den freundlich nickenden und lächelnden Mitmenschen mit neugierigen Blicken. Die Gemeinde ihrerseits war sich uneins, was die Mädchen betraf, und einige Kollektensammler hatten etwas Respekt vor denjenigen, die beim Abendmahl auf den Stufen zum Altar wegen ihrer dicken Knöchel Unterstützung brauchten. Manchmal flirrten Gefahr und Aufsässigkeit in der Luft. Doch im Großen und Ganzen mochten die Mädchen die St Saviour's, und beim Kaffee nach dem Gottesdienst saßen sie ungezwungen im Gemeindesaal und strichen sich über die gewölbten Bäuche. Fast alle bis auf Lady Gant waren der Meinung, die Mädchen sollten überall in der Kirche sitzen dürfen, nicht ausschließlich auf den Magdalenenbänken, und beim Kaffee wurde die Frage häufig aufs Tapet gebracht. Die Mädchen schienen dazu keine Meinung zu haben, und Lady Gant rückte nie von ihrer Überzeugung ab, dass es neben der Tür viel sicherer sei. »Als geschlossene Gruppe«, sagte sie, »unter Aufsicht der Hausmutter und Bellas, und wenn möglich des Kaplans.«

Nun war der Kaplan der *Shires*, oh Jo–hannah, ein Mann namens Father Garsington, und er wohnte über den Mädchen in seinen Privaträumen unter dem Dach. Von Anbeginn an und aus naheliegenden Gründen war es Vorschrift, dass der Kaplan ein verheirateter Mann sei.

Father Garsingtons Ernennung lag jedoch schon so lange zurück, dass seine Frau, die kaum je das Haus verließ, in Vergessenheit geraten war. Wer sie sich ins Gedächtnis zu rufen versuchte, erinnerte sich an eine kultivierte Frau in sehr alten Seidenkleidern – sie hatte Verbindungen zu der hervorragenden Kleiderbörse für Ehefrauen des Klerus, den diese Herzogin damals führte. Sie hatte stets eine Saatperlenkette um den Hals, und darüber sah man in das glänzende, faltenlose Gesicht eines Mädchens. Ihre Augen waren unschuldig und sie trug Spangen im Haar wie schon zu ihrer Schulzeit. Sie hatte Father Garsington in Cambridge kennengelernt, und Cambridge war und blieb ihre goldene Zeit. Seitdem hatte sie nichts erlebt. Father Garsington war sehr schwachbrüstig aus dem Krieg heimgekehrt – »O ja, sehr schwachbrüstig«, sagte die Gant. Beide Garsingtons blieben in den *Shires* und unter sich.

Die Jahre vergingen, und die gefallenen Mädchen waren lauter und die Wohnräume des Kaplans stiller geworden, und in der letzten Phase der Einrichtung, als die Mädchen immer schwerer zu finden waren und dagegen aufbegehrten, den Garsingtons ihr Lunch und Abendbrot auf einem Tablett nach oben zu tragen, wurden der Kaplan und seine Frau wie zwei alte Eulen, die nahezu unsichtbar in den Dachbalken hausten. Father Garsington, ein sanftmütiger Mann, trug klaglos die Tabletts hinauf und hinunter, betete viel, ging jeden Nachmittag im Park spazieren, wurde aber sonst kaum gesehen. Am Schwarzen Brett in der Halle hing eine verwitterte Notiz, der Kaplan stehe für Beratungsgespräche zur Verfügung, doch die wenigsten Mädchen nutzten dieses Angebot.

Eine jamaikanische Schönheit, eins achtzig groß und mit Zähnen wie ein Bechstein, eine Frau, die Father Garsington in sechsfacher Ausführung als Zwischenmahlzeit hätte verspeisen können, schenkte ihm einmal zu Weihnachten eine Flasche Rum. »Und ein Küsschen«, sagte sie, nahm ihn in die Arme, legte ihre Wange an seine und wiegte ihn in seinem Stuhl hin und her. Sie lachte und lachte und tanzte und klatschte in die Hände und er sagte mit ziegelrotem Gesicht: »Aber nicht doch, Rosie.«

»Rosie hat uns Rum geschenkt«, sagte er seiner Frau, »und dir ein neues Tuch.« Mrs Garsington nahm das Tuch, breitete es auf der Tagesdecke aus und sagte, es sei ja doch recht bunt. Der Rum sei ganz und gar nichts für ihn mit seiner Kurzatmigkeit und würde sich beim nächsten Gemeindefest gut auf dem Flaschenständer machen. Father Garsington aber steckte die Flasche im hauseigenen Kohlenschuppen in einen seiner Gummistiefel und nahm jeden Abend, wenn er die Katze versorgte, einen kräftigen Schluck daraus.

Als Rosie mit ihrer lockenköpfigen kleinen Dörrpflaume – die die schwarzglänzenden Augen ihrer Mutter hatte – die *Shires* verließ, stand Father Garsington am Tor herum. Rosie wurde nicht im Wagen nach Belgravia gebracht. Sie hatte beschlossen, ihr Baby zu behalten, und war mit dem Kind an der Brust zur Bushaltestelle am Park marschiert. Als sie weg war, eilte der Kaplan nicht ins Haus, sondern betrachtete die Bäume im Park – es war ein regnerischer Tag und der Wind blies ihm kalte Tropfen entgegen. Mrs Garsington stand in ihrem hohen Fenster und sah nach unten. Eines der Mädchen erzählte es mir, als ich auf die Gant wartete, um sie nach Hause zu fahren. Das Mädchen hielt mich für eine neue Insassin. Ich war so stolz.

Erst nach mehreren Monaten war ich an der Reihe – natürlich nahm ich den Job an; habe ich das eigentlich schon erwähnt? Ohnehin überflüssig: du erinnerst dich an die Gant –, die Belgraviaroute zu fahren. Ich nahm an der monatlichen

Hauskonferenz teil, versuchte mich an der Buchhaltung und stürzte mich auf das Sekretariat, ohne die geringste Ahnung davon zu haben. Im Komitee saß neuerdings eine Sozialarbeiterin, »neue Regelung, leider«, sagte die Gant. Sie war Engländerin und hieß Mrs Djinn. »Eine von der alten Schule«, sagte die Gant, »keine Feministin, nichts Aggressives. Darauf haben wir bestanden. Wir sind fast ein Jahrhundert lang wunderbar ohne staatliche Einmischung zurechtgekommen.«

Mrs Djinn war in der Tat keine Feministin. Sie war alt und müde und zynisch und stand kurz vor der Rente. Sie trug handgestrickte senfgelbe Strickjacken mit ausgebeulten Ärmeln voller Taschentücher, da sie dauerhaft erkältet war. Ihre Augen hatten alles gesehen und erwarteten nichts, und die Berichte, die sie verfasste, zeichneten ein völlig blutleeres Bild von den Mädchen. Der Akt, dem sie ihre Aufmerksamkeit verdankten, war für sie weder rätselhaft noch von geringstem Interesse. Der Geschlechtsakt hatte für Mrs Djinn etwas von einer Virusinfektion, die zu einer unschönen Grippe werden konnte, etwas, von der die Spezies Mensch noch immer nicht geheilt worden war. Die menschlichen Triebe waren für Mrs Djinn nichts als brachliegende, steinige Felder, und ihr Gesicht war das eines trostlosen hölzernen Götzen. Dennoch stand eines Tages nach einer der monatlichen Sitzungen ein schlanker, brauner, indischer Sohn mit verträumten Augen vor Mrs Gants Tür und fragte nach Mrs Djinn.

Und es gab eine weitere Überraschung – ich hoffe, du hast Spaß an diesem kleinen Exkurs, Joanissima carissima –, eine weitere Überraschung. Während der fünf Monate, die ich bei den *Shires* arbeitete, machte ich eines Abends einen sehr langen Spaziergang. Henry war im Ausland. Und zwar in Washington, fällt mir gerade ein. Es war ein nassfeuchter Abend, regnerisch und windig, und ich ging mit schnellen Schritten den Berg hinunter, über die Bahnschienen und hinein in die kleinen Gassen. Ich passierte den schwarzen Stumpf der Papierfabrik, den blechernen Block der Reifenfabrik, die schiffsrumpfartige Mauer der Hunderennbahn – weißes Licht und ein brüllender Ozean im Innern. Ich kam nach Mitchum – ich war schon meilenweit von zu Hause weg. Oben von unserer Straße aus gesehen ist Mitchum der Horizont. Im Regen lief ich die gefährlichen Bürgersteige von Mitchum entlang und dachte an die endlosen Lavendelfelder, durch die man in früheren Zeiten gelaufen wäre. Beim Bau der *Shires* hätte die Frau des Kaplans von ihrem Fenster aus die blauen Felder in der Ferne sehen können.

Ich kehrte im dortigen Fish-and-Chips-Shop ein und stand da und wartete, während der Budenbesitzer die nächste Ladung Backfisch fertig briet. Ich stützte mich mit den Unterarmen auf die warme silberne Theke, und zwischen den Soßenflaschen und der Sammelbox für die Blinden und den dicken Pfefferstreuern aus Glas und Chrom sah ich Bella, die mit Father Garsington an einem Tisch saß und ein ernstes Gespräch mit ihm führte. Sie hielt über den Tisch hinweg seine Hand. Beide hatten zwei Rockfish-Filets vor sich liegen und einen Riesenberg Pommes. Father Garsingtons Teller war blutrot von Ketchup, und er hatte seine Fäustlinge ausgezogen.

Du kannst es dir vorstellen, nicht wahr, Joan?

Etwa fünf Monate nach meiner Einführung ins Innenleben der *Shires* kam der Ruf nach Belgravia. Zwei Babys. Auf ihren durchgelatschten Sohlen kam Mrs Djinn bei mir vorbei, und wir holten Bella von der Bushaltestelle hinter den Bahnschienen ab. Wir erreichten die *Shires*, Mrs Djinn stieg geschäftig aus dem Auto und verschwand im Haus, und Bella stieg zögerlich aus dem Auto und stand am Tor herum und lächelte vor sich hin. Niemand sprach.

Da erschien Father Garlington. »Hallo, meine liebe, hallo, hallo«, sagte er sehr herzlich zu Bella. Er schritt an ihr vorbei. »Guten Tag, guten Tag, guten Tag«, sagte er zu mir. Er trat fröstelnd von einem Fuß auf den anderen, hauchte weißen Nebel aus wie ein Drache. Rosa Fingerkuppen guckten aus seinen Fäustlingen und färbten sich so lila wie sein Mund. »Nur der erste Hauch. Der erste Hauch von Herbst. Ha.«

Zwei Kinder kamen mit eiligen Schritten den Pfad hinunter, jedes mit einem weichen weißen Bündel im Arm, dicht gefolgt von der Hausmutter, die darauf aufpasste, dass sie gut auf dem Rücksitz des Autos verstaut würden. Als nächstes kam Mrs Djinn den Weg hinunter, fast schlendernd vor Vernunft. Sie hatte eine Mappe und ein paar braune Umschläge dabei und stieg neben mir ein. Bella ging um das Auto herum, um sich mit auf den Rücksitz zu setzen, aber eines der Mädchen war recht dick und es war klar, dass eine von uns dableiben musste. »Für Bella ist kein Platz«, sagte Mrs Djinn.

»Kein Platz«, sagte der Kaplan. »O weh.«

»Du bist überflüssig, Bella«, sagte Mrs Djinn, »ich habe noch nie so viele Hilfskräfte gehabt wie hier. Ich kenne so was nicht aus dem öffentlichen Sektor.«

»Jaja, ich bin völlig überflüssig«, sagte Bella lächelnd.

»Kleiner Spaziergang gefällig?«, fragte Father Garlington, »ich wollte gerade in den Park. Wiedersehen, meine Täubchen. Viel Glück. Gottes Segen.«

Doch die beiden Mädchen neigten sich zueinander und steckten sich Zigaretten an und aschten auf ihre Bündel. Die Köpfe der Babys in den Bündeln sahen aus wie Haselnüsse.

»Tut mir leid, meine Lieben«, sagte Mrs Djinn. »Hier im Auto wird nicht geraucht, viel zu gefährlich.«

Es folgte ein Murmeln.

»Na los jetzt. Schön ausmachen. Ihr steckt uns hier noch

was in Brand. Da ist der Aschenbecher. Na los. Schenkt dem Baby eure volle Aufmerksamkeit.«

Eines der Babys stieß einen kleinen Laut aus.

»Seht ihr? Sie mag den Rauch nicht, meine Liebe, also macht sie aus. Sobald wir da sind, könnt ihr nach Herzenslust rauchen. Hier rein, Mrs Peabody, es ist gleich hinter der Kurve. Ja. Hier mal kurz anhalten. Ich muss erst die Lage sondieren.«

Die Säuglinge und die Mädchen und ich saßen schweigend da. Der süße warme Duft der Babys erinnerte an frischgebackenes Brot. Er vermischte sich mit dem Rest Zigarettenrauch und dann mit Alkohol. Im Spiegel sah ich eines der Mädchen einen Schluck aus einem Flachmann nehmen und ihn weiterreichen. Die erste steckte den Flachmann zurück in ihre Tasche, und dann sahen sie jeweils aus dem Fenster. Das dünne Mädchen sagte: »Schöne Gegend.« Die Babys schliefen traumlos weiter.

»In Ordnung«, sagte Mrs Djinn. »Fahren Sie einfach bis vor die Haustür, Mrs Peabody, und dann fahren Sie weiter und stellen den Wagen ab – in der Gasse da ist ein Parkplatz – und kommen nach.«

Als ich im Dachgeschoss des Hauses zu ihnen stieß, drei langflorgedämpfte Etagen hinauf, saßen die Mädchen Seite an Seite auf harten Stühlen. Sie hielten die Babys sehr professionell im Arm. Die Djinn saß daneben und studierte ihre Notizen. Als ich durch die Tür kam, blickte die Dicke ängstlich auf, während die Dünne aus dem Fenster und in den Himmel sah. Wir warteten, keiner von uns sah die Babys an, und dann kam die blau gekleidete Frau mit den weißen Ärmelaufschlägen herein und sagte: »Danke, meine Liebe, Dianne zuerst. Eine nach der anderen. Nicht, dass es noch zu Verwechslungen kommt«, und damit griff sie sich mit einer Schaufelbewegung das Baby, ähnlich wie ein Henker die Hände des Verurteilten packt und zusammenschnürt. In der Tür kam sie an einer weiteren, tweedgekleideten Frau vorbei, die mit glorreichem Lächeln nach vorne trat und sagte: »Kimberley? Ist sie nicht reizend. Nun denn. Ein letztes Mal anschauen. Gib ihr einen Kuss, Liebes«, und weg war sie.

Die Babys waren weg und die jungen Mädchen saßen da wie nackt, mit leeren Händen. Sie tauschten einen verschlagenen Blick aus, und die Dünne verzog das Gesicht. Die Dicke sah sich um, sehr kühl, und schürzte die Lippen.

»Zigarette, Liebes? Ganz recht. Das habt ihr sehr gut gemacht.«

»Können wir jetzt gehen?«

»Eine Minute noch.«

Wir warteten ungefähr zwanzig Minuten. Eines der Mädchen stand auf und ging ans Fenster. »Nicht rausschauen, Liebes, nur noch eine Minute.«

Irgendwo im Haus ging eine Tür auf und zu. Noch eine Tür ging auf und zu. Kurz darauf steckte die tweedgekleidete Frau ihren Kopf durch die Tür. »Überglücklich!«, sagte sie zu den Mädchen. »Ziemlich überwältigt.«

Alle standen auf, um zu gehen. Als wir zur Tür kamen, drehte sich das dünne Mädchen um und sah zurück in den Raum.

Draußen baten sie sofort um ihr Gepäck und wollten sich nicht von uns irgendwohin fahren lassen. Die Dicke sagte: »Wir gehen jetzt einen heben.« Die Dünne sagte: »Guck mal. Hier. Die Box mit den Geschenken. Es sind ihre Geschenke. Das ganze Zeug, was die Leute geschickt haben. Wir haben sie vergessen. Sie muss sie haben. Da sind Puppen und Teddys und all so'n Zeug drin.«

Mrs Djinn sagte, sie werde sich drum kümmern.

»Ist ja nur fair«, sagte die Dünne. »Ich geh noch mal rein.«

»Nein – das überlässt du uns.«

»Ich bring sie eben rein«, sagte ich, »versprochen.«

Mrs Djinn drehte sich weg.

»Na schön. Ist ja nur fair.«

Beide Mädchen sahen hinauf zu den Fenstern des Hauses mit den teuren seidigen Gardinen. Sie steckten sich Zigaretten an und nahmen Kurs auf den Pub, während ich mit der Geschenkebox die Treppe hinaufging. »Ja, ich denke schon. Kommen Sie rein«, sagte die uniformierte Frau, die jetzt ebenfalls rauchte. »Ärgerlich. Es ist viel zu spät. Stellen Sie sie hier ab. Kommt's halt zu Oxfam.«

»Das erste, was die neuen Eltern tun, anscheinend«, sagte Mrs Djinn, als wir allein im Auto waren, »wirklich jedes Mal, ist, das Baby nackt auszuziehen und ihm die mitgebrachten neuen Sachen anzuziehen. Ist das nicht interessant? Scheint eine Art symbolischer Akt zu sein – niemand legt es ihnen nahe. Sie lassen alles zurück, womit es gekommen ist. Neue Windeln. Alles. Oft lassen sie die alten Sachen einfach auf den Boden fallen. Eine irrsinnige Verschwendung.«

»Sind die Babys – diese Babys – noch da drin?«

»O nein. Sie sind vor einer halben Stunde los. Wir sorgen dafür, dass sie zuerst fahren, falls die Mütter noch herumlungern, um einen Blick auf die Leute zu werfen. Mrs Peabody, es ist eine wundervolle Sache, die wir hier machen, wissen Sie. Es wird furchtbar viel Blödsinn erzählt. Sie wirken etwas blass. Ich kann Ihnen sagen, ich habe inzwischen überhaupt keine Skrupel mehr und stelle immer wieder fest, dass es der beste Weg ist, um den Mädchen zu helfen. Ich weiß, dass das, was wir tun, richtig ist, und meine Erfahrung dringt zu ihnen durch. Jedenfalls geben wir drei Menschen – mindestens drei Menschen – die Chance auf ein besseres Leben: dem Baby, seiner Mutter und irgendeiner armen unfruchtbaren Familie.

Diese Mädchen haben keine Ahnung, wissen Sie. Das Grausamste, was man ihnen antun kann, ist, emotional zu werden. Wir hatten mal eine Hausmutter, und am Abend vor der Abgabe herrschte in den *Shires* eine Stimmung wie in einer Leichenhalle. Kopf hoch, Mrs Peabody! Es sind Kinder, und sie sind weit weg von zu Hause – falls sie überhaupt eins haben –, und sie können einen Neuanfang machen, wenn sie gescheit genug sind. Die Hälfte von ihnen ist zu dämlich, um die Pille zu nehmen. Diese beiden werden nächstes Jahr wieder eins bekommen, wissen Sie.«

»Aber warum, frage ich mich.«

»Schlechtes Gedächtnis, Mrs Peabody.«

»Trotzdem hart, finde ich.«

»Das Leben ist hart«, sagte sie folgerichtig, zog etwas Staubtuchartiges aus ihrem Ärmel, schnäuzte sich hinein und putzte sich anschließend damit die Brille. »Könnten Sie mich vor Harrods absetzen? Ich hol mir danach immer ein Pfund Speck. Es ist wundervoller Speck, und auch nicht teurer als im Supermarkt.«

Nachdem ich sie rausgelassen hatte, wendete ich, drückte mir dabei den Kotflügel ein und machte mich auf den Heimweg. Entlang der Fulham Road sah ich das dicke Mädchen mit ihrem Koffer und ein paar Plastiktüten. Sie watschelte ein wenig, als wäre sie immer noch schwanger. Sie wirkte wachsam. Als sie an eine Bushaltestelle kam, blieb sie stehen und las den Fahrplan. Ich hielt neben ihr und sagte: »Hör mal – hallo. Kann ich dich wirklich nicht nach Hause fahren? Oder sonst wo hin?«, und sie sagte: »Nee, kannste nicht. Verpiss dich.«

Das war das Ende meiner Zeit bei den *Shires.*

»Eliza, meine Liebe«, sagte Anne erneut. »Eliza – nicht abschalten. Wir wollten doch nur sagen, wir würden uns so sehr wünschen, dass Sie sich eine Beschäftigung suchen.«

»Anne, ich habe eine Beschäftigung. Ich habe das Hospiz.«

»Aber das ist doch nur eine Aushilfstätigkeit, Eliza. Sie sind beruflich nicht qualifiziert für den Umgang mit Sterbenden. Sie sind weder Medizinerin noch Psychologin noch sonst etwas – *und wieso auch*! Sie waren jahrelang eine hochrangige Diplomatengattin und hatten nie die Chance, einem eigenen Beruf nachzugehen. Wir dachten uns – na ja, ich dachte mir –, dass Sie etwas ganz anderes bräuchten. Etwas Heiteres und Kreatives. Und Sie wissen, dass Sie so viel mehr Selbstachtung hätten, wenn Sie *Geld* verdienen würden. Ehrlich – das macht so viel *Spaß*.«

»Meine liebe Anne, ich könnte unmöglich Bücher schreiben. Es gibt schon viel zu viele davon. Warum sollte ich stundenlang allein in einem Zimmer sitzen und Bücher schreiben, nur um ein paar wildfremde Menschen ein paar Stunden lang in einem Flugzeug zu unterhalten, bevor sie eingestampft werden? Die Bücher, meine ich. Die meisten haben eine Lebensdauer von sechs Wochen, und das ist auch gut so. Sie sind wie Desserts aus dem Kühlregal. Stand im Guardian. Es werden dutzendweise Romane ausgespuckt, die meisten sind banal, und all die armen Autoren denken, sie hätten den ersten Schritt in die Unsterblichkeit gemacht. Da kann man sich genauso gut selbstbefriedigen. Damit meine ich natürlich nicht Ihre Bücher.«

»Eliza! Nun, aber Sie könnten doch etwas Soziologisches schreiben. Oder etwas über Ihre Auslandsaufenthalte mit Henry. Oder gute Kinderbücher, so wie ich.«

»Ich könnte keine Bücher für gute Kinder schreiben.«

»Eliza! Ich will, dass Sie irgendetwas tun. Ich will, dass Sie zu meinem Schreibseminar kommen. Es wird ein sehr ungewöhnlicher Schriftsteller da sein, er hält einen Vortrag. Genaugenommen ist es Lancaster Forbes, und von ihm können Sie wirklich nicht behaupten, er würde eingestampft.«

»Leider habe ich keine …«

»Ach bitte«, sagte sie. »Ich weiß, Sie werden begeistert sein. Sie mögen Menschen doch so sehr und es würde Ihnen so guttun. Die kleinen Briefchen, die Sie früher immer geschrieben haben, waren immer so erfrischend, irgendwie, und sie fehlen uns. Lancaster Forbes würde Sie wieder zum Leben erwecken.«

Ich dachte: Armes Lämmchen. Das ist es, was ich dachte, Joan. Die Jungs in Harrow und das schlampige Mädchen in Cranborne Chase und das Abendessen von der Philippinerin gekocht und George nur dann zu Hause, wenn's Streit mit der Freundin in Hongkong gab.

»Wie geht es George?«

»Ach, wie gesagt. Er ist nicht da. Er ist nie da. Ich bin's gewohnt.«

»Vermissen Sie ihn?«

»Na ja, strenggenommen« (sehr munter), »strenggenommen, wissen Sie, Eliza, *nein*. Ich vermisse ihn überhaupt nicht. Seit ich angefangen habe zu arbeiten, bin ich emotional nicht mehr abhängig, und finanziell kaum noch, und ich denke wirklich, da ich jetzt in einer feministischen Arbeitsgruppe bin …«

»Sind Sie *wirklich* in einer feministischen Arbeitsgruppe?«

»Ja selbstverständlich. Wie denn nicht? Sie glauben doch nicht, ich sei wie die anderen in unserer Straße, Eliza? Wie soll man sich denn als Schriftstellerin sonst lebendig fühlen in der heutigen Zeit? Berufstätige Frauen müssen zusammenhalten. Wenn wir jemals das Heft in die Hand nehmen wollen.«

»Glauben Sie denn – glauben Sie denn, Sie könnten eines Tages George das Heft aus der Hand nehmen?«

»Ach, George ist *super.* Er ist ein vortrefflicher Ehemann, Eliza. Keine Untreue, nichts in der Art. Und ich persönlich finde, weniger Sex macht die Sache nicht schlechter. Eher besser, eigentlich.«

Während dieser Rede lief sie regelrecht lila an. Folter und Gehirnwäsche hatten es aus ihr herausgepresst. Ich musste an das denken, was Dulcie Baxter mal erzählt hatte, Joan, von der vorletzten Philippinerin, die morgens um zwei gegen ihre Tür hämmerte, weil George versucht hatte, sich in ihre Mansarde zu schleichen. Die gute einsame Anne.

»Ich komme zu Ihrem Seminar«, sagte ich. »Wann denn? Nächsten Dienstag?«

»Nein, heute. Könnten Sie heute kommen?«

»Das Leben ist voller Überraschungen. Ja, in Ordnung.«

»Ach, *super.* Ach, da freu ich mich aber wirklich, Eliza. Und heute ist ein superduper Tag, weil Pixie Leak da sein wird.«

»Pixie Leak?«

»Pixie Leak. '82 hat sie den Queen-Mab-Preis gewonnen und den Goldenen Langstrumpf von Oklahoma. Sie hat zuerst in Amerika veröffentlicht – *Dein erster BH* und *Keiner muss müssen. Wahnsinnig* gut und sehr unverblümt. Fantasievolle Prosa ist was anderes, klar. Sie ist nicht von der lyrischen Sorte. Aber eine maßgebliche Stimme. Ich wollte sie alle in meinem Bücherstand in der Kirche haben, aber der Vikar war dagegen und sogar Nick meinte, einige der alten Damen würden auf die Barrikaden gehen. Der Organist blieb eisern – er ist Mitglied der William-Temple-Society –, und es wurde laut diskutiert. Nick ist ein wenig vorsintflutlich, nicht wahr? Ich meine, für sein Alter. Und er hat kleine Kinder, da werden solche Fragen doch sehr bald aktuell.«

Nachdem sie weg war, dauerte es, bis ich wieder zu mir kam, und ich fragte mich, was in aller Welt ich im Schilde führte, denn ich hatte mich mit einem Eimer Wasser und Spülmittel über den Herd hergemacht. Ich hatte die Ringelblumenteller eingesammelt, und sie standen jetzt sauber und glänzend im Abtropfständer, und ich wischte den Boden. Dies wiederum führte unausweichlich zu den Arbeitsflächen, Fensterbänken, Fenstern, Gardinen. Ich nahm die Gardinen ab, wusch sie in der Maschine und hängte sie auf die Wäscheleine. Die Stufen zum Garten sahen nicht allzu gut aus, also goss ich einen Eimer Heißwasser hinunter und nahm sie mit einer harten Bürste in Angriff, stolperte rückwärts und fiel hin, und zwar, wie mir plötzlich aufging, vor Erschöpfung. Eine angenehme Art von Erschöpfung.

Da lugte etwas um die Ecke der Welt und sah mich an. Eine sehr ferne, kaum erinnerte Wahrnehmung – Glück. Ähnlich wie der ängstlichen, kämpfenden Anne war mir das Glück abhandengekommen, seit ich mir hatte einreden lassen, dass die Welt nur aus Superwomen wie dir bestehe, Joan, mit deiner tollkühnen Fahnenflucht. Bald bald bald mehr –

Deine dich bewundernde, suchende,
eigenständige Freundin E. P.

***

März, Hand aufs Herz

Liebe alte J.,

Kontinuum, Kontinuum.

Ich machte mich sorgfältig für das Schreibseminar zurecht und stellte mich ans Fenster und wartete. Als Annes Auto vor der Haustür hielt, konnte ich die massige Gestalt einer weiteren Person auf dem Beifahrersitz erkennen. Anne hatte ihr den

Kopf zugewandt und die beiden führten ein ernstes Gespräch. Sie verließ das Auto mit festen Schritten, steckte dann aber den Kopf zurück ins Auto und sprach weiter, wobei sie mit einem Arm Musik in der Luft dirigierte. Sie drehte sich um und sah hinauf zum Haus wie ein General, der sich auf einen schweren Feldzug einstellt.

»Ich bin so weit.« Ich strahlte übers ganze Gesicht und sie wirkte erleichtert, vermutlich weil ich ein Kleid anhatte und nicht den üblichen Morgenrock oder Anorak. »Eliza, wie reizend! Ich wollte schon die ganze Zeit sagen – was für entzückende Ohrringe. Darf ich Ihnen Pixie vorstellen? Pixie Leak.«

Die umfangreiche Gestalt auf dem Beifahrersitz – ich selbst hatte mich nach hinten gesetzt – zeigte nicht mal durch ein Zucken, dass sie mich wahrgenommen hatte, sondern starrte geradeaus. »Pixie – Eliza Peabody –« Vielleicht war da ein Laut, aber es hätte auch nur das Knarzen von Leder sein können. Ich konnte nichts von ihrem Gesicht erkennen und noch nichts von ihren Haaren, denn sie steckten unter einer Schiffermütze. Die Schultern waren in Tarnkleidung aus dem Armyshop gehüllt und ich konnte ein ledernes Wams ausmachen. Wir fuhren am Park entlang und bogen bei einem viktorianischen Haus mit herrlicher Fassade und Parkblick ein, das von einem weitläufigen Garten umgeben war. Stahlgeflecht bedeckte die Fenster, und die Traufen wiesen die üblichen Alarmanlagen auf. Eine Glocke neben der Eichentür hing an einem senkrechten, in sich gedrehten schmiedeeisernen Stab, der zum Eingang eines Burgfrieds gepasst hätte. Ich musste dabei an die finsteren chinesischen Häuser in Penang denken, wo alle ständig Angst haben, auf die Straße gesetzt zu werden. »Sind das Chinesen?«, fragte ich und wurde mit verständnislosem Schweigen gestraft. »Sie ist mit einem sehr erfolgreichen Kronanwalt verheiratet«, sagte Anne. »Es hätte richtig was aus ihm werden können, wenn er nicht bei einem Bauunternehmer eingestiegen wäre.«

»So schlecht scheint's ihm aber nicht ergangen zu sein.«

»Ich meine nur«, sagte Anne, »er wird nie zur *Crème de la Crème* gehören. Das sieht man schon an der Beleuchtung. Ich meine, er verdient einen Haufen Geld, aber sie kennen einfach nicht die richtigen Leute. Er ist sehr musikalisch und sie ist ein bisschen intellektuell. Aber *furchtbar* nett.«

Eine hauchzarte Philippinerin öffnete die Tür, und zu dritt paradierten wir in ein Wohnzimmer, das mit Leichtigkeit als Ballsaal oder als Schauplatz einer Amtseinweihung im Buckingham Palace hätte durchgehen können. Etwa zwanzig sehr gut gekleidete Frauen saßen lässig und gutgelaunt beisammen. Etwas abseits, hinter einem Wohnzimmertisch, saß ein kleiner, bedrückter Mann. Es war genau wie beim Frauenzirkel, an dem sich eine andere Eliza einst ergötzt hatte.

»Aber ich dachte, die Veranstaltung hat was mit einem der Colleges zu tun?«

»Oh, nein«, sagte Anne, »das habe ich nie gesagt. Es ist aber trotzdem recht anspruchsvoll. Der Mann, der da sitzt, ist Lancaster.«

»Klingt nach Shakespeare, nach einem der Historiendramen?«

»Still, Eliza. Er ist sehr schüchtern – und furchtbar sensibel, da er als Kind missbraucht wurde.«

»Wie schrecklich. Aber kann er denn darüber sprechen?«

»Das Sprechen und Schreiben darüber haben ihm geholfen, nicht den Verstand zu verlieren. Er ist der Ansicht, dass es seine Mission ist, die Menschen auf die Welt Margaret Thatchers vorzubereiten.«

»Ich hätte gedacht, die meisten hier seien Anhänger der Welt Margaret Thatchers.«

»Oh, aber nicht, was das Thema Kindesmissbrauch anbelangt, Eliza. Niemand hier würde Kindesmissbrauch unterstützen. So viel müssen Sie uns zugestehen.«

»Aber tut Mrs Thatcher das? Ich würde denken, sie hätte gar keine Zeit dafür. Sind ihre Kinder nicht eher loyal und gut aufgestellt?«

»Natürlich hat Mrs Thatcher keinen Kindesmissbrauch begangen – also *wirklich*, Eliza. Sie wissen genau, was ich meine. Kindesmissbrauch muss thematisiert werden. Überall auf der Welt. Kinder müssen lernen, wo Gefahren lauern und wo sie im gegenwärtigen politischen Klima mehr lernen können als aus Kinderbüchern.«

Dies schien mir eine rätselhafte Aussage zu sein und bewog Pixie Leak, sich plötzlich mit großer Energie zu räuspern. Ich spürte ihren Blick auf mir. Ich sagte: »Ja. Nun. Vermutlich waren *Schneewittchen und die sieben Zwerge* …«

»Na also. Ganz genau. Sie haben den Nagel auf den Kopf getroffen. Bindungsdynamik und Egostärke. Es ist alles eine Frage der Wahrnehmung und des Erkennens der Realität und des Umgangs mit unschönen Dingen. Das Kind muss sich der Sünden anderer bewusst werden.«

»*Schneewittchen* war der Lieblingsfilm von C.S. Lewis«, sagte ich, ein wenig um das Schweigen zu überbrücken. »Er und sein Bruder sind jeden Samstagnachmittag ins Kino gegangen.«

»Na ja, genau.«

»Ja, aber sie waren beide um die fünfzig.«

»Eliza«, sagte Anne, »seien Sie bitte vorsichtig. Wir haben hier ein paar sehr gescheite Leute.«

»C.S. Lewis war auch sehr gescheit.«

»Seien Sie bitte sofort still, Eliza.«

Jetzt wurde Pixie Leak flüsternd den in unmittelbarer Nähe

sitzenden Frauen aus dem Halbkreis bequemer Sessel vorgestellt. Alle nickten und lächelten breit, während sie mit düsterem Blick nach etwas mit einer geraderen Lehne Ausschau hielt, dann entstieg sie ihrem Wams und der Tarnjacke, und zum Vorschein kam ein gigantisches T-Shirt mit *Hard Rock Café* quer über der Brust. Während sie mit aufgeworfenen Augenbrauen Platz nahm, sah sie verbissen drein. Unterhalb des T-Shirts trug sie Knickerbocker, gelbe Strümpfe und hellbraune Budapester. Ich stellte mit Erstaunen fest, dass die Budapester mir einen Stich reiner Liebe versetzten, und unwillkürlich musste ich an meine geliebte Gruppenleiterin bei den Pfadfindern denken. Ich sagte: »Anne – glauben Sie – haben Sie jemals überlegt, ob ich vielleicht lesbisch sein könnte?«

»Eliza – ich *bitte* Sie.«

Teetassen wurden herumgereicht (Royal Worcester, Lapsang Souchong) und der kleine Tisch wurde näher an den wartenden Redner herangerückt, der daraufhin sein Notizbuch weiter in die Mitte des Tisches schob. Dann nahm er das Notizbuch erneut zur Hand und dummerweise auch die Teetasse nebst Untertasse. Er stellte fest, dass er das Notizbuch in derselben Hand halten musste wie die Untertasse, um aus der Tasse trinken zu können. Wir alle schauten respektvoll zu, während alle möglichen Zettel aus dem Notizbuch fielen und zahlreiche Frauen plötzlich auf dem Boden herumkrochen, um sie aufzuheben. Ein behindertes Kind, das leise auf dem Boden neben seiner Mutter gesessen hatte, prustete plötzlich los und sprühte allen einen Mundvoll Himbeeren entgegen, und Lady Gant, die hinter mir saß, sagte: »Sie sollte dieses Kind zu Hause lassen. Sein Anblick ist für die anderen verstörend.« Pixie Leak stieß einen Seufzer aus, und die Frau, offenbar die Hausherrin, deren Mann nicht die richtigen Leute kannte und die ein braunes Kleid aus üppigem Seidenjersey trug, für das man wirklich sehr dünn sein muss, trat an Lancaster Forbes' Seite und bat lächelnd und mit leuchtenden Augen um Ruhe.

Ach, Joan. Was für gute Frauen. So besorgt um das Wohl von Kindern. So erfahren. Wie effizient sie alle sind, alle wissen ihre Kinder in diesem Moment sicher in der Schule oder bei ihren Nannys, alle wunderbar gemanagt und in Sicherheit. Bald wird jedes von der Schule abgeholt, nach Hause in ein wohlhabendes blitzeblankes Haus gebracht, wo der Tea schon auf dem Tisch und das Abendessen bereits in der Mikrowelle steht. Ach, all diese Frauen mit ihren frisch gewaschenen Haaren, den handgestrickten Pullovern, der gebräunten Haut von den Wochen in ihren Häusern auf Korfu oder in der toskanischen Terra incognita. Und es sind gute Menschen, weißt du. Nicht dekadent, nicht eifersüchtig, nicht hasserfüllt, nicht grausam; kaum welche sind Säuferinnen, hyperaktiv durch Amphetamine, ruhiggestellt durch Tranquilizer. Alle haben brav dem Nikotin entsagt, alle ihre Krebsvorsorge und Zahnprophylaxe abgehakt, ihre Cholesterinwerte im Griff, und im Kalender sind Ascot, Hurlingham, Covent Garden, Karten für Glyndebourne und Tennis in der richtigen Reihenfolge vorgemerkt. Reich sind sie, reich, beige und fad wie kandierte Maronen. Aber es sind gute Menschen. Ernsthaft, wenn's um Bridge geht, dem Gin nicht abgeneigt – aber davon abgesehen völlig unbescholten. Wie eigenartig – wo es doch immer heißt, Frauen würden durch Ehe und Elternschaft häufig in den Selbstmord getrieben –, dass hier die Überlebenden sitzen, gepflegt, attraktiv, selbstsicher, eloquent (wie gut die im braunen Seidenjersey reden kann) und amüsieren sich königlich. Sie organisieren ein komplexes Privatleben, mehrere Häuser und vielleicht eine Wohnung in der Londoner Innenstadt, die der Firma gehört; die, wenn's nottut, gerne auch die anderen

Frauen benutzen dürfen; und sie bilden den Dreh- und Angelpunkt der Karriere ihrer Ehemänner, während ihre Kinder durch die Welt jetten zu ihren ausländischen Freunden in Mexiko und Peru, in einem Alter, in dem ihre Großeltern noch auf kurze Spaziergänge in den Park geführt wurden.

Ich sah die Frauen an und den designierten Redner und Pixie Leak, die unruhig auf ihrem Thron saß, und ich dachte: Es bringt nichts. Diese Leute sind nichts für mich. Mein Problem ist, dass ich noch nie gewusst habe, welche Leute was für mich sind. Ich war immer eine Randfigur, habe immer nur herumgestanden. Im Nirgendwo. Und habe mich nie dieser Tatsache gestellt.

Beim nachfolgenden Vortrag verstand ich kein Wort. Lancaster Forbes sprach mit erschöpfter, schütterer Stimme, als würde er jeden Moment in Tränen ausbrechen, und unter Verwendung eines mir völlig neuen Vokabulars; aber das lag vielleicht daran, dass es mir schwerfiel, mich nach den ersten paar Momenten zu konzentrieren, als er seine halbvolle Teetasse zu Boden fallen ließ und die Frau im braunen Jersey auf allen vieren mit einem feuchten Tuch nach vorne kroch und zunächst kraftvoll über den Teppich und dann die Füße des Redners rubbelte, und dann die Beine seines Tischchens, immer mal wieder seine Hosenbeine und sogar seinen Schoß trockentupfte. Kaum war sie zurückgekrochen, kroch das behinderte Kind nach vorn, schlang seine Arme um Mr Forbes' Knie und stieß ein paar schrille Trötentöne aus. Alle lächelten liebevoll, bis auf Lady Gant, die ein Geräusch wie ein übergeschnapptes Pferd von sich gab, und Mr Lancaster, der dem Kind einen garstigen Schubser versetzte und es zum Weinen brachte. Der Großteil des Publikums jedoch war höflich und sehr diszipliniert, und als sich die Rede ihrem Ende zuneigte, Mr Forbes sein Taschentuch zückte und sich damit über Gesicht und

Hände fuhr – die Zentralheizung bullerte wie verrückt –, rieselte es Applaus und Freudenrufe.

Anne Robin schritt zur Danksagung. Sie habe den Redner nicht vorgestellt, sagte sie, weil er hinlänglich bekannt sei (das behinderte Kind rief: »Uuupps«) und den Respekt aller genieße (Pixie Leak räusperte sich angesichts dieser Aussage erneut und schlug ein Knickerbockerknie übers andere), und es gebe gewiss nicht eine Familie im Land, die seine Bücher nicht liebte. Wie sie wisse, gebe es jede Menge Autogrammhefte im Raum, die nur darauf warteten, ihm zum Beweis dieses Umstands vorgelegt zu werden, sowie zahlreiche Taschenbücher, die er hoffentlich zu signieren bereit sei. Bestimmt habe Mr Forbes nichts dagegen (er warf ihr ein fettarmes Lächeln zu), und nun sei es ihr eine große Freude, ihm für seinen hochinteressanten Vortrag zu danken und zu versichern, dass wir alle unsere Gedanken zum Thema Ego und Id, Geschwisterbeziehungen und psychische Nähe aufpolieren würden, zumal er sich freundlicherweise bereit erklärt habe, Fragen aus dem Publikum zu beantworten. Es folgte die übliche, englische, nachdenkliche Stille, und Pixie schlug erneut die Beine übereinander.

»Unserem Redner wird natürlich klar sein«, sagte Anne beherzt, »dass dieser Vortrag ein sehr *seltener* Genuss für uns gewesen ist, denn als Vollzeit-Ehefrauen und -Mütter bekommen wir nur selten etwas über die *Theorie* der Kinderliteratur zu hören.« Sie sah sich recht verzweifelt nach Pixie um, die ihre Augen schloss. »Meist fangen Kinderbuchautoren – zu denen ich mich wohl dazurechnen muss – an zu schreiben, ohne einen Gedanken an *Theorie* zu verschwenden. Ich selbst bin erst spät zu dieser Gruppe von Menschen dazugestoßen, die ein so ausgeprägtes Interesse an Kinderpsychologie haben, dass sie selbst dazu übergegangen sind, Bücher zu schreiben.

Wir sind eine Gruppe, die sich hauptsächlich trifft, um die Arbeiten zu diskutieren, die unsere Entdeckungen gezeitigt haben – kleine Geschichten, die unsere Sicht untermauern –, und natürlich auch, um einfach über das zu reden, was uns so durch den Kopf geht, und da geht es dann wirklich ans *Eingemachte*.

Aber«, fuhr sie stoisch fort, »heute haben wir glücklicherweise jemanden in unserer Runde, die wir *mit Fug und Recht* qualifiziert nennen können, den einen oder anderen Punkt unseres Redners aufzugreifen und womöglich sogar« (und sie warf einen finsteren und autoritären Blick in P. Leaks Richtung) »zu hinterfragen?«

Aber P. Leak rauchte gerade eine sehr lose wirkende Zigarette, aus der der Tabak heraushing wie Haare aus einer Nase. Sie hatte den Kopf zurückgeworfen, die Augen geschlossen. Als ihr Name genannt wurde, war Lancaster Brummhummel in sich zusammengefallen, um seinen Teelöffel zu studieren.

»Ich habe mich ja gefragt«, sagte ich, und alle schraken hoch. Einige sahen sich um und manche tuschelten miteinander und nickten und lächelten aufmunternd. »Ich frage mich die *ganze Zeit*, warum wir hier eigentlich sitzen.«

Lancaster hob den Blick und senkte ihn wieder.

»Ich meine, *gibt* es überhaupt eine Theorie der Kinderliteratur? Ich dachte, Kinderbücher sind einfach nur Bücher, die von Kindern gemocht werden.« Meine Stimme verhallte im Angesicht ihrer starren Blicke. Diese Frauen, Joan, lebten immerhin tagtäglich mit Kindern zusammen. »Ich dachte immer, dass man eigentlich von Kindern lernt. Deshalb habe ich immer ein bisschen Angst vor ihnen.«

»Sie werden gleich sehen, was wir meinen, Eliza«, rief jemand wohlwollend. »Wir werden die Chance haben, unseren Horizont zu erweitern. Gleich beginnt die Lesung.«

»Mal überlegen«, sagte Anne. »Ja, vier von uns, denke ich. Wir werden aus unseren Werken vorlesen und Mr Forbes und Pixie Leak – *die wir heute, wie ich mit Stolz behaupten kann, haben verleiten können, bei uns zu sein* –« (finsterer Blick) »werden sich dazu äußern. Pixie, wie die meisten von uns wissen, ist die Gewinnerin des Elfenkelches, des Kuh-und-Kälber-Kruges und des Queen-Mab-Schildes, und in ihrer privaten Funktion eine liebe Freundin von vielen hier im Raum, und sie lebt in East Molesey. Pixie.«

Da erhob sich Lancaster Forbes, stieß ein letztes Mal sein Tischchen um und murmelte, dass es ihm leidtue, aber er müsse jetzt los, sonst verpasse er seinen Bus. Mit großen Sätzen steuerte er die Tür an, dicht gefolgt von der braunen Jersey-Frau, die mit einem Scheck wedelte.

Nachsichtiges, gefälliges Gelächter drang aus dem Publikum.

»Entsetzlich schüchtern«, sagte jemand. »Wir hatten solches Glück, dass er gekommen ist. Er ist immer so beschäftigt. Wisst ihr, jeden Morgen denkt er, nachmittags schreibt er, und abends denkt er erneut. Es ist die Grundlage seines Kanons.«

»Wer bügelt ihm wohl die Hemden?«, fragte ich, aber niemand hörte zu.

»Und nur zehn Pfund plus Spesen. Und so *ungemein* gut. Wer hätte gedacht, dass ein so kleiner Mann in der Lage war, *Das Video-Ekel* und *Die Sexmaschine* zu schreiben.«

»Grizel liebt *Die Sexmaschine* über alles«, sagte eine blässliche junge Frau in Apfelgrün. »Es hat etwas Kathartisches, oder? Die Initiation des Mädchens zur rituellen Tötung der Stammesmutter. Prä-kommunistisch. Na ja, so ziemlich prä-alles.«

Und plötzlich redeten alle auf einmal über Politik und die Unvermeidbarkeit von Oligarchen, aber im Gedenken an

Charles' Worte damals hielt ich den Mund. Eine Philippinerin mit traurigen Augen schob einen Teetrolley mit herrlichen Zitronen- und Orangenküchlein und selbstgebackenen Schokobrownies herein. Frischen heißen Tee.

Mappen und Klemmbretter tauchten aus Verstecken auf. »Schokokuchen?«, wurde Pixie gefragt, die die Augen öffnete und mit ihrer Kuchengabel hungrig den Kuchen in sich hineinzuschaufeln begann. »Ich fürchte, *Ihnen* wird das alles hier sehr dilettantisch vorkommen«, sagte die apfelgrüne junge Frau, und Pixie leckte sich die Finger. Sie saß recht nah bei mir. Zu nah bei mir. Wieder betrachtete ich die schönen braunen Budapester und mir wurde blümerant, denn ich stellte fest, dass es Henry war und nicht meine Gruppenleiterin, an die sie mich erinnerten. Henrys Schuhe. Seine lieben Schuhe. Seine stets schönen Schuhe. Auf sie hatte ich gewartet, während ich aus den Bogenfenstern der St James Street in eine altmodische, sichere Welt voller großer, sauberer, gutaussehender Männer blickte.

Hier saß ich nun inmitten dieser seltsamen Clique und lauschte einer Geschichte über eine Tausendfüßlerfamilie. An der Geschichte an sich war nichts auszusetzen – aber diese hochgebildeten Frauen, die so taten, als wäre sie das Wort Gottes! Tausendfüßler, dachte ich und stieß einen Schrei aus, denn irgendetwas krabbelte mir über den Nacken. Es war Pixie Leaks Hand.

»Ich muss los«, rief ich. »Ich hab was vergessen.« Und genau wie Lancaster nahm ich die Beine in die Hand.

Draußen war eine Bushaltestelle und es kam ein Bus. Ich stürzte an Bord. Um diese Zeit am Nachmittag war er fast leer und ich stieg die Stufen hoch, hier oben fuhr man quasi zwischen den Platanenkronen hindurch. Es gab nur noch einen

Fahrgast, der ebenfalls in der vorderen Bank saß, auf der anderen Seite des Gangs.

Es war ein etwa zehnjähriger Junge, und sein Kinn lag auf seiner Brust. Er hatte seidiges Haar, und in seinem Nacken unter der schwarz-rot gestreiften Schulmütze sah ich eine herzzerreißend schöne Furche. Plötzlich wollte ich sie küssen, aber dann dachte ich, dass das heutzutage vielleicht als Kindesmissbrauch verstanden würde. Er könnte mich anzeigen. Na ja, wäre ja auch richtig. Wir waren einander schließlich nicht vorgestellt worden. Er würde mir eins auf die Nase geben.

Der Junge las seelenruhig Seite für Seite in seinem Comicheft, und beim Lesen kickte und baumelte er mit den Beinen in den rotgrauen Wollsocken, kick und baumel. Wenn Kinder aufhören mit den Beinen zu baumeln, sind sie erwachsen. Er hielt inne, sah mich an und las weiter. Irgendwann fing er erneut damit an, baumel und kick, kick und baumel. Die Seiten des Comichefts wurden liebevoll umgeblättert. Als er seine Sachen zusammensuchte, um auszusteigen, sah er mich wieder an und hob mit ernster Miene zum Abschied seine Kappe.

Ach, die Liebe hat viele Gesichter –

***

12. April

Liebe Joan,

du siehst das Datum. Ein Monat des Schweigens.

Im März hatte ich dich mit den Worten »die Liebe hat viele Gesichter« zurückgelassen und habe auch jetzt nichts Besseres im Angebot. Ich schreibe aus reiner Gewohnheit.

Es ist nichts passiert. Nichts als lange graue Tage. Ich stehe sehr viel am Fenster. Es ist nichts passiert seit den Irrungen und Wirrungen von Oxford, den interessanten ethnologischen Studien beim Schreibseminar, außer Regen. Regen und nochmals Regen. Weich und durchdringend. Trommelnd und triefend. Er flüstert Nacht und Tag, alle Rasen in Surrey sind grün wie Irland, und wir in der Rathbone Road sind grau wie Gespenster. Ich stehe da und sehe in den Regen und denke nach über das Schweigen Gottes.

Was gibt es zu erzählen?

Die vielen Gesichter der Liebe.

Regen.

Gestern, liebste Joan, stand ich da und sah hinaus auf die Straße und sah zwei Menschen auf dem Bürgersteig stehen und zum Nachbarhaus hinaufschauen, wo das glamouröse Paar aufgeschlagen ist, sie mit dem goldenen Schlangenhaar und der Laufstegfigur. Sie ist die Märtyrerin unserer Straße, Göttin des verwässerten Lächelns, des ewigen Kopfwehs, die ihre beiden Kleinkinder wie eine Besessene von morgens bis abends durch die Gegend hetzt, ihr Leben mit ihnen in jeder nur denkbaren Art von Kursen und Spielgruppen verbringt, die viel zu beschäftigt ist für einen kurzen Plausch, einen Atemzug Freundschaft. Ihr Gesicht ist verkniffen und aufgewühlt, und sie erscheint einem wie der wahre Prototyp der alleinerziehenden Mutter.

Was nicht der Fall ist. Ein Ehemann, eine flüchtige Gestalt, ist täglich zu sehen, er springt die Stufen hinunter und rein in den Porsche und braust davon. Manchmal lächeln sie mich an, diese Leute, aber sie kennen meinen Namen nicht. Das Haus stand nie unter einem glücklichen Stern, obwohl von derselben hübschen 1860er-Bauweise wie der Rest der Straße bleibt niemand lange dort wohnen. Es ist ein gigantisches Wachhäuschen, wohlproportioniert mit einer stattlichen Eingangstür in Königsblau. Bronze- und lilafarbene Glaslampen aus irgendeinem sizilianischen Palast oder Pariser Freudenhaus hängen zu beiden Seiten. Das glamouröse Paar hat auf der Rückseite des Hauses einen Flügel angebaut, mit halb unterirdischer Garage, die jeden Abend ihr Maul aufsperrt, um den springenden Adonis zu empfangen, sobald sein Auto in unsere Straße gebogen ist. Auf der einen Seite der Tür steht eine Ceres-Statue auf ihrem Sockel, eine Garbe mit den Früchten der Erde regnet von ihrer Schulter herab. Verstreut auf den Stufen zu Ceres' Füßen liegt das Kinderspielzeug, und dort liegt es tagelang, da das goldene Schlangenmädchen zu müde ist, um es aufzuheben, und der Ehemann zu hochnäsig, um es zu bemerken. Die beiden Kleinen tragen Designerkleidung aus weichem Leder und handbesticktem Batist, immer frisch und duftig und gebügelt, oder vielleicht auch einfach immer neu.

Obwohl die Kleinen recht viel schreien und häufig mit Türen geknallt wird, höre ich durch ihre Wände keinen Hinweis auf Erwachsenenaktivitäten. Es scheint keine Haushaltshilfe zu geben, keine Geselligkeit, keine Gäste. Die Abende sind unnatürlich ruhig. Die beiden Paradiesvögel sind aus dem Himmel gefallen und leben offenbar nur vorübergehend unter uns, eigentlich sind sie längst für die Wohnung in Dockland bestimmt und das große Wochenend-Landhaus außerhalb von Salisbury. Eines Tages vielleicht werden sie sich an das altmodische Häuschen aus ihren Anfangsjahren erinnern – vorausgesetzt, die Ehe hält lange genug, um von Anfangsjahren sprechen zu können.

Denn es gibt gewisse Spannungen. Neulich Abend war ich mit den Hunden im Garten, da wurde zum Beispiel auf der Gartenseite des Hauses ein Fenster aufgeworfen und etwas Garstiges, Schwarzes flog hinaus, etwas sehr Festes von der Größe einer dunklen Fleischpastete oder eines Rugbyballs. Ich hielt das Ding für eine Granate. Es machte mir Angst, und die schattigen Gestalten im Fenster strahlten etwas aus, das mir noch mehr Angst machte. Etwas Hass, etwas Verzweiflung. Ich sah den Adonis das Schiebefenster zuknallen und mit einer abrupten Bewegung die Gardinen zuziehen. Doch es folgte keine Detonation.

Auf der Straße vor dem Haus stand nun ein kleingewachsenes Paar und starrte hinauf zu den lila Lampen und der Statue. Sie waren gut angezogen, der Mann in einem langen schwarzen Mantel, der nach Beerdigung aussah, die Frau in pelzbesetztem Samt und mit einer quadratischen italienischen Tragetasche aus Lederflicken, die mit Päckchen vollgestopft war. Keine Regenschirme. Der Regen troff und troff, aber sie schienen sich nicht daran zu stören. Nickend standen sie da wie zwei Marionetten.

Der Mann sah mich. Er berührte die Frau am Arm und zusammen nahmen sie Kurs auf meine Haustür. »Mr Deecie«, sagte er, als ich ihnen öffnete, »wie Washington.« »Washington, Mrs Deecie. Mr und Mrs Deecie«, sagte sie. »Wir sind nur gekommen, um Deborah zu besuchen.« »Deborah«, sagte er, »Deborah ist unsere Tochter. Nebenan. Angenehm. Peabody? Ein guter nordenglischer Name.« »Nordenglischer Name«, sagte Mrs Deecie. »Wir sind aus Leicester, also nicht gerade Nordengland, nicht gerade das, was *wir* Nordengland nennen würden, zumal wir ursprünglich aus West Yorkshire stammen, aber es liegt auf dem Weg. Es liegt in der richtigen Richtung.« »Richtung«, sagte ihr Mann.

Sie zogen ihre Mäntel aus und wir stapften in die Küche und ich hängte die Mäntel zum Trocknen rings um den Herd. »Das ist jetzt aber sehr nett«, sagte Mrs Deecie. »In Leicester schien die Sonne.«

»Und wie sie schien. Wir sind einfach in den Bus gestiegen. Ganz spontan.«

»…ontan«, sagte Mrs Deecie. »Sie sind sehr komfortabel, und es gibt reichlich Tee im Pappbecher, und natürlich ein WC. Sauberer sogar, als wir es aus dem Zug kennen. Wir haben nur eine knappe Stunde, bevor es zurückgeht, aber sie scheint nicht zu Hause zu sein.«

»Ich fürchte, da hat Mrs Deecie recht«, sagte Mr Deecie.

»Nur um die Enkel zu sehen. Tja, wir haben nicht oft die Möglichkeit, wir wohnen zu weit weg. Es überkam uns einfach, oder wie sagt man, wir sind einer Laune gefolgt. Deborah hat immer so viel um die Ohren mit ihrer Film- und Modelkarriere und Ivan fliegt ständig durch die Weltgeschichte – Australien, ständig. Australien, Mrs Peabody, ist für Ivan ein Klacks. Für Ivan ist das wie Runcorn oder Port Sunlight. All die Filmarbeit vor Ort. Sagen Sie, dürfte ich vielleicht Ihre Toilette benutzen?«

»Sie werden Deborah natürlich kennen«, sagte Mr Deecie. »Ein reizendes Mädchen. Wo Mrs Deecie gerade nicht hier ist – Deborah bedeutet ihrer Mutter sehr, sehr viel, und das ist der einzige Grund für unseren Besuch. Ich selbst bin glücklich mit meinem Garten, und ich will nicht sagen, dass ihre Heirat nicht auch eine kleine Erleichterung war. Ich sitze heute hier auf diesem Stuhl, nur um Mrs Deecie eine Freude zu machen.«

»Ich fürchte, Deborah könnte heute in London sein«, sagte ich.

Er wirkte verblüfft. »Aber das hier ist doch London. Etwa nicht? Für unsere Begriffe lebt sie in London, wobei ich schon sagen muss, wir haben von Victoria bis hier raus so lange gebraucht, dass es auch woanders hätte sein können. Nein, wir kennen das Haus noch nicht. Sie sind ja noch nicht so lange hier. Natürlich haben wir schon viel davon gehört. Schönes Haus. Nette Lage. Wobei ich nicht gedacht hätte, dass es nur ein Reihenhaus ist, muss ich sagen. Ich hatte mir etwas mit eigenem Grundstück und vielleicht auch mit Swimmingpool vorgestellt.«

»Ich finde aber schon, dass wir hier sehr große Gärten haben.«

»Na ja, kein Vergleich zu Leicester, muss ich sagen. Mrs Deecie und ich können nach Belieben Rosenkohl anpflanzen, und Stangenbohnen und besonders schöne Zwiebeln, abgesehen von der Terrasse und dem Teich und einem kleinen Kräutergarten, für den man sich weiß Gott nicht schämen muss. Wohlgemerkt, ich sehe, dass das alles hier sehr schön gemacht ist und eine ordentliche Gegend, und mit der Statue kann Leicester nicht mithalten. Es sind die Kinder, die ihr fehlen, Mrs Peabody, ich will's nur sagen, wenn ich darf, bevor Mrs Deecie wieder nach unten kommt. Mrs Deecie würde die Enkel gern viel öfter sehen. Sie strickt ihnen natürlich ständig irgendwelche Kleinigkeiten, aber es ist einfach was anderes, wenn das Kind zwischendurch die Sachen anprobieren kann, und geschrieben wird ja grundsätzlich nicht. An Geburtstagen und zu Weihnachten ruft Deborah an, und dann dürfen sie am Telefon mit Granny sprechen. Aber sehen Sie's mal so, Mrs Peabody, ein Kind muss einer Stimme doch ein Gesicht zuordnen können ... Wissen Sie, wenn Ivan mir und Mrs Deecie auf der Straße begegnen würde, ich glaube, er würde uns gar nicht erkennen. Seine eigene Schwiegermutter. Es ist diese Filmwelt. Sie reißt Familien auseinander.

Nun, ja. Einmal ist sie tatsächlich mit ihm nach Leicester gekommen, bevor sie verheiratet waren. Das muss wohl die Zeit gewesen sein, als sie anfingen, über eine Verlobung nachzudenken, denn sie kamen tatsächlich in Leicester vorbei, auf dem Weg runter von Schottland, wo sie zu zweit auf die moderne Art Urlaub gemacht haben – nicht, dass daran etwas falsch wäre, Deborah ist ja so gut erzogen. Und sie war auch zeitlebens gewissen Versuchungen ausgesetzt, aufgrund ihrer – nun, Sie kennen sie ja, Mrs Peabody. Sie sehen ja, was sie ist. Eine wahre Schönheit.

Schon immer. Nie anders. Von klein auf eine Schönheit. Es war eine Mordsanstrengung für sie, und, wenn man's genau nimmt, für uns auch. Sie wusste eigentlich nie, wie sie damit umgehen sollte, mit ihrem Aussehen. Ihre Mutter ist natürlich auch eine Schönheit, aber mehr der Typ Elizabeth Taylor. Deborah, würde ich sagen, na ja, habe ich immer gesagt, Deborah ist eher der Typ Jane Fonda. Als Teenager war es wiederum anders. Damals war sie der Typ Marilyn Monroe, träge und weinerlich und neigte zum Dickwerden.

Wir hatten alles, Mrs Peabody. All die Sorgen – die Magersucht und die Fresssucht. Nur mit Drogen hatten wir nie Ärger. Was aber vielleicht daran lag, dass wir auch nie mit Jungs Ärger hatten. Sie war zu hübsch für einen Freund in ihrem Alter, so kam es mir immer vor. Sie hat sie einfach verschreckt. Und sie hat den Mund nie aufgekriegt – anders als ihre Mutter und ich; an uns kann es nicht gelegen haben. Ihre Mutter war aber immer sehr stolz auf sie, und sie hatte gar nichts dagegen, dass dieser Ivan ein älterer Mann war. Mrs Deecie hat Deborah immer gern als Freundin gesehen, nicht nur als Tochter. So hat sie sie immer gesehen. Und wo Mrs Deecie doch Babys so liebt, ist das nun ein zusätzlicher Schlag gewesen. Dass sie sie nie zu Gesicht bekommt.«

Er dampfte über seiner Kaffeetasse sachte vor sich hin wie ein Kessel, und als Mrs Deecie zurück in die Küche kam, trocken und sauber und frisch geschminkt, stand er auf und setzte sich erst wieder, als sie saß. »Wir haben gerade über Deborah gesprochen, Vera.«

»Oh, ein reizendes Mädchen. Sie kennen sie bestimmt gut, Mrs Peabody?«

»Ich fürchte nein. Eigentlich haben wir noch nie ein Wort gewechselt. Wir lächeln uns natürlich an.«

»Wie das in London so ist«, sagte Mrs Deecie. »Es wird wohl für Deborah doch eine Umstellung gewesen sein, andererseits, sie war noch nie eine Plaudertasche, auch nicht in Leicester damals. Sehr schüchtern.«

»Ich frage mich manchmal, wie sie es geschafft hat, Kinder zu bekommen bei so viel Schüchternheit«, sagte Mr Deecie.

»Aber Frank.«

»Sie hat diese Babys ganz allein bekommen, Mrs Peabody, ohne ihre Mutter auch nur irgendwo in der Nähe. Das zeugt doch von Charakter. Sie ist mehr als ein hübsches Gesicht.«

»Das stimmt. Sie hat mich nie um Hilfe gebeten und brauchte mich nie in ihrer Nähe. Ich war enttäuscht, das gebe ich gerne zu. Welche Mutter wäre das nicht? Aber nach all den Teenagersorgen war es wohl sehr tapfer, mich nicht dahaben zu wollen.«

»Na, na, na, dass sie dich nicht dahaben wollte, hat sie nie gesagt, Vera. Du darfst ihr jetzt nichts in den Mund legen.«

»Sie hat überhaupt nie was gesagt«, sagte Mrs Deecie. »Nichts. Nun, unter uns gesagt, und ich hab damals in Leicester nichts gesagt, sie hat mir nicht mal erzählt, dass sie ein Kind erwartet – nicht mal beim ersten, das nach der Hochzeit zu früh auf die Welt kam. Sie wird gewusst haben, dass ich ihretwegen nervös gewesen wäre. Während ihrer schlimmen Phase, so mit siebzehn, bin ich immer sehr nervös geworden. Und davor. Und so gesehen auch noch ziemlich lange danach.«

»Aber, Vera, es waren nie Drogen im Spiel, wie ich gerade zu Mrs Peabody sagte. Von diesem schrecklichen Problem sind wir verschont geblieben.«

»Sie konnte nur nicht aufstehen. Sie lag im Bett, hatte die Augen zu und die Hände über die Ohren geschlagen.«

»Das ist sehr weit verbreitet«, sagte ich. »Hört man zumindest.«

»Es kam uns, also mir und Frank, einfach nur so eigenartig vor – ich meine, mit dem Aussehen, und so ein nettes Mädchen. Na ja, wir mussten sie eine Zeitlang in eine Anstalt für Nervenkranke schicken. Da hat sie diesen Theatermenschen kennengelernt, der hat sie dann mit nach London genommen.«

Sie hielt inne, lachte und rührte in ihrem Kaffee.

»Wir dürfen Mrs Peabody nicht zur Last fallen, Vera. Wir dürfen keine alten Geschichten aus der Schule aufwärmen. Was ich gerne wüsste, ist, wie ist die Nanny? Natürlich denken wir immer, Deborah bräuchte überhaupt keine Nannys, wenn Mrs Deecie in der Nähe wäre. Dann wäre Mrs Deecie ihre ›Nanny‹. Das sagt man nämlich in Leicester anstelle von ›Granny‹. Mrs Deecie ist die natürliche ›Nan‹, aber die Kinder kennen nicht mal ihr Gesicht. Das ist schwer für Mrs Deecie.«

»Lass gut sein, Frank. Solange sie glücklich sind. Es ist nur, man denkt doch an seine Kinder, an all die Tage – all die Jahre. Sie wissen bestimmt, wovon ich rede, wenn sie selbst welche haben. Wie sie einen immer angehimmelt haben. Jetzt wird's aber Zeit, Franko. Wir nennen ihn Franko, Mrs Peabody, weil er so spanisch aussieht. Ich ja auch, aber wir sind keine Spanier. Wir sind Engländer. Meiner Meinung nach war es ein großer Fehler von Deborah, sich die Haare blond zu färben, es passt nicht zu ihrem südländischen Teint. Als sie jünger war, eiferte sie dem alten Audrey-Hepburn-Stil nach. Die Windpocken haben sie verändert. Die Haut hat gelitten.«

»Es hat sie schlimm erwischt mit den Windpocken, Mrs Peabody«, sagte Mr Deecie. »Glauben Sie mir, ich habe auf Knien für sie gebetet, natürlich nicht in ihrem Kinderzimmer. Sie war so heiß, dass es aufs Hirn hätte gehen können. Mrs Deecie hat geweint – natürlich nicht so, dass es Deborah sehen konnte, vor Deborah blieb sie immer heiter. Mrs Deecie ist eine wundervolle Frau – nein, lass es mich sagen, Vera, du bist eine wundervolle Frau. Vier Nächte lang haben wir an Deborahs Bett gesessen, und es ging ihr so schlecht, dass der Doktor ihr ein Quäntchen Opium verabreichte. Da hat uns Deborah wieder so liebevoll angesehen – ich werde es nie vergessen –, und als sie genesen war, sagte sie, sie habe sich noch nie so wundervoll gefühlt wie mit dem Opium. Wir haben in unseren Kreisen nichts erzählt, unser Doktor war generell nicht sehr beliebt. Ziemlich *avantgarde*, zumal er recht dunkelhäutig war. Ich muss sagen, erst nach den Windpocken, nach dem Opium – was? Ja. Wir sollten uns auf den Weg machen, du hast recht, liebe Vera.«

Ich sagte: »Ach, warten Sie doch noch etwas. Ich bin sicher, sie sind bald zurück. Um vier kommen sie meistens aus der Vorschule.«

Es entstand eine Pause, und Mr und Mrs Deecie saßen mit strahlendem Lächeln da.

»Sag bloß. Gehen schon in die Schule«, sagte Mrs Deecie. »Na, in dem Tempo sind sie ja bald schon Professoren. Ich frage mich, was das wohl für eine Schule ist, wo sie doch gerade aus den Windeln raus sind. Oder noch drin, als ich sie zuletzt sah, das steht wohl in diesem berühmten Kinderratgeber, den jetzt alle lesen, von einer dieser alleinerziehenden Mütter verfasst. Wozu in aller Welt braucht man eine Nanny, wenn die Kinder den ganzen Tag in der Schule sind?«

»Es geht bestimmt ums Hinbringen und Abholen«, sagte Mr Deecie, »wegen Ivans Arbeit. In der Filmwelt wird das bestimmt erwartet, dass man eine Nanny hat. Sie ist ein *sine qua non*.«

»Ach, könnten Sie nicht eine Nacht bleiben? Sie könnten hier übernachten, wenn kein Platz ist …«

»O nein, sie hat doch ständig Dinnerpartys und Veranstaltungen, da wollen wir uns nicht aufdrängen. Und – Franko, geh ruhig rauf, und dann sind wir weg, wir dürfen unseren Bus nicht verpassen.«

Sie stand auf, ging hinüber zur Küchentür und schloss sie hinter Frank. »Eine Sache, unter uns gesagt, Mrs Peabody, und wie gesagt, ich will keine alten Geschichten aufwärmen. Für Frank ist das alles sehr bitter. *Sehr* sehr bitter. Ich würde es ihm nie ins Gesicht sagen oder ihm zu verstehen geben, dass ich Bescheid weiß, aber die Hochzeit war sehr bitter. Vielleicht waren Sie ja selbst dort?«

»Nein. Ich kenne Deborah eigentlich gar nicht.«

»Na ja, unter uns gesagt, ich glaube, es lag vielleicht eher an Ivan, wo seine Freunde doch so wichtige Leute sind, aber uns wurde gesagt, Franko und mir, es sei nur standesamtlich und ohne Empfang, da Ivan ja schon mal verheiratet gewesen war, und wir bräuchten nicht extra zu kommen. Es wäre eine Sache von wenigen Minuten, und sie würden uns lieber in Leicester treffen und zum Essen ausführen. Aber ich fürchte, das hat Frank nicht eingesehen, und ich muss schon sagen, auch ich war sehr enttäuscht. Frank sagte klipp und klar: »Deborah, ich werde doch wohl bei der Hochzeit meines einzigen Kindes dabei sein, egal wie klein der Kreis ist.« Also gab sie irgendwann nach und erklärte uns den Weg – einmal bis West London. Wir haben uns schon in Leicester feingemacht und kamen im Schnellzug mit reservierten Plätzen und dann im Taxi, über sechs Pfund. Wir waren viel zu früh und mussten stundenlang stehen, es war ein kalter rauer Tag und der Wind wehte den Straßenschmutz durch die Gegend, und die anderen Hochzeiten kamen und gingen. Mrs Peabody, man könnte ein Buch darüber schreiben! Diese Hochzeiten! Einige aufgetakelt bis sonst wohin und danach Champagner auf der Straße, dass die

Korken nur so knallen, natürlich mit professionellen Fotografen, und andere schleichen sich rein und stehlen sich wieder raus. Eine arme kleine Braut wurde sogar zurückgelassen, der Bräutigam und seine Freunde sind einfach ohne sie losgezogen – sie haben gelacht und sich geknufft und die Kleine ist ganz allein hinterhergetrottet, mit einem ganz komischen Lächeln in ihrem Pfannkuchengesicht mit dem dicken Lidschatten, und nicht mal das Kleid war hübsch. Sie sah aber gar nicht unglücklich aus, obwohl ihr Mann sich einfach in den Pub verdrückte mit diesen Kerlen in Lederkluft, die sich gegenseitig auf die Schulter klopften.

Na ja, endlich kommen sie, Ivan und Deborah und ihre Brautgesellschaft. Und sie entpuppte sich, nun, ich kann es nicht anders sagen, als eine Unzahl an Leuten. Die hatten sich die ganze Zeit schon die Straße hoch und runter versammelt, wir hatten das beobachtet. Alle sehr ungewöhnlich gekleidet, die jungen Frauen mit großen Hüten wie in Ascot und kurzen Lederröckchen. Und die Männer erst mal! So krank und furchtbar sahen sie aus, mit fettigen und schütteren Haaren und ganz schlechter Haut, wie Leute, die nie ins Freie gehen, wie Zinnfiguren. Diese Medien. Da ging uns zum ersten Mal wirklich auf, dass sie in die Medienwelt eingeheiratet hatte. Die beiden kamen zusammen in ihrem weißen Porsche, er im weißen Anzug und sie fast genauso angezogen wie er, mit einem Dutt auf dem Kopf wie mit sieben im Ballettunterricht, nur nicht so ordentlich und natürlich nicht mit einem Haargummi, sondern mit einer flattrigen weißen Schleife wie ein Schnürsenkel. Und sie kam uns vor, Mrs Peabody, wie ein gequältes Skelett, aber die Leute sagten: »Gott, ist das ’ne Hübsche«, und andere ordinäre Sachen, die uns klargemacht haben, dass sie in dieser Welt ganz oben rangiert. Und, Mrs Peabody, beide haben geraucht, als sie aus dem Porsche stiegen, und sie hatte ein Lächeln im Gesicht, ›unerbittlich‹, sagte ihr Vater dazu – er ist sehr geschickt mit Worten.

Sie sah uns im Vorbeigehen. Ihr Vater lächelte wie immer, und Deborah sagte: ›Hallo Mum, hallo Dad.‹ Na ja, sie konnte uns nicht übersehen, anständig angezogen, wie wir waren. Mr Deecie ist immer anständig angezogen, und er wird Ihnen sagen, dass er mich in all den fünfundzwanzig Jahren nie ohne Ohrringe gesehen hat, außer im Bett, wenn Sie verzeihen. Bei mir war alles aus einem Guss, Hut, Mantel, Tasche, Handschuhe und Schuhe, ganz die königliche Familie. Alles in Tangerine. Franko trug einen dunklen Anzug, ein blütenweißes Hemd, neu, und einen Schlips in Tangerine, damit wir farblich zusammenpassen. Es war genau, wie sie gesagt hatte, eine sehr schnelle Zeremonie, nur wenige Minuten, und danach – wir hatten es nicht bis in den eigentlichen Raum geschafft, sondern standen draußen im Gang –, danach gab sie uns beiden einen Kuss. Sie sagte: ›Bis nächste Woche, Dad. Mutter.‹ Ivan sagte gar nichts, bis sie ihn am Ärmel zupfte, und dann sagte er: ›Schön, dass ihr da wart.‹

Direkt vor dem Standesamt fuhren keine Taxis, also gingen wir ein Stück zu Fuß bis zu einer Hauptstraße, und auch da war der Verkehr zum Stillstand gekommen, und alle Taxis waren besetzt. Ich sagte: ›Frank, wir sollten hier irgendwo was essen gehen, hier sind jede Menge kleine Läden‹, aber er sagte Nein. ›Nein‹, sagte er. ›Ich gehe nicht einfach irgendwo mit dir essen. Ich gehe mit dir ins Cumberland Hotel.‹ Im Cumberland hatten wir damals die erste Nacht unserer Flitterwochen verbracht. ›Das Cumberland oder gar nichts‹, sagte er, ›und wir nehmen uns ein Taxi.‹

Aber es fuhr kein Taxi. Fünf Minuten, zehn Minuten – kein Taxi. Frank schlug vor, einfach mal loszulaufen, also liefen wir los – ich in meinen hohen Absätzen, und nach all der Steherei – und überquerten eine schreckliche Kreuzung und wären fast überfahren worden. Wir stellten fest, dass wir auf Kensington Gardens zugingen, und wir kamen am Ende der Straße da vorbei, wo Princess Margaret und so weiter wohnen, und ganz in der Nähe war ein wundervolles Hotel und alle möglichen sehr teuren Autos fuhren gerade vor und Leute eilten lachend hinein und ich sagte zu Frank: ›Schau mal, da ist die junge Frau mit dem Wagenradhut‹, und Frank sagte: ›Und da ist der Mann mit dem geschminkten Gesicht und den Ohrringen.‹

Dann sagte ich: ›War das nicht Ivan?‹ Dann sahen wir beide massenweise Konfetti und ein Aufblitzen von Weiß, und das war Deborah. Da sah ich Mr Deecies Gesicht, Mrs Peabody. Ich sagte: ›Na ja, macht nichts. Wir hätten sowieso nicht dazu gepasst.‹

Ich sagte: ›Na komm schon, Franko, wir gehen jetzt ins Cumberland und trinken ein Glas Wein und essen ein schönes Steak, nur wir beide‹, aber er hatte den Mut verloren, und wir haben verzichtet. Wir haben am Bahnhof einen Salat gegessen.«

Auf der Rückfahrt im Bus sagte er: ›Jetzt ist Schluss, Vera. Ich bin kein Unmensch, aber jetzt ist Schluss.‹

Mir fiel überhaupt nichts dazu ein. Immer wieder versuchte ich ihn auf andere Gedanken zu bringen, ihn auf irgendetwas draußen hinzuweisen. Er sagte kein Wort. Und er sagte auch kein Wort, als wir zu Hause waren. Er saß nur da und sah auf sein Abendbrot. Ich sagte: ›Trink einen Whisky, Frank, das hilft‹, aber er hörte nicht auf mich. In der Nacht lag er im Bett, und immer, wenn ich wach wurde, fragte ich: ›Bist du wach?‹, und er sagte: ›Ja, alles in Ordnung.‹ Aber es war nicht in Ordnung. Wir sprechen nie darüber – seitdem haben wir nie wieder drüber gesprochen.«

»Aber er ist doch heute mitgekommen, um sie zu besuchen?«

»Oh, es stimmt, was er gesagt hat. Er ist kein Unmensch.«

Frank fragte, ob sie kurz hinaus in meinen Garten dürften – er hatte von oben darauf geschaut –, um sich die Rückseite von Deborahs Haus anzusehen, und ich half ihm dabei, den Kopf durch die Schwachstelle im Zaun zu stecken. Er schilderte Vera nicht alles, was er nebenan sah – die Klettergerüste und Schaukeln, die den ganzen Winter draußen standen, und all den Schlamm und das Unkraut. ›Sehr schöne Schaukeln und Rutschen haben sie da, Vera, und die Puppe, die du geschickt hast, sitzt in einem der Fenster.‹ Als Vera schon mal auf Zehenspitzen zurück zu meiner Küchentür ging, sah ich, dass Franks Gesicht ganz spitz wirkte, fast als wäre ihm schlecht. Er sagte: »Mrs Peabody, da liegt eine tote Schildkröte im Garten. Grauenvoll. Irgendwelche Vögel oder Tiere haben versucht, sie aus ihrem Panzer zu ziehen. Sieht aus wie Lakritze. Ganz zerfetzt und wimmelt von Maden. Manchmal schaffen sie's nicht über den Winter. Ein warmer Tag, und sie kommen zu früh raus und dann – geschwächt – die Vögel ... Ich möchte nicht, dass die Kinder so was sehen. Wenn ich einen Spaten hätte, würde ich mich drum kümmern.«

Am Tor sagte er: »Danke, Mrs Peabody. Sollte es Sie jemals nach Leicester verschlagen ...«

»Verschlagen«, sagte sie. »Nein danke. Ich nehme die Geschenke in meiner Tasche wieder mit zurück – die Tasche ist von Ivan, ein Mitbringsel von einer seiner Auslandsreisen. Ich hoffe, was wir heute erzählt haben, bleibt unter uns? Ich weiß nicht, was über uns gekommen ist. Ich bin sehr dankbar und froh, dass wir hier waren. Mit so einer lieben Nachbarin kann ihr gar nichts passieren.«

Kaum waren sie um die Ecke gebogen, die Köpfe dicht beieinander unter meinem Regenschirm (der postwendend zu mir zurückkehrte), kam Deborah aus der anderen Richtung in ihrem Peugeot 105 den Berg hinaufgebraust, und sie bugsierte alle aus dem Auto und Richtung Haus. Sie warf mir ein schiefes Lächeln zu. Sie sah müde aus.

Also.

Es ist nichts passiert, Joan.

In Liebe, Eliza

***

1. Mai

Ich will dir mal das Hospiz beschreiben, liebe Joan, denn ich glaube nicht, dass du es kennst. Es ist ein irgendwie längliches, irgendwie niedriges Haus am Ende eines Waldweges tief im Innern des Parks. Früher hieß es Caesar's Farm, weil es angeblich auf dem Gelände eines Römerlagers steht. Eine recht romantische Idee, aber wer weiß. Die Nonnen hielten sehr wenig davon und tauften es Sankt Julian. Julian statt Julius, und da hängt er nun, der Heilige Julian, in der Halle über Mutter Ambrosines Schreibtisch, der heilige Knabe mit den goldenen Augen. Der heilige Julianus Hospitator, Sankt Julian, Schutzpatron der Wassermänner und fahrenden Kleriker, der Heilige der Flussreisenden und Barden, der Heilige der Gaukler und Spielleute. Der Heilige, der einen Leprakranken in sein Bett legte und dem ein Engel sagte, er solle Mut fassen und glücklich sein in der Ehe. Den Mann würde ich sofort nehmen.

Barry findet, er sehe beleidigt aus. »Wie ein schlecht gelaunter Windbeutel«, sagt er. Ich dagegen sehe einen atemberaubend schönen Jüngling. Piero della Francesca. Die großen Augen folgen einem nicht durchs Zimmer. Er sieht nicht den Betrachter an, sondern aus dem Fenster, über den Park hinweg und in die Ferne. Hinaus zu den Wassern des Parks und zum Jahrmarkt, ach, der Jahrmarkt, der Jahrmarkt.

Aber natürlich ist es der Park, weshalb wir alle hergezogen sind, nicht wahr, weshalb wir uns alle hier geparkt haben, haha. Von den breiten Straßen aus, die auf der Londoner Seite daran vorbeischießen, wäre man wenig beeindruckt – man sähe nur eine runde Wiese, ein paar prächtige Häuser mit Blick darauf und einen Teich in der Mitte, wo wir alle im Winter Schlittschuh laufen und Drachen steigen lassen und den Rest des Jahres segeln gehen. Energische Männer in kurzen Hosen federn sonntagsnachmittags auf und ab, bevor sie zu Langstreckenläufen losgaloppieren, und meist gibt es ein bis zwei Pferde mit wohlgesitteten Menschen an Bord, die mit ihren Gerten gegen ihre altmodischen schwarzen Reithüte tippen. Immer sind Dutzende von Gassigängern unterwegs, meist einzelne Frauen, die einander »Hallöchen« zurufen. Es gibt den kleinen Antiquitätenladen, wo man vorbeischauen kann, und eine Reihe pastellfarbener Cottages, eingeschnürt von Glyzinien, und vornehme Möbel, die durch doppelt gesicherte Fenster schimmern, und Alarmanlagen in Bereitschaft. Da ist der Hof aus dem siebzehnten Jahrhundert, angeblich vollgestopft mit Rembrandts, und dort ein zehn Meter hohes schmiedeeisernes Tor, das jeden Abend um acht von einer klappernden Pferdekutsche passiert wird, wobei ich sie noch nie gesehen habe. Das Tor führt zu einer neuen Wohnstraße mit rosa und mintgrün gefliesten Höfen. Die Kutsche hält auf den Fliesen vor einem Haus, das seit zweihundert Jahren nicht mehr dort steht. Ha.

Aber quak-quak, liebe Joanie, jenseits des Teiches und der Terrassen und der Golfspieler in ihren gelben Pullovern wie wandelnde Bananen beginnt der wilde Teil des Parks. Erinnerst du dich an das Meer aus Farnkraut – das sich fast eine halbe Meile weit erstreckt? Wusstest du, dass eine französische Herzogin hier mittendrin auf einer Lichtung Stücke aufgeführt hat? Pastorale Partys für die französischen Emigranten. Schäferinnen à la Marie Antoinette spazierten in seidenen Schürzen mit Hirtenstäben aus Elfenbein die Kaninchenpfade hinunter zur grün gesensten Bühne. Das ledrige Fischgrät-Farnkraut bildete fast einen Hohlweg über ihren Köpfen. Glockenhelles Gelächter, Zitronenlimonade, gezuckerte Küchlein, Lakaien in Perücken. Französische Farce. Es war ein tiefes, schläfriges Land seinerzeit, so still wie Shropshire.

Inzwischen dröhnt hier der Straßenverkehr noch lauter als damals, als du gegangen bist, Joan. Überall vom Park aus kann man ihn hören, er braust von Ost nach West über die Londoner Countys, beruhigend wie Schiffsmotoren donnert er dahin. Wir zahlen jetzt mehr dafür, am Park zu wohnen, und die Nonnen müssen noch mehr hinblättern, um uns dort sterben lassen zu dürfen. Und doch lieben wir den Park um seiner selbst willen. Er ist nicht nur die Goldene SnobCard des Städters, die Möglichkeit, die er hat, so zu tun, als lebte er auf dem Land.

Einmal begegnete ich dem alten Bernard im Park, er schimpfte leise vor sich hin und fluchte und ließ die kaputten Fingerknöchel knacken, und seine Auschwitz-Tätowierung war unter dem Ärmelaufschlag verborgen. »Ihr führt euch auf wie die Landadligen«, schreit er an schlechten Tagen, »und bei Gott, die Zeit ist vorbei.« Doch fast jeden Tag geht er im Park spazieren, und frühmorgens radelt er langsam auf seinem Fahrrad umher.

Der Park hat eine Aura und einen ureigenen Geist.

Jenseits des Teiches und der farbigen Cottages beginnen die Wälder, Joan, du erinnerst dich bestimmt. Du erinnerst dich, wie der Waldboden abfällt und die Bäume in die Höhe schießen, immer dichter gedrängt. Zwischen den Bäumen verlaufen die Wege, sie schlängeln sich unter tiefhängenden Ästen hindurch und führen einen an grasbewachsene Stellen mit Schmetterlingen und Brombeerhecken und Bächen mit kleinen Baumstämmen als Brücken. Man kann stundenlang spazieren, ohne einer Menschenseele zu begegnen, abgesehen von vereinzelten Exhibitionisten. Oder man läuft etwa eine Meile durch den Wald und wieder hinaus und stößt auf lange Alleen mit parkähnlichen Bäumen. Du bist wahrscheinlich nie so weit gelaufen, da du ja immer so beschäftigt warst. Wenn du so lange hier gewohnt hättest wie ich, hättest du die Bäume wachsen und sich in ihrem Wesen verändern sehen – gedeihen, altern, erschlaffen, genesen, umstürzen. Einige davon fällen sie, obwohl sie aussehen, als wären sie im besten Alter.

Ich kannte einen Baum, Joan, eine Birke. Sie stand jenseits der Quelle. Sie wurde nie groß. Sie schlackerte und wankte. Als sie jung war, warf sie ihr Haar zurück. Damals spazierte ich fast täglich durch den Park, ich beobachtete die Frauen mit den Kindern und die einsamen, unappetitlichen Männer. Für Leute wie mich hatte man eine Bank nahe den Bäumen aufgestellt. Auf der Lehne befand sich mal eine edle Messingplakette, auf der stand: *Zum Gedenken an James und John, die Söhne des Donners, zwei Sealyham Terrier, die viele Jahre in diesen Parkauen glücklich waren.* Das hatte Klasse, das Wort *Parkauen.* Die Plakette hatte Klasse. Sie wurde geklaut, genau wie sämtliche Messingbuchstaben vom Kriegerdenkmal geklaut wurden. Der alte Bernard spaziert an der Bank vorbei und lässt seine gefolterten Hände knacken. Wir kennen das schon von ihm.

»Diese Parkauen.« Wo ist die andere Aue, die andere – die Parkaue des Goldknaben, des Jahrmarkts? Still. Warte. Ich glaube, da kommen wir noch hin.

Jedenfalls, mein entzückender Baum wurde immer schöner und schöner. Seine Rinde wurde dicker und schälte sich gold- und zinnfarben. Die Blätter wurden erst zu grünem, dann zu weißem Konfetti – von Silbermünzen wie Sonne auf sommerlichem Wasser zu Goldmünzen im Oktober, bebend vor dem herbstlichen Himmel. Die goldenen Scheiben hingen verstreut an den zartesten Zweigen der metallischen Äste. Dann war er eines Tages weg.

Ich stand vor der Bank. Weg, Joan, einfach weg. Der Baum war verschwunden. Über dem Loch in der Erde lag Torf, fein säuberlich abgezirkelt. Scharrte man mit den Füßen, konnte man im hohen Gras noch soeben ein paar weiße Splitter erkennen. Um drei Uhr morgens hatte dem Baum das letzte Stündlein geschlagen. Alle Spuren waren beseitigt worden. Miss Ingham kam vorbei, eingemummelt in Strickjacke und was nicht alles, die Taschen ausgebeult von geklauten Wurzeln. Sie sagte: »Ach, ist das traurig.«

Irgendwer hatte die Zeichen des Todes entdeckt und dem Baum ein langes Siechtum erspart.

Es gibt immer noch Dachse im Park, Joan, und Füchse. Denkst du manchmal noch an sie, inmitten von Tigern und Krokodilen? Es gibt bessere Blumen als früher, jetzt, wo wir diesen schönen leuchtenden Rasen haben, und noch immer quillt Wasser aus der kalten Quelle und fließt zwischen den Bäumen hindurch, um den See zu speisen – das beste Wasser in Surrey, sagt Marjorie Gargery und reicht es ihren Kindern im Pappbecher. Immer steht jemand zwischen den Kiefern an der Quelle, irgendein alter Landstreicher mit blauen Lippen. Oft auch der seltsame kleine Jogger, der immer nur Schwarz anhat. Man sieht ihn regelmäßig in seinem hautengen Laufanzug. Er schaut mich nie an, aber er weiß, dass ich da bin. Manchmal denke ich, er will mich ermorden. In einem Buch wäre es so. Die römischen Soldaten an der Quelle hätten kurzen Prozess mit ihm gemacht. Ich denke an sie, wie sie ihre Füße ins Wasser tauchen. Ich denke an sie, wie sie vor Kälte zittern und sich nach Umbrien sehnen und dem Land von Piero della Francesca, nur dass er damals noch nicht auf der Welt war.

Nun, dieses reine und steinalte Rinnsal, Joan, fließt nicht allzu weit entfernt von einem schmalen befestigten Sträßchen, das als »Privat« gekennzeichnet ist und zum Hospiz führt. Anderthalb Meilen lang, und eines schönen Tages im Mai spaziere ich dort entlang und stoße auf Mutter Ambrosine über ihren Büchern.

»Guten Tag, Eliza. Sie sehen aber verwegen aus.«

»Ich bin gelaufen. Vielleicht habe ich auch ein Stück den Bus genommen. Dann bin ich gelaufen. Von der anderen Seite.«

»Durch den Wald? Sie sind den ganzen Weg durch den Wald gelaufen? Du meine Güte, dann sind Sie ja meilenweit gelaufen. Meilenweit.«

»Ich bin keine alte Frau, Mutter Ambrosine.«

»Aber, mein Lämmchen, es schüttet wie aus Eimern. Es schüttet wie der Monsun.«

Mutter Ambrosine steht mit beiden Beinen auf dem Boden. Ihr Gesicht ist glatt und braun. Ihre Augen sind braun und hell und klar. Sie sieht vollendet aus. Es ist ein Gesicht, das mir vertraut ist, aber es ist kein gewöhnliches Gesicht. Es ist ein Gesicht, mit dem man nicht in Konkurrenz tritt. Sie hat Falten um die Augen, auf der Stirn einen einzelnen Strich. Noch mehr Falten um den Mund herum. Aber nichts hängt. Nichts beult sich. Sie ist von nichts gebeutelt. In den Ohrenläppchen sind keine Löcher und ihr Haar hat nie einen Fön oder parfümiertes Haarshampoo gesehen. Es ist kurz und fedrig unter der kleinen Kappe, die das flossenförmige Überbleibsel dessen darstellt, was jahrhundertelang in ihrem Orden ein riesiger und segelyachtartiger Schleier war.

Festes Schuhwerk unter dem Schreibtisch, Stützstrümpfe,

die Knie schön weit auseinander unter einem dunklen Rock aus Serge, und sie kratzt sich unter der Restflosse mit einem leckgeschlagenen Kugelschreiber. Oder hat sich gerade gekratzt. Sie hat innegehalten. Als ich auf den Schreibtisch zukomme, wird der Kugelschreiber mit der Spitze aufgesetzt und die Schreibunterlage bearbeitet.

»… bis auf die Haut«, sagt sie gerade. »Ab in die Wäscherei. Ziehen Sie die Sachen aus.«

»Aber ich kann hier doch nicht nackt herumlaufen.«

»Wir finden was für Sie. Was sollen wir mit ihr machen, Nick?«

Erst da bemerke ich, dass der Vikar in ihrem Büro sitzt. Nick Fish, der Gremiumsmensch, mein hochprotestantischer Priester. Er und Mutter Ambrosine haben plaudernd zusammengesessen, schweigend zusammengesessen, Anglikaner und Römerin, plaudernd und sinnierend. Sankt Julian über ihren Köpfen starrt vor sich hin, und ich studiere meine Fingernägel. Ich erkenne sie in letzter Zeit kaum wieder.

Ich fürchte mich vor Mutter Ambrosine und Nick Fish. Vor der Stille, die zwischen ihnen herrscht. Diese Stille birgt in sich den erwarteten Kummer. Ich habe Mutter A. natürlich schon oft einem Tod beiwohnen sehen, aber ein Hospiz, Joan, ist nicht das, als was es manchmal dargestellt wird – es ist kein wackerer, herzlicher Ort; wobei es auch kein trostloses Leichenhaus ist. Überhaupt hergekommen war ich, um etwas über den Tod zu erfahren, wie du dir inzwischen wohl gedacht haben wirst. Es mag nur Hausarbeit sein, aber in einer Küche herrschen wenig Geheimnisse. Wir haben alle schon geweint, Joan, hier im Hospiz. Wir denken nicht ständig eifersüchtig an den Himmel. Der Tod, so heißt es immer auf Beerdigungen – höllische Veranstaltungen, Joan, und ich kann Leute nicht ausstehen, die das Gegenteil behaupten –, der Tod sei nur, als würde man »in ein anderes Zimmer gehen«. Ach ja, und wer sagt das? Wer ist denn schon mal da gewesen? Und welches Zimmer soll das sein, Joan? Wie sollen wir uns dafür wappnen, den Türgriff zu drehen, um es herauszufinden? Ich habe Mutter Ambrosine, die Kriegerkönigin Gottes, schon verzagt und erschüttert erlebt im Angesicht des Todes, und wäre es anders, gäbe es keine Stärke.

Und dann sitzt hier der Gremiums-Fish in verschlissener Soutane und Wollmütze, befingert seinen Rosenkranz und weicht gezielt meinem Blick aus. Also liege ich richtig, lieber Gott o Herr, und es ist Barry. Er ist nicht mehr unter den Lebenden.

»Barry hat nach Ihnen gefragt«, sagt Mutter Ambrosine. »Schnell, machen Sie sich trocken und gehen Sie zu ihm.«

»Wie geht es ihm?«

»Liegt wieder im Bett. Geschwächt. Nicht allzu schlecht. Barry«, sagt sie zu Nick Fish, »ist immer noch hier. Er ist in Eliza verliebt.«

Ich sage zu Nick: »Er ist zweiundzwanzig.«

Diese Information nimmt Fish mit ernster Miene zur Kenntnis, und er zuckt. Er kann mich nicht ausstehen. Verwöhnte-Oberschichtsschlampe-die-in-ihrem-Leben-noch-keinen-Finger-krumm-gemacht-hat. Aber ich beobachte ihn, wie er seine ganze Menschenliebe zusammenkratzt, den Rosenkranz loslässt und aufsteht. Ich sehe seine dreckigen Turnschuhe und die jungenhaft schmuddeligen Schnürsenkel. Ich sehe seinen Kopf von innen – *nein*, NEIN. Bitte, lieber Gott, nein. Nicht schon wieder. Ich zwinge meine Seele oder was immer es ist, das mir diese Heimsuchungen auferlegt, ich zwinge meine Augen dazu, den Glibber im Innern des Knochens nicht zu sehen und das weiche Mark und die Zellen, die unsere Säfte bilden, Zellen, die so flüchtig sind, dass sie davonfließen wie der

Schaum auf dem Kai, der von der kleinen Meerjungfrau aus dem Märchen übrig blieb. Sie verblasste vom Kopf an abwärts. Kopf ab. Blinzeln. Schlucken. Besser.

Nicks angespanntes Gesicht ist wieder da, und ich sehe den Ausdruck auf der Oberfläche und die Mühe, die er sich als christlicher Priester mit der armen bekloppten Eliza gibt. Aber wie soll er jemals Trost spenden, wenn er nicht mal in der Lage ist, den Mechanismus, den Kuckucksuhrmechanismus in seinem Kopf vor anderen zu verbergen?

Ja, es ist schwer, einer Maske zu trauen, und wenn man feindliche Gefühle in jemandem weckt, ist es vielleicht besser, sich darüber im Klaren zu sein, selbst wenn's ein Priester ist. Eine lange Nase zurückdrehen vielleicht? Ätsch. Sein Hirn sagt *(nein, guck nicht hin; guck weg)*: Eliza Peabody, o mein Gott, nicht die schon wieder. Die Verrückte. Schnell zum Irrenarzt. Was fällt Mutter Sine ein, sie hier reinzulassen?

»Tagchen, Eliza. Wie geht's, wie steht's? Tut mir leid, dass ich's neulich so eilig hatte. Irgendwann müssen wir uns mal richtig unterhalten.«

Joan, die hospizeigene Wäscherei! Sie sollte unter Denkmalschutz gestellt werden. Sie liegt in den Kellerräumen über unerforschten Überresten der Zenturios und sieht aus, als wären die Nonnen mit ihrem Gerät in ein fertiges Waschhaus eingezogen: ein Tempel aus Dampf und Hitze mit von römischen Fingern gebauten Abflussrinnen. Die Waschmaschinen surren, die Trockner wummern, und Nonnen arbeiten mit elektrischen Bügeleisen und Stärke, hochgekrempelten Ärmeln und glänzenden Gesichtern. Über ihren Köpfen hängen Bettlaken in Reihen wie schwere Flaggen. »Eliza!« Schwester Mildred streicht ein Leichentuch glatt. »Wollen Sie nicht mal die Sachen ausziehen, damit wir sie in den Trockner tun können, und ich suche Ihnen was Warmes zum Überziehen – nicht das hier.« Sie reicht mir eine heiße haarige Wolldecke.

Ich sitze vor den Waschmaschinen und sehe den Kleidern zu: schwapp und stopp. Stopp und schwapp. Anlauf nehmen. Und schneller und schneller, wie ein wirbelnder Derwisch, ekstatisch und außer Kontrolle. Ständig lese ich Romane, wo das Waschmaschinenverhalten mit dem Orgasmus verglichen wird. Ein sehr zeitgenössisches Bild. Es wird aus der Mode kommen. Aber ich versuche mich zu erinnern – ist es so? War es so? Beim Betrachten des surrenden Bettzeugs beschließe ich, dass ich es nie gewusst habe.

»Also, was ist los?«, fragt Schwester Josephine. »Im tiefen Tal des Trübsinns, meine Liebe?«

»Jetzt wollen wir aber was wirklich Schlimmes hören«, sagt Schwester Anna.

»Ich hab nur beobachtet, wie sich das Wasser im Kreis dreht.«

»Na, das ist ja mal was.«

»Und an Sex gedacht.«

»Klar, wir denken hier auch an nichts anderes, und jeden Morgen Champagner zum Frühstück. Nun denn – heute schon was gegessen?«

Als meine Sachen trocken waren, zog ich mich wieder an (»Großartig, gleich verfangen sich die Ohrringe im Pullover.« »Bloß nicht ausziehen. Sind sie nicht Barrys ganze Freude?«) und ging hinauf in die Küche, um einen Kaffee zu trinken. Ich konnte mich nicht erinnern, wann ich zuletzt etwas gegessen hatte, und nach einer Scheibe Toastbrot und ein paar Würstchen ging es mir besser. Dann fielen mir die Hunde ein. Mein Spaziergang im Regen hatte Stunden gedauert. Ich musste sie füttern. Ich musste mit ihnen raus. Aber erst musste ich zu Barry.

Er lag ausgestreckt auf dem Rücken und schlief, und sein Bettzeug war frisch und glänzend wie neu oder frisch aus dem Schoß der Wäscherei.

»Barry. Ich. Eliza.«

Keine Antwort. Oh, die Haut. Rau und aufgesprungen.

»Die Tamburinkönigin.«

Nicht mal ein Flackern.

Ich sitze bei ihm und halte ihm die Hand. Ich untersuche jeden seiner sauberen blauen Fingernägel. Die Uhr tickt. Draußen vor dem Fenster ist das Wetter wohl so trübe wie noch nie.

Nick Fish steht neben seinem Auto und scheint auf mich zu warten. »Oh-*kay*«, sagt er, geht herum auf die andere Seite, öffnet die Beifahrertür und kommt zurück, um mich hineinzulotsen. Das versuchen die Leute neuerdings ständig – mich zu lotsen. »Mitfahrgelegenheit gefällig?«, fragt er. »Ich fahr Sie nach Hause, Eliza.« Schon besser. ›Eliza.‹ Nick Fish hat natürlich schon immer Eliza zu mir gesagt, aber jetzt tut es auch der Fleischer, der Bäcker und der Mann von der Reinigung. Der Irrsinn ist ein großer Nivellierer.

»Nach Hause?«, fragt er.

»Ja, bitte, ich muss die Hunde füttern.«

»Den schönen Hund. Ich wünschte, wir hätten einen Hund, stattdessen haben wir fast alles andere. Tja, kostet alles Geld. Ich sehe Ihren oft im Park. Gern auch allein unterwegs, wenn ich das so sagen darf.«

»Das liegt an der Rasse. Er ist von Natur aus ein Streuner. Er entwischt mir immer. Ein richtiger kleiner Aal ist das. Dabei geb ich mir alle Mühe.«

»Oh-*kay*. Bleiben Sie auf dem Teppich«, sagt er. »Ich mach Ihnen keinen Vorwurf, meine Süße.«

›Süße‹ ist neu. Bist du plemplem, gibt's ein Bonbon.

»Es geht ihm besser, seit er in Gesellschaft ist. Seit wir den anderen am Hals haben. Wir haben ja jetzt zwei.«

»Zwei Hunde?«

»Einer gehört Joan.«

»Wer ist Joan?«

»Du lieber Himmel, Nick, *Joan*. Sie erinnern sich doch wohl an Joan. Sie sind doch seit fünf Jahren bei uns.«

»Eliza, ich kenne keine Joan.«

»Ach so, na ja – wahrscheinlich kann man sich nicht alle merken. Sie wohnt – wohn*te* – gegenüber von mir in der Rathbone Road. Nummer 34. Sehr gutaussehend. Leichtlebig. Sie *müssen* sie kennen. Alle kannten sie. Vor über einem Jahr ist sie plötzlich auf und davon – hat die Kinder und den Mann einfach sitzenlassen. Der Frauenzirkel war in hellem Aufruhr. Aber Nick, Sie müssen sich an Joan erinnern. Leute wie Joan vergisst man nicht einfach.«

»Es ist eine große Gemeinde, wissen Sie. Ich bin der einzige Priester. Ich bin nicht mal Vikar. Wenn sie so ein Freigeist war und so leichtlebig, habe ich wahrscheinlich nie von ihr gehört. Ist sie in die Kirche gegangen?«

»Um Gottes willen, nein. Nicht öfter als ich, mittlerweile.«

»Wirklich? Das tut mir leid, Eliza, aber darüber – sollten wir uns wirklich mal unterhalten. Dann verstehen Sie ja, warum ich von Ihrer Joan noch nie gehört habe. Ich kann nicht überall gleichzeitig sein.«

»Sehr schade. Dennoch – es geht ihr jetzt gut. Sie hat gelernt, wie man auf sich selbst aufpasst. Sie hat ihre Ängste und Sorgen über Bord geworfen – sie waren unter ihrer Fröhlichkeit begraben, das war auch der Grund für ihr schlimmes Bein – und ihr Leben in die Hand genommen. Ich bewundere sie über alles. Sie war eine rücksichtslose und entschlossene Frau.«

Ich erzählte ein bisschen weiter, und auf einmal riss er das Lenkrad herum und fuhr von der Caesar's Lane ab, stellte den Motor ab und vergrub das Gesicht in den Händen. Alles in einer einzigen Bewegung.

»Nick – du lieber Himmel, Nick, was ist denn?«

»Könnten Sie den Mund halten? Ich brauche einen Moment für mich.«

»Geht's Ihnen nicht gut? Sie haben das auch, ganz plötzlich, nicht wahr? Kenn ich. Vorletzte Woche wurde ich krank, gleich nachdem ich einem Besucher den Garten des Nachbarhauses gezeigt hatte. Ganz plötzlich. Ich weiß nicht mal, wer der Mann war, er wollte eigentlich nur die Leute nebenan besuchen, aber die waren nicht zu Hause. Ich bin einfach krank geworden, aus heiterem Himmel. Was ist das? Liegt es am Hospiz? Wegen irgendwas im Hospiz?«

»Nein. Das Hospiz – das kann's nicht sein.«

»Aber was ist es dann? Woran liegt es, lieber Nick?«

»Könnten Sie *bitte* aufhören zu reden?«

Nach einiger Zeit sagte er: »Also gut, es ist wegen Vanessa.«

Langes Schweigen. Es war warm im Auto. Ich ließ mein Fenster herunter, und das Zwitschern der Vögel drang herein und das Rauschen der schwankenden Tannen. Ein kleiner Schauer regnete aus den nassen Ästen und Zweigen auf die Motorhaube herab.

»Meine Frau. Vanessa.«

»Vanessa ist …«

»Schauen Sie, Eliza, fangen Sie nicht wieder an. *Vanessa*. Eine sehr entschlossene Frau. Etcetera.«

Schweigen. Ich sah ihn an, in seiner Wollmütze, und er nahm seine Brille ab und trocknete sich mit dem Ärmel seines Dufflecoats die Tränen. Ich nahm ihm die Brille ab und wischte sie mit meinem Taschentuch trocken. Ich gab ihm die Brille zurück, und er setzte sie auf und schniefte, also reichte ich ihm das Taschentuch. Er saß da und starrte hinaus auf die regnerische Straße und ich legte einen Arm über seine Rückenlehne und strich ihm den Nacken über dem Priesterkragen. Ich habe ein Faible für Nacken. Er steckte das Taschentuch ein und sagte: »Ich muss weiter«, und er ließ den Motor an.

Auf der Straße gegenüber vom Park sagte er – in gewohnt zackiger Manier –: »Würde es Ihnen was ausmachen? Ich sollte kurz zu Hause vorbeischauen, bevor ich Sie in die Rathbone Road bringe. Vanessa wird sich Sorgen machen.«

Also bogen wir in die Auffahrt des Pfarrhauses, mehr Pfützen als Kies, und er stieg aus dem Wagen und sah zur Haustür hinein und ich hörte ihn rufen: »– wieder da. Ich fahr die arme Eliza schnell nach Hause.«

Im Innern herrschte rege Betriebsamkeit, und Vanessa stürmte mit zornigem Gesicht an ihm vorbei, sprang in ihr wartendes Auto und brauste davon.

»Verdammt«, sagte Nick Fish. »Sie ist sauer. Sie hat irgendeine Besprechung in London. Herrje, ich hatte einfach die Zeit aus den Augen verloren.«

Ein Kind tauchte auf. Ein Baby in Windeln und Hemdchen, das gerade erst anfing zu torkeln. Ein weiteres Kind, ein Mädchen mit einem herausfordernden Blick, tauchte daneben auf. Sie schien etwa sieben oder acht Jahre alt zu sein – bei Nicks Kindern komme ich durcheinander. Wir haben alle schon mal ausgeholfen, wenn Vanessa nicht da war, aber meist, indem wir was zu essen vorbeigebracht haben. Die Kinder habe ich nie kennengelernt. Das Mädchen machte das Baby los, das sich an Nicks Knie unter dem Priestergewand geklammert hatte, und das Baby quietschte und schlug nach dem Mädchen. »Unser Au-pair hat heute frei«, sagte Nick.

»Schon gut. Meine Güte, Nick, machen Sie sich nicht verrückt. Ich kann zu Fuß nach Hause gehen. Ist doch gleich um die Ecke. Ich lauf ja schließlich schon den ganzen Tag.«

»Es geht weniger um *Sie*«, sagte Nick. »*Das* ist es eigentlich nicht. Ich habe heute Jugendgruppe. Niemand ist bei den Kindern. Vanessa muss es vergessen haben.«

»Hat sie nicht«, sagte das Mädchen. »Sie ist sauer. Du hast es versprochen. Jetzt kommt sie erst ganz spät nach Hause. Das macht sie immer, wenn du's vergessen hast. Aus Prinzip.«

»Das reicht. Habt ihr alle schon gegessen?«

»Yep. Hab ich mich drum gekümmert.«

»Also«, sagte ich, »ich bin dann mal weg. Vergesst mich einfach. Ich bin eure geringste Sorge. Danke, Nick, fürs Mitnehmen. Den halben Weg.«

»Sagen Sie«, sagte er und betrachtete mich eingehend. »Eliza – könnten Sie nicht ein paar Sekunden auf sie aufpassen? Ich düse schnell zu meiner Jugendgruppe und erklär ihnen die Sache. Die kommen auch mal ohne mich klar. Dann düse ich auch gleich zur Saint Cyprian's und bring den Leuten da ein paar Sachen für morgen, und wenn ich die Abkürzung durch den Park nehme, könnte ich Mike überreden, um halb acht für mich einzuspringen. Ich könnte um acht zurück sein – sagen wir zehn nach.«

»Ich bleibe so lange, wie Sie wollen. Ist doch klar«, sagte ich oder hörte ich mich sagen, und: Mal gucken, ob er's riskiert, dachte ich. Die durchgeknallte Nanny. Gut, durchgeknallt waren ja die meisten, sagt man heutzutage, auf die eine oder andere Art.

»Könnten Sie das wirklich tun? Würden Sie das wirklich tun, Eliza?«

»Wir brauchen niemanden«, sagte das Mädchen mit finsterem Blick und schnappte sich das Baby. »Wir kommen auch so zurecht.«

»Aber es wäre mir eine Freude«, sagte ich, und Nick hielt mir die Tür auf. Auf der Innenseite der Scheibe klebte ein riesiges Papiergesicht, das nach draußen sah. Ein Ballon guckte aus dem Mund, sagte: »Hi!«

»Ich bin hier«, sagte ich zu dem Mädchen, das das gleiche Gehabe an den Tag legte wie ihre just entflogene Mutter.

»Da ist auch Abendbrot«, sagte ihr Vater, »oder irgendwas. Ich versprech's, ich bleib nicht lange.«

»Halten Sie ruhig ihre Jugendgruppe ab«, sagte ich. »Bleiben Sie die ganze Zeit.«

»Dad-dad-dad«, heulte das Baby mit ausgestreckten Armen. Nick schenkte ihm keine Beachtung. »Das ist sehr lieb von Ihnen, Eliza.«

Und weg war er – zermalmte erneut mit durchdrehenden Reifen den feinen Kies –, und ich machte mich auf Richtung Wohnzimmer, gefolgt von dem beleidigten Mädchen und dem Baby, das schrie wie am Spieß. Das Haus hatte einen intensiven erdigen Geruch, der mich an alte Bauernhöfe erinnerte. Ich kam an einem Käfig mit raschelndem Stroh vorbei, einem großen blubbernden Aquarium voller Spinat sowie einem weiteren Käfig, sehr fruchtig, mit Mäusen. Ich ging durch eine offene Tür und betrat den Raum, der offenbar das Wohnzimmer darstellte, wo auf dem Eckplatz eines Tisches voller Gemeindeblätter und vollgekrümelter Teller der Junge aus dem Bus saß.

Er bediente einen altmodischen Füllfederhalter, stand aber sofort auf, erkannte mich sofort und (meine Güte) hielt mir die Hand hin. Er mochte vielleicht elf sein, dachte ich, aber nicht älter als zwölf. Ich bin nicht sehr gut darin, das Alter von Kindern zu schätzen, aber ich glaube nicht, dass er schon zwölf war. Er sagte: »Hallo, ich bin Lucien. Tut mir leid wegen Timmy. Er kriegt sich gleich wieder ein.« Das Mädchen schaukelte das Baby auf dem Arm, oder versuchte es zumindest, denn es zappelte und drückte sich mit dem Gesicht an sie und sperrte den Mund auf, um ihr ins Kinn zu beißen. Zwischen zwei Bissen brüllte es sich die Seele aus dem Leib. »Ich bin Eliza«, sagte ich, »ELIZA PEABODY«, und der Junge lachte nicht über Henrys schrecklichen Namen.

»Ich hab Sie im Bus gesehen.«

»Ja.«

Das Mädchen schrie, als ihr das Baby mit dem Finger ins Auge pikste, und auch sie begann zu heulen. Sie warf das immer noch brüllende Baby aufs Sofa, und ich machte einen Hechtsprung und packte es, bevor es am Boden aufschlug. Sein Mund war noch immer zur Höhle geformt, aber gerade herrschte die Stille vor dem nächsten Schrei. Ich stand auf. Das warme kleine Kind war erstaunlich schwer. Es war außerdem sehr klebrig. Der Schrei blieb aus.

»Du machst ja einen schrecklichen Lärm. Schrecklich«, sagte ich im hoffentlich gängigen Tonfall. »Ich glaube, ich habe noch nie einen so schrecklichen Lärm gehört.« (Etwas durchaus Ähnliches spielte sich gerade auf dem Sofa ab.) Das glupschäugige Baby entkrampfte langsam den Rücken und lag schlaff in meinem Arm. Es starrte mich so durchdringend an, dass ich mich fragte, ob ein Anfall bevorstand. Früher waren Babys anfällig für Anfälle. Vielleicht noch immer. Und dieses Mädchen auf dem Sofa – es schien mir sehr gut möglich, dass sie ein Auge verloren hatte. Sie stieß ein gequältes Quieken aus.

»Halt die Klappe!«, sagte der Junge. »Herrgott noch mal, Amanda, wie alt bist du? Eliza hat Angst.«

Das Mädchen trommelte zornig mit den Zehen auf dem Boden. Bäuchlings lag sie da und schrie weiter, wenn auch nicht mehr ganz so laut.

»Einfach nicht beachten«, sagte er. »Das macht sie mit allen Au-pairs.«

»Ich bin kein Au-pair«, sagte ich geschmeichelt. Dass er mich »Eliza« nannte, gefiel mir – nicht wie der Fleischer, der dazu übergegangen war, als ich anfing, die Leber statt der Briefe in den Briefkasten vor seinem Laden zu stecken. »Aber ich sag's lieber gleich, ich hab keine Ahnung, wie man auf Kinder aufpasst. Ich hätte mich eigentlich nicht anbieten dürfen. Ihr müsst mir helfen.«

»Kein Problem. Keiner von denen hat Ahnung. Sie lassen sich erwischen. Und keine ist zu gebrauchen.«

»Meistens kriegen wir grässliche Frauen von der Kirche«, sagte Amanda, drehte sich um und sah mich mit zwei tränenlosen und intakten Augen an. Sie zog mich in Betracht. »Gucken Sie mal, Timmy.«

Das Baby, das immer noch den Mund offen hatte, wenn auch weniger weit, streckte mir ein rundes Händchen entgegen. Ich sagte: »Timmy?« Er zappelte und ruckelte sich auf meinem Arm zurecht, dann beugte er sich vor, griff nach einem meiner Ohrringe und tätschelte ihn. Er stieß den Ohrring an, bis er schaukelte, und die Glöckchen klingelten wie ein tibetanischer Berghang. Er stieß ein Krächzen aus. Ein entzückendes, glückliches Krächzen. Er lächelte den Ohrring mit fröhlichen Augen an.

»Jetzt sind Sie geliefert«, sagte Lucien.

»Er hat Ihre Ohrringe entdeckt«, sagte Amanda. »Er ist verrückt nach Ohrringen. Er isst sie auf. Er hat schon Dutzende von Vanessas Ohrringen aufgegessen.«

»Nennt ihr eure Mutter Vanessa?«, fragte ich und dachte, was für eine Frage. Man musste gar nicht weiterdenken als an das Gesicht an der Haustür, um zu wissen, dass sie ihre Mutter natürlich Vanessa nannten.

»Sie ja. Ich nicht«, sagte Lucien. »Ist mir zu Sechziger.«

»Und wie nennt ihr euren Vater?«

»Ich nenne ihn Vater. Sie nennt ihn Daddy.«

»Ich nenne sie Vanessa, weil sie das gernhat«, sagte Amanda. »Sie sollte auch mal kriegen, was sie gernhat. Sie rackert sich ab, aber niemand dankt es ihr, anders als bei Nick – also Daddy. Niemand schmachtet Mum-Vanessa an. Sie hat keine stinkenden alten Damen.«

»Jetzt reicht's«, sagten Lucien und ich zusammen und tauschten einen anerkennenden Blick aus. Ich sah, dass sich das Baby die Glöckchen in den Mund stopfte.

»Ach du Schreck, Amanda, hilf mir!«

»Schon gut«, sagte sie. »Ich hol sie wieder raus. Er hat sie ja noch nicht verschluckt«, und sie angelte mit dem Finger im Mund des brüllenden Babys herum. »Hier sind schon mal zwei. Ich glaub, ich hab alle. Wie viele fehlen denn?«

»Kann ich nicht sehen. Ich hab sie ja an. Habt ihr irgendwo einen Spiegel?«

Amanda und das Baby, das noch immer aussichtslos aus der Ferne nach meinen Ohren ausholte, rangelten jetzt miteinander auf dem Tisch, wo Lucien mit einem Seufzer seinen Füller hingelegt hatte.

»Ich zähle jetzt. Amanda, lass ihn nicht an sie ran. Eins, zwei, drei – sieben auf der rechten und – oh Gott, nur drei auf der linken Seite. Zwei haben wir gefunden, also hat er zwei verschluckt.«

»O nein!« Amanda sah betroffen aus. »Sie sind schrecklich spitz. Die sind so scharfkantig wie Vanessas Zinnautos damals. Ich sollte den Arzt rufen. Oder nein, der Notruf geht schneller, der Arzt ist sinnlos. Er glaubt uns nicht mehr.«

»Stopp!«, rief Lucien mit donnernder Stimme, und Baby und Schwester verstummten. »Amanda – such du zuerst, dann schau ich. Runter auf den Boden. Schau unter dem Kram nach. Eliza, schauen Sie in Ihr Dekolleté.«

Amanda warf mit Kram um sich und sagte: »Hier ist schon mal eines«, und ich sah in mein Dekolleté, wo sich ein Glöckchen auf dem Rand meines BHs niedergelassen hatte.

»Vorbei mit der Panik«, sagte Lucien. »Und jetzt, Eliza, zeigt Amanda Ihnen, wo alles ist, und ich sollte hier weitermachen.«

»Wo alles ist?«

»Für sein Bad. Er hätte schon vor Stunden gebadet werden müssen.«

»Kann ich nichts für. Ich musste ja Essen machen. Und Vanessas Unterlagen suchen. Ich bade ihn. Komm her.«

»Lieber nicht«, sagte Lucien warnend zu mir, während ich ihr erleichtert Timmy überreichte. »Sie lässt ihn fallen. Aus Versehen mit Absicht. Das macht sie immer. Sie heischt nach Aufmerksamkeit.«

»Gar nicht wahr.«

»Doch.«

»Gar nicht wahr. Außerdem kann sie es ja gar nicht. Man sieht doch, dass sie das nicht kann. Sie hat keine Ahnung.«

»*Danke*, Amanda.« Ich entriss ihr das Baby und steuerte auf die Treppe zu.

Auf dem Treppenabsatz erbleichte ich ein wenig beim Anblick eines kleinen Terrariums voll schrecklicher Molche. Da musste Amanda lachen. »Gucken Sie mal hier rein«, sagte sie gehässig, öffnete eine Tür auf eine Wand voller Käfige, in denen samtige kleine Wesen hin und her huschten. »Das sind Chinchillas – damit verdienen wir bald ein Vermögen.«

Abgesehen von den Käfigen standen in dem Zimmer noch Bücherregale und ein mit Papieren übersäter Tisch und auf dem Boden noch mehr Bücher und kippelnde Papierstapel.

»Das Zeug gehört alles meiner Großmutter«, sagte Amanda. »Sie ist Witwe und lebt in Indien. Sie sagt, die Bücher würden bei ihr zu Hause verderben, also haben wir sie.« Im Badezimmer schien für niemanden Platz zu sein, so eng war der Raum zwischen Wanne, Waschbecken und WC, und auch hier waren überall Bücher. »Alles von Granny«, sagte Amanda. An den Wänden im Gang zwischen den Schlafzimmern waren dort, wo keine Bücher waren, Poster, und neben der Badezimmertür hing ein großes Kruzifix, dem das Baby einen Schlag zu versetzen versuchte.

»Kommt eure Großmutter ab und zu her? Ich meine, kommt sie und hilft?«

»Nein, sie verträgt sich nicht mit Vanessa, und Vanessa kann sie nicht ausstehen.«

»Das ist schade. Das hättest du mir wahrscheinlich gar nicht erzählen dürfen. Das ist eigentlich eher was Privates.«

»Nein, ist es nicht. Das weiß jeder. Mum-essa sagt, es ist besser, wenn solche Dinge ausgesprochen werden.«

»Da bin ich mir aber nicht so sicher.«

»Ach *nein*?« Sie sah mich an, als wäre ich vielleicht doch nicht ganz uninteressant. »Sie sollten Timmy jetzt baden.«

»Baden«, sagte ich zu dem Baby, das jetzt still in meinem Arm lag. Er schenkte mir ein anhaltendes, persönliches Lächeln. »Oh! Er hat mich angelächelt.«

Amanda lehnte sich in den Rahmen der Badezimmertür und baumelte mit einem Bein.

»Oh, Amanda, er ist wunderschön!«

Sie kam rein, steckte den Stöpsel in den Abfluss und ließ die Wasserhähne laufen.

»Oh – ist das nicht ein bisschen tief? Sieht aus, als ginge es weit runter.«

»Nein. Passt schon. Lassen Sie ihn einfach fallen.«

»Und jetzt? So?«

»Na ja, ziehen Sie ihm das Hemd und die Hose aus. Jetzt *machen* Sie schon. Seien Sie nicht albern.«

Langsam ließ ich das wachsame Kind herab, und es öffnete sich im Wasser wie eine Blume. »Oh, er schwimmt! Amanda – kann ich ihn loslassen?«

»Natürlich können Sie das. *Natürlich.* Er wird schon nicht ertrinken, nicht mal er. Er ist fast ein Jahr alt. Er kann schon seit Ewigkeiten aufrecht sitzen. Er kann schon so gut wie laufen.«

Das Baby begann mit den Handflächen das Wasser zu schlagen und alles im Umkreis zu durchnässen, einschließlich meines nonnengetrockneten Rocks. Er stieß ein Krächzen aus, als habe er Keuchhusten. »Oh«, sagte ich, »sieh mal, sieh mal, Amanda, er lacht uns aus«, und Amanda stieß sich vom Türrahmen ab, kam rein und lehnte sich plötzlich mit vollem Gewicht gegen mich. Sie begann ihren Zeigefinger wie eine Stricknadel durch einen Strang meiner Haare zu manövrieren.

»Sind Sie Afrikanerin? Sie haben so schöne Haare. Wie kleine orange Sprungfedern.«

»Mir scheint, das Baby ist schon sehr weit«, sagte ich, als Timmy die Seife in Richtung eines Quietscheentchens flitschen ließ und dem Tier den Garaus machte. »Ist das nicht ganz schön weit entwickelt?«

»Seine Koordination ist fantastisch«, sagte sie. »Ja. Er ist tatsächlich schon sehr weit entwickelt. Er ist ein kleines Wunder. Er ist weiter entwickelt als alle Babys, die wir kennen.«

»Ich finde, ihr seid alle drei recht weit entwickelt.«

Sie rannte zum Treppenabsatz und rief: »Lucien – sie wusste nicht, dass er schwimmt.«

»Na ja, jetzt aber nicht weggehen«, rief er zurück.

»Hilfe«, kreischte ich. »Amanda, er isst sie auf. Die Seife.

Darf er das? Gütiger Himmel, ist sie nicht giftig? Oh Gott, er ertrinkt«, denn das Baby war zur Seite weggeglitscht, fuchtelte wild mit den Armen und grapschte wahllos nach den Anziehsachen, die über der Badewanne zum Trocknen hingen, ehe er unter die Welle tauchte.

»Er ertrinkt«, schrie ich, und Amanda fischte ihn mit einer Unterhose und einem Unterhemd ihres Vaters verknäult aus dem Wasser, schlug ihn geschickt in ein Handtuch ein und legte ihn mir in den Arm. »Wiegen Sie ihn und beruhigen Sie ihn«, sagte sie. Mit beiden Armen umschlang sie meinen Hals. »Sie sind so *lustig*«, sagte sie. »Sie sind die Lustigste, die wir je hatten.«

Wir legten ihn in eine Art Schale aus Wollstoff über einem paketartig zusammengefalteten Regenmantel, sehr hübsch und kompakt. Ich hatte noch nie das Geschlechtsteil eines Babys gesehen und war etwas peinlich berührt, weil es so riesig aussah. Ich fragte mich, ob an Timmy vielleicht irgendetwas nicht ganz normal war.

»Was ist denn?«, fragte Amanda. »Haben Sie so was noch nie gesehen?«

»Na ja, also, nein. Sind die Proportionen nicht irgendwie falsch?«

»Nein. Die sind ziemlich durchschnittlich. Sehen ein bisschen aus wie Nieren, stimmt's?«

»Amanda!«

»Ist doch wahr. Sie wissen wohl nicht sehr viel, was? Dabei sind Sie so hübsch.«

Sie hob ihn hoch und über das Gitter des Babybettchens hinweg, und wir legten ihn gemeinsam für die Nacht zurecht, rosa, sauber und friedlich. Keine Kissen. Keine Bettdecke.

»Kann er so schlafen?«

»Natürlich.«

»Keine Decke?«

»Natürlich nicht. Mum-Vanessa mag es nicht, wenn Sachen zugedeckt sind. Aus gesundheitlichen Gründen. Er braucht aber sein Nuckeltuch«, sagte sie und holte aus irgendeinem Winkel in dem ganzen Saustall ein mit Essensresten verklebtes Stück Stoff, und das Baby grapschte danach wie ein alter Säufer in der Kneipe nach seinem Whisky. Mit einer Hand schob er sich eine Ecke in den Mund und mit der anderen wedelte er langsam in der Luft hin und her, als erteilte er uns den Segen.

»Er wird mal Bischof.«

»Vanessa sagt, vorher erschießt sie ihn.«

»Mag sie keine Bischöfe?« Mir war natürlich klar, dass Vanessa zu den typischen Pfarrersfrauen gehörte, die mit der Arbeit ihres Mannes nichts zu tun haben wollen.

»Nein, Vanessa ist Atheistin.«

»Ah, verstehe.«

»Es ist nicht leicht für Daddy. In gewisser Hinsicht«, sagte sie, hängte sich über die Seite des Kinderbettchens und strich über Timmys Gesicht.

»Nun, ich bin sicher, ihr werdet … Was ist mit Lucien?«

»Er ist Agnostiker.«

»Und Timmy ist vermutlich Kommunist.«

»Sie sind *lustig*. Wie kann Timmy denn *jetzt schon* Kommunist sein? Außerdem ist es vorbei mit dem Kommunismus.« Sie rief nach unten: »Lucien, sie denkt, Timmy sei Kommunist!«

»Und was ist mit dir, Amanda?«

»Oh, ich bin Christin. Ich werde mal Priesterin. Vanessa ist sehr erfreut darüber. Und wenn Sie nichts dagegen haben«, fügte sie hinzu, »sollte ich jetzt lieber ins Bett gehen.«

»Das sollte sie wirklich«, rief Lucien. »Sie ist noch keine neun, und es ist acht Uhr vorbei.«

»Muss ich –? Soll ich –? Dich ins Bett bringen?«

»Nein danke, dazu bin ich zu alt.«

»Möchtest du eine Geschichte hören?«

»O ja. Ich rufe Sie, wenn ich so weit bin. Übrigens schlafe ich hier in Timmys Zimmer. Meins ist voll mit Grannys Kram.«

Während ich auf sie wartete, ging ich hinunter in die Küche und begann ein wenig Ordnung zu schaffen. Ich machte dies und das. Und hier noch ein bisschen. Und da noch ein bisschen. Ich nahm einen uralten, salzigen Geruch wahr, einen Hauch von Venedig, und ich fragte mich, ob es mir übelgenommen würde, wenn ich mal richtig klar Schiff machte. Der Geschirrspüler war fast voll. Neben dem Herd stand eine große Pfanne, und ich fragte mich, ob ich sie noch mit in die Maschine quetschen könnte. »Soll ich den Geschirrspüler anstellen?«, rief ich Lucien zu.

Und dann schrie ich auf.

In der Pfanne bewegte sich etwas. Es schrappte am Rand der Pfanne und hob seinen fleischigen Kopf. Der Rest wirkte weich und lila und steinalt.

»Das ist nur die Sumpfschildkröte«, rief Lucien. »Sie muss im Warmen sein, bis es draußen heiß genug für sie ist. Ist es nicht schrecklich? Eliza? Eliza – ist alles in Ordnung?«

Er kam an die Tür. »Als wir sie bekommen haben, war sie so klein wie ein Zehn-Pence-Stück. Seitdem wächst sie nur noch. Wir wissen nicht, was wir mit ihr machen sollen. Lieber Gott – tut mir leid. Ja, manche vertragen ihren Anblick nicht – aber sie ist nur ein Tier, wissen Sie. Die Arme – stellen Sie sich vor, Sie wären an ihrer Stelle. Schauen Sie, ich mach Ihnen einen Tee. Es ist nur das Geräusch der Krallen, wissen Sie.«

»Ich hab Amanda eine Geschichte versprochen.«

»Hören Sie auf zu zittern. Keine Sorge. Sie schläft bestimmt schon wie ein Stein.«

»Aber es war gerade eben erst. Ich hab's ihr versprochen.«

»Na, dann machen Sie sich selbst ein Bild, Eliza«, und ich rannte schnell weg und die Treppe hinauf.

Er hatte recht. Amanda, die kleine Diva, hatte sich auf dem Sofa einen Platz freigeräumt und lag schlafend da mit dem Daumen im Mund und einem kleinen Löwen fest im Arm. Sie trug ein Kleidungsstück von ähnlicher Scheußlichkeit wie das des Babys und hatte sich zu einem unbequem aussehenden Knoten verdreht. Aber nichts davon konnte von ihrem friedlichen Gesicht ablenken, den zwei schwarzen Wimpernbögen auf ihren Wangen. Das Baby beobachtete mich beim Beobachten von Amanda, entbot mir einen weiteren bischöflichen Gruß und nuckelte an seinem Stück Stoff.

»Alles klar?«, fragte Lucien unten neben der Teekanne. Er hatte den Wohnzimmertisch an einer freien Stelle am Tischende mit gelben Tassen und passenden Untertassen gedeckt. Drum herum standen allerlei gebrauchte Tassen. Er hatte schwarze Augenbrauen, silbrig-goldenes Haar, dunkelblaue Augen. Ich dachte, oh, aus dir wird mal ein Bild von einem Mann, doch dann fiel mir wieder ein, dass man als Frau heute nicht mehr so denken durfte. Aber vielleicht bin ich alt genug, um zuzugeben, dass ich eine unstillbare Freude an Männern habe. »Wir haben auch Müsli«, sagte der künftige Herzensbrecher, »falls Sie Hunger haben. Und etwas Orangenmarmelade. Wir essen nicht viel unter der Woche.«

»Wirklich nicht?«

»Nein. Vanessa sagt, wir brauchen kein Frühstück und in der Schule gibt's ein warmes Mittagessen. Das Baby wird teilweise natürlich immer noch gestillt. Abends essen wir dann aber schon ein bisschen was.«

»Und wie sieht's aus mit – mhm – eurem Vater?«

»Er kriegt überall was ab, wenn er in der Gemeinde unterwegs ist. Vanessa isst bei der Arbeit richtig zu Mittag – sie ist Kinderpsychologin. Aber das wussten Sie ja bestimmt schon.«

»Ihr seid eine ungewöhnliche Familie.«

»Ja? Indien oder China?«

»Na dann, China. Wunderbar. Nein – keine Marmelade.«

»Ich würde denken, wir sind relativ normal. Es gibt hier massenweise Leute wie uns. Nick will, dass wir in eine arme Gegend ziehen. Er ist ein sehr guter Mensch, mein Vater, wissen Sie. Das Problem ist nur, meine Großmutter hat unsere Privatschulen schon bezahlt, und da kommen wir anscheinend nur schwer wieder raus. Wir werden auf irreparable Weise gebrainwashed, sagt Vanessa. Wenn Sie Hunger hätten, könnten wir auch Fish and Chips holen.«

»Ich denke, ein gewisser Herr wird bald zurück sein.«

»Bestimmt nicht. Soll ich schnell loslaufen?«

»Lucien, nein. Wirklich, lieber nicht. Ich kann nicht loslaufen und das Baby allein lassen und dich kann ich erst recht nicht gehen lassen. Es wird gleich dunkel.«

»Sie reden genau wie meine Großmutter. Dabei sehen Sie so jung aus.«

Ich strahlte.

»Und toll. Sie sehen sogar richtiggehend toll aus. Ich könnte einen Freund mit einem Fahrrad anrufen.«

»Und womit würdest du's bezahlen? Fish and Chips sind teuer.«

»Mein Freund hat vielleicht Geld, und hier liegt jede Menge rum. Und es gibt die Spendenbox.«

»Wie bitte?«

»Die blaue Pappschachtel in der Diele.«

»Klaust du regelmäßig aus der Spendenschachtel?«

»Ja. Ich leg einen Schuldschein rein, mit Unterschrift. Am Ende des Monats zahl ich es von meinem Konto zurück.«

»Lucien – lass mich deine Hausaufgaben sehen. Musst du nicht auch langsam ins Bett?«

Ich nahm das Heft und las die Seiten mit der tadellosen Handschrift. Alles sah perfekt aus.

»War ein Klacks. Ich find's aber doof, mit Tinte schreiben zu müssen. Ein Königreich für einen Computer.«

»So viel würde der auch ungefähr kosten.«

»Ich nerve meine Großmutter ständig damit. Als nächstes kommt Latein. Können Sie das Gerundium?«

»Lernt ihr schon das Gerundium? Ich glaube, ich hab's vergessen.«

»Null Problemo. Ich komm klar. Wollen Sie Nachrichten gucken?«

Er schaltete den Fernseher an und ich verfolgte die Possen der hysterischen Welt, während er sich an die Arbeit machte. Nordirland, Libanon, Südafrika, Bangladesch. Bangladesch schon wieder unter Wasser. Bangladesch! Gütiger Himmel! Dort, in einem Meer von Gesichtern als Kulisse des Grauens, sah ich plötzlich dich, Joan. Ich sah dich.

»Da ist Joan!«

»Welche Joan?«

»Meine Freundin Joan. In den Nachrichten. In Bangladesch.«

»Das ist da, wo meine Großmutter ist. Wir sehen ständig Leute im Fernsehen, die wir kennen. Wir kennen mehr Leute im Fernsehen als nicht im Fernsehen. Hunderte von Bischöfen. Früher kamen sie immer zu Konferenzen und haben hier übernachtet, die aus der Dritten Welt, aber jetzt sind sie nicht mehr so scharf drauf, seitdem wir so viele sind. Sie stehen nicht auf Fische, Schildkröten und so weiter. Man würde doch meinen, sie wären scharf auf wilde Tiere, oder nicht?«

»Nein – aber ich hab sie gesehen! Ich hab meine alte Freundin gesehen. Seit fast anderthalb Jahren hab ich nichts von ihr gehört.«

»Sah sie denn fit aus?«, fragte er höflich.

»Sie sah«, sagte ich und fragte mich, was es für dieses frühreife und höchst vernünftige Kind wohl für eine Rolle spielen könnte. »Sie sah ziemlich normal aus.«

»Ein paar von meinen Freunden sind sehr normal. Ich hätte nichts dagegen, sie eine Zeitlang nicht zu sehen.«

»Bist du fertig mit deinem Gerundium?«

»Yep. Na ja –«, sagte er, klappte seine Bücher zusammen, schraubte den Füllfederhalter zu, verstaute alles ordentlich in seiner Aktentasche und stellte sie zusammen mit Kappe und Blazer in die Diele, »ich putz nur noch schnell meine Schuhe«, und er holte sie ins Zimmer, breitete ein Stück Zeitung auf dem Tisch aus, schmierte sie mit Schuhcreme ein und schrubbte und polierte mit ernster Miene und ohne Eile drauflos. Er schuf eine Insel der Ordnung im Raum. Er war ein schnittiges Schiff auf einem aufgewühlten Ozean.

»Das war's.« Vorsichtig justierte er den Deckel der Schuhcreme. »Ich finde, es lief alles sehr gut, Sie nicht – der Abend.«

»Ja, find ich auch.«

Mich überkam das Gefühl, ich sei seit vielen Jahren mit Lucien verheiratet: eine gute Ehe, nur mit einem sehr viel älteren Mann.

»Ich hoffe, es hat Ihnen Spaß gemacht. Oh, da kommt jemand zurück.«

Herein stürzte Fish. Er wirkte überrascht, mich zu sehen. »Oh, ach ja – Eliza. Sehr schön. Ja. Alles in Ordnung, Lucien?«

»Ich geh jetzt schlafen. Alles bestens.«

»Ich hab Fish and Chips mitgebracht. Möchtest du was davon?«

»Super.«

Lucien verschwand mit seinem fettigen Päckchen in der Küche und kam damit zurück, dazu eine Länge Küchenrolle und eine Flasche Essig. Er ging die Treppe hoch. »Tschüss, Eliza. Kommen Sie bald wieder.«

»Das sagt er wahrscheinlich immer«, sagte ich zu Nick an der Tür mit Blick auf das zweite Päckchen in seiner Hand. Komisch, dass alle immer denken, ich würde nie essen, obwohl sie mir ständig vorhalten, ich sei zu dünn.

»Was sagt er immer? O ja. Ja, er ist ziemlich höflich. Soll ich –?«

»Natürlich nicht. Ich kann problemlos nach Hause laufen. Ich laufe schon mein ganzes Leben lang nach Hause. Ich hoffe, ich habe bestanden.«

»Bestanden? Was denn bestanden, Eliza? Ich hoffe, sie haben Sie nicht fix und fertig gemacht?«

»Nein.«

Ich sah durch seine schweren Augen hindurch, wie sich eine Erinnerung hervorkämpfte. Eliza Peabody, die angeblich einen an der Waffel hat. Gott weiß, was Vanessa sagen wird. Na ja, selbst schuld, sie hat sich ja nicht gekümmert. Und es ist alles gutgegangen.

»Wirklich *sehr* lieb von Ihnen«, sagte er. Er war verwirrt. Ich benahm mich so normal und sah ihn, wage ich zu behaupten, liebevoll an, während er sein fettiges Fish-and-Chips-Päckchen von einer Hand in die andere verlagerte. Es sah lecker und warm aus. Er sah hungrig und verfroren aus.

***

14. Mai

Zwei Wochen, meine liebe Joan, sind seit jenem Abend vergangen.

Einen Großteil davon habe ich am Fenster verbracht. Es ist fast Juni. Was für ein Sommer, der uns dieses Jahr erwartet. Der Flieder und die Syringa und die Rosen sind teils schon in voller Blüte, das Gras ist lang und seidig und voller Gänseblümchen – ich weiß nicht, wo der Gärtner hin ist, aber ohne ihn ist es ohnehin besser.

Aber ich habe mir nicht nur den Monat Mai angesehen, Joan, ich habe auch nach der Fish-Familie Ausschau gehalten. Bei jedem vorbeibrausenden Auto frage ich mich, ob es Amanda in die Schule bringt, nachdem sie das Baby bei der Tagesmutter abgegeben hat. Bei jeder schwarz-roten Kappe, die ich sehe, egal an welchem Jungen, denke ich, sie muss Lucien gehören. In jedem Kinderwagen ist Timmy, und jede, die ihn schiebt, ist das Au-pair der Familie Fish. Mit allen führe ich Gespräche. Ich lade sie zum Tee ein. Ich backe einen Kuchen und ziehe mich an, um ihn vorbeizubringen. Ich beherrsche mich. Damit fange ich nicht wieder an. Die Kuchenbackerei der Anglikanerinnen, das ständige Hin- und Hergerenne mit selbstgemachter Marmelade. Ich hab's versucht. Es hat nicht funktioniert.

Aber Sonntag ging ich wieder in die Kirche, in der Hoffnung, zumindest einen von ihnen zu treffen. Ich ging hinein und zitterte am ganzen Leib wie eine alte Jungfer, die in den Priester verliebt ist. Ich sank auf die Knie und versuchte zu beten, konnte die Rufe und Gespräche aus dem Pfarrhaus aber nicht ausblenden. »Jetzt *komm*, Amanda, wir sind spät dran.« »Aber du musst ja nicht gehen. Du glaubst doch gar nicht dran.« »Wir müssen – wegen Dad.« »Und was ist mit Ma?« »Was macht die denn?« »Timmy stillen und einen Essay lesen.« »Und wer macht uns unser Lunch?«

Und so ging es immer weiter, das Leben der Fishs in meinem Kopf. Nicht einer von ihnen tauchte in der Kirche auf, nicht mal Nick – es war ein unbekannter Priester mit groß angelegtem Grinsen, der im Gottesdienst ständig den Faden verlor und eine Predigt über die Bedeutung der Vereinten Nationen für die Zukunft Europas hielt, die ziemlich bescheiden zu sein schien. Anstatt zuzuhören, stellte ich mir vor, Lucien und Amanda säßen neben mir in der Bank und Timmy läge selig in meinen Armen und streichelte mir das Gesicht.

Gestern war es den ganzen Tag über besonders schlimm, und als es Abend und ziemlich dunkel geworden war, ließ ich die Hunde zu Hause und machte mich mit geheimnisvollem Lächeln und im dunklen Mantel auf den Weg in den Park und in Richtung Pfarrhaus. Es war still entlang der beinahe menschenleeren Straße, und ich schlüpfte durch das breite Tor, das an einer Stelle aus den Angeln hing, schlich mich im Schutz der Rhododendronbüsche die ungepflegte Einfahrt hinauf, huschte an der gläsernen Haustür vorbei und verbarg mich hinter dem Ceanothus vor dem Wohnzimmerfenster, in dem als einziges Licht brannte.

Ich stand sehr still, mit Abstand zum Fenster, flach gegen die Wand gedrückt. Was, wenn man mich entdeckte?

Schließlich lehnte ich mich zur Seite, drehte den Kopf und sah hinein, und dort saß Nick am Tisch inmitten des Chaos und schrieb, während Timmy in prachtvoller Größe auf seinem Schoß schlief. Nick schrieb friedlich vor sich hin. Eine Katze hockte auf der Fensterbank und sah hinaus in die Nacht. Sie sah mich angewidert an, sprang zu Boden und starrte penetrant und lautlos kommandierend die Tür an. Mitsamt dem Baby und dem Stift stand Nick auf, ließ die Katze hinaus und blieb nachdenklich mitten im Raum stehen. Ich dachte: Ach, er ist einsam und traurig. Ich sah ihn seufzen, sich das Baby auf die Schulter hieven, sich fragen, ob er es nach oben bringen und riskieren sollte, es beim Schlafenlegen zu wecken, einen sehnsüchtigen Blick zurück auf seine Arbeit werfen. Der Raum um ihn herum war unaufgeräumt und trostlos, trist und verwahrlost. Die zeitgenössische Kulisse für den gequälten anglikanischen Priester.

Auf einmal hob er den Blick und horchte. Dann wachte Timmy auf und zeigte aufs Fenster, und ich dachte: Lieber Gott, sie haben mich gehört. Was sage ich, was ich hier mache? Ich war zufällig in der Gegend? Um zehn Uhr abends? Ich musste fliehen. Aber bevor ich darüber nachdenken konnte, wie und wohin, kam Vanessas Auto um die Ecke geschossen und hielt direkt neben mir auf der anderen Seite des Ceanothus. Beide Autotüren wurden aufgeworfen, über der Veranda sprang das Licht an und erleuchtete Vanessa, die gerade etwas in Papier Gewickeltes aß, und Lucien, der ebenfalls kaute und einen großen Pappkarton in der Hand hatte, rannte lachend voran zur gläsernen Haustür. Nick erschien mit dem Baby.

Nick sagte: »Ihr kommt aber spät. War's gut?«

»Wundervoll«, sagte Vanessa und nahm ihn und das Baby gleichzeitig in den Arm. »Vorzüglich. Big Mäcs. Wir haben das Programm. Hier – in der Box.«

»Ist Amanda noch wach?«, fragte Lucien. »Weck sie – wir haben ihr einen Big Mäc mitgebracht.«

»Hat's dir auch gefallen, Lucien?«

»Großartig. Großartiger dritter Akt. Ma hat geweint.«

Nick sah lächelnd zu Vanessa hinunter und drückte sie an sich und küsste ihr das Haar. »Pass auf Timmy auf«, sagte sie, »nicht, dass er noch Burger isst.« Lachend gingen sie zusammen ins Haus. Kurz darauf kam Nick ans Fenster und zog die Gardinen vor, und irgendwer drehte laut Musik auf.

Also trat ich recht geräuschvoll aus dem Blumenbeet, Joan, und ging, mit leichten und federnden Schritten über den Kies knirschend, geradewegs die Auffahrt des Pfarrhauses hinunter. Als ich den Park erreichte, sah er sehr schwarz aus, und die Straße am Park entlang wirkte viel länger als vor einer halben Stunde, und sehr schlecht beleuchtet – nur alle Viertelmeile vielleicht eine Laterne. Ich kam am alten Tierheim vorbei, wo früher die streunenden Schafe gesammelt wurden, und dann ging ich querfeldein zum Teich, wo sich hinter einer nächtlichen Ente ein langes dreieckiges Glanzlicht erstreckte. Kein Laut war zu hören, nur das ferne Donnern des Verkehrs.

In einigen der Anwesen hier am Rand des Parks glommen trübe Lichter. Ich hielt Ausschau nach der Pferdekutsche vor dem schmiedeeisernen Tor, aber es war ja schon lange nach acht, also hatte ich sie wieder mal verpasst. Es ging ein warmer Sommerwind, und abgerissene Wolken trieben über den rot leuchtenden Londoner Himmel dahin. Ich ging die Hill Street hinunter und bog in die Rathbone Road und stand vor dem Kühlschrank und aß den Kuchen, den ich gebacken hatte. Er war mit Glasur und einer Kirsche. Die Hunde sahen mir verzweifelt zu.

»Ist ja *gut*«, sagte ich und fand die Leine. »Ist ja *gut.*« Ich sang und summte vor mich hin. Ich zog los, wieder die Rathbone Road hinunter, auf meine nächtliche Patrouille um den Block.

Jeden Pflasterstein kenne ich. Jedes beleuchtete Fenster kenne ich. Abend für Abend drehe ich meine Runden – halte inne und rufe, bleibe stehen und warte. Erst stehe ich vor Deborahs Haus und grüße das prachtvolle Schaukelpferd im Fenster. Kein Licht heute Abend, aber ich kenne die geblähten Nüstern, die Glut in den Augen, die gespitzten Ohren, die der fernen Trommel lauschen. Ich stehe da und starre aus der Dunkelheit in die Dunkelheit, bis ich seine tänzelnde Gestalt ausmachen kann. Bald schon ist Jahrmarkt. Bald schon ist Jahrmarkt.

Zu meinen Füßen auf dem Pflaster liegt vergessen ein von Vera gestricktes Kinderspielzeug. Die Hunde schnuppern daran. Ich setze es auf die Balustrade der Stufen, wo es seinen flachen Kopf anlehnt.

Einige der Häuser sind jetzt in Wohnungen unterteilt. Junge Leute in sexy Kleidern stehen in den Souterrains herum. Teure kleine Fernsehgeräte flimmern. Schränke aus Kiefernholz, Edelstahl, Trockenblumenbündel. Der breite Rücken einer schwangeren jungen Frau. Sie fasst die glitzernden Hähne mit gelben Plastikhandschuhen an. Adieu, du Sechzigerjahre-Tragödie von Heim und Herd, denn Heim und Herd sind jetzt Kunst. Die Böden sind aus blassem oder bronzefarbenem Kork. Die junge Frau dreht sich, um mit Mörser und Stößel Knoblauch zu zerdrücken. Das Licht fällt auf eine Flasche italienisches Öl. Ihr Freund, Kerl oder Ehemann bügelt gerade sein rosafarbenes Hemd.

Ein Stück weiter die Straße hoch sitzen die Gargerys in der Küche an einem Fünfzigerjahre-Resopaltisch, je einen Trinkbecher vor sich und vertieft in ein ernstes Gespräch. An den Wänden hängen Plakate, Pegboards, Urkunden; ein vielbenutztes Klavier, die Tasten konkav vom Üben. Es gehörte mal ihrer Mutter, und das Lied geht immer weiter. In den Etagen darüber befindet sich hinter abgedunkelten Scheiben je ein schlafendes, mit Wissen vollgestopftes Gargery-Kind. Während ich schaue, fliegen sämtliche Fenster auf und die Kinder schießen heraus und davon, fünf Chagall'sche Embryonen. Eins davon hält seine kleine Bettdecke umklammert, ein anderes einen Koffer mit der Aufschrift ›Irgendwo‹, eines heult den

Mond an. Tröstet euch mit Kakao, geliebte Gargerys, solange es noch geht.

Ein paar Häuser weiter stehen wir vor Anne Robins Villa. Es ist ein älteres Haus und herrschaftlicher als wir alle zusammen. In ihrem Arbeitszimmer brennt noch Licht. Sie arbeitet mit Hochdruck, kreiert Kaninchen. Darüber brennt Licht im Fenster des neuen philippinischen Au-pairs. Orientalische Klänge. Die einsame Anne verstopft sich die Ohren auf der Suche nach Kindheit im leeren Nest.

Hinter mir naht auf leichten Sohlen der kleine schwarze Jogger. Er hat noch nie etwas gesagt. Er weiß, dass ich es bin. Er joggt jeden Abend vorbei, sagt aber nie was. Er wohnt irgendwo zur Untermiete.

Hier, gegenüber von meinem Haus, ist das Haus der kinderlosen und beachtlichen Baxters, mit Dulcie Baxter in voller Sicht an ihrem Schreibtisch beim Klausurenkorrigieren. Ihr herrliches weißes Haar steht ihr zu Berge vor Zorn über das, was sie auf dem Bogen sieht. Ihr Gesicht kann ich nicht erkennen, denn die Lampe leuchtet nach unten, aber ich bilde mir ein, ihre entschlossene, strenge Haltung zu sehen. Häkchen, Häkchen, Streichen. Sie schaut nicht hoch, vielleicht um sich den Anblick von Annes Licht zu ersparen. Sie verachtet Anne mit nahezu Johnson'schem Donnergrollen, kann kaum ihre Zunge zügeln, selbst wenn sie im selben Raum sind und den Sherry derselben Gastgeberin trinken. »Wieso sind wir alle so ungeheuer stolz auf Anne Robin? Den Mist könnte doch jede von uns schreiben.« Der Stift ist die Verlängerung von Dulcie Baxters Lehrerinnenfingern, ihrem engagierten, kritischen Geist. Sie ist zuverlässig, überarbeitet, Girton-Absolventin, unkreativ und stolz darauf. Sie wünschte, es gäbe nur tote Schriftsteller. Lebende sind ihrer unwürdig. Selbst die toten schlurfen nackt und kleinlaut unter ihrem Blick dahin. Shakespeare bebt in ihrem Angesicht. Einstmals, irgendwo, irgendwann, wird doch irgendein kleiner Strang Lyrik einen Baxter'schen Nerv getroffen haben? Man fragt sich das. Häkchen, Häkchen, Streichen.

Und hinter ihr kommt auf Zehenspitzen der alte Richard mit einer Tasse Tee. Ehrerbietig stellt er die Tasse neben ihr ab, und sie nickt.

Ich biege in die Hauptstraße ab und gehe an all den kleinen Schaufenstern vorbei. Ganz am Ende ist ein Laden mit einem in die Wand eingelassenen, schmeichelhaften alten Spiegel, der mir über die Jahre Trost gespendet hat. Doch heute Abend hat mein Spiegelbild etwas Wirres. Ich biege links ab. Laufe entlang der kleinen Cottages, es sind die Dienstbotenhäuser der großen Anwesen von vor hundert Jahren. Eine Frau mit grimmigem Pferdeschwanz spielt durch die Doppelverglasung Geige, sodass man unmöglich wissen kann, ob die Musik dem leidenschaftlichen Ausdruck ihres Witwengesichts entspricht. Sie ist allein. Ich schaue eine Weile zu, um zu sehen, ob sie in tausend Stücke zerspringt – Sterne und Kometen, die wie nasses Konfetti an der Decke kleben. Letzte Woche hat sie mir den Gefallen getan. Dann geht's weiter und um die Ecke und heimwärts in Richtung der beständigen Dunkelheit der Kirche.

Doch in der Kirche ist Festbeleuchtung, und während ich voller Verblüffung hinsehe, kommen mit einem mal Gedanken an Henry in mir auf. So spät abends noch Licht in seiner Kirche, und ohne seine Zustimmung – wie kann er das ertragen? Er, der gute Gemeindevorsteher? Und auf einmal weiß ich auch, dass es irgendein Geheimnis gibt um Henrys Wegzug zum Dolphin Square mit seinem schimmernden Swimmingpool, der verschlossenen Front zum Fluss, dem finsteren unterirdischen Parkhaus, irgendein Geheimnis, hinter das ich eigentlich kommen müsste. Vielleicht ist es etwas, das alle wissen außer mir.

Inzwischen geht es auf Mitternacht zu. Der kleine Block teurer Mini-Wohnungen westlich des Westportals liegt im Dunkeln. Gegenüber ist die kunstlos wirkende Frau, bei der ständig eingebrochen wird und die bis spätnachts mit einer Keule auf dem Schoß dasitzt, selbst sie ist in Dunkelheit gehüllt. Daneben steht das Haus der Frau, die mit ihren Freundinnen kleine Gabelfrühstücke abhält, um über ihre Salattage zu reden, und sich abends in den Pub namens Leather Bottle schleicht – auch sie ist in Dunkelheit gehüllt. Grelles Licht aus den sechs langen Fenstern des nördlichen Querhauses scheint in ihre Betten hinein. Das breite Fenster der Südwand wirft grelles Licht auf die Wohnungsblocks.

St Saviour's ist 150 Jahre alt und wurde als Tochterkirche der Pfarrkirche gebaut, die sich als zu klein erwiesen hatte für die Intensität des Christentums zur Zeit des Oxford Movement. Sie stellt einen der letzten Atemzüge der Präraffaeliten dar, als die Bruderschaft die Bodenhaftung verloren hatte, vergleichbar mit Picasso, der im Alter mit rosa Klopapierrollen herumlief und bonbonfarbene Tauben daraus machte. Unsere Fenster bestehen hauptsächlich aus bunten Farbtupfern, die so grell sind, dass es über die Dreißigerjahre hinweg immer wieder Petitionen gab, sie austauschen zu lassen. Es kam der Krieg und die Fenster überlebten. Die himbeerroten Roben, die lila Kamele, die orangen Palmen gaben kaum ein Klirren von sich, als die Landmine in der Rathbone Road hochging. Sie erstrahlen hier noch immer.

Und an diesem Abend, in dieser dunklen Nacht, Joan, haben sie wahrhaftig gestrahlt. Sie warfen ihr Kaleidoskop aus schmalen Scheiben, in Blei gegossen wie eine Stickerei von links, über die schwarzen Straßen. Als ich fast da war, hörte ich die Kirchenorgel.

Ich betrat die Vorhalle und stand da. Joan – noch nie in meinem ganzen Leben habe ich ein solches Orgelspiel gehört. Das Gebäude bebte in seinen Grundfesten. Die Kamele und Kakteen und regenbogenfarbenen Heiligen bebten vor Ehrfurcht und Freude. Die Musik dröhnte, schwoll an und brauste dahin, immer wuchtiger, immer furchtsamer und andächtiger. Die Hunde begannen zu winseln und zu heulen. Sie zogen an ihren Leinen. Ich stand da und schauderte und empfand eine nahezu sexuelle Erregung. Ich wickelte mir beide Leinen um die Hände, zog die Hunde in Richtung Portal und versuchte den Türgriff zu bewegen, doch die Tür war abgeschlossen.

Die Musik stieg jetzt immer höher empor, und ich rüttelte an der Tür und sank auf die Knie und presste die Stirn gegen den dicken Eisenring des Türgriffs und spürte, wie sich das Innere der Kirche mit Musik füllte wie das Meer mit den Gezeiten, wie ein Glas bis über den Rand hinaus. Die Musik durchdrang die Tür, bis auch ich voll davon war. Sie flutete mich. Ich brachte die Hunde nach Hause und aß noch ein Stück Kuchen und eine kleine Pastete.

Dann, Joan, wusste ich, dass ich noch mal zurückmusste. Erweckungserlebnis hin oder her, aber man muss das Erlebnis danach mit der Alltagswelt in Bezug setzen können. Ich musste in Erfahrung bringen, was in der Kirche los gewesen war. Es war meine Pflicht als Kirchenhelferin. Seit Wochen hatte ich keine Bank mehr abgestaubt – was keinem aufgefallen war –, also hatte ich jeden Grund, mich dort aufzuhalten, zumal meines Wissens nirgends geschrieben stand, dass wir unsere Arbeit nicht auch um Mitternacht verrichten dürfen. Und so zog ich aufs Neue los, allein, nur um festzustellen, dass St Saviour's jetzt im Dunkeln lag und kein Laut aus dem Gebäude drang. Ich nahm den Schlüssel von seinem Platz an der Innenseite der Südtür über dem Schwarzen Brett hinter dem losen Stein, und ich fragte mich, warum ich nicht vorhin daran gedacht hatte, dass er dort zu finden war. Hatte der Orgelspieler, wer immer es gewesen war, ihn benutzt? Sich damit eingeschlossen? Und gerade erst wieder zurückgelegt?

Der Schlüssel fühlte sich nicht wie gerade zurückgelegt an, er fühlte sich kalt an, als hätte er lange in seinem kleinen feuchten Grab gelegen, doch der einzig andere Schlüssel, bis auf den des Vikars, befindet sich immer im Pfarrhaus. Einen dritten hatte damals Henry. Vielleicht hat ihn jetzt, wer immer sein Stellvertreter sein mag – ich habe nie nachgefragt. Vielleicht liegt er auf Henrys zweifellos noch immer akkurat und pedantisch aufgeräumtem Schreibtisch am Dolphin Square. Dein Simon hatte auch mal einen Schlüssel, vielleicht erinnerst du dich, Joan, als er seine ersten Orgelprüfungen ablegte, aber das ist mehrere Jahre her. Ich erinnere mich, dass Simon früher nachts geübt hat. Es gab Beschwerden.

Im Innern der Kirche tastete ich neben der Tür nach dem Lichtschalter, um mir in die Sakristei zu leuchten, aber ich fand ihn nicht, also tastete ich mir meinen Weg durch das dunkle Seitenschiff. In der Sakristei fand ich die Schalttafel für die gesamte Kirche und legte den Schalter um, der mit *Chorraum* markiert war.

Als ich in den Chorraum kam, war die Orgel abgeschlossen und der Deckel heruntergezogen, und ich ging hinüber und befühlte das Kissen, das keinerlei Restwärme abgab. Ich sah hinauf zu den schweigenden silbernen Orgelpfeifen mit ihren Schwalbennesterschlitzen. Unglaublich, dass die Herrlichkeit, die ich vor kaum einer halben Stunde gehört hatte, diesen kühlen Rohren entsprungen war. Ich hatte geträumt.

Die Musik war aus.

Doch tief unten aus dem unbeleuchteten Kirchenschiff hörte ich jemanden hantieren, ein plötzliches Scheppern. Irgendjemand lief dort herum. Ich rief: »He! Hallo? Ist da jemand? Hallo?«

Schweigen.

Ich musste unten durchs Kirchenschiff, um zum Ausgang zu gelangen. Wenn ich von der Sakristei aus das Licht löschte, würde ich im Stockdunkeln durchs Kirchenschiff gehen müssen. Ich starrte in die Schatten. Absolute Stille. Finsternis.

»Hallo?«

Weiterhin Stille.

Ich ging in die Sakristei, schaltete die Lampen aus und begann mir mit ausgestreckten Armen und im schwachen Licht der etwas helleren Langfenster einen Weg durchs Seitenschiff zu bahnen. Erst ging ich mit langsamen, mutigen Schritten, dann immer schneller, mit trotzigem Blick in die Dunkelheit.

Als ich die Südtür erreichte, war mir flau und ich drehte mich um und rief ins Kirchenschiff: »Ich lass mich nicht veralbern. Es ist überhaupt niemand hier.«

Es herrschte Stille, und dann begann die ganze Kirche vor Lachen zu dröhnen, und ich rannte stolpernd davon. Ich hörte es, schrill, triumphierend und voller Hohn wie ein schwachsinniges Kind. Die Tür krachte hinter mir ins Schloss, und ich rannte über die Straße, die Gasse hinunter und hinein in die schläfrige Rathbone Road.

Ich lag im Bett.

Es war ein Uhr morgens.

Ich schlief ein wenig, wachte aber immer wieder auf, erst vom Widerhall der Musik, dann vom Widerhall des Gelächters. Dann schlief ich und träumte.

Ich träumte von einem Kind mit ausgestreckten Armen und

von dem selbstsicheren Mädchen, Amanda, und dem würdevollen Jungen. Der Junge stand an einem Tisch voller Bücher und er redete streng auf mich ein. Bei aller Strenge schien er gerecht, wenn auch nicht sonderlich freundlich, ich wusste, dass das, was er sagte, zu meinem Besten war, doch ich konnte nicht verstehen, was er sagte. Seine Lippen bewegten sich, doch die Tonspur war defekt. »Sag's mir, sag's mir«, bettelte ich, und als ich aufwachte, rief ich es laut. In meinem Schlafzimmer brannte Licht. Es ging aus.

Ich habe mein Bett umgestellt, Joan, ach, schon vor langer Zeit, ich wollte diese Sache mit den getrennten Betten wohl abstreiten, sie leugnen. Zunächst hatte ich Sachen auf Henrys Bett gehäuft und alles mit Tüchern bedeckt. Dann hatte ich die Sachen zum Trödler und Henrys Bett zum Seniorenhilfswerk geschickt. Mein eigenes Bett steht jetzt einzeln und mitten im Raum. Den Teppich habe ich entfernt und längst natürlich die Gardinen. Jetzt liege ich Nacht für Nacht aufgebahrt wie eine Leiche, Nachttischleuchte und Nachttisch sind unnötig. Ich schwebe jetzt, ganz wie Danae, den Sternen dargeboten. Die Deckenleuchte in der Mitte ist eine schirmlose Glühbirne.

Der Fensterrahmen hebt sich gegen die mondlose Nacht ab. Ich höre den Wind bei dir gegenüber in den hohen Bäumen, Joan, und in meinen eigenen hohen Bäumen hinter mir im Garten. Ansonsten herrscht vollkommene Stille. Die Hunde schlafen in der Küche. Ich beginne zu treiben.

Dann springt erneut der Lichtstrahl quer durchs Zimmer. Rauf, im Kreis, runter und davon. Eine Taschenlampe.

Es ist jemand im Zimmer, Joan, und ich stehe, bevor es mir klar wird, am Fenster und mein Herz geht wie ein Blasebalg. Rumpel, fauch – ich taste nach einer Gardine, um mich daran festzuhalten, aber da ist keine. Rumpel, fauch. Ich klammere mich an den Fensterrahmen.

Das Licht kommt wieder und es ist nicht der Strahl einer Taschenlampe in meinem eigenen Haus, Joan, sondern in deinem. Das Licht kommt von gegenüber. Rauf geht es und runter, es flitzt umher in einem der oberen Fenster im oberen Stock. Kurz erhellt es die Stuckrosette an der Decke deines Schlafzimmers und den sizilianischen Kronleuchter mit den gemalten Zitronen aus dem Peter Jones, den dir nachzumachen ich nie mutig genug war – alles voller Spinnweben. Ich sehe dein Haus aufblitzen, dich selbst aufblitzen, noch immer farbig und lebendig leuchtend – dein königsblauer Teppich auf der Treppe, deine Marmorurnen mit dem immerwährenden Efeu, deine unbrauchbaren französischen Kerzenhalter aus dem achtzehnten Jahrhundert an der Wand. Dein beneidenswertes Pfeifen auf den guten Geschmack unserer Straße.

Jetzt ist wieder alles schwarz.

Ein Einbrecher bewegt sich in Nummer 34, Joan, also rufe ich sofort die Polizei.

Und dann, liebe Joan, gehe ich wieder los, in Morgenmantel und Pantoffeln gehe ich nach drüben – und mit Tweedmütze, denn es ist nicht warm. Ich gehe mit schnellen Schritten und lautlos durch dein Gartentor, ums Haus herum, vorbei am Ballsaal und den Stapeln instabiler goldfarbener Stühle und in den Garten. Von der Terrasse aus beobachte ich das Haus.

Im Inneren der schwarzen Fenster ist zunächst nichts zu sehen, aber dann, von der Diele aus, wieder der Lichtstrahl der Taschenlampe. Er kommt näher. Ein Leuchten, anhaltend, schwindelerregend, fegt eilig über die Wohnzimmerwände. Ich rücke näher an die Fenster heran und stehe zwischen dem Unkraut und den treuen, ungepflegten Chrysanthemen und Dahlien. Ich sehe hinein.

Wieder geht die Taschenlampe an, und ich sehe Simon. Er

hat die Taschenlampe auf den Kamin gestützt und sie scheint ihm ins Gesicht, während er mit Papier und Hölzern und einer Schachtel Streichhölzer hantiert. Die Flamme am Ende eines Anzünders greift über auf die Hölzer, und er beginnt mit seinen wunderschönen Fingerspitzen kleine Stückchen Kohle zusammenzulegen. »Ach, Simon!«

Ich klopfe gegen das Fenster, und eigentlich müsste er sich zu Tode erschrecken, aber er macht seelenruhig weiter mit seinem gelben Feuer, bevor er mir langsam sein sanftmütiges Galahad-Gesicht zuwendet. Er lächelt, steht auf und geht an die Terrassentür, wo ich stehe, und ich sehe seine Lippen, die den Namen »Eliza« formen. Dann sehe ich, dass es weder Simons Lippen sind noch sein Gesicht, noch würde Simon jemals diesen glitschigen schwarzen Laufanzug tragen, und da legt sich eine Hand wie ein Backstein auf meine Schulter und die Polizei ist hier.

Nicht nur hier, sondern vor deiner Haustür auf der Straßenseite, Joan, und an deiner Seitentür am Kohlenschuppen und neben dem Klohäuschen des Gärtners. Ein Polizeiauto hat sich leise in die Rathbone Road geschlichen, vollbepackt mit strammen Unsympathen. Leise, aber nicht heimlich, denn aus allen Ecken der Straße bewegen sich weitere Gestalten in diverser Montur auf uns zu. Es sind die Gargerys samt Philippinerinnen und Dulcie Baxter mit hektischem Blick und Tinte im Haar. Sehe ich da nicht auch Isobel Ingham, eingehüllt in einen Shawl? Und die schwangere junge Frau mit ihrem bügelnden Ehemann? Nur Deborahs Haus ist dunkel, die blaue Tür geschlossen. Die Ceresstatue kümmert's nicht die Bohne.

»Eliza, ach Eliza!«

Die Bewohner der Rathbone Road bewegen sich auf mich zu, während ein Polizist mich in ihre Richtung abführt. »Ach Eliza, was hast du denn *jetzt* schon wieder angestellt?«

Sie sind so überzeugend, die Bewohner der Rathbone Road, so artikuliert, selbstsicher, souverän, hochgebildet, nachhaltig, stark, autoritär und reich. Sie machen die Polizeipräsenz zunichte, bevor ich auch nur angefangen habe, mich ihr zu erklären, geschweige denn ihr Gesicht zu sehen. Das Polizeiauto ist weg. Marjorie Gargery rennt mit einer Tasse Tee herbei und irgendwer mit einem Mantel. Isobel Ingham geht wortlos und ohne einen Blick zurückzuwerfen davon und verschwindet durch die hohe Tür in ihrer Wand. Alle anderen – bis auf das schwangere Pärchen, das abseits steht und leicht befangen ist –, aber alle anderen drängen mich hinüber bis vor meine eigene Haustür. Und, ach, um Himmels willen, hier kommen die Baxters mit Wärmflaschen aus ihrem Haus, und wie es aussieht, sind sie entschlossen, die Nacht bei mir zu verbringen.

»Es ist alles in bester Ordnung mit mir. Ich habe Simon. Simon wird heute in Nummer 43 übernachten. Es war nur Simon. Ich habe keine Ahnung, warum er nicht einfach gefragt hat, ob er hier schlafen kann.«

Aber sie haben mich ins Bett gesteckt (die Schweine), und Dulcie scheint Matratzen durchs Haus zu schleppen, damit sie bei mir auf dem Boden schlafen kann. »Bitte, Eliza, Sie dürfen jetzt nicht allein sein.«

»Schauen Sie«, sage ich und setze mich auf, schütte Tee in mich hinein, knuspere Kekse, hellwach wie noch nie. (Ich bin nicht müde. Ich bin seit Monaten nicht müde gewesen.) »Lincoln Biscuits, sehr schön, Dulcie – es tut mir leid. Ich bin wach geworden, weil da ein helles Licht war, das zu mir reinschien. Ich bin rübergelaufen und hab gesehen, dass es nur Simon war, der bei sich zu Hause eingebrochen war.«

Jetzt standen beide Baxters Seite an Seite am Fuß meines Bettes.

»Simon?«

»Joans Simon. Er muss aus Cambridge nach London gefahren sein und den letzten Zug verpasst haben. Für ein Konzert, nehm ich an. Ich habe ihn vorher in der Kirche spielen hören. Wissen Sie – wie früher. Er war wundervoll. Ich saß auf der Veranda und hörte ihm zu.«

Jetzt sitzen sie Seite an Seite am Fußende meines Bettes, die beiden Baxters, und rutschen unruhig mit ihren mageren Hinterteilen hin und her.

»Ich muss verrückt sein – ich wusste doch, dass er einen Schlüssel für die Kirche hatte. Ich hab einfach nicht geschaltet. Als das Licht der Taschenlampe plötzlich auf mir herumsprang, habe ich nicht geschaltet. Ich hab die Polizei angerufen, bevor ich rüberlief und sah, dass es nur Simon war. Aber bevor ich Zeit hatte, nach Hause zu gehen und noch mal anzurufen und zu sagen, dass es ein Versehen war …«

»Eliza«, sagte der düstere Richard Baxter mit den klugen rechtsprechenden Lippen, den in dürftigen, aber ordentlichen Büscheln abstehenden Haaren. (Wie klug von ihm, Richter zu werden. Sein Kopf ist bereits eine halbe Perücke.) »Eliza, darf ich Ihnen nur eine Frage stellen. Wo, glauben Sie, ist Simon jetzt?«

»Na ja, ich hoffe, ich hoffe doch sehr, dass sich jemand um ihn kümmert. In dem Haus da drüben friert es sicher Stein und Bein. Seit Monaten ist keiner auch nur in der Nähe gewesen. Ich sehe Charles dort nie mehr. Oder überhaupt. Sarah ist in Oxford …«

Die Baxters sitzen nachdenklich da, und ich versuche aufzustehen, um nach Simon zu suchen, der hungrig und allein sein muss. Vier Baxter'sche Hände sind in der Luft, um mich zurück in die Kissen zu drücken.

»Dulcie, Richard, könnten Sie rausfinden, was mit Simon ist?«

Zweifaches freundliches Baxter-Nicken.

»Ich habe ein Gästezimmer. Der arme Junge mit seinen Anzündern. Er braucht jemanden, der sich um ihn kümmert. Er braucht seine Mutter.« Ein Blitz der Angst durchzuckte mich. Dann fiel mir das aalglatte, gemeine kleine Gesicht wieder ein, das ebenso wenig Simon war wie Tom Hopkin.

»Ja«, sagen sie und beobachten mich. »Ja, Eliza.«

Jetzt auf einmal sind meine Augen schwer. Es muss irgendetwas im Tee gewesen sein, und ich will dagegen aufbegehren. Seit Monaten habe ich keinen Schlaf gebraucht. Strenggenommen habe ich seit dem Weihnachtsgelage nicht mehr richtig geschlafen.

***

29. Mai

Liebe Joan,

und dann wache ich auf und höre, dass in der Diele telefoniert wird. Erst komme ich nicht drauf, wer in meinem Haus sein könnte. »Sehr«, sagt die Stimme. »Sehr. Ja. Sie hat die Polizei gerufen. Ich denke, es wäre dringend vonnöten. Ja.« Dann döse ich wieder vor mich hin und wache wieder auf. Dulcie Baxter schleicht gerade mit einem höchst schludrigen Frühstückstablett im Zimmer umher und sucht nach einer Abstellmöglichkeit. Sie blinzelt durch ihre Brille. Sie hat immer noch Tinte in den Haaren. Ich bin überwältigt, als mir Dulcies Liebenswürdigkeit und die Ereignisse der Nacht wieder einfallen. Ich fahre im Bett hoch und rufe: »Ach, Dulcie – Sie sehen so müde aus.«

»Es ist die letzte Klausur«, sagt sie, »das ist die schlimmste Zeit.«

»Aber Sie sind doch immer unter Leuten.«

»Die Klausur. A-Levels. Das Korrigieren. Das hier ist der

schlimmste Jahrgang, den wir je hatten, in der gesamten Schulgeschichte. Die schlechtesten Klausuren, die ich je gesehen habe. Natürlich wird inzwischen hauptsächlich zwanzigstes Jahrhundert abgefragt.«

»Wirklich?«

»Na ja, hauptsächlich. Sie wählen alle zeitgenössische Autoren.«

»Mögen Sie keine zeitgenössischen Autoren?«

»Leider nein, nicht sehr. Das ganze Zeug könnten wir alle selbst schreiben, wenn wir uns die Mühe machen würden, den modernen Roman. Und moderne Lyrik erst recht.«

»Sehr ehrenhaft von Ihnen, dass Sie das immer noch machen.«

»Na ja, sonst findet sich ja niemand. Die jüngeren Prüfer haben keine Lust, ihre Zeit damit zu verplempern. Für das bisschen Geld. Es muss jemand sein, der reichlich Zeit hat.«

Ich denke an meine Zeit in ihrer Reichlichkeit, und wie ich nichts damit angefangen habe. Sie pflanzt mir das Tablett auf den Schoß, und das Marmeladentöpfchen rutscht und kippelt und verschüttet seinen Inhalt. Sie läuft umher und zertrampelt kraftvoll meine abgelegten Kleidungsstücke. Sie beunruhigen mich. Sie sollten eigentlich über einem Stuhl hängen. Mein Hund kommt und legt sich auf meinen Schlüpfer. Dulcie verscheucht ihn. Der Hund knurrt und sie sieht aus, als würde sie ihm gleich zur Strafe eine Strafarbeit aufdrücken. Sie sieht sich in meinem nackten Zimmer nach einer Aufgabe um, sie braucht Gardinen zum Öffnen.

Sie steht am Fenster und schaut auf die Straße.

»Ich habe Henry angerufen«, sagt sie, »Sie werden leider wenig erbaut sein, aber Richard und ich haben letzte Nacht beschlossen, dass Henry Bescheid wissen sollte.«

»Worüber denn?«

»Dass Sie uns allen Angst machen. Dass Sie ganz klar sehr unglücklich sind.«

»Haben Sie ihn erreicht?«

»Ja, er war gerade auf dem Weg zur Arbeit.«

»Aber Sie haben ihn *erreicht*? Da wären Sie die erste seit langem.«

»Er kommt vorbei. Er wird heute Nachmittag hier sein.«

»Na, dann sollte ich wohl mal aufstehen.«

»Nein, nein, Eliza. Wir wollen, dass Sie heute bleiben, wo Sie sind, ganz ruhig. Ich habe die Klausuren dabei und werde in Ihrem Wohnzimmer arbeiten und Ihnen mittags etwas zu essen ans Bett bringen. Sie müssen sich erholen.«

»Wovon soll ich mich denn erholen?«

»Eliza, ach Eliza.«

»Ich weiß, Dulcie. Sie haben den Arzt gerufen.«

Sie blinzelte. Hinter den hart arbeitenden Trifokalgläsern verwandelten sich ihre Augen in zwei Spiegeleier.

»Also haben Sie mitgehört?«

»Eigentlich nicht. Ich wusste ja nicht, wer dran war. Aber das sieht Ihnen ähnlich. Vielleicht haben Sie ja recht. Welcher Doktor kommt denn? Ich hatte noch nie einen Hausbesuch. Nicht mal nach meiner Hysterektomie.«

»Ich habe Richards Arzt angerufen. Doktor Sepsis. Er ist ein alter Arzt, Eliza. Sehr erfahren. Er macht nicht mehr viel heutzutage, aber Richard hat größten Respekt vor ihm … Er war schrecklich gut, als Richards Mutter starb. *Und* sein Vater. Und seine Cousine, fällt mir gerade ein, in Merton Park. Und er war ein Traum, als Sybil Etheridge starb, und der arme – Sie wissen schon, der Mann ganz unten aus der Straße, der mit dem Airedale Terrier. Als der verstarb.«

»Werden seine Patienten auch mal wieder gesund?«

»Wie? Er ist hochqualifiziert – sehr hoch sogar, vor dem

Krieg. Sein Vater wohnte früher in Annes Haus, oder war's Isobel Inghams Haus? Sie waren eine Arztfamilie, vor dem Ersten Weltkrieg.«

»Kommt er denn noch die Treppe hoch?«

(Ach, Barry, Barry – warte nur!)

»Oh, er ist sehr rüstig. Ich schicke Ihnen doch nicht irgendeinen psychiatrisch aufgestellten Jungspund, Eliza. Nein – wir wollen sehen, was Doktor Septimus zu sagen hat.«

»Septimus?«

»*Saint Thomas*, Eliza.«

»Wie jetzt, kommt er daher oder ist er das?«

»Eliza, lassen Sie mich nur rasch eine Schüssel Wasser und einen Waschlappen holen, und dann können Sie noch ein bisschen schlafen.«

Ich untersuche die Schüssel und den Waschlappen nach schlaffördernden Zusätzen und sehe meiner Rosen-und-Geranien-Seife dabei zu, wie sie außen weich und blass wird, während das Wasser ringsum abkühlt. Ich hasse Rosa. Ich hasse *Rosa*.

Am Ende nehme ich sie aus dem Wasser. Sie war ein Weihnachtsgeschenk. Ich hätte mir niemals selbst rosa Seife gekauft. Ein Pfund dreißig kosten diese Seifen. Die grünen – Minze – sind ein Traum. Ich sitze da und seife mir mit der flutschigen Seife die Finger ein, und mir ist ziemlich übel.

Was führt Dulcie im Schilde? Von unten ertönen schreckliche Geräusche – es knurrt, es wufft, und klirrend geht Geschirr zu Bruch. Wieder gleite ich hinüber in den Schlaf und merke, wie mir auch die Seife aus der Hand gleitet. In meinem Nebel höre ich eine Türklingel und Dulcies Stimme.

Dann höre ich ein zweites Klingeln und zwei Stimmen, die die Treppe hochkommen, immer näher, eine gehört Dulcie und die andere besteht aus einer Art Keuchen mit Unterbrechungen. Schließlich kommt Dulcie mit dem irdenen Krug, in dem ich normalerweise alte Salatblätter für den Kompost sammele. Er ist vollgestopft mit gelben Rosen. »Schauen Sie nur, was für Sie gekommen ist. Was für ein Strauß!«

Mein geliebter Simon.

»Und hier ist Doktor Sepulcrum.«

(Weißt du, es ist lustig, Joan, ich komme einfach nicht dahinter, wie Dulcie Baxter spricht, ich bin nur froh, dass ich nicht eine ihrer Schülerinnen bin. Sie hat ein bisschen was von Sarah, die aus ›Pate‹ ›Vater‹ macht.)

»Hier ist die Patientin, Doktor, ich lasse Sie beide mal allein.«

Und er sieht eigentlich ganz nett aus, das alte Kerlchen. Er hat das übliche halbe Lächeln im Gesicht, das sie zusammen mit dem Stethoskop aufsetzen. Hin und wieder sieht man es im Hospiz, wenn auch nicht oft, da Mutter Ambrosines Ärzte ebenso handverlesen sind wie ihre Helfer, und, wenn ich das so sagen darf, wie ihre Patienten.

»Ha«, sagt er. »Hallo, wie geht's?« (Na ja, was soll er auch sagen?) »Nicht so gut, letzte Nacht, wie ich höre.«

»Es war keine – keine allzu gewöhnliche Nacht.«

»Keine gewöhnliche Nacht, nein?« Er betastet meine Halsdrüsen. »Mal aufmachen.« Er leuchtet in meinen Rachen, packt eine meiner Hände und inspiziert die Nägel, scheint nicht überrascht von ihrem Anblick, wirft meine Bettdecke zurück, zückt einen Hammer und schlägt mir aufs Knie. Mein Fuß tritt brav zurück. »Hervorragend«, sagt er. »Hervorragend. Tut mir leid wegen der kalten Hände«, fährt er fort und beginnt mir auf dem Bauch herumzudrücken. Eine Weile geht es weiter mit derlei Dingen und dann sitzt er ziemlich lange einfach nur mit gebeugtem Kopf da. Ich frage mich, was er wohl gefunden hat.

»Auf dem Boden liegt ein dickes Stück Seife«, sagt er.

Mir fällt keine Antwort ein.

»Ah«, sagt er schließlich, und mit sehr trauriger Stimme. »Und wie alt sind Sie, Mrs Peabody?«

»Ich bin 51.«

»Ah, 51. Wechseljahre laufen gut? Alles schön am Vertrocknen?«

»Ich hatte mit 31 eine Hysterektomie. Hier ist die Narbe.«

»Ah, die Narbe.« Wir betrachten den dicken lila Reißverschluss quer über meinem Unterleib und den schlaffen Bauch, der einst so fest und goldfarben darüber lag. Die Haut über der Narbe hängt da wie der Überhang einer Lawine. Man hätte meinen können, es wäre ihm aufgefallen.

»Ich glaube, ich kannte Ihren Vater«, sagte ich.

»Wirklich?«

»Vor langer Zeit.«

»Ah, lang ist's her, lang ist's her. Nun, ich beglückwünsche Sie. Gut gemacht, gut gemacht.«

»Weil ich Ihren Vater gekannt habe?«

»Weil Sie die guten alten Kinderzimmermöbel entsorgt haben, meine Liebe. Am besten weg damit, wenn's nicht mehr gebraucht wird.«

»Wie können Sie denn so etwas sagen? Was für ein hässlicher Satz.«

»Was? Ha?«

»Ich war 31.« Dann fügte ich hinzu: »Wichser.«

»Nun *denn*«, sagte er. »Erzählen Sie. Wie viele Kinder haben Sie, Mrs Peabody?«

»Keine.«

»Ah, ich verstehe. Gab es Probleme? Etwas Bösartiges?«

»Nein, wir hatten einander sehr gern damals.«

»Ich meinte damit – meine Liebe, *wollten* Sie denn Kinder haben?«

»Nein. Bis dahin nicht. Und dann war es nicht mehr möglich, nachdem ... Wir waren aber beide zeugungsfähig.« (Warum zum Teufel erzähle ich ihm das?) »Es war eine Art unausgesprochenes Verschieben.«

»Ist der Ehemann glücklich?«

»Oh, ich denke schon. Er wohnt am Dolphin Square. Er hat mich verlassen.«

»Ah, nun denn, mir war doch so etwas zu Ohren gekommen. Was war der Grund, was meinen Sie?«

»Ich denke ...« Und dann, Joan, unternahm ich wirklich den Versuch, nachzudenken. Ich starrte der alten Kreatur direkt in die Augen. Wie rätselhaft, dass ich mich plötzlich bemüßigt fühlte, ihm, diesem Sohn der Trübnis, der sich nicht einen Deut mehr darum scherte als sein Vater, die Wahrheit zu sagen. Ich denke, der Grund war, dass er die Rosen-und-Geranien-Seife so angewidert angesehen hatte.

»Ich glaube, er hat mich verlassen, weil ich unmöglich geworden war. Er dachte, ich würde verrückt werden, und wahrscheinlich hat er es vor allen anderen gesehen. Es ist schwer zu ertragen – der Riss in der Seele eines anderen.«

»Sie zu verlassen war kein sympathischer Schritt.«

»Nein. Aber, wissen Sie, ich glaube, dass er Angst hatte. Meine Seele, der Riss in meiner Seele hatte eine weitere – eine Kluft zwischen uns aufgetan. Die Kluft ist erst vor ein paar Jahren entstanden, der Riss vielleicht schon zehn Jahre zuvor. Glaube ich. Ich glaube, dass er irgendwo tief im Innern etwas gefunden hat, das zu schwierig für ihn war. Wahrscheinlich war es in mir, aber es hätte vermutlich auch in ihm gewesen sein können. Also ist er mit jemandem durchgebrannt.«

»Ah, und dieser Jemand ist eine jüngere Frau.«

»Nein. Das hätte er niemals getan. Er ist überhaupt kein Romantiker. Er ist mit einem hochrangigen Beamten, einem

Mann durchgebrannt. Aus dem Haus gegenüber. Das Haus, das Sie da sehen. Die Nummer 34. Die Frau des Mannes war meine Freundin. Na ja, Bekannte. Sie hat vor anderthalb Jahren ihren Mann verlassen. Sie sehen ja, wie traurig das hübsche Haus da drüben aussieht. Nein, Henry ist am Weihnachtstag mit einem absolut freundlichen, sympathischen, vortrefflichen Typ Mann durchgebrannt, auf sehr würdevolle Art und Weise.«

Doktor Zugang stand da und sah hinaus, wo dein verlorenes Haus steht und dich beklagt, Joan. Er sagte: »Wir haben auch mal in dieser Straße gewohnt, wissen Sie. Drüben auf der anderen Seite. Prachtvolle alte Häuser mit so herrlichen langen Gärten. Diese Seite ist sicher praktischer. Drüben wurde sehr viel zerbombt. Natürlich war ich damals im Krieg. Ich muss mich mal mit Ihrem Mann unterhalten, Mrs Peabody. Ich denke, er sollte gezwungen werden, bei mir vorbeizukommen und mit mir über Sie zu sprechen, bevor wir den nächsten Schritt entscheiden. Ein oder zwei Beratungsgespräche. Nichts allzu Akutes.«

»Das sieht Ihrem lieben Vater ähnlich.«

»Wie? Nun, es gibt eine Einrichtung, die ich empfehlen könnte. Nicht ganz billig, aber hervorragend für absolute Ruhe.«

»Aber ich brauche keine Ruhe. Ich bin niemals müde. Was ich will, ist eine Offenbarung.«

»Nun, das liegt leider nicht in meiner Macht. Wer möchte das nicht? Wer möchte das nicht?«

»Ich muss das Wesen geistiger Gesundheit verstehen.«

»Mrs Peabody, das ist leider nicht ganz mein Fachgebiet, aber ich denke, wenn Sie ein Stück weit verstehen, was geistige Gesundheit bedeutet …«

»Aber ich bin mir ja eben nicht sicher.«

»Wenn Sie sich selbst für verrückt halten, dann sind Sie es, um ehrlich zu sein, höchstwahrscheinlich nicht. So stand es zumindest immer in meinen Lehrbüchern. Natürlich bin ich da altmodisch.« Er stieß einen tiefen Seufzer aus und sein Gesicht hing da wie eine Klippe. »Nur meine Meinung, versteht sich.«

»Herr Doktor, Sie sehen auch nicht aus, als fänden Sie das Leben sonderlich lohnend.«

»Lohnend? Nun, wir sind nicht hier, um über mich zu sprechen, nicht wahr? Man tut, was man kann. Das ist der einzige Lohn. Ich denke, Ihnen ist klar, dass wir alle zu viel verlangen. Ich muss an meine indischen Dienstboten denken, in der Zeit vor dem Krieg. Arm wie Hunde. Eine Lebenserwartung von 32 Jahren. Und den ganzen Tag glücklich.«

»Wirklich?« Ich sah die Fliegen auf dem Jungen mit den sterbenden Augen, nichts als Kopf und Oberkörper, im Uferschlamm des Brahmaputra draußen vor unserem Haus vor Dhaka.

»Und bei der guten medizinischen Versorgung, die uns *allen* zur Verfügung steht. Als mein alter Vater anfangs hier Doktor war, ist er noch mit Pferd und Wagen von einem Patienten zum nächsten gefahren oder zu Fuß gelaufen, und alles, was er ihnen bieten konnte, war ein freundliches Gesicht und meist ein Fläschchen gefärbtes Wasser. Die Menschen starben oder wurden gesund, so wie heute. Nur dass sie heute so viel glücklicher sind.«

»Penicillin?«

»Verschreibe ich nur selten. Selbst ohne das gibt es so viel strotzende Gesundheit. Und trotzdem diese vielen Nervenzusammenbrüche, und alle haben sie Depressionen.«

»Ich arbeite im Hospiz auf der Caesar's Farm.«

Mit völlig veränderter Miene sieht er hoch. »Ich wusste gar

nicht, dass Sie arbeiten. Sie haben eine medizinische Ausbildung? Das hätte mir Dulcie doch sagen müssen.«

»Ach, ich spüle nur Geschirr.«

»Verstehe.« Er wirkte erleichtert. »Nun, meine Liebe, ich werde mich mit Ihrem Mann in Verbindung setzen, und meine Sekretärin wird Ihnen schreiben. Und machen Sie sich keine Sorgen. Sie scheinen mir durchaus gesund zu sein. Es ist ein Kreuz mit dieser Verwirrtheit. Es ist dieses Alter, wissen Sie, dieses Alter. Auch wenn die Kleinteile vor langem herausgeschnitten wurden … Wir müssen an all die hungernden Menschen in Äthiopien denken, nicht wahr? Und an Buchenwald und Bergen-Belsen. An die Atombombe und an schreckliche Krebsarten.«

»Ich glaube nicht, dass mich das glücklicher machen würde.«

Vermutlich ohne mich zu hören, warf er einen schnellen, besorgten Blick auf die andere Straßenseite auf dein Haus, und er sagte: »Und vor allem müssen wir immer nach vorne schauen.« Er tätschelte mir die Hand, rutschte etwa zwei Meter auf der Seife durch den Raum und fiel auf die Nase.

»Kleine Sünden straft der liebe Gott sofort«, teilte ich Dulcie mit, die mit finsterem Blick hereinstürzte, als wäre alles meine Schuld. Sie sammelte ihn auf, geleitete ihn hinaus, und gemeinsam gingen sie nach unten. Ich sprang aus dem Bett und sah vom Fenster aus, wie er, sich mit seinem wackelnden vorgereckten Kopf und den gruseligen Krallen vorantastend, gleich einer alten Schildkröte die Auffahrt hinunterzockelte. Langsam glitt er in seinem Auto davon. Vorbei am alten Bernard, der wie jeden Tag auf seinem schweren Rad im Zickzack die Straße hinauffuhr. Zwei Männer mit grimmigen Gesichtern, einer, der die Konzentrationslager als moralische Kneippkur benutzte, der andere, der selbst in einem gewesen war.

30. Mai

Schnick schnack dideldum,

kurz nach deiner Ankunft in der Rathbone Road, liebe Joan, verbrachte ich mit dem alten Bernard einen Tag, den ich nie vergessen werde. An diesem Tag wurde mir einiges klar. Zunächst offenbarte er mir die Falschheit der heiligen Miss Ingham. Sie hatte mir einen Brief unter der Tür durchgeschoben. Sie war damals – wie heute – eine Frau, die ich nur hin und wieder sah und anlächelte. Wir hatten kaum je ein Wort gewechselt. Sie bat mich um einen Gefallen. Jedes Jahr, sagte sie, besuche sie mit dem alten Bernard auf dessen Einladung hin die Chelsea Flower Show, da seine arme Frau Lola nicht imstande sei, allzu oft unter Leute zu gehen. Dieses Jahr habe auch sie, Miss Ingham, allmählich das Gefühl, nicht mehr so viel stehen zu können. Ob ich so freundlich wäre, ihn an ihrer Stelle zu begleiten?

Die Chelsea Flower Show, sagte Miss Ingham, sei der große Tag im Jahr für Bernard, mittlerweile der einzige Tag, an dem er sich in die Londoner Innenstadt wage. Er könne unter keinen Umständen allein fahren – zu alt –, und wie ich wisse, habe er aufgrund seiner Unverblümtheit wenig Freunde. Sie habe ihre Mitgliedskarten, das heißt, wir könnten am wenigsten überlaufenen Tag fahren, und danach führe der alte Bernard sie immer im Peter Jones zum Lunch aus. Er würde sich freuen, auch mich auszuführen. Es wäre ein so gutes Werk, sagte sie, denn die Gartenschau sei für den alten Mann der letzte lebendige Funke seiner verlorenen bayerischen Kindheit.

Ich rief sie an und sagte, ich sei mir nicht sicher, ob mich der alte Bernard sonderlich gut leiden könne. Er schien mich ausschließlich als diejenige zu sehen, die ihn mit ihrer Autotür zu Fall gebracht hatte. Miss Ingham, die leise sprach und viele Sprechpausen machte, als wäre sie zur gleichen Zeit noch mit etwas anderem beschäftigt – in Saatkisten stochern, ihren Oberlippenbart begutachten –, meinte, jeder habe den alten Bernard irgendwann mal vom Fahrrad geworfen. Sie hatte ihm den Ausflug vorgeschlagen, und er schien sich sehr gefreut zu haben.

Und so taperten wir beide, der alte Bernard und ich, gemeinsam den Berg hinunter zur U-Bahn, wo er mit großem Brimborium zwei Fahrscheine löste.

»Haben Sie eine Karte? Es kostet nur eins fünfzehn, wenn Sie eine Karte haben.«

»Eine Studentenkarte? Großer Gott, nein.«

»Nein. Eine Seniorenkarte. Haben Sie schon eine *Seniorenkarte*?«

»Ich bin noch nicht 60, Bernard.«

»Nein«, sagte er betrübt, »vielleicht nicht.«

Seite an Seite saßen wir da, ruckelten die District Line entlang, und der alte Bernard knackte mit seinen Fingerknöcheln vor sich hin. Ich sagte, mir sei gar nicht klar gewesen, dass er Hobbygärtner sei.

»Ich bin kein Hobbygärtner.«

»Aber Sie gehen doch jedes Jahr zu der Show.«

»Miss Ingham ist eine nachdrückliche Frau.«

Ich sah schon, es würde ein langer Tag werden. »Vielleicht«, schlug ich vor, »sollten wir uns aufteilen?« Wir hatten das Chelsea Embankment erreicht und uns den fröhlich eilenden anderen Besuchern angeschlossen. »Ich könnte mir die Blumen ansehen, und Sie könnten …«

»Ich werde bei den Möbeln sein. Den Gartenstühlen.«

»Wir könnten uns hier wieder treffen, gegen halb eins.«

»Das ist zu spät. Dann denken sie, wir kommen nicht mehr und unser Tisch ist weg. Bis zum Peter Jones ist es ein strammer Marsch.«

»Das Peter Jones zu verpassen fände ich nicht besonders schlimm.« Um ehrlich zu sein, Joan, ich konnte mir den alten Bernard in überhaupt keinem Restaurant vorstellen, geschweige denn zwischen all den Pastelltönen. »Sollen wir uns nicht einfach hier im Café eine Kleinigkeit holen?«

»Ich esse niemals im Freien. Die Fliegen hier sind krank.«

»Krank?«

»Von dem Zeug, das gesprüht wird. Dieses Spray für die Blumen. Die Veranstaltung hier ist die reinste Todesfalle. Wir atmen Gift in unsere Lungen. Deshalb gehe ich niemals auch nur in die Nähe der Blumenzelte. Die Rosen sind von oben bis unten vollgesprüht. Die Gladiolen sind reines Ethylen.«

Er setzte sich auf einen grausam leuchtenden, tabakfarbenen Gartenstuhl und starrte auf ein paar Styroporurnen und eine Statue der Pandora, die aus einer Styroporbox zu ihren Füßen alle Übel der Welt entlässt. Sie hatte eine Schweißnaht an den Seiten wie ein Osterei und drohte schon beim Antippen auseinanderzufallen. Ich drehte eine Runde um die Blumenzelte und versuchte, nicht zu atmen. »Aber sie duften wirklich herrlich«, sagte ich, als ich ihn an einem Teich mit einem lauten gartenschlaucherzeugten Wasserfall beim Betrachten der Goldfische und Lotusblüten wiederfand. »Sie duften ausschließlich nach himmlischen Blumen.«

Aber er war nicht bei der Sache.

Wir liefen die Lower Sloane Street hinauf, wo ich inmitten des nachmittäglichen Flower-Show-Getrampels Duffy und Dilly Fancy-Baker aus dem Wallis and Critch traf, bevor er von Klein and Woo aufgekauft wurde, die mir kreischend in die Arme fielen (Lichtjahre sind's her) und fragten, ob Henry und ich vorhätten, nach Glyndebourne zu fahren. Der alte Bernard stand bedröppelt da, ließ die langen Ärmelaufschläge hängen und den Blick über die Straße schweifen.

Im überfüllten Fahrstuhl des Peter Jones lebte er wieder auf und schien sich heimisch zu fühlen. Er gewann sichtlich an Selbstsicherheit, strahlte sogar ein wenig Fröhlichkeit aus, als die Leute plötzlich flüsterten und herumhantierten und Knöpfe für die gewünschte Etage drückten. Mit volltönender Stimme rief er: »Fünfter Stock. Fünfter Stock. Wir wollen in den fünften« (am Ende stellte sich heraus, dass es der vierte war), und führte mich beherzt zu einem der Fenstertische.

»Essen Sie, was Sie wollen«, sagte er. »Sie zahlt.«

»Miss Ingham zahlt?«

»Ja. Fragen Sie mich nicht, warum. Es macht ihr Freude.«

»Ich dachte, Miss Ingham hätte gesagt … Das heißt, Sie gibt Ihnen Geld? Wie einem kleinen Jungen?«

»O ja. *Ich* lade *Sie* bestimmt nicht ein.« Er lachte lang und laut, ein harsches Lachen, worauf sich alle Köpfe nach uns umdrehten. Dann saß er lächelnd da, das Lächeln, das er mir zuwirft, wenn er im Park stehenbleibt und vom Lamm Gottes erzählt.

Nun, liebe Joan, all das geschah, als ich noch immer das Gefühl hatte, Gott sei auf meiner Seite und auch an meiner Seite und ich ginge mit Ihm Hand in Hand. Ich sagte: »Bernard, ich stelle mir vor, dass es Ihnen sehr schwerfallen muss, uns aus der Rathbone Road zu mögen, obwohl es ja einige Juden in der Straße gibt. Es muss sehr schwierig für Sie sein, sehr aufreibend, und Sie wären in Hampstead sehr viel glücklicher geworden. Wir alle haben ein sehr viel beschränkteres Leben gehabt als Sie, aber wir können nichts dafür.«

»Sie können wohl was dafür, alle miteinander. Hampstead ist weder hier noch dort. Für die englische Mittelschicht könnte der Holocaust genauso gut nie passiert sein – schauen Sie sich die Leute an, wie sie hier sitzen und ihr Lunch essen.«

»Wir können nichts dafür, dass wir keine Juden sind.«

»Sie können etwas für ihre Ichbezogenheit. Ihre Nabelschau.«

»Sie wollen mir doch nicht erzählen, die Juden würden keine Nabelschau betreiben.«

»Es geht mir nicht um die Juden. Juden sind in diesem Fall irrelevant. Wir wollen die Juden aus dem Spiel lassen.«

Eine Frau sprach uns an und fragte, ob der leere Platz neben uns frei sei, und ich nahm dankbar meine Handtasche von dem Stuhl und sie setzte sich. Der alte Bernard drehte sich zum Fenster und blickte in den Himmel.

»Wie schön, nicht wahr«, sagte die Frau, »dieser Teil von London.«

Zu dritt sahen wir hinunter auf den Platz und die sanft schaukelnden Baumwipfel.

»Genau wie in Paris. Dass das letzte romantische Stück London aussieht wie Paris. Kennen Sie die kleine Ecke, wo der Bus nach Passy abbiegt?«

Sie trug einen schwarzen Hut aus einer anderen Zeit – einen Florentiner mit Schleier vorm Gesicht und einer strammen schmalen Samtschleife um den Hals. Blassbraune Flecken auf der Haut. Sie trug den ältesten schwarzen Mantel, den ich je gesehen hatte, exquisit gefertigt, aber billige schwarze Netzhandschuhe. Ihre Finger waren schwer von Diamanten und die Adern auf ihren Handrücken vollgepumpt mit lila Tinte. Sie bildeten Höcker und Knötchen unter der weißen Schminke. Ihr Kopf nickte vor sich hin, während sie den Schleier abnahm. Zu Bernard sagte sie: »Ich fürchte, ich habe gehört, was Sie gerade gesagt haben. Ich finde nicht, dass Sie so über Juden reden sollten.«

Bernard mampfte.

»Sie erinnern mich an einen meiner verstorbenen Ehemänner, der immer Judenwitze erzählte. Einer ging wie folgt. Sagt ein Mann zum anderen: ›Mein neues Haus ist nicht übel, nur sehen wir direkt auf den jüdischen Friedhof.‹ Sagt der andere: ›Du hast Glück. Da, wo ich wohne, laufen sie immer noch lebend herum.‹ Das ist die Art von Witz, die man nur als Jude erzählen darf, genau wie die Mohren als einzige das Wort ›Nigger‹ benutzen dürfen. Meinen Sie nicht auch? Ich habe dazu eine sehr klare Meinung. Eine Freundin von mir ist eng mit der Queen Mother befreundet, und sie meint, Ihre Hoheit sehe das ganz genauso. Wir – Sie und ich – müssen da sehr vorsichtig sein.«

Der alte Bernard nahm seine Seezunge mit Zitronensoße in Angriff.

»Fisch«, sagte die Frau, »Fisch. Davon verstehen die Juden ja nun was. Niemand kann Fisch zubereiten wie die Juden. Daran muss ich immer denken, wenn bei uns in der Kirche die Speisung der Fünftausend dran war. Ich glaube übrigens nicht, dass es hier einen jüdischen Koch gibt, Sie? Da ist bestimmt was dran – es ist wissenschaftlich nachgewiesen –, dieses Gerede, dass Fisch gut fürs Gehirn sei. Die Juden haben jede Menge im Kopf. Man gönnt's ihnen von Herzen, wobei mich wundert, wie viele sich dennoch haben erwischen lassen. Verzeihung, meine Liebe, aber gehören Sie zur Familie Terry?«

»Terry?«, fragte ich.

»Nein – nicht die Schokoladen-Terrys. Die *Ellen* Terrys. Sie haben irgendwie das gleiche Haar. Natürlich deutet rotes Haar bei Frauen oft auf jüdische Herkunft hin, wobei ich sicher bin, dass Ellen keine Jüdin war. Wohl eher Church of England.«

Bernard mampfte.

Die Frau bestellte und aß einen Happen Omelett und stand auf, um zu gehen.

»Ich esse hier jeden Tag einen Happen Omelett. Fast immer ist jemand hier, mit dem man sich unterhalten kann. Ich hoffe, man läuft sich mal wieder über den Weg«, sagte sie zu mir und bedachte den antisemitischen Bernard mit einem missbilligenden Blick. »Ich wohne in einem sehr netten möblierten Zimmer in der Royal Avenue. Früher habe ich das ganze Haus bewohnt und hatte häufig Besuch von vielen Terrys. Und auch von einigen sehr jüdischen Menschen.« (Wieder ein rascher Blick zu Bernard.) »Verzeihung, aber Sie haben sich da den Arm beschmutzt, am Handgelenk. Wie dreckig London geworden ist. Ich brauche jeden Tag ein frisches Paar Handschuhe.«

Bernard öffnete seine Manschettenknöpfe und legte seinen Unterarm auf den Tisch, und alle drei lasen wir die Nummer auf seiner Haut.

»Auch das erinnert mich an etwas«, sagte sie, »aber mir fällt nicht ein, an was. Etwas sehr Nettes. Es liegt mir auf der Zunge, aber mein Gedächtnis lässt nach. Könnten Sie mir sagen, was es ist?«

Der alte Bernard und ich sagten nichts. Ich fand, dass es nicht an mir war, etwas zu sagen, und Bernard kaute an seiner Apfeltarte.

»Die Welt wird immer rätselhafter, je älter wir werden, statt umgekehrt«, sagte sie. »Ich blicke auf einfache, glückliche Jahre zurück, nicht zuletzt auf die wundervollen Londoner Jahre des edwardianischen Theaters. All die Terrys – Gielguds, Trees. Was für *Hamlets* – Gielgud suchte seinesgleichen. Der *Kaufmann*. Tja – keine leichte Rolle, aber – ich muss jetzt los. Ich hoffe doch sehr, es hat Sie nicht gestört, dass ich Sie auf die Juden angesprochen habe. Ich erinnere mich an Mosley, wissen Sie. So ein schöner Mann. Einem der Terrys nicht unähnlich. Aber so gefährlich.«

Sie drehte sich um, orientierte sich und durchquerte die Weite des Lokals, wobei sie exakt mit ihrem Gehstock vorfühlte. Nach wenigen Schritten drehte sie sich erneut um und sagte: »Oh, gerade fällt es mir wieder ein. Die Zahlen auf ihrem Unterarm erinnern mich an meine Enkelkinder. Einmal sind wir alle in den Sommerferien auf dem Kontinent gewesen, an einem See. Für die Kinder gab es einen kleinen Club. Um zu zeigen, dass sie ihr Eintrittsgeld bezahlt hatten, bekamen sie eine Zahl auf ihre kleinen Handgelenke gestempelt. Dann durften sie auf dem Jahrmarkt die Schaukeln und Rutschen benutzen. Sie haben sich immer so gefreut auf diesen Stempel. 1939 – dieser wundervoll sonnige Sommer. Wir alle haben das alte Deutschland so geliebt. Es gab uns das Gefühl der Nähe zu unserer eigenen königlichen Familie. Ich habe immer gedacht, hätte doch jemand Hitler als kleinen Jungen adoptiert und ihn auf eine gute englische Privatschule geschickt wie einige dieser feinen afrikanischen Staatsoberhäupter, die uns jahrelang die Treue gehalten haben. Doch die Idee ist unmöglich, nicht wahr?«

Auf dem Rückweg hielt sich Bernard in der vollen U-Bahn an der Halteschlaufe fest. Vom anderen Ende des Wagens aus sah ich durch den Wald aus Hobbygärtner-Broschüren, die alle dabeihatten, den alten weißen Arm und die Hand, die sich an den Haltegriff klammerte. Es war der andere Arm. Heimwärts den Hügel hinaufstapfend sagte Bernard: »Ach – diese Inkonsequenz. Die einstudierte Exzentrik. Die Unfähigkeit, Schlüsse zu ziehen. Die Unvernunft. Das kurze Gedächtnis. Der Stolz auf die neue Armut. Das Fehlen der einst durchsichtigen Schliere der Vorstellungskraft. Die unerschütterliche Sicherheit. Die Relikte des Churchill'schen Mythos von der britischen Bulldogge, einem höchst abstoßenden Tier. Es herrscht eine schreckliche Ignoranz. Ein Nichtwissen. Der große Fakt dieses Zeitalters ist der Holocaust. Allein der Holocaust. Er kann niemals vergeben oder vergessen werden. Ich rede hier nicht von Ethnien. Ich rede von dem Bösen. Nichts anderes spielt eine Rolle – und doch, was kümmert es euch alle miteinander, was wisst ihr?« Er streckte die Arme in die Höhe und nach außen zur Straße hin: »Festgefahren, unaufgeklärt, ruhig, sträflich bequem, fünfzig Jahre danach.«

Ich sagte: »›*Niemals verstanden*‹, nicht ›niemals vergessen‹. Es ist nicht so, dass wir vergessen. Und wir können nichts dafür, dass wir keine Juden sind.«

»Es darf *niemals* vergeben werden.«

»Nein, vermutlich nicht. Niemand, der nicht jüdisch ist, wagt es zu vergeben, Bernard, ich weiß. Na ja, ich vermute.«

»›Ich vermute? Ich vermute‹? All diese wohlerzogene Vorsicht. Dieses Understatement. Morgennebel und Kricket. Und Gartenschauen.«

»Ach, Bernard, Sie sind ja von vorgestern. Auch sie war von vorgestern. Sie war ein Quastenflosser. So was ist passé. Sie war Geschichte.«

»Aber ich bin Geschichte. Ich bin von vorgestern. Ich bin ein Hochbetagter – ein Wanderer. Und bei Gott, ich bin immer noch hier.«

»Kommen Sie – Sie wohnen seit vierzig Jahren in der Rathbone Road.«

»Mein Geist ist weit weg«, sagte er. »Soweit davon noch was übrig ist.«

»Grüßen Sie mir – richten Sie Lola meine Grüße aus«, sagte ich am Tor. »Ich hoffe, sie – es geht ihr besser.«

»Sie sollten mal vorbeikommen und sie besuchen. Da wo ich herkomme, würden die Leute jeden Tag bei ihr vorbeischauen.«

Er knackte mit den Fingerknöcheln, während er darauf wartete, dass Lola ihm die Tür aufschloss, und ich ging weiter und durch den Park, um frische Luft zu schnappen. Auf dem Heimweg ging ich einen Umweg zur alten Pfarrkirche, saß eine Zeitlang in der Kirche und betrachtete das Kruzifix über dem Lettner. Ich fragte mich, ob ich imstande wäre zu vergeben, wenn ich der alte Bernard wäre, da ich nicht mal imstande war, der Rathbone Road zu vergeben, und wie wohl Jesus damit umgegangen wäre, hätte er dabei zusehen müssen, wie die Kinder für die Öfen vorsortiert wurden.

Zwei gesprächige Frauen kamen herein und fingen an zu putzen. Mit einem Tuch wischten sie über den Rotkreuzritter auf seiner Marmorgruft, die gekreuzten Beine als Zeichen, dass er ein paar Sarazenen aufgeschlitzt hatte: Mitglied der örtlichen Großfamilie, lang erloschen. Gott sah auf uns alle herab, und zum ersten Mal sah ich das Leiden in Seinem Schweigen. Die Kleinheit unserer Gebete.

»Nun«, sagte Dulcie, sichtlich belebt und wiederhergestellt, denn es hatte ein langes, gedämpftes Gespräch mit Doktor Seneca in der Diele gegeben – manche Frauen werden nachgerade wuschig im Gespräch mit sich verabschiedenden Ärzten –, »nun, ich denke, es spricht nichts dagegen, dass Sie aufstehen, ich stelle Ihnen also Ihr Lunch auf ein Tablett. Nach dem Lunch möchten Sie sich vielleicht im Wohnzimmer auf Ihrer Chaiselongue ausruhen. Um halb vier sollte Henry dann hier sein.«

»Henry?«

»Richard und ich haben heute Morgen mit ihm gesprochen. Er hat Termine und dann ein Mittagessen, aber gleich danach will er zu Ihnen rauskommen.«

»Aber wozu? Ich bin heute nicht in der Verfassung, um über eine Scheidung zu sprechen. Ich fühle mich wie ausgewrungen.«

»Wir haben ihn sehr klar gebeten zu kommen. Außerdem, Eliza, fragen wir uns – haben Sie keine Verwandten? Gibt es denn niemanden –?«

»Verwandte? Ich habe nur eine Cousine. Was in aller Welt –?«

»Es war nur so eine Idee von Richard. Er findet, Sie sollten wenn möglich vielleicht mit einer nahen Verwandten Kontakt aufnehmen. Falls vorhanden.«

»Annie Cartwright? Aber wozu? Sie lebt in Kanada oder Amerika oder sonst wo.«

»Kanada oder Amerika«, sagt Dulcie, »haben Sie ihre Adresse? Gäbe es die Möglichkeit, sie über die Auskunft zu finden? Natürlich nur mit Ihrer Erlaubnis.«

»Sie ist verheiratet. Sie heißt Annie Grucock. Das könnte die Sache erleichtern. Warum in aller Welt – wir haben uns seit fünfzehn oder zwanzig Jahren nicht gesehen. Ach ja, außer einmal für eine Stunde auf einer Party in Washington. Wir verstehen uns nicht. Wir bedeuten einander nichts.«

»Aber sie ist Ihre nächste Verwandte.«

»Henry ist mein …« Aber dann, Joan, wurde mir alles klar. Wenn die Scheidung passiert, wird Henry nicht mehr mein nächster Verwandter sein. Und wenn mich die ganze Bagage in die Anstalt abschiebt, wird es Annie Grucock sein, die auf der gestrichelten Linie unterschreiben muss, eine Aufgabe, die sie gern, nein, mit Begeisterung, nein, ganz und gar unüberrascht zu erledigen sich nicht lange wird bitten lassen.

»Untersteht euch, Annie Grucock jemals hier anzuschleppen«, sagte ich, warf die Bettdecke beiseite und stöberte meine Pantoffeln auf. »Das wär's dann, Dulcie. Vielen Dank, dass Sie so nett zu mir gewesen sind, dass Sie den Arzt gerufen haben und mir Frühstück und Lunch und gestern Abend den Tee mit den Schlaftabletten gebracht haben, und dass Sie sogar Henry angerufen haben, wobei ich hoffe, dass er nicht vorbeikommt und ich nichts dergleichen von ihm erwarte – aber lassen Sie bloß Annie Grucock aus dem Spiel.«

»Ich fürchte«, sagte sie, »Henry könnte sie bereits angerufen haben. Wir mussten es ihm erzählen. Ich muss sagen, er wurde sehr fahrig und still.«

»Wenn die hier auftaucht, schicke ich sie rüber zu Ihnen. Und zu Anne Robin. Zur Gant und zu den Gargerys und zu Nick Fish – nein, nicht zu Nick Fish, er hat liebe Kinder.«

»Ich kann mir gar nicht vorstellen, dass sie wirklich so …«

»Sie ist es. Ich bin mit ihr zur Schule gegangen. Sie war die Rose von Harrogate.«

»Ach, du meine Güte – Schule. Sie werden sich inzwischen mögen. Ich stelle immer wieder fest, dass ich mich bestens mit den Mädchen verstehe, die mir in der Schule gar nichts gesagt haben.«

»Das möchte ich nicht riskieren. Nicht mit Annie Cartwright-Grucock. Ich bin mit ihr aufgewachsen. Ich werde jetzt ein Bad nehmen. Haben Sie den Hunden zu fressen gegeben? Na los, nehmen Sie Ihre Klausuren und gehen Sie nach Hause. Erledigen Sie alles Nötige. Wenn Annie Cartwright kommt, wird in der Rathbone Road nämlich nichts mehr erledigt werden, bevor Sie sie in ihre Premium-Remise zurückbefördert haben. Mit Blumen, Champagner, Wärmflaschen und mehreren fremden Ehemännern.«

»Mir scheint, Sie sind über den Berg«, sagte Dulcie, »wenn das heißt, dass Sie kaum wiederzuerkennen sind. Sie reden ja – nun, Sie reden wie jemand aus der Unterschicht.« Und damit stürzte sie von dannen.

Ich öffnete das Fenster und sah sie die Straße überqueren und sich einigermaßen würdevoll mit Lady Gant unterhalten. Ich lehnte mich aus dem Fenster und schleuderte den beiden einen Fluch entgegen, und die Gant sah zu mir hoch, als hätte sie einen Skorpion verschluckt. Ich lauschte den Kadenzen der Verwünschung auf der mittäglichen Luft. Ich sang:

»Oh Schande, oh Schreck
Eine Titte ist weg
Zum Stillen für das Kleine!

Das zweite der Dinger
Geriet in den Wringer
Und jetzt hat sie nur noch die eine.«

Die Gant trägt einen Hut. Grund dafür ist die Geschwulst an ihrem Kopf. Sie bildet eine Beule. George Orwell hatte auch eine Geschwulst. Die Leute bemerkten sie, wenn er den Hut lüftete. Sie stand ihm vom Kopf ab. Lady Gant, eine Trojanerin von einer Frau, die ich sehr bewundere, lässt ihren Hut auf. Der arme Orwell, gefangen in der Etikette seiner Zeit.

»Armer Versager«, sang ich,
»Zu klein und zu mager,
Ein Rugg-e-byspieler wird's nicht –«

Nachdem sie die Gant in ihr Haus genötigt hatte, drehte sich Dulcie auf der Treppe um. Die Treppe wird flankiert von zwei Löwen, denn Richards Familie hat ein Wappentier. Mit freundlicher Stimme rief sie: »Lassen Sie den Hund, Eliza, ich kümmere mich um ihn. Ruhen Sie sich aus.«

»Reicht das Futter noch für die beiden?«

»Für *ihn* reicht das Futter.«

Ich sagte: »Ich setze Henry kein Hundefutter vor. Er geht mittags essen.«

Später

Joan, ach, Joan,

ich kritzele im Bett und das weiße Bettzeug schwimmt auf dem Boden und ständig gehen mir die Kugelschreiber aus.

Baden. Als Dulcie weg war, die große weiße Jungfer, lag ich in Mandelölschaum und sah mein Gesicht in den viktorianischen Hähnen an- und wieder abschwellen. Ich sah entlang meines mageren Körpers, ein halbes Jahrhundert alt: die Blinddarmnarbe, die altmodischen Impfabdrücke an meinem Oberschenkel, aber alles noch dienlich genug. Ein Körper, der nicht viel Aufmerksamkeit erfahren hat seit seiner Geburt. Ungebraucht.

Wie hätte er aussehen können? Hätte ich einen Mann geheiratet, der das gemeinsame Bett für etwas Wichtiges erachtet hätte? Dick und schwabbelig? Mit Schwangerschaftsstreifen und einer Faltenlandschaft wie die Appalachen? Ich habe noch nie einen Schwangerschaftsstreifen gesehen und kann mir kein Bild machen. Ich habe noch nie eine Verhütungspille gesehen. Ich habe nie Gras oder Haschisch oder Heroin gesehen. Ich habe mir nie so richtig ein Kondom angesehen und halte sie noch immer für geheime, garstige Dinger.

Brüste. Kaum vorhanden. Könnten vermutlich inzwischen hängen wie zwei alte Lederflaschen? Und die Kinder sagen: »Mutter lässt sich gehen. Schade drum.«

Aber ich hätte gebraucht ausgesehen.

Ich dachte an die Heiligen, deren Körper im Tode entdeckt wurden, und Jahrhunderte nach dem Tod, süß duftend, faltenlos, geschmeidig wie Jungen und Mädchen, umweht von Seidelbast und dem Duft von Granatäpfeln. Jungfräulich wie Sankt Julian für Gott. Annie Cartwright, keine Heilige, wird ihr Leben lang nach einer doppelten Ladung *Ma Griffe* riechen, solange es nur genug kostet.

Als meine Eltern gestorben sind, Joan, wurde ich von der Schwester meiner Mutter aufgenommen, die mit einem Fabrikeigentümer verheiratet war und in der grünen weichen Moorlandschaft außerhalb von Bolten in Lancashire lebte. Ich war gerade dort zu Besuch, als es geschah. Ich war sechs. Annie war ihr Augapfel und sie war acht. Wir vier waren sehr still. Mein Onkel war schon Privatier, und die Fabrik unten im Tal war in der Hand von Geschäftsführern und klapperte friedlich vor sich hin. Meine Eltern, die zusammen durchgebrannt waren, machten seit ihren Flitterwochen im Krieg zum ersten Mal Urlaub. Mein Vater war seit dem Fall von Singapur im Gefangenenlager Changi gewesen. Sie kamen in Frankreich in ihrem Mietwagen ums Leben. Ein Lastwagen schoss aus einer Querstraße und donnerte in sie hinein. Es war meine Tante, die mir mit großer Strenge die Nachricht überbrachte.

Mein Onkel verließ das Zimmer. Als er zurückkam, ging meine Tante nach oben in ihr Schlafzimmer. Mein Onkel setzte sich in seinen Ledersessel vor das große Kamingitter aus Messing. Stellst du dir eine Wampe vor, Joan? Einen Plebejerkopf auf einem handgestrickten Antimakassar? Heimeligen Lancashire-Dialekt? Das Klischeebild des Nordengländers? Falsch. Er war ein sanftmütiger, magerer und nachdenklicher Mann, dem Rotkreuzritter in der Kirchengruft unserer Gemeinde nicht unähnlich. Er sprach mit leiser Stimme. Ich wusste, dass er wegen seiner Schwägerin litt und dass er meinetwegen litt. Ich wusste, dass Annie, ihre Tochter, die mit schmollenden rosa Lippen auf dem Kaminhocker saß, meinetwegen überhaupt nicht litt. Ich wusste, dass sie eifersüchtig war auf das Mitgefühl ihres Vaters. Sie saß auf ihren Händen und sah hinunter auf ihre polierten Schuhe und straff gespannten Strümpfe, die zu drei Vierteln ihre festen Waden bedeckten. Sie fragte, ob sie sich an ihre Näharbeiten setzen dürfe.

»Nein, nicht jetzt.« Mein Onkel hob die Hand von der Sessellehne und strich mir über den Kopf.

»Dann geh ich halt und frage Mutter.«

Bald war sie wieder unten und mit einem kleinen Stück Stoff zugange. Sie stickte weiße Blütenblätter mit rosafarbenen französischen Knoten.

Eine Zeitlang besuchten wir dieselbe Schule in Harrogate, Annie und ich, aber dann wechselte sie auf eine andere Schule mit einer reizenden Uniform – Strohhut mit rosa und grauen Schleifen, blassgraues Kleid, weiße Handschuhe, zartrosa Baumwollbluse. Nicht, dass sie die erste Schule hätte verlassen müssen, aber sie sei eine Künstlernatur, sagte meine Tante, und könne sich nicht auf Dinge konzentrieren, die sie nicht interessierten. Sie rebellierte gegen das Auswendiglernen.

Bevor ich nach Oxford ging, war Annie kurz davor, eine weitere Schule zu verlassen – ihr Mädchenpensionat in der Schweiz. Im Jahr zuvor war sie hingezogen, im Pelz: einem cremefarbenen Pelzmantel mit dunklerem toffeefarbenem Pelzkragen und passenden Bündchen nebst Pelzmütze. Sie hatte ein schwerfälliges Auftreten mit sirupglänzenden Kuhaugen, doch eine naturgegebene Selbstsicherheit und eine Haltung, die nichts erschüttern konnte. Weiche, feuchte Lippen. Sie hatte den Vorteil, keine Schultern zu haben und dementsprechend zerbrechlich zu wirken. Ihr Hals ging über in weiche Botticelliarme und blasse kleine Hände, die im Widerspruch zu ihrer kräftigen Kinnpartie standen. Ihre Souveränität beruhte auf dem Wissen, dass sämtliche Männer sie mitsamt ihrer fehlenden Schultern sofort in die Arme schließen wollten und sich ihrerseits getröstet fühlten durch Annies offenkundigen Besitz von und Sinn für sehr viel Geld. Es war ihr eine beruhigende Erkenntnis, die sich harmonisch zu ihrem Wohlstand fügte, dass das Scheckheft in der Krokodillederhandtasche (hin und wieder fuhr sie nach Italien – ausschließlich wegen der Handtaschen) die Welt erobern konnte – oder zumindest diejenigen Teile der Welt, von denen sie wusste. Von meiner Welt wusste sie gar nichts.

Sie wirkte vollendet, Anne Cartwright, schon mit zwanzig. Jede Menge Männer waren hinter ihr her – junge Männer im gewieften Fokus einer Unmenge Eltern, die in den örtlichen konservativen Verbänden von Lancaster und West Yorkshire an den Hebeln der Macht saßen. Es schien mir unnötig, dass sie irgendwo anders hinging. Sie schien für immer im goldenen Schoß der Welt zu sitzen.

»Wird sie dir nicht fehlen?«, fragte ich meine Tante.

»Sie muss gehen. Alle ihre Freundinnen gehen. Höhere Mädchenschulen sind eine feine Sache. Ich war selbst auf einer.«

»Sie wirkt doch so schon höher als andere Mädchen.«

Meine Tante sah mich an, um zu eruieren, ob das gehässig gemeint war, entschied sich dagegen (falsch) und sagte: »Auf einer höheren Schule lernen Mädchen, wie man auf einem Stuhl sitzt.«

Annie und ihr Mann Basil Grucock kamen mich einmal in Oxford besuchen, und sie saß vorbildlich auf ihrem Stuhl in meiner Studentenbude – ein klappriges Mehretagenhaus, wo wir so ziemlich uns selbst überlassen waren. Basil schien sich weniger wohlzufühlen, stand immer wieder auf, ging umher und warf einen Blick auf seine Patek Philippe, die er von ihr als Hochzeitsgeschenk bekommen hatte. Ich sollte sagen, er *versuchte* umherzugehen, denn es war die Zeit, als ich ein freies Lotterleben führte. Der Boden war übersät mit alten Strumpfhosen und BHs und halb gegessenen Welsh Rarebits. Mein Bett mit dem grauen Bettzeug war weniger ungemacht als unmachbar. Dies war mein zweites Jahr an der Uni – mein erstes Jahr mit Tweedröcken und geputzten Schuhen und Wohnheim war vorbei. In der Mitte dieses meines am meisten geliebten Zimmers, die große Geste meines Lebens, die so bald verleugnet werden sollte, stand ein Tisch, und auf dem Tisch befanden sich Marmeladengläser, Weinflaschen und eine Hose des aktuellen Verehrers, die von mir geflickt wurde, und ein freigeräumter Platz für Unterlagen, Lehrbücher, Zettel, Stifte und ein ungeöffnetes Päckchen Kondome. Sie waren reine Show. Sie wurden nie geöffnet. Irgendwer hat sie dann mitgenommen.

Annies lange seidige Beine, ihr französisches Seidenkostüm, ihre komplizierte Lockenfrisur, ihr glänzender Mund mit den nach unten gezogenen Mundwinkeln, ihre Dumpfheit, ihr kleines Zigarettenetui mit dem Buchstaben A aus Diamanten verschlug sämtlichen meiner Bekannten die Sprache, als sie in regelmäßigen Abständen den Kopf zur Tür hereinsteckten. »Oh – Entschuldigung.« Offene Münder.

»Guten Tag.« Herzlich ging Basil auf alle zu. »Meine Cousine Annie. Ihr Mann Basil«, sagte ich, während sie hastig nickend den Rückzug antraten. Ihr langsames Lächeln.

Kurz bevor sie aufbrechen wollten, kam Henry. Er war nicht der aktuelle Verehrer. Wir hatten uns gerade erst kennengelernt. Ich weiß noch, dass ich mein Altenglisch-Lehrbuch über die Kondompackung schob.

Der Anblick eines Menschen in einem sauberen Hemd weckte Annies Lebensgeister. Sie hob das Kinn, stand höchst vorbildlich von ihrem Stuhl auf, trat Henry entgegen und bot ihm ihr Pfötchen wie ein Präsent. Sie schenkte ihm einen sehr langen Blick. Oh, Henrys wundervolle zweiundzwanzigjährige Erscheinung! Und, als sie weg war, die Verblüffung in seinen Augen.

»Wer war *das* denn?«

»Meine Cousine.«

»*Deine* Cousine!«

Und wir lachten uns krumm und schief. Zu meiner Überraschung ging Henry zur Tür und schloss ab. Ich rückte die fremde Hose rasch außer Sichtweite. Er kam zu mir rüber und sagte: »Du steckst voller Überraschungen.«

»Sie ist meine einzige lebende Verwandte.«

»Da musst du ja froh sein. Wo hat sie denn so lange gesteckt?«

»Sie wurde auf Hochglanz poliert.«

»Kann nicht schwer gewesen sein.«

Jetzt sehe ich in den Wasserhähnen die Abenddämmerung von Oxford. Ich schließe die Augen und atme für einen ganz kurzen Moment den Frühling von Oxford ein. Ich spüre das Gewicht von Henrys Kinn auf meinem Scheitel und meine Verblüffung, als er mir mit beiden Händen über meinen nackten Rücken zu fahren begann.

Dort blieben sie aber auch, denn kurz darauf eilte er davon, und noch am selben Abend wurde mir ein schrecklicher Brief unter der Tür durchgeschoben. »Wir sollten lieber vorsichtig sein. Wir haben uns gerade erst kennengelernt. Wir dürfen nichts tun, was wir bereuen könnten.« Ich fühlte mich gedemütigt. Ich zerriss den Brief in kleine Stücke.

Doch am nächsten Morgen stand er draußen am Tor von St Hilda's, als ich aus meinem Tutorium kam, und ein warmer Aprilwind verwehte ihm die Haare und er machte mir einen Heiratsantrag. Wohl wissend, wohl wissend, wohl wissend, dass es das Richtige war, sagte ich sofort Ja.

Annie kam nicht zur Hochzeit. Ich erzählte es ihr nicht. Wir luden nur etwa zehn Freunde ein. Ich schickte ihr eine Postkarte von unseren Flitterwochen in Frankreich, und wir lachten ab und zu über sie. Jahrelang haben wir ihr Weihnachtsgrüße geschickt, aber dann hörten wir auf.

Und jetzt war eine der beiden Hände, die mir über den Rücken gestrichen hatten und nichts weiter – ziemlich lange nichts weiter übrigens, nach der Heirat, denn er war genauso hoffnungslos in der Liebe wie ich damals –, jetzt war eine dieser beiden Hände drauf und dran, das Dokument zu unterzeichnen, das mir meine Freiheit nehmen würde, es sei denn natürlich, sie hatte schon das andere unterzeichnet, auf dem stand, er sei von nun an weder für mich verantwortlich noch für irgendetwas, das mir gehörte; in dem Fall wird die Hand, die mein Urteil fällt, Annies rosa Pfote sein. Ich sehe sie vor mir, ihre perlmuttfarbenen Fingernägel, während sie langsam ihren Namen schreibt. Und danach der saubere stille Raum, die Pillen, einige pflichtbewusste Besuche aus der Rathbone Road, die Couch. Die Trennung von Körper, Seele und Geist und meiner lieben Welt. Meiner nach wie vor lieben Welt.

»Halten Sie sich an Gott fest«, sagt Mutter Ambrosine, also halte ich mich an der Handtuchstange fest – näher komme ich nicht. Ich versuche zu beten.

»Nur Mut«, sage ich zur Zahncreme. Ich putze mir die Zähne, ich bürste mir die Haare, ich sehe in den Spiegel. Ich sehe wie immer kerngesund aus. Verrückte scheinen sich selten was einzufangen. Man sieht keine Verrückten mit verschleppten Erkältungen. Sie scheinen nicht an Grippe zu erkranken. Die Haut lässt nach und Kopfweh kommt vor, aber nicht mal diese Leiden kann ich vorweisen. Ach, Barry, Barry, vernünftigster aller Männer. Wunde Stellen im Mund, zwischen den Fingern, Eiter um die Augen, die Knochen ein Käfig, worin Bienen Honig machen könnten. Vom Schwachen kommt Süßes, wenn auch vermischt mit dem Geruch von Verwesung. Dünnes, dünnes Haar. Ach, Barry, mein Geliebter, mein Kind.

Und hier bin ich, schlank und geschmeidig vor Gesundheit, glänzend vor metaphysischem Fieber. Denn es brennt etwas in mir, strömt heiß durch die Landkarte meiner Adern, Stromschnellen schießen gurgelnd dahin und suchen nach der See. Ich bin eine alte Zentralheizung, die niemals den Geist aufgibt.

Warum wird mir keine Erlösung durch Krankheit vergönnt?

Schneller, schneller, sagt die Rote Königin. Treten Sie näher, meine Damen und Herren. Hereinspaziert, hereinspaziert.

Als ich vom Badezimmer ins Schlafzimmer hinübergehe, sehe ich vom Treppenabsatz, dass Tom Hopkin unten in der Diele steht und sich mit dem lieben Simon unterhält. Toms Hose muss geflickt werden. Schnell, ich muss mich anziehen.

Doch als ich fertig bin, um nach unten zu gehen, sind beide verschwunden. Ich suche überall nach ihnen. Dann hole ich das Silbertablett hervor, und das Teeservice mit den Rosen – ein Erbstück aus Bolton, Annies verspätetes Hochzeitsgeschenk, fällt mir gerade ein. Ich erinnere mich an das ruhige Steinhaus im grünen Tal und füge eine Zuckerzange, ein silbernes Milchkännchen, Zuckerwürfel und einen zierlichen Teller mit den sehr feinen Keksen hinzu, die man inzwischen kaum noch bekommt – die mit den Kaffee-, Zitronen- und Schokostreifen, die Henry und ich beide gern essen. Ich sehe, dass aus meinen frisch gebadeten Fingernägeln kleine Blumen wachsen, zehn kleine Bögen, frisch und blau, wie winzig kleiner Ehrenpreis.

Die Hunde sind still. Auch das Haus ist sehr still. Durch die Fenster zum Garten im Wohnzimmer sehe ich, dass es noch lackrote Triebe im Hartriegel gibt. Ich laufe der Länge nach durchs Zimmer und begutachte von der anderen Seite aus die Straße. In deinem Vorgarten – ach, Joan! – ach, könntest du doch nur die Fliederblüten und die dicken cremefarbenen Tulpen sehen. Könntest du nur den dunkelroten Kirschbaum sehen, wie er sich rüttelt und schüttelt und den Wind in sich spürt, der die Blüten aufwirbelt und die heimwärts treibende alte Isobel Ingham bewirft wie auf einer Hochzeit.

Ich öffne die Haustür und stehe vor alldem. Der warme Wind weht sämtliche Papiere vom Tisch in der Diele. (Kein Brief von Simon oder Tom.) Ich stehe auf der obersten Treppenstufe, und in der Luft liegt fast schmerzhaft der Duft des saftigen Frühlings und überall hervorschießenden Nektars. Die Erde nimmt schon Farbe an. Es blühen schon ein, zwei Rosen, rüschenbesetzte Stiefmütterchen machen staunende Miene zu ihrer frühen Berufung. Heute würdest du dich über dich selbst wundern, Joan, dass du uns jemals verlassen wolltest.

***

Was den 2. Juni betrifft

Aber, ach, meine liebe, liebe Joan,

es war nicht nur der Wind unterm Teppich in der Diele gewesen, der Wind mit den Pollen der Narzissen, den ich durch die weit geöffnete Haustür hörte, es waren die Hunde, die ich gehört hatte. Sie huschten und sausten umher. Ich ging und setzte mich neben die Teetassen auf meine Chaiselongue und dachte an Bolton, wie mein sechsjähriges Ich die kleinen Sandwiches herumreicht. Aber trippel, trippel, klacker, klacker. Schnuffel, schnuffel – sehr taktvoll, draußen in der Diele. Einer der Hunde – mein Toby – kommt endlich herein und steht in der Wohnzimmertür, legt den Kopf schief und sieht mich an.

»Gassi?«, fragt er.

»Ja. Später. Nach dem Tee. Er bleibt nicht lange.«

»Na gut, okay«, sagt Toby skeptisch und geht hinaus. Ich höre, wie er einen kleinen Lauf einlegt und schlitternd vor der Fußmatte zum Stehen kommt und wartet, um zurückgepfiffen zu werden. Das Schweigen, das gewiefte Schweigen eines Hundes, der bereitsteht, zu entwischen und auf Trebe zu gehen. Ich sinniere über die Schwierigkeiten, nachmittags einen Liebhaber zu empfangen, wenn man einen Hund im Haus hat. Es ist ein Dilemma, das im Fernsehdrama (beispielsweise) nicht thematisiert wird. Wozu sich Gedanken machen um den elenden Hund? Er ist noch nie überfahren worden, wenn er allein unterwegs war. Die Polizei kennt ihn – und gibt sich immer sehr freundlich. »Der Hund ist ein Genie, Mrs Peabody. Umsichtiger als ein Mensch. Ich hab ihn schon an der Straße stehen und nach links und rechts gucken sehen.«

Nichtsdestotrotz.

Und bei deinem kratzbürstigen Biest, Joan, da bin ich mir nicht sicher, wenn er mit grimmiger Miene durch die High Street schleicht. »Okay, bringt mich halt um. Macht euch nicht die Mühe, auf die Bremse zu treten. Was kümmert's mich? Ein Hundeleben ist das. O weh – das war knapp! Fast durch die Windschutzscheibe geflogen. Ich mach mal besser die Biege.«

Ich könnte verklagt werden. Eines dieser Tiere könnte todbringend sein. Denk nur, sie würden den Tod eines Kindes verursachen.

Und ich sehe die rasende Vanessa, schreiend hinter dem Lenkrad, wie sie in die Eisen steigt und die Augen zusammenkneift: »Ein *Hund* – ein blöder *Köter*!« Und alle drei Fish-Kinder liegen wie Regentropfen verstreut auf der Straße und der Neuner Bus donnert auf sie zu. Amanda schreit – »Mum-Vanessa – Timmy ist *tot*.«

Also ziehe ich mit zwei Leinen los, um nach den beiden zu

suchen. Ich lasse die Haustür weit offen wegen Henry, der in einer Minute hier sein sollte, und Dulcie schaut zu. Sollte stattdessen oder zusätzlich zu Henry ein Einbrecher kommen, wird sie vor Ort sein, wobei sie nicht aufblickt, während ich mit schnellen Schritten unter ihrem Fenster vorbeigehe. Die offene Tür wird meine aufrichtige Bereitschaft bezeugen, Henry wiederzusehen, und auch zeigen, dass ich nicht vorhabe, lange wegzubleiben. Bestimmt hole ich am Anfang der Straße das Horrorgespann wieder ein.

Aber nein. Ich überquere die Hauptstraße und suche zwischen den Containern vom Little Greek. Keine Hunde. Am Rand des Parks sichte ich das Terrain, kann aber heute überhaupt keine freilaufenden Hunde sehen – alle trotten bei Fuß und beschnüffeln höflich die Hinterteile der anderen. Nichts streunt umher. Ich lasse mich etwa eine halbe Stunde treiben, dann gehe ich wieder nach Hause.

Jetzt ist die Haustür zu. Dulcie ist nicht an ihrem Schreibtisch zu sehen. Durch mein Wohnzimmerfenster beobachten mich übers Fensterbrett hinweg zwei Hundegesichter. Von Gefühlen überwältigt, springen sie hysterisch umher, verschwinden, tauchen wieder auf, bellen wie besessen auf der falschen Seite der Tür. »Henry«, rufe ich durch den Briefkastenschlitz. »Hallo. Eliza hier. Ich musste nur mal kurz raus, um …«

Aber Henrys milchkaffeebrauner BMW, sehe ich jetzt, steht nirgends auf der Straße. Durch den Briefkastenschlitz ist nichts von ihm zu sehen – auf dem Tisch in der Diele liegt noch immer kein Brief. Was soll's. Ich sollte besser reingehen. Warum auch nicht?

Weil ich nicht kann. Ich habe keinen Schlüssel. Ich habe ihn nicht mitgenommen.

Also gehe ich lässig ums Haus herum zur Seitentür, und die

Hunde folgen mir auf der Innenseite des Hauses wie magnetisiert in dieselbe Richtung und kläffen und schlagen einen höllischen Krach. Auf der Seite des Hauses ist alles niet- und nagelfest verschlossen. Ich probiere die Tür am Ende des Pfades, der in den Garten führt, und stelle fest, dass auch die verriegelt ist.

Nun ist es so, dass diese Tür nie abgeschlossen wird, also ist vielleicht doch trotz Dulcie ein Einbrecher des Weges gekommen. Er hat sich durch den Garten davongemacht und seine Verfolger abgehängt oder, o weh, ja, vielleicht war Henry ja doch hier, hat in einem Anfall von Zorn sein verlassenes Haus zu allen Seiten hin gesichert und ist wieder gegangen. Sogar die Leitern stehen hinten und ich komme nicht an sie heran. Langsam wird es kalt hier draußen ohne Mantel, und der Nektar und der Frühlingsduft sind nicht mehr ganz so balsamisch.

Ich schlendere.

Mit sanften, behutsamen Schritten, ohne irgendwo im Besonderen hinzuschauen und erst recht nicht in die Richtung von Dulcies gebeugtem Kopf, schlendere ich. Wonach suche ich? Nach einem starken, großen Mann. Einem starken, großen Mann, der Zugang zu einer Leiter hat und auf meiner Seite ist. Oh, wie scheint diese Straße noch immer bevölkert zu sein mit Frauen, Joan, die von morgens bis abends in ihren Häusern leben.

Der alte Bernard taucht vor seiner Tür auf. Er hebt eine Hand zum Gruß, justiert seine Fahrradclips und fährt wacklig davon. Lola wird da sein. Sie geht nie aus dem Haus. Lola und Bernard hatten eine Tochter. Ich kannte die Tochter und habe mich früher immer mit ihr unterhalten, aber sie war eher distanziert. Damals stand Lola immer am Tor und winkte der Tochter, die zum Geigenunterricht aufbrach, und dann plauderte sie. Keine Ewigkeit, wohlgemerkt. Wie es heißt, sitzt sie immer in einer Zimmerecke und hat den Blick auf eine Tür gerichtet wie wie Beckett auf dem berühmten Bild – der Dramatiker, nicht der Erzbischof.

Ihre Jalousien sind schwer von Staub. Ich spähe durch den Briefkastenschlitz und sehe, dass die Wände voller Fotos von Orchestern und Solisten sind. Bei den meisten rollen sich schon die Ränder. Ich erinnere mich so genau an die kleine Hannah (später Felicia genannt), dass ich fast denke, im nächsten Moment kommt sie um die Ecke des dunklen Flurs, um an die Tür zu gehen. Früher lief sie immer die Straße entlang, gequält und stumm, die Geige in einem schwarzen Lederkoffer, der viel zu groß für sie war.

Stattdessen kommt Lola an die Tür, und wie immer ist sie es, die aussieht wie für die Konzertbühne geschaffen. Groß, langer Hals, riesige Augen, schwarze geölte Haare, am Hinterkopf fest zusammengedreht. Ihr Knoten sieht angemalt aus, wie bei Olivia aus *Popeye*. Sie wird nicht älter.

Das Haus liegt im Halbdunkeln. Sie hat keine Leiter für mich. Es könnte, denkt sie, eine im Schuppen sein, aber weder sie noch Bernard sind seit Jahren im Schuppen gewesen. Ob ich reinkommen und die neuesten Fotos von Felicia aus Haiti sehen möchte? O ja – auf Tournee, immer auf Tournee. Das Foto ist alles andere als neu, und sicher muss Felicia doch inzwischen viel älter sein?

»Wie jung sie aussieht.«

»Ach, sie hat ein tolles Leben. So gesund. Das wundervolle Publikum überall – und die Reisen. Sie hat so ein Glück.«

Lola macht es sich in einer Ecke bequem, sieht nach links und nach rechts. Der Garten klopft leise ans Fenster, halbwegs die Scheibe hinauf. Ich verstehe, wie verstörend die Chelsea Flower Show für Bernard gewesen sein muss.

»Sie muss Ihnen schrecklich fehlen, Lola.«

»Nein. Ich habe es akzeptiert, da war sie noch keine sieben. Es ist der Preis, den sie und ich für ihr Genie zahlen.«

Überall sind Staubflocken, Altkleiderberge, leere Kaffeetassen. Durchs Fenster sehe ich auf die kleine Wiese, die in der Brise weht. Ich sage: »Wie gut, dass Sie Verständnis haben. Vermutlich, weil Sie selbst Musikerin gewesen sind …«

»Oh, ich war nie Musikerin. Ich durfte keinen Unterricht nehmen. Ich war nie irgendwas. Aber ich wusste es schon bei ihrem ersten Anblick als Baby im Krankenhaus, als ich ihre kleinen Hände berührte. Ich bin Felicias Vehikel gewesen, das ist alles. Bernard hat gelitten, fürchte ich. Männer haben selten Verständnis.«

Wir sitzen da und starren auf einen viktorianischen Paravent, der mit vergilbten Konzertprogrammen beklebt ist.

»Oben«, sagt sie, »habe ich jede Geige, auf der sie jemals gespielt hat, von der allerersten an.«

Ich stehe wieder draußen auf ihrem Treppchen, und die Tür wird hinter mir zugemacht. Ich höre Riegel, die vorgeschoben werden.

Ich laufe weiter, überquere die Straße, und als ich an der hohen Tür in ihrer Gartenmauer vorbeikomme, steht plötzlich Miss Ingham vor mir. An ihrer Hand baumelt eine kleine Plastiktüte mit Erde, aus der ein Sprössling hervorschaut. Wir treten uns gegenüber.

Mir ist bewusst, dass Miss Ingham nie besonders viel von mir gehalten hat. Vor langer Zeit, als ich den Leuten noch Briefe geschrieben habe, hielt sie mich für eine Idiotin, wobei mich das nicht störte, da ich (glaubte ich) von Gott gelenkt wurde. Miss Ingham ist zudem weit jenseits von Leitern. Dennoch gehört sie zu denjenigen bei uns der Straße, die nicht *»Hier kommt Eliza, das arme Ding«* in dicken Leuchtbuchstaben auf der Stirn stehen haben.

Ich frage mich, wann diese Lettern eigentlich aufgetaucht sind. In letzter Zeit sind sie so verbreitet wie ein Virus.

Miss Ingham zieht sich die Strickjacke über der Brust zusammen und sagt: »Ich wollte das hier gerade zu Anne rüberbringen.«

»Soll ich das machen? Ich bin gerade auf der Suche nach einer Leiter.«

»Ich kann Ihnen eine Leiter besorgen. Sind Sie gerade am Malern?«

»Ich hab mich ausgeschlossen.«

»Ah«, sagt sie, »sobald meine Untermieter zurück sind, könnten die Ihnen helfen. Oder Sie könnten die Polizei rufen. Sie dürfen gern mein Telefon benutzen.«

»Ich hab gestern Abend schon die Polizei gerufen. Ich sollte es lieber lassen.«

»Ja, richtig«, sagt sie, »richtig. Sie sollten lieber reinkommen.«

Wir sitzen in Korbstühlen in ihrem Wintergarten zwischen den zitronig duftenden Geranien, und sie sagt: »Bestimmt möchten Sie eine Tasse Tee.«

»Ich hatte Henry zum Tee erwartet. Das Tablett steht schon bereit. Schade, dass ich nicht ins Haus komme. Es war ein guter Kuchen. Und Kekse mit Streifen.«

Ich sehe sie denken: Sie macht einen auf kindlich.

»Wie wär's mit etwas Salami?«, fragt sie. »Um diese Zeit esse ich meist einen Teller Salami. Was daran liegt, dass ich seit Jahren polnische Untermieter habe. Polnische, litauische und dergleichen. Trifft sich gut.«

»Ich sehe Ihre Untermieter nie.«

»Sie schlafen viel.«

»Ach so.«

»Sie arbeiten eher nachts. Einer davon ist Croupier. Ein faszinierendes Leben, wenn auch halbseiden und äußerst ungesund. Ich schicke ihn zum Joggen, aber richtig gesund sieht er nie aus. Er hat so einen gelblichen Teint. Andererseits haben das alle Croupiers.«

Sie verschwindet in eine entlegene Küche, und ich bestaune vom Wintergarten aus die Weite der Epsom Downs, südwärts, wo die Rennpferde tänzeln und das pralle Leben tobt. Es scheint mir auch hier für Miss Ingham ziemlich prall zu sein – draußen die breite sonnige Terrasse, drinnen der warme sichere Wintergarten, beide wimmeln von großen Töpfen voll knospender Vegetation. Jasmin hängt wie eine Federboa am Glas über meinen Kopf. In einem Terracottatopf wächst ein Orangenbaum mit glänzenden Blättern und fünf lebenden, atmenden Früchten. Er steht neben einem Schreibtisch, darauf ein aufgeschlagenes Wirtschaftsbuch, ein Tintenfass, eine silberne Ablage für Stifte, eine Flasche Whisky und das Foto einer schönen Frau.

»Ich war zwanzig«, sagt Isabel Ingham und kommt langsam durch den Wintergarten zurück, in einer Hand den Salamiteller und in der anderen zwei Trinkgläser. »Ich lebe hier seit fünfzig Jahren.«

»Wir erst seit zweiundzwanzig Jahren. Alle anderen sind nach uns gekommen, und sie ziehen ständig um. Schon komisch, dass wir beide uns nie richtig kennengelernt haben.«

»Na ja, daran bin ich genauso schuld wie Sie«, sagt sie. »Ich gehe nicht viel unter Leute.«

Ich stelle mir vor, wie sie als schillernde Zwanzigjährige in die Rathbone Road kommt. Ohne Mann. Wohnte sie damals noch bei ihren Eltern? Unverheiratet. Eigenartig.

»Schon komisch, wie eng wir teilweise befreundet sind in unserer Straße, und andere kennen sich nicht mal mit Namen«, sage ich.

»So ist es halt auf dem Dorf. Überall auf der Welt.«

»Vermutlich war alles noch ganz anders, als Sie hergezogen sind. Sehr förmlich. Alle sehr für sich. Wahrscheinlich kannten sich nur die Dienstboten der jeweiligen Häuser wirklich.«

»So lange her ist es nun auch wieder nicht. Die Zeit der Reifröcke war schon ein Weilchen vorbei. Ich war Unteroffizierin bei der Navy. Bei Kriegsbeginn. Nehmen Sie noch einen Whisky. Ich wurde hierhin abgeschoben.«

»Abgeschoben?«

»In einen abgeschiedenen Vorort. Mein Vater war Parlamentsmitglied. Ich hatte beschlossen, das Kind zu behalten und den Vater nicht zu heiraten. Mein eigener Vater kaufte mir dieses Haus, damit war die Sache für ihn erledigt. Besser als in manch anderer Kultur. Im Nahen Osten wäre ich gesteinigt worden.«

»Und«, sage ich und ziehe die Pelle von der Salamischeibe, »das kleine Baby?«

»Ah. Das kam nie zustande. Nein – das will ich nicht sagen. Ich hab's im dritten Monat verloren. War schon alles dran bei ihm, mit seinen drei Monaten – Ärmchen und Beinchen und Händchen und ein rundes blindes Köpfchen wie bei einer Nacktschnecke. Ich habe ihn hier allein zur Welt gebracht. Das Mädchen hatte an dem Tag frei. Niemand hat mir erzählt, dass ein spontaner Abort – Fehlgeburt sagt man heute, damit es ordentlicher klingt – dasselbe ist wie eine Geburt. Die Wehen kommen, wissen Sie. Nur dass man sich nicht freut.«

»Nein.«

»Es wurde sogar schon als Kind angerechnet. Steht im Archiv im Standesamt. Da bin ich froh drum. Danach wollte mein Vater, dass ich nach Hause komme.«

»Sind Sie aber nicht?«

»Natürlich nicht.«

»Sie sind weiter hier wohnen geblieben? Kein anderes – na ja, Leben?«

»Ich male ein bisschen – nicht sehr gut. Ich weiß viel über Blumen und ich betreibe eine Pension. Aber wenn Sie auf andere Liebhaber anspielen – dann nein. Oh, meine Gäste, vor allem die aus den baltischen Ländern – so schöne Männer sind das manchmal. Und die Polen – meine ersten Polen habe ich im Krieg kennengelernt. Sehr heißblütig. Aber nein – keine Liebe. Um Himmels willen, nein. Das ist mir wirklich nur einmal passiert. Sex habe ich mir genommen, wo ich es brauchte – dass Sie das nicht können, ist schon traurig, wenn ich das so sagen darf. Man sieht's Ihnen von weitem an, dass Sie körperlich extrem unterversorgt sind. Aber für Sie wäre das keine Lösung.«

»Sie wissen nichts über mich.«

»Ich weiß, was sexuelle Bedürfnisse sind.«

Ich sagte: »Miss Ingham, hätten Sie den Mann geheiratet, den Sie geliebt haben, hätten Sie sich beide füreinander vielleicht verändert. Man macht das, wenn man sich liebt. Ich habe Erfahrung, die Sie nicht haben. Es sind vielleicht nichts weiter als chemische Veränderungen im Körper, aber es könnte ja auch etwas Tiefgreifenderes sein. Sie haben in einem Zustand romantischer Erinnerung gelebt. Hätten Sie den Mann damals geheiratet, hätte alles Mögliche passieren können. Die Ehe kann schrecklich und überraschend sein.«

Worauf, Joan, mir völlig überraschend die Tränen kamen. Ich weinte und weinte. Ich konnte nicht aufhören. Miss Ingham nahm sich eine Scheibe Salami nach der anderen und sah sich jede genau an, bevor sie die Pelle abzog und sich die Scheibe vornehm in den Mund steckte.

»Man sagt das so dahin«, sagte sie, wobei sie, Joan, nicht mal lauter sprach, um mein Schluchzen zu übertönen, und doch hörte ich jedes Wort, »aber ich habe meine Zweifel, was diese Veränderungen angeht. Ich glaube, es ist viel einfacher, viel weniger mystisch. Manchmal kommt es zwischen einem Paar wohl über die Jahre zu einer einschneidenden Erfahrung, die nicht von beiden geteilt werden kann. Es entsteht eine Stille, und sie beginnt zu schwären. Taschentuch?«

»Das weiß man nicht. Sie hatten nie Zeit, um Geheimnisse entstehen zu lassen. Es war alles Glanz und Leidenschaft und Entsagung. Es war nur die Erdkrume.«

»O ja«, sagte sie. »Wir hatten überhaupt keine Zeit.«

»Sie klingen selbstgerecht, Miss Ingham.«

»Und Sie klingen diktatorisch, Mrs Peabody. Aber ich habe an den unwahrscheinlichsten Orten sehr viele Geheimnisse entstehen und schwären und zerstören sehen – oder annähernd zerstören. Die arme Anne, zum Beispiel.«

»Sie meinen George und die Geliebte in Hongkong, und wie er den Philippinerinnen nachstellt, und alle wissen Bescheid außer Anne?«

»Natürlich weiß Anne Bescheid. Sie ist nicht so dumm, wie sie immer tut.«

»Sie meinen, wir alle kennen gegenseitig unsere Geheimnisse? Unbewusst? Das stimmt nicht.«

»Nein. Aber es gibt ein Stammeswissen. In jeder kleinen Gemeinschaft.«

»Einmal habe ich mir eingeredet«, sagte ich, »mein Mann sei geisteskrank, und dann, er sei homosexuell.«

»Die meisten Frauen glauben irgendwann einmal beides, und meist zu Recht. Aber Sie hatten in beiden Fällen unrecht, was Henry anbelangt. Sie hatten Angst davor, an der richtigen Stelle zu suchen.«

»Wie können Sie das wissen? Sitzen hier den ganzen Tag hinter der Tür dort.«

»Oh, ich sehe ihn. Oder ich habe ihn gesehen. Und ich sehe Sie.«

»Wissen Sie«, versuchte ich auf meine alte energische Art zu sagen, ehe ich merkte, wie meine Worte verpufften. »Wissen Sie, vor anderthalb Jahren habe ich genauso geredet – mich genauso benommen wie Sie. Die weise Stammesälteste. Es ging völlig daneben. Ich habe gelernt, keine orakelnden Erklärungen mehr auszusprechen. Sie haben weder mir noch anderen was genützt.«

Verächtlich blickte sie über die Ebene von Surrey hinweg. »Sie waren Ihrer eigenen Zeit voraus«, sagte sie. »Zu jung. Aber es ist noch Zeit. Die alten Frauen des Stammes sind fast immer die Klügeren gewesen. Wenn sie solange ihre Tassen im Schrank behalten. Alte Männer vergessen – oder neigen zum Reminiszieren, und reminiszieren dann falsch und in der Regel sehr salbungsvoll. In unseren mittleren Jahren sind wir oft sehr albern, aber wir neigen dazu, uns zu bessern – genau wie unsere Ehen. Frauen, die überleben, überleben besser als Männer. Das liegt daran, weil unser Leben – unser physisches Leben – dramatischer ist.«

»Schreibt Anne deshalb Kinderbücher, weil sie, na ja – der Geilheit von George nicht ins Auge sehen kann?«

Miss Ingham setzte sich rasch in ihrem Korbstuhl auf und färbte sich rötlich um Mund und Nasenlöcher. »Wagen Sie es nicht, Anne zu diskreditieren! Beruflich weiß sie genau, was sie tut. Nur im Leben ist sie ein hoffnungsloser Fall. Sie weigert sich, über den Tellerrand ihrer Bücher zu schauen, aber das will was heißen. Ihre Bücher mögen ihr voraus sein – den meisten von uns sogar. Sie sind um einiges löblicher als ihr Mann.«

»Trotzdem mag ich George«, sagte ich, »und ich verstehe seine Beweggründe. Sie *ist* nun mal langweilig.«

»Ach ja? Tun Sie das? Und wer sagt das? Ich glaube, auch

Anne versteht seine Beweggründe, sie muss ihn ja nur ansehen. Sie kann sich kaum retten vor falscher Bescheidenheit und fehlgeleiteter Schuldgefühle, und sie zieht die Geringschätzung solcher Leute an, die sich eigentlich geehrt fühlen sollten, sie zu kennen. Aber erzählen Sie mir nicht, dass sie eine Romanze braucht. Anne ist nicht für die Tropen gemacht.«

»Entschuldigung. Ich wollte nicht behaupten –«

»Genauso wenig, wie Sie es sind, aber bei Ihnen ist es Ihr großes Unglück.«

Ich schwieg.

»Geht es Ihnen besser?«, fragte sie. »Würden Sie vielleicht auf dem Heimweg diese kleine Alstroemeria-Hybride bei Anne vorbeibringen, meine Arthritis dankt es Ihnen. Es wird ihr guttun, mal ein anderes Gesicht zu sehen. Wollen Sie sich um Ihres kümmern, bevor Sie gehen?«

Ich war noch nicht bereit zu gehen, Joan. Ich wollte bleiben. In der weiß gekachelten Toilette aus den Dreißigerjahren mit der Bordüre aus kleinen schwarzen Dreiecken und dem lose aufgehängten Spiegel sah ich auf die chaotische Landkarte meines Lebens, die eingesunkenen Augen, der Mund wie eine armselige Haarnadel. Die Ohrringe hingen da wie tote Vögel. Ich sah nicht gut aus.

»Sie sehen bedrückt aus«, sagte sie, als ich zurück in den Wintergarten kam, »und das ist gut, denn Sie haben in letzter Zeit gefährlich aufgekratzt gewirkt.« Sie hüllte sich in eine weitere alte Strickjacke, begleitete mich ans Tor und reichte mir die Plastiktüte.

»Danke dafür, dass …«

»Aber nicht doch. Ich schicke Ihnen jemanden mit einer Leiter vorbei.«

»Jetzt denken natürlich alle, ich sei verrückt.«

»Ich weiß. Sie sind nicht verrückt. Sie haben nur Angst.«

»*Niemals!* Ich habe niemals Angst. Das dürfen Sie mir niemals wegnehmen, Miss Ingham. Ich bin ziemlich tapfer gewesen und habe versucht, eigenständig zu sein. Ich bin problemlos allein über die Runden gekommen.«

Sie beugte sich vor, berührte meinen Arm und lächelte, und für einen kurzen Moment sah ich die Zwanzigjährige, die sich auf ihr Baby freute. »Sehen Sie dem, was Sie wissen, ins Auge«, sagte sie. »Werden Sie erwachsen.«

Ich dachte: Das war mal meine Aufgabe, gute Ratschläge zu erteilen. Aus Leuten Leute machen. Ich sah ihr ruhig in die Augen und sagte: »Sie hören sich an wie ich, als ich Joan beraten habe. Aber ich vermute, auch Sie kannten Joan nicht. Niemand kannte sie.«

»Natürlich kannte ich Joan«, sagte Miss Ingham. »Ich hatte sie sehr gern.«

»Aber hier kommt einer«, fuhr sie an ihrer Gartentür fort, »der viel zu jung ist, um sie gekannt zu haben: gerade erst aus dem Kokon geklettert«, und sie drehte sich, um den bügelnden Ehemann in den Blick nehmen zu können, der mit federnden Schritten, in jeder Hand eine Supermarkttüte, die Aktentasche über einen einzelnen Finger gehängt, den Hügel hinauf und auf uns zukam.

Als er Miss Ingham sah, lächelte er, rief: »Hallo, Isobel«, und hob die Hand mitsamt der Tüte.

»So jung«, sagte sie. »Er wird immer jung aussehen. Er hat so ein kleines Näschen. Nun denn –«, während er auf der anderen Straßenseite vorbeitänzelte und mir Guten Abend zurief, aber einen Bogen um mich machte, mit blinkenden Leuchtbuchstaben auf der Stirn, »– nun denn«, sagte sie, »Dickie – bleib sofort stehen.« Er sprang ein paar Schritte weiter, vollführte eine Volte, kam zu uns rüber und stand da und trat auf der Stelle.

»Muss schnell weiter. Ratatouille. Gabriella war heute zur Kontrolle im Krankenhaus. Ist vielleicht noch nicht zurück – hoher Blutdruck. Bisschen blöd. Sie musste Mick mitnehmen – Abendessen« (wedelt mit der Tüte), »sobald sie nach Hause kommen.«

»Ist sie nicht bald so weit?«

»Müsste jeden Tag passieren. Ich hab heute zusammengepackt – Elternzeit. Bin einen Monat nicht im Büro. Hab jede Menge eingekauft, Lebensmittel für eine Woche.«

»Könnten Sie Eliza helfen? Sie hat sich ausgesperrt. Haben Sie eine Leiter?«

»Gabriella weiß so was. Find ich aber raus. Pronto – sie ist bestimmt schon zu Hause«, und er ging seines Weges, ohne mich ein einziges Mal angesehen zu haben.

Hin und wieder, Joan, habe ich meine Zweifel bezüglich der Ballade vom *Alten Seemann*. Heutzutage trampeln die Hochzeitsgäste vorbei und kein Auge glüht genug. Die Verrückten sind trauriger geworden, und egal, wie wichtig ihre Geschichte ist, sie geben das Erzählen schnell wieder auf. Die Geschichte rollt sich in ihrem Innern ein wie ein Embryo und wird Geschichte. In uns eingeschlossen. Es wird immer schwieriger, hinauszurufen: »Entschuldigung, hätten Sie vielleicht noch einen Schlüssel?« Ach, etwas Glut habe ich wohl in den Augen, aber ich habe sie von Geburt an. Glück gehabt, genau wie Dickie, der-Mann-der-alles-hat mit seiner jugendspendenden Nase.

»Falls er's vergisst«, sagte Miss Ingham, »oder falls es so weit ist bei Gabriella, könnten Sie drüben nach einer Leiter fragen, wenn Sie das hier bei Anne abgeben. Mein Croupier könnte zu sehr in Eile sein, er muss ja ins Casino.«

»Eine Lilie, glaube ich«, sage ich zu George, der auf der Terrasse steht, verwegen und braungebrannt nach monatelangen Besuchen in orientalischen Solarien, und mit der Spitze seines Gartenschuhs in den dicken Kieselsteinen herumrührt. George hat für jede Gelegenheit die richtige Kleidung, nicht dass er selbst gärtnert, er heuert an; aber er betrachtet es als einen Akt der Höflichkeit gegenüber den Blumen, in respektablen Kleidern zu erscheinen. Man hat das Gefühl, George könnte in einem Kittel durch den Park laufen, in einer Toga ins Hospiz kommen. O weh – ich mag George wirklich. Schälte man ihn aus seinen Sachen, wäre da wohl wenig Sehne, nur eine Schneiderpuppe aus Leinen und kleinen schwarzen Reißnägeln und hier und da etwas Rosshaar mit allenfalls einem Hauch von Wildheit: dennoch würde ich ihm gerne über das eine oder andere Härchen streichen. Es ist das, was er will und vermutlich selten bekommt von seinen Philippinerinnen, die alle sehr sittsam aussehen, oder von der dusseligen alten Anne, die um flügge gewordene Kinder trauert und in *The Baby's Opera* schwelgt.

George hat einen langen schmalen Kopf und einen Ausdruck sinnlicher Trostlosigkeit. Sein süßer, schwächlicher Mund ist an den Mundwinkeln eingeklappt. Irgendetwas an seinem Äußeren belebt in mir immer das lang verschüttete Prickeln. Es bringt jedenfalls eine zarte Seite in mir zum Klingen. Seine Augen grüßen jede Frau mit Ansprache. Es ist noch nicht zu ihm durchgedrungen, dass seine Ansprache heutzutage das Blut der wenigsten westlichen Frauen in Wallung bringt. Er verbringt viel zu viel Zeit im Orient.

»Ach, hallo, Eliza, was haben Sie denn da?«

»Eine Pflanze von Miss Ingham für Anne.« Früher hätte ich gesagt: »George! Ach, wie *schön*! Sie sind wieder da – wie wunderbar. Das *wusste* ich ja gar nicht! Anne muss *völlig* aus dem Häuschen sein. Und wie war's in Indonesien?«

Abgetaucht, die Frau von einst, das dödelige Ding. Wal, da bläst er wieder.

Ich stehe da. Ich stecke fest. Wie ein Stopfen in einem Loch.

»Gehen Sie ruhig rauf. Anne arbeitet. Na ja, sie ist in ihrem Zimmer, aber arbeiten würde ich jetzt nicht dazu sagen. Sie hat irgendeine Krise.«

»Schon gut.« Ich stelle die Pflanze auf dem Mäuerchen neben dem Büschel provenzalischer Töpfe ab, die schon gefüllt sind für die Robin'sche Jahresfeier der Monsterpelargonie.

»Wie geht es Ihnen, Eliza? Bin gerade zurück. Ein geschlagenes halbes Jahr. Herzchen – Sie wirken müde. Wo sind die glitzernden Augen? Hey –«

Er kommt rüber und legt mir einen Arm über die Schulter. »Tränen? Aber Eliza doch nicht! Tränen? Hier«, sagt er und zaubert ein Taschentuch hervor, dick und aus Leinen in der Farbe von Heu, hübsch gefaltet. »Was hat Henry denn mit Ihnen angestellt? Hat er Sie vernachlässigt? Kommen Sie rein und nehmen Sie einen Drink.«

»Ich hab mich ausgesperrt.«

»Dann schick ich jemanden mit einer Leiter vorbei. Seien Sie nicht albern, Herzchen – hey, Sie sind ja ganz dünn geworden! Gehen Sie rauf zu Anne, und ich kümmere mich solange um die Leiter. Sie quält sich gerade – nun, das tun wir beide. Neue Philippinerin. Da ist mal wieder jemand *sehr* misstrauisch.« Und mit einer Mischung aus Komplizenschaft, Besorgnis und Schlüpfrigkeit strahlt er mich an.

»Anne hat auf ihrer letzten großen Lesereise irgendwas erlebt, das zu schrecklich war, um es in Worte zu fassen. Ich trau mich gar nicht, nachzufragen, aber vielleicht werden Sie ja aus ihr schlau. Nun denn – die Leiter.«

Ich streune durch ihr Haus, das sowohl zur Straße als auch zum Garten hin offensteht, aber Anne ist nirgends zu sehen.

Ihr chefmäßiges Arbeitszimmer ist leer und die Sissinghurst-Rosen welken in der Vase auf dem Schreibtisch vor sich hin.

»Anne«, rufe ich. »Anne? Hallo?« Ich beginne durch den Garten zu streifen. »Anne? Anne?«

Unten bei den Spargelbeeten steht ein bedeutsam wirkender Schuppen und ich sehe durchs Fenster, wo Anne an einer mit tuchartigen Spinnweben drapierten Töpferscheibe sitzt und den Gartenschlauch an der Rückseite der Tür wütend anstarrt. Ein jungfräuliches Notizbuch liegt auf der Bank, daneben mehrere Kugelschreiber und ein paar Saatkisten voller Erde. Ich klopfe gegen das Glas, und sie wendet mir ein trostloses Antlitz zu. Kein Glitzern darin – aber auch kein echter Kummer. Nur Mut, Eliza, du kannst so was. Solche Albatrosse sind nichts als Küken.

Ein enttäuschter Blick verändert für einen kurzen Moment Annes ausdruckslose Miene, und zwar zum Schlechteren, aber ich erkenne mit Erleichterung, dass es Eliza ist, die sie ansieht, und nicht die verrückte Eliza. Auf dieser Stirn leuchten keine Lettern. Sie starrt mich an, dann sieht sie weg.

Die Tür ist abgeschlossen. Ich fange an, mir durch das Glas hindurch Gehör zu verschaffen. Irgendwann beugt sie sich vor und hantiert mit dem Riegel. Der obere Teil des Fensters kippt mit schmerzhaftem Knirschen nach außen, und mehrere Spinnen stürzen heraus und drängeln sich an die salzfreie Luft.

»George hat mich geschickt, Anne. Entschuldigung.« (Weswegen eigentlich?) »Ist es wegen des neuen Au-pairs?«

Anne merkt plötzlich auf, dann wirkt sie resigniert. Ich bin durchgeknallt – was soll ein Gespräch mit mir bringen. Sie wendet sich ab. Aber mir ist plötzlich leicht ums Herz, denn ich habe eine objektive Frage gestellt und George hatte nicht einfach nur Mitleid, als er mir die Tränen trocknete. »Anne, können Sie's mir nicht erzählen? Erinnern Sie sich, was Sie mir alles erzählt haben, als Sie damals vorbeigekommen sind und wir in meiner Küche saßen? An dem Tag Ihres literarischen Salons? Was Sie mir alles über Ihre Karriere erzählt haben?«

»Karriere«, rief sie. »Karriere«, und krachte kopfüber in die Saatkisten.

»Sie waren in Amerika, meinte Miss Ingham. Das war doch sicher ein Riesenerfolg.«

»Was weiß denn schon Miss Ingham. Ach, die Ehe!«

»Aber George war doch gar nicht mit.«

»Ich rede von der Ehe und meiner Schreibkarriere. Ich rede von Einsamkeit. Ich könnte ihm niemals sagen ... Oder den Kindern. *Niemals.*«

»Also, ich fürchte, mit Kindern kenn ich mich nicht aus, aber ...«

»Es war schrecklich dort, Eliza, schrecklich. Nein – nicht die Kinderbuch-Tour, die lief super. Zehntausende saßen im Publikum und unsere Fotos hingen vergrößert und viel größer als lebensgroß rundum die Carnegie Hall. Mein Ohr war bestimmt einen halben Meter lang, und wir waren in Boston, wo es ein College gibt, an dem man nur Kinderbücher studiert. Die machen da Abschlüsse drin. Jedenfalls – wundervoll. Na ja, wenn Sie's genau wissen wollen ...«

»Ich kann Sie nicht hören, Anne. Sie liegen mit dem Gesicht in der Erde.«

»Es ist mir egal, wie mein Gesicht aussieht. Mein Aussehen ist mir egal. Eleanor Farjeon war eine sehr unscheinbare Frau und Beatrix Potter auch.«

»Aber was ist denn *passiert*?«

Nach einer Ewigkeit hebt sie den Kopf, dreht sich seitwärts, schlägt die Hände übers Gesicht und sitzt da wie ein müder katholischer Priester, der eine Beichte zu viel abgenommen hat. Draußen zwischen dem Spargelkraut sinke ich in Büßerhaltung auf die Knie und drehe mein Ohr in Richtung der geflüchteten Spinnen. Rollentausch.

Sie schweigt.

Nach sehr langer Zeit frage ich mich, ob sie die Besinnung verloren hat. Ich frage mich sogar, ob sie unter irgendwelchen Medikamenten steht, die ihr jemand in Amerika ans Herz gelegt hat, wobei das eigentlich nicht so recht zur Kinderbuchwelt passt – aber man weiß natürlich nie. Pixie Leak hatte ja auch etwas seltsam gewirkt. Ein bisschen wie in Trance.

»Es war in New York«, kreischt Anne auf einmal. »Ich hätte nie nach New York fahren dürfen. Ich bin nur gefahren, weil sie meinten, es wäre nützlich. Nützlich für mich als Erwachsenenautorin. Einen Erwachsenenverleger zu treffen. Ich habe einen Erwachsenenroman verkauft, wissen Sie, nach Amerika. Strenggenommen wurde er vor Ewigkeiten verkauft und ist schon seit Monaten auf dem Markt, und es gab keine einzige Kritik. Also meinten sie hier in London – meine Lektorin Bessy Bilbury – sie meinte, ich sollte mich in der Erwachsenenwelt bekanntmachen, und das habe ich dann getan, und ich wurde zum Mittagessen eingeladen.«

»Aber das war doch nett.«

»Sie haben mir das Restaurant genannt und den Tag und die Zeit, und ich habe Stunden gebraucht, um mich fertig zu machen und nicht wie eine Kinderbuchautorin auszusehen. Ich habe mir einen großen Schal umgelegt wie Margaret Drabble und eine einfache Aertex-Bluse und Overkneestiefel angezogen und habe mir ein Taxi genommen und war zehn Minuten zu früh da. Ich dachte, zu früh sieht nach Effizienz aus, also bin ich reingegangen und es war wunderschön – mitten auf der Fifth Avenue –, schattig und in blassen Farben gehalten und nur sieben Tische aus cremefarbenem Marmor und mit teuren Blumen und Kellnern, mehr wie Claridge's als Amerika – Ihnen muss ich's nicht erzählen, Eliza. Sie sind ja mit Henry überall gewesen. Für Sie ist das alles pillepalle, aber nicht für mich. Der Oberkellner kam an und schaute sehr lange in ein schwarzes Buch – eine Art Programmheft voller Reservierungen – und runzelte die Stirn.«

»Er hat die Stirn gerunzelt?«

»Dann sagte er: ›Bitte hier entlang‹, und brachte mich an den besten Tisch im Restaurant, den mittleren der Fenstertische, und schenkte mir ein kühles kleines Lächeln. In dem Restaurant saß nur noch ein anderer Gast, es war ja noch so früh. Er saß am Nachbartisch, und er sagte: ›Hallo – Sie sehen glücklich aus‹, und er war so freundlich, dass ich erwiderte: ›Ja, bin ich auch. Ich bin hier, um mit meinem amerikanischen Verlag zu Mittag zu essen. Ich bin Engländerin‹, und er sagte: ›Sag bloß.‹ Das hat er wirklich gesagt – er hat diesen Ausdruck benutzt: ›Sag bloß.‹ Dann fragte er: ›Ist es Ihr erstes Buch?‹ Also habe ich ihm natürlich erzählt, dass ich auf Lesereise durch ganz Amerika getourt bin. Er fragte: ›Haben Sie viele Bücher geschrieben?‹, also sagte ich ihm die Wahrheit, 94 Stück – ich habe nicht gesagt, dass sie für Kinder sind, na ja, wozu? Er fragte nach meinem Namen und dann fragte er: ›Und unter welchem Namen schreiben Sie?‹ Wir alle sind das gewohnt von der ignoranten Masse, also schenkte ich ihm den Blick, den sie alle kassieren, wenn sie diese Frage stellen, und sagte unausgesprochen sehr klar in die Luft: Armer Kerl, du bist wohl gar nicht auf dem Laufenden. Laut sagte ich: ›Unter meinem eigenen.‹

Und die Zeit verging und seine Freunde kamen und ich konnte hören, dass sie alle übers Verlagsgeschäft sprachen. All die anderen Tische füllten sich, nur meiner nicht, und ich saß da und wartete. Und der Oberkellner kam an und fragte, ob ich bestellen möchte, und ich sagte, ich würde noch ein bisschen warten, aber inzwischen saß ich da schon eine Dreiviertelstunde und ich fragte: ›Hätten Sie zufällig Miss Gobbets Telefonnummer?‹, und er sagte: ›Ja. Sie kommt dreimal die Woche her.‹ Ich sagte: ›Könnte ich sie vielleicht anrufen?‹, und er wandte den Blick ab und sagte: ›Ja, könnten Sie.‹ Und ich saß da und wartete.

Und der freundliche Mann beugte sich rüber und fragte: ›Könnten wir vier Sie vielleicht zu einem Glas Bordeaux verführen?‹, und alle sahen aus, als hätten sie Mitleid mit mir, und waren so freundlich, dass ich es nicht mehr ertragen konnte. Ich meine – ich war so *durch den Wind.* Ich meine, Amerika soll ja so ein hartes Pflaster sein, und diese Männer benahmen sich wie die vollendeten *Gentlemen.* Und die amerikanischen Verleger sollen ja angeblich so effizient sein und sich nie etwas durch die Lappen gehen lassen und nie etwas vermasseln. Dafür sind angeblich immer nur *wir* zuständig. Ich warf einen Blick auf den Brief in meiner Tasche, ich hatte mich weder im Datum noch im Lokal geirrt – ach, Eliza! *Eliza!* Mich einfach so sitzenzulassen!

Also bin ich zum Telefon, das neben dem Tisch des Oberkellners stand, und da war auch ein schummriges goldenes Lämpchen und eine Vase mit Lilien, und der Oberkellner stand da und sah mich an. Und alle im Restaurant konnten mich hören.

Ich rief Miss Gobbet an – ich meine, wir reden hier von *Grizelda Gobbet.* Sie ist eine Legende. Ach, und Eliza! Die junge Frau an der Verlagszentrale sagte: ›Könnten Sie vielleicht lauter sprechen?‹, und ich musste schreien, und das ganze Restaurant ist verstummt. Und dann – ach – dann ging Grizelda Gobbet ans Telefon, und man hörte sie essen. Sie schmatzte und knisterte und sie sagte: ›Ach du Schreck – das habe ich glatt verschwitzt. Können wir's auf morgen verschieben?‹

Also bin ich rausgerannt. Einfach raus. Und da war ein Taxi, und ich stand – Eliza! – für den Bruchteil einer Sekunde da und der Fahrer meinte: ›Was ist jetzt, steigen Sie ein oder steigen Sie nicht ein? Jetzt steigen Sie schon ein.‹

Also bin ich nicht eingestiegen. Ich bin den ganzen Weg zurück zum Hotel gelaufen, ungefähr sieben Meilen durch diese Straßenschluchten, und überall waren Wahnsinnige, einige davon auf Rollerskates, die Russisch Roulette mit dem Verkehr spielten, und andere prügelten sich und sahen aus wie die Marx Brothers oder Woody Allen – alle haben *geschauspielert*, Eliza. Europäisch aussehende Menschen standen an den Straßenecken und haben sich in Rage geredet und auf Komiker gemacht und einen beschwatzt und sich aufgeführt, als wären sie in der Oper, und dann kam ich zu meinem Hotel und ach …

Ich konnte da nicht reingehen. Ich konnte einfach nicht reingehen. Nicht um drei Uhr nachmittags. Was sollte ich da? Wer um drei Uhr nachmittags zurück in sein Hotel geht, hat verloren. Die gucken dich an an der Rezeption, tun so, als würden sie's nicht sehen. Also bin ich einfach weitergelaufen. Ich bin schnurstracks vorbeigelaufen und immer weiter und weiter, bis ich zu einem Schild kam, auf dem stand, ich sei in der Nähe des Metropolitan Museum of Art. Und dann dachte ich, na ja, dann kann ich zumindest sagen, ich war da. Ein Trauerspiel – ach, ein einziges Trauerspiel, Eliza. Ich begann mir meine Reden für zu Hause zurechtzulegen. ›Ja, habe ich gemacht. Ich war im Met of Art. Ja – ich hatte nur 48 Stunden in New York und natürlich machen diese amerikanischen Verlagsmenschen sehr viel Druck, aber ich war wild entschlossen und … uäh!‹

Ich ging die Stufen hinauf zum Museum und die gläserne Wand aus Türen war zu und es hing dort ein Zettel, auf dem stand: ›Keine Kinder Wagen‹. Ich wollte überhaupt nichts wagen, nur durch das Museum schlendern und gucken und Miss Gobbet und das Restaurant vergessen und mir die Renoirs ansehen und an das ländliche Frankreich denken. Also versuchte ich durch die Scheibe den bewaffneten Aufseher sehr laut anzusprechen: ›Würden Sie es wagen, mich reinzulassen?‹, und er starrte mich an und drehte mir den Rücken zu. Drehte mir einfach seinen dicken fetten Rücken zu. Und dann sagte eine schwarze Person mit verfilzten Zöpfen, die in einem silberfarbenen Taucheranzug am Springbrunnen saß, obwohl der Brunnen gar nicht lief, ich meine sprang: ›Die haben heute zu, Ma'am. Es ist Dienstag‹, also bin ich so schnell ich konnte wieder raus da. Ich bin den ganzen Weg zurück zum Hotel gelaufen und an dem Tag und abends nirgends mehr hingegangen. Ich habe mir Essen aufs Zimmer bestellt und lag auf dem Bett.«

»Aber haben Sie denn nicht –? Das ist ja schrecklich.«

»O ja. Oh, *ja*! Am nächsten Morgen, Eliza, bin ich aufgewacht und wusste wieder, wer ich war, und dass es George und die Kinder gab und ich in keiner Weise abhängig bin von den Vereinigten Staaten von Amerika. Ich dachte an England und an unsere Straße und das alles, und wie mies uns die Amerikaner nach dem Krieg behandelt hatten, als sie mit dem Pacht- und Leihgesetz aufhörten und wir alle Walfleisch essen mussten. Und wie sie sich einbilden, sie hätten den Krieg gewonnen, und wie sie all unsere Luftstützpunkte übernommen und dann diese dilettantische Schlachterei in Vietnam vom Zaun gebrochen haben und die ganze Army auf Drogen war vor lauter Angst. Also habe ich sie noch mal angerufen. Und zwar mit eiskalter Stimme, und die Gobbet sagte, ganz fluffig und freundlich: ›Hi, sorry noch mal wegen gestern. Ich freu mich, Sie heute zu treffen.‹ Ich sagte: ›Tut mir leid, Miss Gobbet, aber ich gehe nicht noch mal in dieses Restaurant. Es war eine einzige Blamage‹, und sie sagte: ›Ach so, okay. Klar. Dann kommen Sie doch einfach vorbei und besichtigen den Verlag.‹

Also bin ich hin – in meinem Jean-Muir-Mantel und Perlenkette –, und der Laden war komplett leer. Ich bin absichtlich ein bisschen zu spät gekommen, aber in all den endlosen kleinen Pappbuden, wo die Leute sitzen und arbeiten, war kein Mensch – alle waren in der Mittagspause. Auf Miss Gobbets Schreibtisch stand nichts außer ihrem Nagellack und einer Ansammlung von Schachteln mit Essen aus dem Bioladen. Nirgends ein Buch. Ohne irgendwas zu erklären, machte sie sich zu schaffen, auf der Suche nach irgendetwas Schublade auf, Schublade zu, und irgendwann fand sie ein Exemplar meines Buches, ganz hinten in einer der Schubladen, sehr glänzend, als wäre es noch nie aufgeschlagen worden. Sie sagte: ›Da haben wir Sie ja. Ich habe selbst am Umschlag mitgetüftelt. Sieht toll aus, finden Sie nicht?‹

Ich sagte – warum bin ich nur so *höflich*, Eliza? –, ich hoffte, ihr gefalle auch das Buch, nicht nur der Umschlag, immerhin sei sie meine *Lektorin*. Ich bedauerte, sagte ich, dass es sich offenbar nicht gut verkaufe.

Worauf sie sagte: ›Klar, es ist total toll. Nein, es verkauft sich wohl nicht sehr gut.‹

Dann gingen wir in ein Restaurant, wo man sich ein Tablett nehmen und Schlange stehen musste, und es gab ausschließlich Salat und dicke Klumpen aus zerstampftem Fleisch, das gar kein Fleisch war, und dünne aufgeschäumte Milch zum Trinken, und wir saßen an einem kleinen Tisch, wo ich ständig angerempelt wurde. Grizelda Gobbet *lag* auf ihrem Stuhl, Eliza, sie lag zurückgelehnt mit einem halben Lächeln und stocherte in ihrem Salat und steckte sich eine Zigarette an.

Und sie sagte: ›Und? Amüsieren Sie sich gut in New York?‹

Ich habe versucht, mit ihr zu reden. Ich hab's wirklich versucht. Ich habe versucht, über das Buch zu reden – das sollte ich doch, aber jedes Mal, wenn ich davon anfing, sah sie an ihrer Rauchsäule hinauf an die Decke. Mir ist aufgefallen, dass sie die ganze Zeit zittrige Hände hatte, genau wie meine Lektorin zu Hause, und dann musste ich wieder an die Masturbationsszene denken, die mir so schwergefallen war. Also fragte ich sie, ob sie die Masturbationsszene gut gefunden habe, und sie sah absolut erschüttert aus.

›Ich sag's Ihnen nur ungern‹, sagte sie, ›aber das Buch verkauft sich nicht sehr gut. Wissen Sie, das Problem mit uns Amerikanern ist, wir sind einfach keine Eierköpfe.‹

Ich sagte: ›Aber es geht doch nur um Liebe. Sie mochten das Buch. Sie haben das Buch eingekauft.‹

›Na ja‹, sagte sie, ›nur *indirekt*, eingekauft hat es jemand anders, und die ist nicht mehr bei uns. Sie war die Säuferin vom Dienst. Strenggenommen hab ich's noch nicht wirklich gelesen. ›Sagen Sie‹, sagte sie, ›haben Sie eine Katze? Ich liebe Katzen. Haben Sie schon mal überlegt, ein Buch über eine Katze zu schreiben? Ich wohne zusammen mit meiner Katze und – wissen Sie was – ich glaube, ich liebe nichts und niemanden so sehr wie meine Katze. Nicht mal die Politik Mittelamerikas, mein eigentliches Fachgebiet.‹

In dem Moment trat irgendjemand gegen meinen Stuhl, der Laden war gerammelt voll mit Leuten, die mit ihren Tabletts hin und her liefen, und ich kippte nach vorn und wir wären fast mit der Stirn zusammengestoßen, und als ich sie aus der Nähe sah, war sie so alt. Eine alte, traurige Frau, gar nicht unsympathisch unter der dicken Schicht Schminke. Ihre Augen waren ziemlich leer.

Sie sagte: ›Na ja, dann wollen Sie ja jetzt sicher shoppen gehen‹ – es war nicht ganz zwei Uhr nachmittags –, ›ich will Sie nicht aufhalten.‹ Und am Abend, Eliza, bin ich zurück nach England geflogen.«

Durchs Fenstergitter sagte ich: »Das ist eine der schrecklichsten Geschichten, die ich je gehört habe. Meine allerliebste Anne«, und sie stieß ein Heulen aus, stürzte aus dem Schuppen und rannte in Richtung Haus.

»Schrecklich«, sagte ich in der Auffahrt zu George, der gerade durchs Tor kam. »George – ganz schrecklich. Was Anne passiert ist, war schrecklich. Fragen Sie nicht. Sie beruhigt sich wieder. Und lassen Sie die Kinder niemals wissen, dass sie nicht etwas ganz Wundervolles gewagt hat.«

»Ja. Wird wohl so sein. Sie hat nicht viel erzählt. Ich weiß gar nicht, weshalb ihr die Amerikaner so am Herzen liegen, Sie?«

»Ja, schon. Wir wurden in dem Glauben erzogen, dass sie uns mögen. Es braucht seine Zeit, um sich darüber klar zu werden, dass wir ihnen am Arsch vorbeigehen.«

»Eliza – *was* haben Sie da gesagt? Meine Güte!«

»Also, Anne ist jung und ein guter Mensch, und sie kann nichts dafür, dass sie vollendete Manieren hat, und sie leidet.«

»Wer tut das nicht, meine Liebste?«, sagte er mit mehr Interesse als üblich. »Oh, es ist umwerfend, wenn ihr Haar anfängt zu singen.«

»Zu *singen*, George?«

»Elektrisch zu werden. Und Ihre Eliza-Augen sind jetzt wieder wie schwarze Johannisbeeren. Sie sind Johannisbeeren voll schwarzer Magie. Ich wünschte, Sie würden mich nach Hongkong begleiten.«

Ich wich ihm aus und auch Mrs Cori Aquino, die mit eiskaltem Lächeln hinter ihm durchs Tor kam.

»Sind Sie die Frau, die sich ausgesperrt hat?«, fragte sie.

Und Joan – weißt du was, für einen kurzen Moment hatte

ich nicht die geringste Ahnung, worum es ging. Aus Mitgefühl mit Anne zitterte ich vor Wut. Wegen etwas, das natürlich gar nichts war, das Anne am Ende fraglos wird ertragen können, um es aller Welt zu erzählen, zu einer Partyanekdote zu verwursten und am Ende mehr oder minder zu vergessen – aus Mitgefühl mit Anne hatte ich solch eine *Wut*, Joan, dass meine eigene unterdrückte Trauer, meine eigene gebrochene Seele so ziemlich vergessen war.

Ich kam zur Nummer 43 und sah ein Haus vor mir, das von Leitern nur so wimmelte. Auf allen Etagen standen die Fenster auf. Ein Mann mit slawischem Aussehen hievte sich gerade über die Gartentür. Ungefähr auf der Mitte der zentral stehenden Leiter vor meinem Schlafzimmerfenster hing an einer Hand wie ein riesiger entlaufener Gorilla eine hochschwangere junge Frau. Ihr kleinnasiger Ehemann, der unerschrocken mit seinem einjährigen Baby im Arm daneben stand, rief ihr Anweisungen zu. Als Dulcie Baxter mich entdeckte, trat sie hastig den Rückzug in Richtung ihres eigenen Hauses an. Einige Gargery-Kinder redeten irgendwas von Feuerwehr.

Mit zusammengepressten Lippen hangelte sich die Schwangere geschickt und vorsichtig auf der Innenseite der Leiter herab und fiel wie ein Haufen in jemandes wartende Arme. Es wurde nicht viel geredet. Alles ging sehr geordnet zu. Es herrschte ein unausgesprochener Teamgeist. Sie wurde sehr vernünftig abgeklopft.

Da ging mir das Herz auf, Joan, für England. Am Morgen war es geschehen, und jetzt wieder, gegen Abend, nach dem Tea.

Deine E.

***

Liebe Joan,

nur selten, scheint mir, erfährt man einen Akt wahrer Güte. Noch seltener einen gemeinschaftlichen Akt wahrer Güte des ganzen Stammes. In der Rathbone Road wird all unsere Sicherheit und unser weltlicher Erfolg meist durch hartes Schuften erkauft, vorsichtiges und herkömmliches und unexzentrisches Streben, die der gesellschaftlichen Schicht angemessen sind, in der wir alle festsitzen, und die traurige Erkenntnis, die uns mit den Jahren ereilt, sieht so aus, dass die meisten von uns wenig mehr sind als Luftlöcher.

Und doch glaube ich, dass die meisten von uns vorwiegend versuchen, gute Menschen zu sein. Wir haben reichlich Gelegenheit, Gutes zu tun, und die meisten von uns ergreifen sie. Wir spenden großzügig für wohltätige Zwecke.

Aber die meisten von uns kennen eigentlich nur Menschen aus dem eigenen Stall. Einen Abend pro Woche, manchmal auch zwei, verlassen wir unsere Großfamilienhäuser, um die Essensstände für die Obdachlosen unter der Waterloo Bridge zu bemannen – oder eher zu befrauen –, und tragen unser Scherflein zum Allgemeinwohl bei. Aber gibt es auch nur einen von uns hier, Joan, der bereit wäre, ganz und gar einzutauchen? Seine oder ihre Selbstgerechtigkeit zu vergessen? Aber nur mit vollkommener Liebe, universeller Liebe, Joan, erreicht man etwas. Wir sind keine Engel. Ich glaube nicht, dass ich irgendeinen Menschen kenne, der sich einer Sache vollkommen hingibt – egal welcher Sache. Ich kenne keinen Sankt Julius.

Und doch, all diese Leitern, all diese Leute, die sich eines einzelnen leidigen Stammesmitglieds wegen verrückt machen – es war so nett.

Die Hunde waren kleinlaut. Sie waren erschöpft vom Kläffen und hatten große Angst wegen der vielen fremden Leute, die durchs Haus stiefelten.

Und von Henry gab es keinen Zettel, keine Spur. Die Haustür muss hinter mir zugeweht worden und die Hunde die ganze Zeit sicher im Haus gewesen sein. Mein Teeservice mit den Rosen stand noch immer auf dem silbernen Tablett.

Das Telefon klingelte. Es war Dulcie, die sich vor Wut verhaspelte.

»Wo haben Sie denn bloß *gesteckt*, Eliza? Henry hat tausendmal versucht, Sie zu Hause zu erreichen. Am Ende musste er bei mir anrufen. Ich habe ihm gesagt, als ich aufbrach, sei es Ihnen schon viel besser gegangen, sie hätten ein Bad genommen, bevor Sie für ihn Tee gekocht hätten. Er meinte, bei Ihnen sei stundenlang niemand zu erreichen gewesen.«

»Ich dachte, die Hunde wären entwischt. Ich bin in den Park, um nach ihnen zu suchen. Ich hab die Tür offen gelassen, aber die Tür ist hinter mir zugefallen. Wann war er denn da?«

»Er war nicht da. Das hat er sich glücklicherweise erspart. Er hatte festgestellt, dass er heute Nachmittag zu einer sehr wichtigen Besprechung musste – eine Regierungskrise. Er war sehr besorgt. Irgendetwas kam beim Mittagessen auf und musste am Nachmittag weiter verfolgt werden.«

»Aber die Hunde mussten verfolgt werden …«

»Eliza! Er war untröstlich. Er bat mich, Ihnen zu sagen, dass er *untröstlich* sei, die Verabredung mit Ihnen absagen zu müssen.«

»Ach, na ja.«

»Er fragte, wie es Ihnen gehe, und ich sagte, Sie seien ruhiger.«

»Ja. Das ist wahr.«

»Wissen Sie, Sie und Henry werden sich treffen müssen, Eliza. Bald. Sie können nicht ein Leben lang in Nummer 43 herumsitzen und sein Geld ausgeben und den ganzen Tag und die halbe Nacht am Wohnzimmerfenster hocken und Löcher in die Luft gucken.«

»Ich gucke nicht nur Löcher in die Luft.«

»Hätten wir nichts zu tun, keine Arbeit, wäre das Leben in dieser Straße nicht zu rechtfertigen. Ich meine, was ist mit all unseren Abschlüssen und Qualifikationen? Ich weiß, das ist alles schon eine Weile her, aber – es wäre ein einziges Dahinvegetieren. Meine Arbeit laugt mich vollkommen aus, wie ich gern behaupte. Niemand zwingt mich dazu. Finanziell geht es uns bestens. Aber es gibt der Straße einen *Sinn*. Schließlich passiert hier ja nichts – nichts. Es passiert nichts bis auf die kleinen alltäglichen Ereignisse, und dafür sind Sie noch nicht alt genug. Sie sind nicht Isobel Ingham. Sie können nicht einfach nur *sein*.«

»Ja, das stimmt wohl. Nein, wohl nicht.«

»Und Bridge spielen Sie ja nicht.«

»Es hat mir nie besonders Spaß gemacht.«

»Sie nehmen keine Abendkurse. Es gibt hervorragende Vortragsreihen.«

»Ja, ich weiß.«

»*Gute* Vortragsreihen. Mit ganz herausragenden Rednern.«

»Ja, ich weiß.«

Abendkurse. Ich habe Kurse besucht, Joan, nicht immer in diesem Land, und habe sie als sehr wertvoll empfunden. Einige haben mir gezeigt, dass es genügen kann, einfach nur am Leben zu sein. Einige haben mir gezeigt, dass arbeiten sehr viel einfacher ist als leben. Wir alle besuchen unsere Kurse.

Vor langer Zeit, vor deiner Zeit hier, Joan, vor Dulcies Zeit und Gants Zeit, wohnten hier die Penumbras. Du kennst das Haus. Du kennst es auf jeden Fall. Stell dich mal kurz vor dein eigenes Tor. Gegenüber, schnurgeradeaus, ist mein Haus.

Rechts davon wohnt Deborah. Zu deiner Linken neben meinem Haus und zu meiner Rechten steht das teigfarbene Haus mit den weißen Fensterläden und der großen leeren Scheune von einer Souterrainküche, durch die man bis in den Garten und wieder hinaussehen kann, alles in Chrom und Kupfer und mit sogenannten Schneideblöcken und alten Rundschreiben auf dem Boden im sauberen weißen Staub. Das Haus, von dem wir alle, wenn jemand fragt, behaupten, es gehöre »irgendwelchen Filmleuten, glaube ich, aber die sind eigentlich nie da«.

Vor zehn Jahren war dieses Haus schmutzig und verwahrlost und heruntergekommen, seit dem Krieg war nichts mehr daran gemacht worden. Vor den Fenstern hingen dicke und schmierige Häkelgardinen, nie gewaschen. Blaue Hortensien quollen vor sich hin und verstellten die Aussicht aus dem Souterrain, krauchten über die Erdgeschossfenster, schwarze Stängel und spröde Blätter, die über den Winter hinweg zu Mulch und in den Pfad getreten wurden. Zeitungen wehten umher und zwei angeschickerte Mülleimer, zwielichtige Comedians, rosteten an der Seitentür vor sich hin. Das ganze Haus hatte etwas Unangreifbares. Es schien sich von uns und unseren Standards nicht angesprochen zu fühlen. Es hatte die eigentümliche Wirkung auf uns, so zu tun, als wäre es gar nicht da.

»Das sind Schwarze«, sagte Angela. »Sie wohnen da schon länger. Es hat sie noch nie jemand gesehen. Der Name so was wie Kurkuma.«

Henry meinte, Kurkuma höre sich recht indisch an. Angela sagte: »Na ja, so ähnlich halt. Von irgendwo da hinten. Schwarz wie Pakistanis. Glaubt man gar nicht. In dieser Straße!«

Wir einigten uns auf Penumbra. Die Phantomfamilie Penumbra, wobei wir offenbar immer nur ein Mitglied davon zu sehen bekamen, den Mann, der jeden Tag um acht das Haus verließ und lange nach Einbruch der Dunkelheit zurückkam. Er war ein hochgewachsener fülliger Mann mit einem passiven, grünlichen Gesicht und einem festen Helm aus dichtem, vorzeitig ergrautem Haar. Mit selbstbewussten Schritten ging er davon und den Hügel hinunter zur U-Bahn, wobei er hoch über unsere Köpfe hinwegsah. Grüßte man ihn, sah er durch einen hindurch.

Bisweilen bewegten sich die Gardinen. Gelegentlich hörten wir gedämpfte Musik, aber wir sahen niemanden. Im Garten hinter dem Haus wuchs das Gras in die Höhe, und die seit Jahren ungeschnittenen Rosen hingen an alten Holzpflöcken herum. Niemand ging in den Garten. Niemand klingelte an der Tür. Es wurde keine Milch geliefert. Das alte große blecherne Auto hinter den kaputten Garagentüren wurde nie benutzt.

Dann war ich eines Tages in meinem Garten hinterm Haus und hörte Kinder nebenan im Garten der Penumbras, und ich merkte, dass ich durch ein Loch im Holzzaun beobachtet wurde. Später sah ich von meiner Treppe aus zwei Frauen, verschleiert und in Schwarz, die einem dicken Jungen Süßigkeiten gaben. Ich erzählte Henry, dass die Penumbras gar keine Pakistanis, sondern Araber seien.

Tags darauf oder so flog ein Ball über den Zaun und landete zu meinen Füßen. Es folgte Geschrei und Gejammer, dann Stille. Ich warf den Ball zurück, und die Stille vertiefte sich. Kurze Zeit später hörte ich ein geflüstertes Geschnatter und Gerangel, und die Kinder wurden zurück ins Haus bugsiert.

Ungefähr zu dieser Zeit fing ich an, kleine Briefchen zu verteilen. Ich schrieb einen Brief, beschriftete den Umschlag nur mit den Worten »per Hand« und schrieb, ich wünschte mir gute Nachbarschaft und würde mich geehrt fühlen, wenn sie zum Kaffeetrinken vorbeikämen.

Grabesstille.

Etwa einen Monat später fingen die Opfergaben an. Eines Tages kamen Henry und ich abends aus dem Theater und sahen, dass unsere oberste Stufe vor dem Haus mit Blumen und Zuckergebäck übersät war, und Henry sagte: »Aha – Penumbra.« Denn wir hatten etwas Ähnliches schon mal erlebt. Damals in Syrien, als wir auf die Fertigstellung unserer Residenz warteten, hatten wir stumme und fast unsichtbare Nachbarn, die uns Geschenke daließen, Geschenke, die an Ausmaß und Wert zunahmen, bis sie uns peinlich und irgendwann eine Last wurden. Abend für Abend lagen sie da. Kein Brief. Niemand, bei dem man sich bedanken konnte.

»Sag ihnen, sie sollen damit aufhören, Henry.«

»Meine liebe Eliza, das ist hier so Sitte.«

Die Opfergaben in Syrien waren in Wellen gekommen, ohne sichtlichen Rhythmus oder Anlass. Sie schienen weder mit irgendeinem religiösen Feiertag zusammenzuhängen noch mit politischen Ereignissen, Mondphasen oder etwas, das von uns ausging, wobei es bemerkenswert war, dass sie ausblieben, wenn wir wegfuhren, auch spontan. Wir fragten unsere Dienstboten, doch die lächelten nur und sagten, es sei ein Freundschaftsbeweis. Nur einmal habe ich mich gefragt, nach einer besonders üppigen Darreichung mitsamt einem großen Stück Federwild, ob unseren Nachbarn bewusst war, dass wir eines Abends beobachtet hatten, wie sie in ihrem Garten ein Loch gruben und einen großen bleiernen Sarg hinabließen. Aber warum hätte sie das stören sollen? In meinem Hof zwischen betörend duftenden Lilien und den Orangenbäumen, deren Früchte fast reif waren zum Einkochen, wo sich das Wasser aus unserem Brunnen glitzernd und sprudelnd in die Zisterne ergoss, brütete ich darüber nach. Ich bin nie dahintergekommen.

»Ich wünschte, ich wäre es«, sagte ich zu Henry. »Ich hätte

damals darauf kommen müssen. Vielleicht sollte ich einfach mal nach nebenan gehen und fragen.« Aber am Ende schrieb ich einen Brief, in dem stand: »Recht vielen Dank, vor allem für das letzte Geschenk, die Studentenblumen und die Entenbrust von Sainsbury's, doch nun denke ich, dass wir keine Geschenke mehr annehmen können.« »Hierzulande«, schrieb ich, »nehmen wir keine Geschenke von Menschen an, denen wir nicht vorgestellt wurden.« Ich sagte, ich sei sicher, die jungen Mütter aus den Shires, dem kirchlich geführten Heim, würden sich über die Geschenke freuen, vor allem über die Ente, dass es damit aber dann gut sein müsse.

Als ich Henry davon erzählte, meinte er: »Oh mein Gott.« Ich sagte: »Nun, du hättest dich ja darum kümmern können.« Er meinte: »Du bauschst die Sache unnötig auf. Musstest du unbedingt die Kirche ins Spiel bringen?«

»Wieso denn nicht?«

»Ist das nicht ein bisschen provokant?«

Die Gaben hörten auf. Das dreckige Haus fiel zurück in seine Dunkelheit und Trance, und nur Mr Penumbras täglicher Gang den Hügel hinunter zum Zug nach London, auf den genauso Verlass war wie auf den Wechsel der Jahreszeiten oder die gute alte Noonday Gun, bewies, dass sein Herz noch schlug. Jeden Tag ging er mit großen Schritten davon und starrte über unsere Köpfe hinweg auf die Skyline von Epsom.

Eines Tages war ich in meinem Garten und hörte leise Geräusche durch den Zaun, und ich grüßte laut auf Aramäisch. Dann auf Farsi. Aber niemand reagierte. An dem Abend sahen wir, wie Mr Penumbra nachdenklich in seinem Garten auf und ab ging. Er hatte uns wahrscheinlich reden hören, unternahm aber nichts. »Komischer Kauz«, sagte Henry im Bett. »Er sieht etwas unwirsch aus. Sehr schäbig gekleidet. Diese englischen Strickjacken. Er sieht aus, als wäre er Besseres gewohnt, aber irgendwie auch, als wäre es ihm egal. Ich kann ihn nicht einordnen. Aber er ist ein Gentleman.«

Doch als Henry im Oktober an seinem ehemaligen College an einem Dinner teilnahm, traf er dort Mr Penumbra, und zwar hieb- und stichfest platziert am High Table neben dem Dekan.

»Mein Nachbar«, sagte Mr Penumbra zum Dekan. »Seine Frau spricht Farsi.«

Beim Dessert tauschten Henry und Mr Penumbra über eine Silberschale mit Früchten hinweg, Auge in Auge, einen Blick aus. Mr Penumbra trug einen Smoking so grün wie sein Gesicht und von uraltem Schnitt, und beim äußerst feinfühligen Schälen einer Conference-Birne sagte er: »Guten Abend«, mit langsamer, tiefer, akademisch und leicht American-Oxford gefärbter Stimme. »Ein wenig«, sagte Henry, »wie T. S. Eliot.«

»Kann ich Sie mit nach Hause nehmen, Peabody?«, fragte Mr Penumbra.

Henry ärgerte sich, dass er eine Übernachtung im College organisiert hatte und das Angebot nicht annehmen konnte.

Etwa eine Woche später stand Mrs Penumbra ohne Anzeichen einer Opfergabe vor meiner Tür. Sie schien zu denken, ich würde sie recht gut kennen. Sie war sehr klein, mit hübschen Händen und großen Augen. Sie hatte vorstehende Wangenknochen, trug Lippenstift und lächelte. Sie roch nach den syrischen Orangenbäumen in meinem Hof damals, oder vielleicht nach meinen Lilien, und mich überkam auf einmal eine Sehnsucht nach ihnen und dem Wasser, das in die Zisterne fiel: diese trägen, heißen Tage.

»Mrs Peabody?«

»Ach, wie nett. Kommen Sie doch rein.« Angela pirschte und spähte. »Kann ich Ihnen einen Kaffee anbieten?«

Mrs Penumbra saß zierlich auf ihrer Stuhlkante und nippte.

Ihr Kleid war aus Seide und kurz, aber sehr alt und recht eng. Sie trug hochhackige Schuhe und hauchzarte Strümpfe. Den Kopf bedeckte ein Seidentuch, gebunden wie die Queen.

»Wollen Sie nicht Ihr –?«

»Oh nein. Ich nehme es niemals ab. Es ist eine Befreiung vom Schleier – nur solange wir in England sind. Es ist eine Ehre, verstehen Sie.« Dann lockerte sie das Tuch, lockerte den Knoten, schob ihre Finger unter das Tuch in ihr Haar – ihr Haar war übrigens nicht sonderlich sauber –, und dann zog sie die Finger wieder heraus, strich die Seiten des Tuches glatt und befestigte wieder den Knoten. Sie beobachtete mich ununterbrochen. Ich hatte so etwas noch nie gesehen.

»Ich habe im Nahen Osten gelebt«, sagte ich. »In Syrien – Irak. Iran.«

»Zu Zeiten des Teufels?«

»Ja, ich war dort zu Zeiten des Schahs. Aber danach auch. Wir sind viel umgezogen.«

»Ein schreckliches Regime. Ein böser Mensch. Nun sind wir zum Glauben zurückgekehrt.« Und sie spielte mit dem Knoten ihres Kopftuchs. Unruhig bewegte sie den Kopf darin herum. »Wir danken Gott für seine Gnade.«

Ich musste an ein Sheraton-Hotel denken, wo Henry und ich übernachtet hatten, als die Regentschaft des Schahs zu Ende ging. Es war die Nacht, in der wir nach Hause flogen. Das Hotel war direkt neben dem Gefängnis. Die ganze Nacht hindurch, exakt zur vollen und zur halben Stunde, hörten wir das Erschießungskommando. Wir zählten uns durch die Stunden. Fünf, sechs, sieben, acht Mal. Ein Krachen wie von einer Peitsche, das Knistern von Schüssen. Sehr kurz. Neun, zehn, elf. Wir lagen im Dunkeln und hielten uns an den Händen. Gant, Dulcie, Gargerys, auch du, alter Bernard, spitzt die Ohren. Manchmal kann man einfach nichts machen.

Ich sagte zu ihr: »Natürlich ist das alles schon eine Weile her. Aber ich war unheimlich gern im Nahen Osten. Alles, was ich von dort höre, macht mich krank.«

»Was hören Sie denn?«

»Wir haben immer noch Freunde dort. Und wir lesen die Zeitung. Und – neulich zum Beispiel vor dem Marks & Spencer stand eine Gruppe Mädchen mit einem Fotobildband. Einige waren verschleiert, andere nicht. Sie hatten eine Sammelbüchse und zeigten den Leuten, die aus dem Laden kamen, die Bilder. Es waren Fotos von jungen Männern – eher Jungen im Teenageralter, die mitten auf der Straße gehängt wurden. Manchmal eine ganze Reihe – und die Leute auf dem Markt gingen ihren Geschäften nach oder sahen zu. Auf einigen Fotos waren die gehängten Jungen bereits tot. Es gab andere Fotos, auf denen sie noch dastanden und warteten. Es gab auch ein paar Mädchen. Auch Kinder waren dabei – die nicht viel älter waren als Ihre eigenen.«

»Die Fotos waren gefälscht. Haben Sie gespendet?«

»Ich habe zwanzig Pfund gespendet, aber das war gar nichts. Ich hätte ihnen alles geben sollen, was ich hatte. Kein Regime kann gut sein, in dem Kinder gehängt werden.«

»Das waren bloß Bettler, diese Menschen, draußen vor dem Marks & Spencer. Das waren Engländer. Die Fotos sind gefälscht.«

Und plötzlich war Mrs Penumbra verschwunden. Ich kam wieder zu Sinnen und dachte, das darf ich niemals Henry erzählen. Henrys Frau redet über Politik, zerstört das erste feine Gespinst der Verständigung! Ich machte mich auf die Suche nach Angela, die lauernd in der Diele stand, weil ich sehen wollte, ob ich mir Mrs Penumbra nur erträumt hätte, so schnell war sie wieder weg – das war zu der Zeit, als ich noch kaum Probleme hatte in dieser Richtung. Ich hatte wenig Wachträume.

»Angela – war sie echt?«

»Allerdings«, sagte Angela, »aber noch nie habe ich jemanden so blass werden sehen.«

Ich erzählte Henry nichts von dem Besuch. Ich versuchte, nicht daran zu denken. Ich empfand Scham und Angst und konnte nicht sagen, warum. Ich wusste, dass etwas an dem Besuch von Mrs Penumbra besorgniserregend war, nachdem ihr Mann zu meinem gesagt hatte, ich spräche Farsi.

Eines Abends im Frühjahr kamen Henry und ich von einem Spaziergang im Park nach Hause, und vor unserer Tür standen Mr und Mrs Penumbra, der dicke Junge und zwei kleine Mädchen. Mrs Penumbra hatte einen großen Teller Kaviar mitgebracht, der in einem noch größeren Teller Eis stand.

Die Mädchen trugen Tabletts mit Toastbrot und Gabeln und Servietten und Zitronen. Die ganze Familie rauschte als Trupp in unser Haus und arrangierte alles auf dem goldgläsernen Tisch, und Henry sagte – uns gingen die Augen über angesichts der herausragenden Qualität des Kaviars –: »Ich geh mal eine Flasche Champagner holen.«

Dann sagte er: »Oje, bitte verzeihen Sie. Das hätte Eliza nicht besser hingekriegt. Ich vergaß.« Er wandte sich zu den Kindern und sagte: »Wir sind keine Muslime, versteht ihr. Wir trinken Alkohol, und zum Kaviar trinken wir Champagner, weil wir finden, es ist der absolut perfekte Wein zur absolut perfekten Speise. Sie passen ideal zusammen.«

»Genau wie Fish and Chips«, sagte der Junge.

»Er mag Fish and Chips«, sagte eines der Mädchen.

»Er mag McDonald's«, sagte die andere, und beide Penumbra-Eltern sahen kurzzeitig wütend aus. Mr Penumbra erholte sich jedoch sehr schnell und lachte. Er sagte: »Vielleicht werde ich nur heute Abend mal ein Glas Champagner trinken. Meine Frau wohl nicht, denke ich. Wohl nicht.«

»Nein«, sagte sie, »ich feiere stattdessen im Geiste mit Champagner. Champagner des Herzens. Das reicht mir.«

Sie standen auf, um zu gehen, nahmen ihre Tabletts, und wir begleiteten sie zum Tor, da griff Mr Penumbra ohne Vorwarnung nach Henrys Hand und drückte sie sich gegen den Brustkorb. Wir sahen beide, dass sowohl Mr Penumbra als auch Mrs Penumbra weinten.

»Wir haben heute erfahren«, sagte Mr Penumbra, »dass unser Sohn aus der Todeszelle entlassen worden ist. Vierzehn Monate hat er dort verbracht. Ich habe unentwegt für ihn gearbeitet. Unentwegt geschrieben. Gearbeitet für unser Land. Er steht jetzt nur noch unter Hausarrest. Er ist Lehrer, genau wie ich. Wie ich früher. Er ist einundzwanzig Jahre alt.«

»Es sind vierzehn Monate gewesen«, sagte Mrs Penumbra. »Vierzehn.«

Während sie auf der obersten Treppenstufe standen und nach ihrem Hausschlüssel suchten und die Kinder einander schubsten und Unfug trieben mit den Tabletts, drehte sich Mrs Penumbra um und lockerte den Knoten unter ihrem Kinn. Sie sagte: »Danke für Ihre Freundlichkeit.«

Keinen davon sahen wir jemals wieder. Kurz darauf kam Mr Penumbra in demselben Auto ums Leben, das so lange unbenutzt in der Garage gestanden hatte. Die Reifen waren nicht verkehrssicher, was wenig überraschend war. Die Polizei kam bei uns vorbei – so erfuhren wir davon; der Unfall war weit weg von zu Hause passiert –, um nach Mr Penumbra zu fragen und ob wir wüssten, ob er irgendwelche Feinde hätte, denn die Reifen hätten ausgesehen, als wenn sämtliche Radmuttern systematisch gelockert worden seien.

Wir hörten nichts mehr von den Penumbras und den Kindern, außer dass sie nicht mit Mr Penumbra im Auto gesessen hatten. Sie verschwanden wie Wasser im Abfluss.

Das Haus wurde zum Verkauf angeboten, verkauft, desinfiziert, gentrifiziert, abgetötet und für uns auf andere Art und Weise unsichtbar gemacht. Für mich ist es wie ein dunkler Fleck auf meinem rechten Auge, während ich am Fenster stehe, ein sich schleichend entwickelnder Katarakt. Der Schatten eines Schattens in dieser ereignislosen Straße.

»Eliza – Sie hören mir nicht zu«, sagte Dulcie. »Sehen Sie mal, Kopf hoch, ja? Möchten Sie, dass ich kurz vorbeikomme? Hallo?«

Ich sah mich im Zimmer um – die Zuckerdose auf dem Tablett auf dem goldgläsernen Tisch, die Zuckerzange. Ich spürte, wie sich irgendein altes trauriges Ereignis in mir regte, nicht nur die Penumbras, sondern viele Dutzend Zeiten, alle dahin. Und die endlos langsamen Sommer des neunzehnten Jahrhunderts. »Ich fühle mich hier heute Nachmittag nicht wohl«, sagte ich, »hier sind überall Gespenster. Darf ich stattdessen zu Ihnen kommen?«

»Ich korrigiere noch eben fertig und dann müssen wir los, ins Theater. Ich kann nicht lange. Aber na gut – ja natürlich.«

»Nehmen Sie einen Drink«, sagte der alte Richard, öffnete die Haustür bis zum Anschlag, wo ich und seine Löwen standen. »Sie liegt in den letzten Zügen. Dauert nicht mehr lange.«

Wir saßen da mit dem klarsten trockensten Sherry in den klarsten kleinsten Gläsern, und Richard nippte. Ich versuchte mich zu erinnern, wie Barry zu Sherry Fino gesagt hatte. Hühnerpisse.

»Verzeihung«, sagte Richard, »*was* meinten Sie gerade?«

»Nur dass ich – nicht Ihre Abendplanung stören wollte. Sie sind bestimmt genauso beschäftigt wie Dulcie.«

»Nein, nein, ich mache klar Schiff, wenn Dulcie Arbeiten

korrigiert. Im metaphorischen Sinne. Es kommt mir gar nicht vor, als wäre ich im Ruhestand, wenn sie Prüfungen hat, wissen Sie – aber nein, längst nicht so beschäftigt wie sie. Mir macht das Spaß. Wir reden über die Fragen. Das tut mir gut«, sagte er nippend. »Zurzeit verbringe ich sehr viel Zeit mit *Christabel.*«

Ich sagte: »Haben Sie die neue Philippinerin bei den Robins schon kennengelernt? Sie sieht sehr grimmig aus. Übrigens, George ist wieder zu Hause.«

Er sah mich lange und nüchtern an.

»Sie machen Gedankensprünge wie ein Grashüpfer, Eliza.« Ich sah ihn abwägen, ob er sagen sollte: »Ich muss Sie bitten, sich auf das Thema zu konzentrieren«, und zwar in demselben Ton, den er vierzig Jahre lang im Gerichtssaal angeschlagen haben muss, oder ob er mich angesichts der Tatsache, dass ich keine verlässliche Zeugin bin, behutsam auf den rechten Pfad zurücklotsen sollte, um mich nicht weiter in Verlegenheit zu bringen. Er trank einen Milliliter Sherry. Ich fragte mich, ob Christabel die Katze war.

»Ich wusste gar nicht, dass Sie eine zweite Katze haben.«

»Haben wir nicht.«

»Oh, das tut mir leid.«

»Dass wir keine Katze haben, braucht Ihnen nicht leidzutun. Ganz und gar nicht. Mir tut es alles andere als leid. Überall Haare.«

»Wissen Sie eigentlich, was Anne Robin von ihrem amerikanischen Verlag gefragt wurde? Ob sie nicht Lust hätte, ein Katzenbuch zu schreiben.«

»Wirklich? Das würde ich nicht sonderlich interessant nennen, Eliza. Ich dachte, sie schreibt über alle möglichen kleinen Wesen. Da sind doch nicht etwa Haare auf Ihrem Sessel?«

»Nein. Ganz bestimmt nicht. Es ist ja Leder.«

»Tut mir leid, wenn die alte Katze hier und da noch Spuren hinterlassen hat. Ich kann nur hoffen, dass das nicht der Fall ist. Genau darüber haben wir uns lange gestritten. Die Sache hat uns beide sehr mitgenommen. Es war furchtbar, das alte Tier im Haus zu haben und zu wissen, dass es in Kürze mit ihm vorbei sein wird. Ich habe es bis zum Ende begleitet. Dulcie hat nichts Häusliches, wissen Sie. Noch etwas Sherry?«

»Ja, gern.«

»Dies ist ein sehr seltener Sherry.« Er schenkte jedem von uns einen Zentimeter ein und sah durch sein eigenes Glas hindurch, hielt es hoch und sagte erneut: »Nicht eine Spur von Häuslichkeit. Kochen kann sie überhaupt nicht. In Girton gehörte das zu ihrem Reiz.«

»Girton ist kein sehr häuslicher Ort.«

»Allerdings, aber es war klar, egal wo wir uns kennengelernt hätten, dass sie niemals häuslich werden würde. Sie hat einen klaren Verstand. Scharf wie ein Krummsäbel. Hinreißend. Ihrer Zeit weit voraus.«

»Auch Sie waren Ihrer Zeit voraus, Richard. Wogegen ja nichts spricht.« Ich versuchte die Staubschicht zu ignorieren, die wie weicher grauer Plüsch auf allem lag. »Wie geht es Dulcie mit ihrem Heuschnupfen?«, fragte ich, und wieder sah ich ihn denken: Sie springt von einem Gedanken zum nächsten.

»Ich selbst bin grundsätzlich eher häuslich«, sagte ich. »Mal so, mal so. Unordnung macht mir nichts aus. Saubere Unordnung. Aber Gerüche mag ich nicht«, und ich dachte: Dies ist die sinnloseste Unterhaltung, die ich je in meinem Leben geführt habe, inklusive Washington. Ich hätte nicht herkommen dürfen. Nur aus Angst vor dem Teetablett.

Ich unternahm den Versuch, meine Gefühle in Bezug auf das Teetablett zu analysieren.

»Gerüche?«, fragte er. »Ich hoffe, dass *hier* keine Gerüche sind. Wenn ich eine Sache nicht ausstehen kann, ist es der Geruch von Katze. Vor allem, wenn sie schon eine Zeitlang tot ist.«

»Aber sind Sie mit ihr nicht zum Tierarzt gegangen?«

»Ich meine damit« (er schien wehmütig an die Todesstrafe für die Freunde seiner Frau zu denken), »ich meine damit den Geruch von Katze, der in der Luft hängt, wenn die Katze – Herrgott noch mal, Eliza, Sie wissen doch, was ich meine.«

»Ich bin mir ziemlich sicher, Richard, dass Christabel nie gerochen hat.«

»Christabel? Christabel ist keine Katze. Das ist ein Gedicht. Von Coleridge.« Dennoch stand er auf und begann schniefend auf und ab zu laufen.

»Lieber Himmel, Richard«, sagte Dulcie und stürzte ins Zimmer, »ich bin sicher, Eliza kennt ihren Coleridge.«

»Gar nicht, Dulcie. Aber komisch – ausgerechnet heute musste ich an den *Alten Seefahrer* denken. Dabei weiß ich kaum mehr etwas über Coleridge.« Aus irgendeinem Grund fügte ich dann hinzu: »Kaum *meer.*« Um die Sache abzurunden, sagte ich dann: »Rute.« Sie schauen mich verdattert an.

Während er Dulcie einen mächtigen Brandy und Soda einschenkte, entschied Richard, die Marschrichtung beizubehalten, als wäre ich ganz die Alte – oder gar Henry. Eher noch Henry, er stritt immer gern mit Henry. »Dieses Jahr bei den Klausuren hatten wir ein heißes Eisen«, sagte er. (»Ha – viel besser«, sagte Dulcie: »Den hab ich jetzt gebraucht.«) »Es ging um den Unterschied zwischen Fantasie und Imagination. Coleridge hatte natürlich den Ruf eines Hedonisten. Opium und dergleichen. Doch in seiner Lyrik unterdrückt er sehr rigoros das Schwärmerische. Er hat all seine Gedichte vernichtet, die auch nur peripher das Schwärmerische berührt haben, so zart, so köstlich es auch gewesen sein mag, um der tiefen wahren kreativen Imagination freien Lauf zu lassen. Er war selbst sein härtester Kritiker, wissen Sie. Von der Kraft der Imagination, Eliza, geht keine Gefahr aus«, und er sah durch sein Sherryglas hindurch ins Dämmerlicht des Abends. »Doch die Schwärmerei, oh, die Schwärmerei – sie ist ein falscher Stern.«

»Dichter zu sein muss schlauchen«, sagte ich. »Ähnlich wie religiös zu sein. Ich mag den *Alten Seefahrer*, aber ich bin froh, dass ich seine Entstehung nicht mehr analysieren muss.«

»Und«, sagte Richard und wandte mir seine Hamsterbacken zu, seine achtsamen Lippen, »die Schwärmerei muss dem Nicht-Dichter gleich nach der Kindheit ausgetrieben werden wie die sieben Todsünden. Halluzinationen werden nicht immer durch Drogen ausgelöst, wissen Sie, oder einen Hirnschaden. Oft werden sie willentlich heraufbeschworen. *Sie sind sehr gefährlich und machen allen Beteiligten Angst.* Damals haben sie den Glauben an Hexen bewirkt. Sie sind zerstörerisch. Sie können die Persönlichkeit zerstören. Sie können uns von unseren Mitmenschen und der realen Welt abschneiden.«

»Ich sehe Coleridge nicht als abgeschnitten. War er nicht ein großer Redner? Wurde er nicht von den meisten vergöttert? Und wenn kein Seelenverwandter zur Hand war – und selbst wenn –, hat er nicht einfach auf dem Papier weitergeredet? Ich meine in Form von Briefen. Ach, schön – da ist ja doch noch was hängengeblieben.«

»Coleridge«, sagte Dulcie, »war Coleridge. Das wird mir schon den ganzen Tag aufs Brot geschmiert. Ich habe ihn satt – ob Dichter oder nicht. Was diesem Mann abging, war Charakterstärke. Ich persönlich bin Wordsworthianerin.«

Ich dachte: Oh, wie ich dich will, mein Barry-Boy! Dich und die Rennbahn. Ich hasse Kultur. Ich will auf den Jahrmarkt.

»Ja?«, fragte Richard. »Ja?«

»Was, ja?« Ich musste etwas verpasst haben. Ich sagte: »Aber warum sind Sie so wütend, Richard, so abwertend? Wü- und wertend?«

Dulcie sagte: »Oh, begreifen Sie nicht, Eliza? Ich weiß, dass Sie es begreifen. Wir alle machen uns solche Sorgen um Sie. *Halluzinationen.*«

»Welche Halluzinationen?«

»Nun – zum Beispiel das Ganze mit Ihren Hunden.«

»Oh, schon so spät? Ich muss los. Danke, dass Sie mich erinnern. Sie müssen raus. Joans Hund ist ein Terrorist.«

»Denken Sie genau nach«, sagte Richard an der Tür, den Knauf in der Hand, und er nötigte mich zu warten und ihm in die Augen zu sehen, während er mit der anderen Hand gütig meinen Ellenbogen stützte. »Denken Sie einfach, Eliza. Denken. In aller Ruhe. Nicht *fühlen*. Also – die *Hunde*?«

Ich sagte: »Aber Sie haben doch von Katzen fantasiert«, und ich sah, wie sie einen Blick austauschten, während ich die Treppe hinunterrannte.

Auf der obersten Stufe vor meinem Haus, beim Kramen nach meinem Hausschlüssel, denke ich: Hunde, Katzen, amerikanische Verlage, spontane Aborte und Geigerinnen; und da sagt Dulcie mir, ich müsse meinen Horizont erweitern. Ich glaube, für heute habe ich genug.

Aber was ist das?

Denn plötzlich reißt die Garage meiner Nachbarn ihr schepperndes Maul auf und Deborahs Auto taucht auf. Es wird aber nicht von den eisernen Klappen verschlungen, sondern bleibt draußen auf der Straße stehen. Ivan steigt hinten aus und gemeinsam heben er und Deborah den kleinen Mr Deecie vom Beifahrersitz, der sich in seinem langen dunklen Mantel wie ein Verwundeter zusammengekauert hat. Ivan hält inne, um das Auto abzuschließen, doch Deborah schreit: »Nicht jetzt, du Idiot. Das kannst du doch nachher machen. Komm her und hilf mir«, und Ivan sputet sich.

Jeder nimmt einen Arm von Mr Deecie und gemeinsam heben sie ihn auf die Stufen. Er sieht aus wie aus Stoff, wie eine Guy-Fawkes-Puppe, und die beiden sehen daneben groß und angespannt aus. Es ist eine schwerbeladene, seltsame kleine Pietà. Oder ein Mann, der freundlich, aber verzweifelt zu seiner eigenen Exekution geführt wird. Es ist ein weiterer Schnappschuss des Tages.

Und wieder steht Richard neben mir auf der Treppe. Er sagt gerade: »Probleme mit dem Schlüssel?«

Er ist von drüben herbeigeeilt. Ich dachte, ich hätte ihn zum Schweigen gebracht, ohne daran zu denken, dass man einen Richter niemals zum Schweigen bringen kann. »Eliza«, sagt er, »noch eine Sache. Dulcie und ich haben beide heute Nachmittag mit Henry gesprochen, und sie hat ihm mit Nachdruck zu verstehen gegeben, wie sehr wir uns um Ihre Gesundheit sorgen, meine Liebe. Um Ihre Einsamkeit. Wir haben noch mal gesagt, dass es doch jemanden geben muss, irgendeine nahe Verwandte, und dass wir gern mit Ihrer Cousine aus Yorkshire Kontakt aufnehmen würden.«

»Meiner Cousine aus Lancashire.«

»Ihrer Cousine aus Lancashire.«

»Und was meinte er?«

»Meine Liebe, er ist genauso schlimm wie Sie. Er hat gar nichts gesagt, wie es nur Diplomaten können. Erst meinte er, wir würden bestimmt übertreiben, und dann sagte er, er sehe keinen Grund, Annie Cartwright zu kontaktieren – er deutete sogar an, dass es gar nicht möglich sei.«

»Er hat recht. Ich habe sie seit Jahren nicht gesehen und

auch nichts von ihr gehört. Sie könnte genauso gut tot sein. Ich glaube, sie ist nach Amerika gezogen.«

»Nun, wir haben ihn verpflichtet, mit Ihnen darüber zu sprechen. Er meinte, es habe mal Ärger gegeben … in Ihrer Kindheit …?«

»Mein Ärger hat mit dem Hier und Jetzt zu tun, Richard. Wegen meiner Verwirrung.« (Ich sah ihn denken – Ah! Endlich. Sie redet.) »Dass Joan weggegangen ist.« (Ein höchst tadelnder Blick.) »Dass Henry weggegangen ist. Richard, Richard – wie ich sie alle beneide – alle sind weg. Dreißig Jahre lang bin ich die einzige gewesen, die nicht einfach gehen konnte. Ich habe die Stellung gehalten. Immer bin ich die Frau gewesen, die sich um andere sorgt. Seit ich aufgehört habe, mit ihm ins Ausland zu gehen, habe ich tagein, tagaus am Fenster gesessen und Ausschau gehalten, dass jemand wiederkommt – na ja, eben Henry.«

In Richards Gesicht zeichnete sich ein beinahe schmeichlerisches Entzücken ab. (Endlich! Noch nie hat sie so viel geredet.)

»Dann ist jetzt wirklich die Zeit für Sie gekommen, wegzugehen, Eliza, machen Sie etwas. Sie sind nicht mal fünfzig – Sie sind noch ein Kind. Was Sie brauchen, ist ein Job.«

»Ich hatte einen Job. Dreißig Jahre lang hatte ich Henry. Ich bin mit ihm durch dick und dünn gegangen. Als wir geheiratet haben, war er hoffnungslos – so zögerlich, so wenig Courage, und ohne Talent für Fremdsprachen, sagte er selbst. Als wir geheiratet haben, wurde mir ziemlich schnell klar, dass Henrys Arbeit im diplomatischen Dienst etwas war, das wir teilen würden. Diplomatenfrauen durften damals keinen eigenen Beruf haben. Heute ist das anders. Damals war es eine Vollzeitbestrafung, man musste repräsentieren. Wir waren in Oxbridge ausgebildete Geishas, und ich war eine sehr gute. Und ich hatte mehr verdient als das.

Und warum sagen Sie, ich solle ›weggehen‹? Warum sollte sich etwas Schwarzes in meinem Herzen in Luft auflösen, nur weil ich auf einem anderen Stück Erdkugel stehe? Hätte ich so gedacht, hätte ich mich abgeseilt – und nicht Joan. Nicht ich hätte all diese Briefe geschrieben.«

»Sie schreiben *Briefe* an Joan? Eliza – Sie sollten sich wirklich Hilfe suchen. Ich bin der festen Überzeugung, dass Henry morgen auftauchen wird. Sie müssen mir versprechen, dass Sie mit ihm reden. Ihm das alles erzählen. Er ruft Sie heute Abend an.«

Und tatsächlich ruft er an.

So eine unvertraute Stimme. Ist es wirklich Henry oder eine Coleridge'sche Schwärmerei? Eine neue, nervöse Stimme, und der Redefluss wird ständig unterbrochen von einem kleinen ängstlichen Husten. Hust, hust, hust. Er hat sich in einen edwardianischen Bischof verwandelt. Lieber Gott, was ist bloß mit ihm?

»Henry – was ist mit dir?«

»Ähem, ähem, Eliza – es tut mir so leid wegen heute Nachmittag, ähem. Hust.«

»Ach was. Ich hatte einen interessanten Nachmittag.«

»Gut. Ähem. Hust, hust.«

»Es ist völlig unnötig, dass du herkommst, Henry. Tut mir leid, dass die Baxters so gedrängelt haben. Mir geht's prima. Hör nicht auf Dulcie. Sie hat mich seit Monaten kaum gesehen, erst diese Woche – die meisten reden nur über mich, aber es kommt niemand vorbei und redet *mit mir*. Außerdem ist sie viel zu beschäftigt für die Alltäglichkeiten – und du weißt ja, wie sie zu gesundem Menschenverstand steht. Wenn du kein gerüttelt Maß davon hast, kannst du einpacken. Gerade macht sie Coleridge das Leben zur Hölle.«

»Du klingst – Eliza – ähem –«

»Anders?«

»Wie früher – ganz schön lustig.«

»Und netter, vermute ich – weniger rechthaberisch?«

»Nein, das eigentlich nicht. Ziemlich gehässig sogar.«

Wir lachen beide und hören wieder auf. Wir haben uns selbst überrascht.

»Ähem, Eliza, ich sollte mal vorbeikommen. Wegen der Zukunft.«

»Wie geht's Charles?«

»Sei still. Hör zu.« (Kein Husten.) »Wegen unserer Zukunft.«

»Ach so, die Scheidung.«

Ein sehr langes Schweigen. Dann eine Abfolge von kleinen Hüsterchen.

»Du brauchst Hustensaft. Henry, was sollte das mit Annie Grucock?«

»Morgen bin ich da. Versprochen.«

»Na gut, um wie viel Uhr denn?«

»Weiß ich gerade nicht. Aber du hast doch nichts vor, oder? Ist es nicht egal?«

»Woher weißt du denn, dass ich nichts vorhabe?«

»Na schön – dann abends. Um sieben. Soll ich Dulcie Bescheid sagen? Wir könnten dann weiter zum Little Greek.«

»Mit *Dulcie*? Brauch ich eine Gouvernante? Wieso sollten wir Dulcie überhaupt Bescheid sagen? Außerdem fahren die beiden morgen in Urlaub, um sich vom Prüfungsstress zu erholen.«

»Ich dachte, es wäre dir lieb, wenn noch jemand dabei ist. Falls du dich aufregst.«

Ich legte den Hörer hin.

Ich dachte: Und was sollte das jetzt? Irgendetwas. Irgendetwas. Er hat große Angst. Glaubt er, ich hätte ein Tranchiermesser im Schlitz der Chaiselongue versteckt? Ihm graut vor etwas, was immer es sein mag.

***

Betrifft: 3. Juni – Tag der Tage

UND, meine liebe J.,

der nächste Tag war still und schön. Am frühen Morgen saß ich am Fenster und sah auf die Rathbone Road. Alles war so leise, dass ich, als ich auf deine abwechselnd purpurroten und weißen Baumrosen blickte, ein samtiges Blütenblatt fallen sah und fast hören konnte, wie es auf der Erde auftraf. Welch herrliche Rosen – umso besser eigentlich, dass sie dieses Jahr nicht beschnitten worden sind. Charles hat sie immer abgeschlachtet. Immer mussten sie sich aus dem nackten Holz quälen, um mit dem Jahr aufzuholen, und vor August, wenn die ganze Straße außer uns und euch im Urlaub war, sahen sie immer nach gar nichts aus.

»Alle fort.«

Wie lange ist es her, seit Henry und ich mal weggefahren sind? In den ersten Jahren sind wir so viel gereist. Jetzt verlassen wir kaum noch die Rathbone Road. Seit Henry in seinen vornehmen mittleren Jahren in London lebt, hat er nur noch Kurztrips nach Washington und Brüssel unternommen, und fast zwanzig Jahre lang immer allein, seit das Prinzip der rückendeckenden, marketendernden Ehefrau ausgedient hat. Henry hat seinen Urlaub immer in der Rathbone Road verbringen wollen. Wie ein heimkehrender Internatsschüler wollte er kein Land mit Eimer und Schaufel, sondern sein eigenes Bett und seinen Garten.

Ach, unsere vielen Reisen. Ich dachte an die vielbeschäftigte, glückliche Frau, die ich mal war, wie ich gelacht, geplaudert, organisiert und unsere Residenzen eingerichtet habe. Die eine damals, noch ohne Fußböden. Die andere ohne Möbel, ohne Gläser, Tassen, Untertassen, die große Empfangshalle leer bis auf Dreck und Kisten und leere Flaschen. Da verließ ich Henry, flog zurück nach England, bestellte eine Unmenge von allem bis hin zu Salzlöffelchen, schrieb wütende Briefe an den Außenminister. Henry schickte ein Telegramm mit den Worten: »Ist er schon zurückgetreten?« Ich drohte damit, die Queen zu kontaktieren. »DER QUEEN ZIEH ICH DIE OHREN LANG«, schrieb ich Henry aus London, und er schickte eine kleine Zeichnung zurück. Ich schuftete wie blöde in unserem alten schäbigen schattigen Haus in einer syrischen Straße. Ich legte den ganzen Garten an. Ich wage zu behaupten, dass meine Lilien noch immer in diesem Garten blühen, irgendwo zwischen den Trümmern und dem Gewehrfeuer. Ach, Henry.

Martinis am Pool in Kairo. Habe ich das wirklich erlebt? Habe ich jemals ernsthaft an einem Pool gestanden und Martinis geschlürft? Dummes Zeug geredet? Erinnere ich mich wirklich daran, in Yogyakarta stundenlang mit den Frauen des Harems in den dunklen kühlen Räumen auf dem Fußboden gesessen und zugehört zu haben, wie sie erst langsam, dann, immer gelöster in meiner Gegenwart, locker und fröhlich ins Plaudern kamen. »Rumalbern«, hätten wir in der Schule dazu gesagt. Dann Bangkok. Beim Betrachten deiner Rosen wie aus *Alice hinter den Spiegeln*, Joan, jede auf ihrem dunklen und knickbaren Stängel, versuchte ich, dem Duft des Orients nachzuspüren, dem heißen würzigen Wind, der einen fast erschlägt, wenn man aus dem Flugzeug steigt. Der sonderbar trockene Geruch. Süßlich wie Dung und Sonne und Sex.

Dann versuchte ich, wieder in Neuengland zu sein. Meine

Güte, wie habe ich mich da abgerackert für Henry – na schön, auch für mich selbst. Ich wollte unbedingt gut ankommen. All die großen Partys, das angestrengte Lächeln. Die Schwaden französischer Parfums, die strapaziösen Grillfeste, das idiotische Aufhübschen der Umgebung und meiner selbst. Einmal bestellte ich aus Italien Feuerwerkskörper und aus Malta ein Pulver, das man im Winter bei den Hauspartys ins Feuer streute, um die Flammen in hübschen Farben flackern zu lassen. Der großartige englische Koch, den ich fand, der alle verrückt machte nach Lancashire-Eintopf, Fleischpasteten und Siruptorte.

Unberührt. Ich bin unberührt geblieben von alldem. Oder womöglich angerührt. Es ist mir abhandengekommen. So komplett wie mein früheres sinnliches Leben, denn ich kann mich an das Prickeln von Sex genauso wenig erinnern wie an die Arme meiner Mutter, die Stimme meiner Mutter. Es ist alles weg.

Ich sollte zumindest noch etwas von meiner Mutter in Erinnerung haben. Sechs ist so jung nun auch wieder nicht. Es heißt, sie sei sehr liebevoll gewesen. In meinen Träumen ist da manchmal etwas, aber beim Aufwachen kann ich mich nie daran erinnern. Ich weiß nicht mehr, wie sie aussah – nur ab und zu nehme ich einen Hauch von ihr wahr. Eine Leichtigkeit des Herzens. Eine rennende Gestalt, lange Beine. Ein Lachen, irgendwo am Ende eines Korridors. Ich erinnere mich eher an meinen Vater – Soldatenschnurrbart, Wangenknochen, Filzhut –, obwohl er drei Jahre lang weggewesen war.

Wieder fällt ein Blütenblatt ins Gras. Es ist erst Juni und die Rose ist fast verblüht. Muss die Blütenblätter wieder ankleben. Bin schläfrig. Ich werde einen Brief an die Rote Königin schreiben. Das Fenster steht offen und ich sitze davor. Der wundervolle englische heiße Junimorgen. Schwer. Es müssen doch alle gerade irgendwo in Trance sein. Alle sind heute außer Haus. Die ganze Straße. Auch ich bin in Trance, ich schlafe ein.

Und die Tür gegenüber, Joan, wird aufgeworfen, und hinaus eilt der bügelnde Ehemann, der Mann, der alles hat, mit seinem ersten Kind unterm Arm, Mick, benannt nach Michail Gorbatschow. Sieht intelligent aus, der Kleine.

Der Vater rennt die Stufen vor seinem Haus hinunter und die Stufen des Hauses zu deiner Linken hinauf, wo Dulcie und Richard wohnen. Er hämmert gegen ihre Tür. Mick hängt im Arm seines Vaters und baumelt mit den Beinen.

Der Vater rennt Dulcies Stufen wieder hinunter, hinaus auf die Straße und die Treppen meines Nachbarhauses hinauf, wo die wässrig lächelnde Deborah lebt. Es ist niemand zu Hause.

Der Vater sieht sich hektisch um, hinunter zu Miss Inghams Haus auf der Hügelkuppe, dann hinüber zu Annes Villa. Er überlegt, blickt verzweifelt hinter sich auf seine offene Haustür, dann kommt er meine Stufen hinaufgerannt. Er trommelt, er hämmert, er klingelt. »Können Sie ihn nehmen? Halbe Stunde? Es ist da«, ruft er und drückt mir das Kind in die Arme. »Krankenhaus. Krankenwagen.«

»Es ist da? Das neue Baby ist schon *da*?«

»Sie kriegt es gerade. Auf dem Boden. Es war die Leiter. *Jetzt.*«

Seine kurzer und modischer Bürstenhaarschnitt, sein rundes Näschen, sein Jermyn-Street-T-Shirt, seine kirschroten Wangen. Seine von Grauen erfüllten Augen.

»Sie können doch so gut mit Kindern. Alle sagen das. Bin zurück, sobald ...«

Der Krankenwagen kommt. Mit dem zappelnden kleinen Herrn Gorbatschow im Arm verfolge ich von meiner obersten

Stufe aus das Geflitze und Gerenne und das Chaos – und wie eine Trage mit einem Berg Decken aus der Tür getrabt kommt, dicht gefolgt vom Ehemann. Alles wird hinten hineingeschaufelt und zack, weg sind sie. Die Tür des bügelnden Ehemannes steht sperrangelweit offen, und die Rathbone Road versinkt erneut in Stille.

Das Baby sieht mich an, schätzt mich ein, zeigt auf seine Haustür gegenüber und fängt an zu schreien. Dem kann ich mich nur anschließen.

Ich überquere die Straße und gehe ins Haus. Da steht ein Kindergefährt mit einem Nest aus Gurten und Verschlüssen auf dem Sitz, und ich setze ihn hinein. Er schraubt sich sofort wieder raus. Ich setze ihn zurück. Ich schnalle ihn fest, und er schickt Donner und Blitze vom Himmel. Ich nehme den Hausschlüssel, schiebe ihn hinaus ins Freie, schließe hinter uns die Tür. Auf der Straße brüllt er wie ein Löwe, erregt damit aber keine Aufmerksamkeit. Mir kommt das alles vor wie ein Traum.

Und ich kann mein Glück kaum fassen – denn ich habe gesagt: »Das hier muss ein Traum sein«, obwohl ich genau weiß, dass es kein Traum ist. Es passiert. Es ist wahr. Ich bin bei klarem Verstand.

»Wir gehen mal rüber zu mir, Mick«, sage ich. »Ich geb den Hunden zu fressen, und dann …« Ich denke nach. Was macht man den ganzen Tag mit einem Baby? Spazieren gehen. Ja, aber die Hunde nehme ich nicht mit – das wäre zu viel des Guten. Zu gefährlich. Das Kind muss meine ungeteilte Aufmerksamkeit haben.

Er brüllt weiter. Sein Gebrüll ist so ohrenbetäubend, dass die Hunde zusammenzucken. »Magst du Kuchen?«, frage ich. »Kuchen?« Und er hält inne. Ich schneide ihm ein großes Stück von Henrys Schokoladenkuchen auf dem Küchentisch ab. Ich war gestern zu deprimiert, um ihn wegzuräumen. »Mehr?«

Allerdings. Ein zweites Stück.

Ich sehe mich nach einem Tuch um, mit dem ich Herrn Gorbatschow die Krümel von den Backen wischen kann. Das Geschirrtuch zu nehmen behagt mir nicht, also suche ich in meinem Flickenbeutel, der schon seit Jahren auf der Rückseite der Tür zum Wäscheraum hängt. Es ist ein kirschroter Beutel, auf dem sich immer noch mein Namensschild befindet, er war nämlich mein Handarbeitsbeutel für die Schule. Auch Annie Cartwrights Initialen stehen drauf – er stammt aus der Zeit, als wir beide auf derselben Schule waren. Sie sind draufgestickt, sehr groß, kaum verblichen, in wunderschön gleichmäßigem Kettenstich. Sehr ordentlich. A. C., zwei verschlungene Buchstaben. Ich hatte mir damals einen eigenen Handarbeitsbeutel gewünscht, aber Annie war inzwischen acht und mit Nähenlernen fertig und meine Tante meinte, einen neuen Beutel zu kaufen wäre Unsinn. »Du kannst den Kettenstich ja auftrennen, wenn du möchtest, Elizabeth, doch die Mühe würde ich mir sparen. Das ›A. C.‹ wird trotzdem zu sehen sein. Es wird immer da sein. Näh dir doch einfach ein eigenes Namensschild.«

Ich schütte die Flicken aus dem Beutel, wische dem Baby mit dem weichsten Flicken das Gesicht sauber und weiß auf einmal mit großer Zuversicht, was getan werden muss.

Ich schließe ab und gehe mit dem Baby und dem leeren Flickenbeutel die High Street hinauf. Der Beutel hängt am Griff und schlenkert leicht vor sich hin. Als wir die Building Society erreichen, bugsiere ich den Kinderwagen behutsam hinein, sehr unprofessionell. Ich fahre jemandem in die Hacken. Es sind die Hacken von Doktor Sepsis, der ernste Miene macht. Erst denke ich, er flucht, aber dann wird mir klar, was er sagt, nämlich: »Buggy.« Dann sieht er fast schon interessiert aus. »Mrs Äh –«, fragt er. »Na, drehen Sie eine kleine Runde?«

»Ja, tu ich.«

»Ausgezeichnet. Ihr Enkel?«

Vor zwei Tagen hatte ich ihm die Geschichte – einen Teil der Geschichte – meiner Unfruchtbarkeit anvertraut. Er ist der einzige, dem ich sie je anvertraut habe. »Urenkel«, sage ich, und er wirkt ein wenig verdattert, aber nicht der Rede wert. Beim Gehen verkeilt er sich wieder mit dem Wagen, ihm fällt die Seife ein und er schaut mich zornig an. »Unpraktisch, diese Dinger«, sagt der Mann hinterm Schalter. »Sportwagen, sagt man auch dazu. Eine Runde Sport, das wär's jetzt bei dem Wetter.«

Ich frage, ob ich alles von meinem Konto abheben darf. Fast alles ist noch da. Ich habe eigenes Geld gebunkert, Geld, das mir mein Onkel hinterlassen hat. Um Geld habe ich mir nie Sorgen machen müssen, ich bin immer zurechtgekommen. Das sind die Lancashire-Baumwoll-Gene. Der Mann geht weg und kommt mit seinem Vorgesetzten zurück und es wiederholt sich die Show von nach Weihnachten.

»Möchten Sie alles abheben, Mrs Peabody?«

»Jeden Penny. In Münzen, wenn möglich.«

»Es ginge nur ein Prozentsatz davon in Münzen.«

»Große Münzen. Könnten Sie alles hier reintun?«, sage ich und ich halte ihnen Annies Beutel hin.

Ich stehe wieder in der High Street und wir machen uns auf in Richtung Park, wobei wir kurz bei der Patisserie anhalten, um Eclairs zu kaufen. Ich kaufe sieben Stück. In der Patisserie sitzt Bella Benson. Wir nehmen einander nicht zur Kenntnis. Sie beobachtet mich, die Kuchengabel in der Luft.

Wir gehen durch den Park. Große Transporter, dicke Lastwagen, seltsame Umzugswagen stehen in der Nähe des Teiches. Auch Wohnanhänger, verschlossen und still. *Der Jahrmarkt kommt.*

Das Baby quiekt, und bei jedem erneuten Quieken reiche ich ihm ein Eclair. Bald ist er eingeschlafen und ich gehe mit großen Schritten Richtung Caesar's Farm.

Was für ein lauer und schöner Tag zum Spazierengehen, Joan. Meine Füße machen tapp tapp tapp auf der Erde entlang der Straße. Es ist so windstill. Nicht mal die Wipfel der zarten Tannen bewegen sich. Wenn ich stehenbleibe, höre ich jedes Mal das Knistern der Tannennadeln, als lägen sie auf einem Grill – oder vielleicht ist es der Ginster dahinter. Irgendein Vogel gibt ein merkwürdiges Quäken von sich. Das ist alles.

Im Hospiz sitzt niemand am Empfang, was ungewöhnlich ist. Ich stehe herum und betrachte den Heiligen Julian. Schließlich kommt eine Nonne vorbei und sagt: »Na, was machen Sie denn heute hier? Heute ist doch gar nicht ihr Tag? Das ist aber ein hübscher Junge. Nun, was führen Sie im Schilde, Eliza?«

»Meinen Sie, ich könnte Barry den Jungen zeigen?«

»Oh, nein, meine Liebe. Nicht jetzt. Heute ist ein schlechter Tag.«

»Nur ganz kurz, bitte.«

»Aber das Kind schläft tief und fest, und auch Barry hat die Augen zu, Eliza, Liebes.« Die Nonne nimmt meine Hand und sieht mir bedeutungsvoll in die Augen. »Es ist ein sehr schlechter Tag. Das verstehen Sie doch, nicht wahr? Sie wissen doch Bescheid?«

»Nur eine Minute.«

»Dann lassen Sie den Kinderwagen draußen stehen.«

»Oh, aber ich muss das Baby mit reinnehmen. Ich bin für ihn verantwortlich. Ich darf ihn keine Sekunde aus den Augen lassen.«

Mick wird aus dem Kinderwagen gehoben und ich trage das schlafende Kind zu Barrys Zimmer. Eine Nonne ist bei ihm.

»Könnte ich eine Minute mit ihm allein sein?«

»Eine Minute, Eliza, eine Minute.«

Ich sitze neben Barry und betrachte das arme Gesicht, die wunden Stellen unter dem Verband, der Schädel schimmert durch die Haut hindurch. Auch der Kopf ist bandagiert. Die gummiartigen Lider sind geschlossen. Barry stirbt. Ich halte das Kind sehr vorsichtig im Arm, schaffe es jedoch – furchtlos und zweifellos unklugerweise –, eine der bandagierten Hände zu streicheln. Barry öffnet ein Auge zu einem Schlitz.

»Haste 'n Kind gekriegt?«

Wegen der Blasen an den Lippen kann ich ihn kaum verstehen.

»Barry. Ich möchte etwas sagen.«

»Nicht von mir. Hab ich nix mit zu tun.«

Er entschwebt mir. Nur der Witz lebt weiter im Raum.

»Ich will nur sagen – oh, mein Kind und Geliebter –, dass ich dich liebe.«

»Ich dich auch, Elizabeth.«

»Königin des Tamburins«, sagt er.

Das Kindlein und ich marschieren weiter. Wir gehen das Sträßchen zurück und durch den Park. Das Kindlein schläft. Mir laufen die Tränen übers Gesicht und fallen auf meine Hände. Sie tropfen mir auf die Hände und auf die Griffe des Kinderwagens. Einige tropfen auf das Kind. Ich nehme eine Abkürzung durch die römischen Wälder und wir stoßen auf raues Gelände und Farngestrüpp. Wir kämpfen uns weiter und hinterlassen einen Trampelpfad. Zwischen den kleinen Wegen und blühenden Brombeerhecken kommen wir wieder raus.

Es ist kein Mensch unterwegs.

Kaninchen, Vögel, Dachse, Füchse – sind alle irgendwo in der Nähe. Ich will, dass das Baby aufwacht, damit ich ihm von den Tieren erzählen kann, aber es schläft weiter. Wir erreichen den Wald oberhalb des hinteren Teiches; wir fahren Berg-und-Tal-Bahn mit Buggy, Baby und Beutel und bollern uns einen Weg durch die Bäume, schlenkernd und holpernd. Immer weiter bergab. Wir erreichen den Teich. Noch immer ist kein Mensch zu sehen.

Der Teich ist ein seltsamer Ort mit schwarzem Wasser und leuchtend grünen Algen. Die Bäume, sehr hoch und dicht, wachsen rings um den Teich und die Hänge hinunter. Er liegt in einem Loch. In der Mitte des Teiches steht ein Pfosten mit dem Hinweis: BADEN VERBOTEN, LEBENSGEFAHR!

Ich frage mich, wieso.

Das war mal anders. Früher kamen die Leute sogar aus der Londoner Innenstadt, um in diesem Teich zu schwimmen. Noch vor fünfzehn Jahren haben hier Männer, ausschließlich Männer, skandalöserweise nackt gebadet, morgens vor neun – eine gewagte Idee, wie mir heute scheint. Hundert Jahre davor war hier kein Teich, sondern ein durchnässtes Stück Land, wo berühmte Duelle stattfanden.

Doch der Teich ist heute tief. Eines Wintermorgens vor ein paar Jahren wurde hier ein totes junges Mädchen gefunden, sie steckte im Eis fest. Ihre Haare standen strahlenförmig vom Kopf ab wie Eiszapfen. Tot und eingefroren. Eine gefrorene Wasserlilie. Ach, Ophelia.

Heute, in der warmen Sonne, gibt es ein Boot, und ich nehme das Baby aus dem Kinderwagen. Ich nehme Annies Handarbeitsbeutel vom Griff und lasse ihn ins Boot fallen. Dann setze ich das Baby ins Boot – ach wie hübsch. Wie wir alle wird er grausam werden. Mitten auf dem Teich, langsam rudernd, nur ein paar Züge und noch mal ein paar, hebe ich die Riemen aus dem Wasser und lasse sie vor sich hin tröpfeln. Ich hebe sie an und lege sie innen entlang des Bootsrands ab. Wasser und grüne Algen strömen herab. Ich habe einen großen Stein in Annies Beutel getan, nur zur Sicherheit, und nehme den Beutel und werfe ihn in den Teich. Er ist sofort weg. Das Boot gerät leicht ins Schaukeln, als ich mich über den Rand beuge, um in die Tiefe zu sehen. Von Annies Ketten und Henrys Geld ist nichts mehr da.

Das eclairbekleckerte Baby rührt sich. Seine Augen weiten sich schlagartig und er beobachtet das Wasser, das über ihm von den Riemen strömt. Ich hebe ihn hoch und halte ihn übers Wasser, und er beginnt zu zappeln und zu schreien. Also lasse ich ihn ins Wasser fallen und er verschwindet wie der Beutel.

Ich schaue hin. Da ist er wieder. Sein Rücken ist rund, und ich kann sein Gesicht nicht sehen. Er kommt ein zweites Mal hoch. Ich sehe jetzt nur den Popo in den aufgebauschten Kleidern. Ich beobachte ihn kurz.

Kurz darauf, beim dritten Mal, bevor er zurücksinkt, bekomme ich ihn zu packen und wäre dabei fast gekentert. Ich hebe ihn hoch über meinen Kopf.

Ich stehe im Boot. Ich hebe ihn hoch über meinen Kopf.

Wasser und Algen strömen von dem Kind herunter wie von den Riemen, und es herrscht Stille wie im ersten und letzten Moment der wirbelnden Welt.

Dann schreit das Kind zum Himmel. Er schreit. Er brüllt. Er pöbelt. Ich halte ihn unter den Achseln fest. Er hat den Kopf zurückgeworfen. Das Boot schaukelt. Seine Stimme reißt das Firmament auf. Er strampelt mit den Beinen und fuchtelt mit den Armen, kraftvoll, kräftig wie Baumwurzeln.

Das Boot ist seitwärts ans Ufer getrieben. Es gleitet über

das Wasser an Land. Das Wasser klatscht gegen den Rand des Teiches und ein paar schuleschwänzende Flegel kommen laut rufend aus den Bäumen gerannt und tauchen unweit von uns am Ufer auf. Irgendetwas lässt sie zögern. Sie stehen still.

Etwas hat sie verstummen lassen.

»Es ist reingefallen«, sagt einer.

»Sie hat's reinfallen lassen.«

Ich schnappe mir das schreiende Baby, das leicht ist in meinem Arm, und schiebe den Kinderwagen mit einer Hand an ihnen vorbei. Die Sache scheint ihnen nicht geheuer.

»Äh – hallo? Hallo? Ist es reingefallen?«

»Ja. Es geht ihm aber gut.«

Ich kämpfe mich weiter durch den Wald und den steilen waldigen Hang hinauf und bringe das weinende Baby nach oben auf die sonnige grasige Wiese. Ich bilde mir ein, Bella zu sehen, die irgendwo allein und entschlossen lächelnd in der Ferne spazieren geht.

Ich bleibe stehen. Ich lege das Baby hin und schäle es aus seiner äußeren Haut, nehme meine Jacke und Strickjacke und wickle es darin ein. Ein paar Golfspieler gehen vorbei.

Ich singe dem Baby etwas vor. Ich mache es auf dieses und jenes aufmerksam. Endlich werden die Pausen zwischen den Schluchzern länger. »Guck mal«, sage ich. »Ein Gänseblümchen. Guck mal, ein Schmetterling.« Schließlich entsteht die lange, ehrliche, schaudernde Stille zwischen zwei Schluchzern, die besagt, dass das Schlimmste überstanden ist. Er nimmt mir einen Grashalm aus den Fingern. Ganz ernst reicht er ihn mir zurück. Ich gebe ihm das siebte Eclair, aber es dauert etwas, bevor er mit dem Essen anfängt, ohne mich aus dem Blick zu lassen.

Dann spiele ich ein Kitzelspiel, massiere ihn fest am ganzen Körper, trockne und wärme ihn mit meinen Händen und Kleidern. Als er sicher im Kinderwagen verstaut ist, lacht er auf dem Heimweg ein Mal. Seine luftgetrockneten Löckchen kringeln sich herzallerliebst auf dem Kopf. Ich sehe hinunter auf sein Haar und hin und wieder streichle ich ihm im Gehen über den Kopf.

Und als wir wieder bei ihm zu Hause sind, bade ich ihn, wobei ich haargenau an alles denke, was ich von Amanda Fish gelernt habe. Ich wasche seine Kleider und stecke sie in den Trockner. Ich finde andere und ziehe sie ihm an. Dann spiele ich mit ihm im Garten in der Sonne, aber er ist müde. Er scheint satt zu sein. Er ist ein wirklich sehr braves Kind. Bald darauf ist er in seinem Kinderbettchen eingeschlafen, die Augen sind ihm zugefallen. Sein Nachmittagsschläfchen.

Ich sitze in der Küche aus Kiefer und Marmor und wache über ihn, der so viel schöner ist als jedes unbelebte Ding – der Stahl, das polierte Holz, die gläsernen schwarzen Tulpen in den gläsernen weißen Vasen. Oh, wie schön er ist! Ich würde gern eine Zigarette rauchen, aber das wäre schade, denn ich habe es geschafft, aufzuhören. Und ich sehe es nicht gern, wenn Leute in der Nähe eines Babys rauchen. Ich betrachte meine Fingernägel. Diese hübschen Blumen werde ich mir schneiden müssen.

Irgendwann fährt ein Taxi durch die Straße, und der Vater, der Mann, der alles hat, aber heute beinahe weniger gehabt hätte, rennt die Stufen zu meiner Haustür hinauf. Ich beobachte ihn aus seinem Souterrain gegenüber. Als niemand an die Tür geht, sehe ich, wie er langsam hektisch wird. Wie sehr er von Gefühlen überwältigt ist. Er springt umher, dann kommt er an seine eigene Haustür gerannt, die ich offen gelassen habe. Im nächsten Moment steht er auf dem Treppenabsatz zu seiner Traumküche im Souterrain und schreit »Tochter!«, und ich eile ihm entgegen und wir fallen uns in die Arme. Ich küsse den Mann mit der kleinen Nase, dessen Nachnamen ich nicht kenne, und er schnappt sich Mick aus dem Babybettchen und küsst auch ihn.

»Du hast eine Schwester, eine Schwester, eine Schwester.«

»Und, ist alles gutgegangen?«

»Oh, sehr gut. Alles bestens. Es ging nicht so schnell, wie wir erst dachten. Wir hatten uns geirrt. Es ging nicht sofort los. Aber beide sind wohlauf. Ein wunderschönes Kind.«

»Sie kann unmöglich hübscher sein als Mick.«

»Sie heißt Perry – für Perestroika. Perry Margaret. Gefällt Ihnen der Name?«

»Ich denke, er markiert wohl ihre Entstehungszeit.«

Das Baby im Arm seines Vaters sieht mich an.

Ich strecke einen Arm aus und fühle nach der Küchenwand. Völlig erschöpft taste ich mich zum Fuß der Treppe. »Ich muss nach Hause.«

Der Mann, der alles hat, findet, dass ein großes verspätetes Lunch angesagt ist. »Ich bin halb verhungert«, ruft er. »Ich könnte ein Pferd essen. Hat Mick schon bekommen?«

»Ja. Ziemlich viel.«

»Wie gut Sie sind. Ich brauch jetzt dringend was in den Magen.« Und krach, wumms stürzt er sich mitsamt dem Baby auf die kupfernen Pfannen und frischen Kräuterbündel. Er singt und wirbelt umher.

»Ich muss jetzt wirklich gehen, Dickie.«

»Wie kann ich Ihnen das jemals danken?«, sagt er, und dann beschließt er, mir ein Geschenk zu machen. Er sagt: »Sie sind gar nicht so exzentrisch, Eliza P., egal, was die Leute sagen. Sie sind die Beste von allen hier. Ich weiß nicht, was ich getan hätte, wenn Sie nicht da gewesen wären. Es sollte immer jemanden geben, der da ist – eine Art Stammesmutter, oder? Gabi und ich dachten, wir wären auf alles vorbereitet, aber ohne Sie wären wir aufgeschmissen gewesen. Ich hätte zu Hause bleiben müssen und Gabi wäre stinksauer gewesen. Sie ist nämlich ziemlich feministisch eingestellt – sie findet's nicht richtig, alles allein machen zu müssen.«

»Jederzeit wieder.«

»Wir haben Mick nämlich noch nie irgendwo gelassen. Ständig heißt es, wir müssen ihn allmählich mal zu einer Tagesmutter geben und so weiter, aber wir haben uns noch nicht dazu durchringen können. Man weiß einfach nie, an wen man gerät. Das war jetzt das allererste Mal. Ich hab gemerkt, dass ich Ihnen voll und ganz vertrauen kann.«

»Ich muss los, Dickie.«

»Dann will ich Sie nicht aufhalten.« Das saftige Ratatouille schnurrt in der Mikrowelle, sein Omelett bekommt einen kräuseligen goldbraunen Rand und in der Mitte bleibt es wunderbar feucht. Er bestreut es mit geraspeltem Käse. »Ich kann hier gerade nicht weg. Kniffliger Moment. Kann Sie leider nicht zur Tür begleiten ...«

Ich rede mit den Hunden und gebe ihnen zu fressen. Ich werfe einen Blick in den Kühlschrank. Da ist eine offene Büchse Anchovis. Würmchenfilets. Sie liegen umwittert von Öl. Der Deckel ist zur tödlichen messerscharfen Rolle eingedreht. Im unaufgerollten Zustand könnte man sich damit eine Ader durchtrennen. Nun?

Ein Stück Speck klebt am Boden des Tiefkühlfachs, aber es geht nicht ab. In einer Pyrexschale befindet sich eine halbe prähistorische Dose Baked Beans. Die Bohnen haben einen dunkelblauen Ring. Sie sind alt geworden, genau wie wir restlichen Menschen. Sie harren aus.

Mein Hunger ist verflogen.

Ich stehe mit einer Tasse Tee im hinteren Teil des Wohnzimmers und sehe im Nachbargarten ganz am Ende unter den Bäumen den lustigen kleinen Mr Deecie, der mit Spaten und Hacke im Garten seiner Tochter zugange ist.

Ich sehe nur sein weißes Hemd, seine Hosenträger und seinen dunklen Kopf von oben. Er arbeitet mit jahrelang eingeübter Konzentration. Er hebt die Harke nach vorn, lässt sie auf die Erde fallen, zieht langsame, achtsame Linien zu sich heran. Manchmal steht er da und starrt auf den Boden.

***

Abend der Abende

Meine liebe Joan,

es sind noch Stunden, bevor Henry kommt, und ich setze mich auf die Chaiselongue, das letzte Möbelstück im Raum, nachdem sich der Rest längst auf dem vollen Speicher stapelt. Ich stelle meine Teetasse neben mich auf den Boden und beobachte den Himmel über den Bäumen hinter meinem Haus. Da sind zwei Höcker aus abgerundetem Holz, die vor dem offenen Fenster aufragen. Sie verwirren mich, aber nicht genug, um mich zu rühren, und als ich noch mal hinsehe, hat sich das Licht darauf verändert. Die Dämmerung kommt herauf. Ich habe geschlafen.

So ruhig. Die Unbeweglichkeit dieses Tages.

Was ist das? Wieder habe ich geschlafen.

Ich strenge meine Augen an, um in diesem Licht zu sehen, das jetzt anders ist, die rosigen Tassen, die Teelöffel, die kleinen perlmuttfarbenen Kuchengabeln, die Zuckerwürfel, die kleinen, unter zwei kleine Teller gesteckten Stoffservietten. Wer hat dieses Zeug so angerichtet? Ich etwa? Quatsch. Das war nicht ich. Ich, Eliza Peabody, wurde jahrelang benutzt, programmiert von den Toten, von Lancashire vor einem halben Jahrhundert. Von Annie Cartwright und ihrem ausgeprägten Sinn für ein geordnetes Leben, von ihrer Mutter, von idiotischen viktorianischen Sitten. Von Henry?

Der arme Henry. Ich vermute, diese Art archaische Inszenierung entspricht genau seinen Vorstellungen. Es war doch wohl nicht meine Idee, für Henry Porzellan auf ein Tablett zu stellen. Oder? Gefällt mir das etwa selbst? Salami und Schnaps für die steinalte Ingham, doch für die weitgereiste Mrs P. noch immer Tantchens Teetassen. Still. Horch.

Jetzt höre ich den fernen Dschungel, nach dem ich jeden Juni horche, dem Augenblick der Augenblicke. Dem Geschmetter und dem Düdeldüdel-tingeltangel des Parks. Er ist wieder da, Joan, der belanglose, heilsame Jahrmarkt. *Der Jahrmarkt ist da.*

So, der Sommer ist gekommen, und ich schließe die Augen und lausche der Musikkonserve aus den Lautsprechern, lausche dem Rasseln des Tamburins, dem Wummern und Vibrieren des Schlagzeugs.

Und dann ist da noch ein anderes Geräusch, ein Stampfen, dicht an meinem Ohr, und ich sehe, wie sich die beiden Holzklötze, die über dem Fensterbrett aufragen, plötzlich bewegen. Wummer wummer, klack klack. Sie wackeln heftiger, als kündigte sich ein Erdbeben an, vielleicht, oder wie bei einer der sexuellen Begegnungen, die das Fernsehen so liebt.

Ein kleiner Kopf taucht vor dem Fenster auf. Es ist der polnische Croupier auf Miss Inghams Leiter, die offenbar seit gestern Nachmittag vor meinem Fenster steht. Aufruf zum Einstieg. Die ganze Nacht lang. Warum ist er nicht gestern Nacht im Dunkeln zu mir gekommen?

Als er mich im Halbdunkeln dasitzen sieht, zuckt er mit dem Kopf zurück und die Leiter bebt. »Mein Gott«, ruft er. »Mein Gott.«

»Was fällt Ihnen ein – diese Leiter hochzuklettern?«

»Ich hatte sie gestern Abend hier stehenlassen. Ich hatte sie vergessen. Sie ist sehr verärgert. Ich musste nämlich rennen, um nicht den Zug zu verpassen, und dann die ganze Park Lane bis runter zum Casino.«

»Wieso sind Sie zurückgekommen?«

»Um die Leiter zu holen.«

»Man nimmt eine Leiter nicht von oben. Warum haben Sie nicht an der Tür geklingelt?«

Ich habe ihn verstummen lassen. Für drei Sekunden. »Ich bin gerade ums Haus gelaufen. Ich hab gesehen, dass das Fenster noch offen ist, und dachte, ich klettere eben hoch und mach es zu. Ich bin nicht sehr …« Er wankt.

»Sie sollten besser reinkommen.«

Er tritt über die Fensterbank und kauert sich vor meine Füße. Dünn wie eine Fliege. Es gibt keine dicken Croupiers. Es ist das Strecken und das Aufschaufeln, das Sensen und das Ansichnehmen. Wie ein Dirigent. Dirigenten und Croupiers leben ewig. Dieser Mann sieht aus wie der älteste und absonderlichste kleine Mann auf der ganzen Welt.

Ich strecke mich zur Lampe neben meiner Chaiselongue. Ich erhelle das, was es zu erhellen gibt – den goldenen Spiegel über dem Kamin, den goldgläsernen Tisch mit dem Telefon, und an die Wand gelehnt das Porträt von Henry dem Großen.

»Ist das ein Gainsborough?«

»Ein Schüler.«

»Dachte ich mir. Ich könnte Ihnen zwanzigtausend dafür organisieren.«

»Kennen Sie jemanden namens Barry?«

»Nein, es ist ein Mann in Epsom.«

»Die Welt ist ein Dorf.«

Er trägt schwarze Jeans und ein schwarzes T-Shirt, eine

Goldkette und schwarze Schatten auf den Wangen, Ringe an den hageren Fingern, saubere zierliche Nägel. Er sitzt mir zu Füßen. Er sieht mich von oben bis unten an.

Er sagt: »Ich beobachte Sie schon sehr lange, Eliza Peabody.«

»Wird's nicht Zeit, dass Sie zur Arbeit aufbrechen?«

»Heute ist mein freier Abend. Ich habe Sie so sehr begehrt. Ich begehre Sie jetzt so sehr.«

»Werden Sie nicht von Miss Ingham erwartet?«

»Miss Ingham ist jenseits aller Erwartungen.«

»Das sind viele von uns.«

»Sie nicht.«

»Woher wissen Sie das?«

»Ich weiß es einfach.«

Er umfasst mein linkes Fußgelenk mit Daumen und Zeigefinger wie ein Armband. Sein sehniger, schwarzer, uralter Arm. Er öffnet das Armband und bewegt es aufwärts. Er bewegt die Finger immer weiter mein Bein hinauf. »Wunderschön«, sagt er. »Endlos lange Beine.«

»Ich bin über fünfzig.«

»Ah – warten Sie mal, bis Sie sechzig sind. ›Eine sechzigjährige Frau ist ein Vulkan.‹ Wesker. Wunderschön. Alle Frauen sollten Strumpfhalter tragen. Strümpfe sind so sexy. Strumpfhosen sind was zum Kissenausstopfen.«

Die viktorianischen Antiquitäten auf dem Tisch – lass sie für immer los. Ich rühre mich nicht. Mir ist ein rätselhafter Befehl erteilt worden: Schlaf mit diesem grässlichen und lüsternen Croupier, Eliza Peabody, und du und Henry werdet einander wieder ins Gesicht sehen können. Das wird euer beider Rettung sein.

Über die Schulter des Croupiers hinweg werfe ich einen kühnen Blick auf den Großen Ahnen, und als der Croupier aufsteht, um das Licht zu löschen, strecke ich die Arme aus und ziehe ihn zu mir herunter.

Und eine Stimme sagt: »Was zum Teufel tust du da? Was soll das hier werden? Eliza – wieso sitzt du hier im Dunkeln?«

Henry steht in der Tür und schaltet beide Deckenleuchter an, und Satan flitzt davon.

Ja, endlich ist er hier.

Henry ist da.

Er marschiert hinüber zum Fenster und sieht hinaus. »Oh mein Gott«, sagt er, »Eliza, du bist verrückt. Diese Leiter! Hallo – da ist jemand im Garten, Jesses – hallo? Wer ist da? Hallo – kann ich Ihnen helfen?«

Von unten ist ein gedämpftes Geräusch zu hören. Henry sagt: »Ja? Bitte erklären Sie sich. Nein, Sie klettern jetzt natürlich nicht die Leiter hoch. Ich habe keinen Schimmer, was die Leiter da soll. Wenn Sie was zu sagen haben, kommen Sie bitte an die Küchentür.«

Ich sage – ächzend – ich bin sehr müde –: »Ach Henry. Nein.«

»Oh doch«, sagt er. »Ich dulde nicht, dass irgendwelche Leute in unserem Garten herumstreunen. Warte kurz, Eliza, ich kümmere mich drum.«

An der Gartentür wird geredet, und Henry kommt mit einer kleinen dunklen Gestalt zurück, der die Hände aus den viel zu weit wirkenden Hemdsärmeln hängen und die den Blick zu Boden gerichtet hat.

Es ist Mr Deecie.

»Verzeihung. Ich bin in Ihren Garten gekommen, Mrs Peabody«, sagt er. »Durch die Schwachstelle im Zaun.«

»Ist das ein Freund von dir, Eliza?«

»Oh ja – Mrs Peabody ist eine Freundin. Sie war auch eine Freundin meiner ...«

Ich frage: »Wo ist denn Mrs Deecie?«

»Mrs Deecie«, sagt er wieder, »Mrs Deecie ist …«

Ich denke, Henry wird gleich explodieren. Er wird die Beherrschung verlieren und den Mann aus der Tür prügeln.

»Mrs Deecie ist …«, und plötzlich tritt Henry nach vorn und legt Mr Deecie den Arm um die Schulter. Er sagt: »Schon gut, Sir. Ich hole Ihnen erst mal einen Drink. Setzen Sie sich …« Er sieht sich nach einer Sitzgelegenheit um, aber da ist nur die Chaiselongue, also geht er in die Diele und kommt mit einem Stuhl zurück. »Ganz ruhig, Sir. Setzen Sie sich doch.«

»Mrs Deecie ist verstorben«, sagt Mr Deecie. »Ich möchte Sie nicht belästigen. Ich hatte Kontakt aufnehmen wollen, aber ich sehe ja, dass es gerade nicht sehr günstig ist.«

»Aber natürlich ist es das«, sagen Henry und ich gleichzeitig.

»Nein. Ich bleibe nicht. Ich komme vielleicht noch mal vorbei. Eines Tages.« Er sieht sich verzweifelt nach einem Ausweg um und gleitet hinüber zum Fenster.

»Mr Deecie übernachtet bei seiner Tochter. Nebenan«, sage ich, und Henry sagt: »Dann begleite ich Sie nach Hause, und ich hoffe, wir können Sie überreden, morgen noch mal bei uns vorbeizuschauen.«

»Es ist erst letzten Mittwoch passiert«, sagt Mr Deecie. »Wissen Sie, eine Stunde und es war vorbei. Und die Beerdigung ging so schnell – Deborah ist so patent. Natürlich fand alles in Leicester statt. Deborah und Ivan waren da, und ich kann nur sagen, sie waren ein Fels in der Brandung. Ein Fels. Ich wünschte nur, Mrs Deecie hätte …« Sein Gesicht beginnt zu beben.

Henry sagt: »Kommen Sie, Sir, wir bringen Sie zurück zu Ihrer bildschönen Tochter.«

»Danke. Ja, bildschön. Danke, Mr Peabody, Sie sind sehr

freundlich. Ich würde mich freuen, wenn ich noch mal bei Ihnen vorbeikommen dürfte. Mrs Deecie hat Mrs Peabody sehr ins Herz geschlossen und auf dem ganzen Heimweg im Bus von ihr geredet. Aber es wäre mir sehr recht, wenn Sie den Vorfall für sich behalten würden, Mrs Peabody. Ich würde nicht wollen, dass Deborah von dem Besuch erfährt. Es würde vielleicht wie ein Punktsieg verstanden. Ja, danke sehr. Deborah ist ein reizendes Mädchen.«

Henry ist sofort wieder da und sagt: »O weh.«

Er geht zum Fenster mit der Leiter und dreht mir den Rücken zu.

»Neue Freunde?«

»Eigentlich nicht. Das waren die anstrengendsten Leute, die mir jemals begegnet sind, aber ach – sie strotzten vor Liebe. Ich kann's gar nicht glauben, sie war wie eine kleine Puppe, die man nie wieder hergeben will.«

»Du mit deinen Anhängern«, sagt er. »Du kannst es wohl immer noch nicht lassen, sie um dich zu scharen, was?«

Er steht mit dem Rücken zu mir. Ich hatte ganz vergessen, wie groß er ist. Was für breite Schultern er hat. Was für edle Kleidung. (Gieves and Hawkes? Sie ist neu.) Er steht mit dem Rücken zu mir, die Arme diagonal aufwärts zu den Ecken des Fensters ausgestreckt, den Kopf geneigt. Er lässt den Blick über den schattigen Garten schweifen wie Gottvater, der dem Paradiesgarten seinen Geist einhaucht.

»Die Iris sehen schlecht aus.«

»Ich hab sie nicht geteilt.«

Er lässt eine Hand auf die oberste Sprosse der Leiter fallen, schüttelt sie, dann schiebt er die Leiter von sich weg und zur Seite. Sie verschwindet und fällt mit einem dumpfen Geräusch ins Gras.

»So was darf man nicht rumstehen lassen, viel zu gefährlich. Ich hoffe nur, sie steht da nicht schon den ganzen Tag. Du solltest wirklich vorsichtiger sein.«

»Es war gestern. Hier standen überall Leitern. Ich dachte, du kommst vorbei. Ich bin weggerannt. Ich hatte mich ausgesperrt. Du bist nicht gekommen.«

»Immerhin ging von Mr Deecie wohl keine Gefahr aus.«

Er dreht sich um und lächelt. Er sieht niedergeschlagen aus, aber ich erinnere mich an das Lächeln. Ich sehe all unsere gemeinsamen Jahre. »Es ist ein schöner Abend«, sagt er. »Ich glaube, ich höre den Jahrmarkt.«

»Ja.«

»Es ist also Sommer. Der erste Juni.«

»Es ist der dritte. Es ist immer der dritte. Du hast es vergessen.«

»Nein.«

»Am ersten Tag des Jahrmarkts haben wir erfahren, dass ich schwanger war.«

»Ja, ich weiß.«

Er entfernt sich von mir, nimmt seine Brille ab, streicht sein weiches Haar zurück. Was habe ich bloß mit dem Ziegengesicht gemeint? Nie im Leben.

»Deine Haare sind ganz schön lang.«

Er sagt: »Deine Haare sind lang.«

»Meine werden grau. Ich sollte irgendwas dagegen unternehmen.«

Beide sehen wir auf das Tablett, und er sagt: »Ich hol uns einen Drink.«

»Nein.«

»Hast du die Rosen bekommen?«

»Ja. Danke.«

»Welche Farbe hatten sie?«

»Gelb.«

»Gut. Ich habe ausdrücklich gesagt, Gelb. Bloß kein Rosa, habe ich gesagt. Sind das etwa die Lancashire-Tassen? Wo hast du die denn ausgegraben? Ich dachte, die hätten wir längst entsorgt.«

»Ich habe sie bei den anderen Sachen gefunden. So wie Annies Handarbeitsbeutel. Der kirschrote.«

Er sagte: »Du wusstest es, oder?«, und ich sagte: »Ja, ich habe es immer gewusst.«

Die ferne Musik rauscht über uns herein wie die Flut, und ebenso zieht sie sich zurück. Er sagt: »Es kommt eine leichte Brise auf.«

Irgendwann sagt er: »Ich muss dir noch was anderes erzählen. Annie ist gestorben.«

»Das wusste ich nicht. *Wann?* Das wusste ich nicht! *Wann?* Wieso? Niemand hat mir was gesagt!«

»Vor acht Jahren.«

»Acht! Vor acht Jahren? Aber sie war so jung, nur zwei Jahre älter als ich – was – fünfundvierzig?«

»Sie war nicht gesund ... Seit dem Kind. Sie war zu alt für ein erstes Kind.«

»Annie? Annie, ein Kind – niemals. *Niemals!* Annie wollte nie Kinder, und Basil auch nicht. Wie ist denn Basil bloß damit zurechtgekommen?«

»Basil war über ein Jahr vorher gestorben.«

Ich sage (rechtzeitig): »Ach so. Verstehe.«

»Wir konnten – wir haben es dir nicht gesagt.«

»Verstehe.«

Der Wind frischt auf, und der Jahrmarkt klappert vor sich hin.

Er sagt: »Ich mach mal das Fenster zu.«

Er sagt: »O Gott.«

»Und das Kind war …?«

»Ja. Es war. Sie ist. Sie ist zu Pflegeeltern gekommen. Hat sich sehr gut eingelebt in Amerika. Sehr glücklich. Sie heißt Joyce.«

»*Wie* heißt sie? Sie heißt Joyce? Ihr habt sie doch wohl nicht *Joyce* genannt?«

»Nach Annies Mutter. Tut mir leid. Ich war nicht ich selbst.«

»Das kann man wohl sagen. Na ja, was soll's. Wahrscheinlich warst du's doch. Ich denke, ich war es, die nicht sie selbst war.«

»Oh, Eliza, du weißt nicht, wie eifersüchtig sie auf dich war. Wie du ihr Angst gemacht hast. Du warst so klug, so selbstsicher. Sie hatte das Gefühl, du verachtest sie. Hättest sie immer verachtet. Und kritisiert.«

Und ich bin so gefasst und so kühl, dass ich mich mit ruhiger Stimme sagen hören kann: »Hast du ein Foto?«

Er reicht mir eins und hält sich schützend eine Hand vor die Augen, als ob das Bild des Kindes gefährlich wäre, wie ein Laserstrahl. Ich sehe ein sorgloses, kräftiges Mädchen, das zwischen zwei freundlichen Amerikanern sitzt und ihnen sehr ähnlich sieht, nur dass sie mein gekräuseltes rotes Haar und meine schwarzen Augenbrauen hat. Henry hat jetzt beide Hände vors Gesicht geschlagen wie in einem viktorianischen Roman. Ich sage: »Ich gehe davon aus, dass das alles wahr ist? Ich habe in letzter Zeit ein bisschen Probleme mit Wahrheit und Nicht-Wahrheit.«

Er blickt hoch und ich sehe, dass das alles wahr ist.

Ich sage: »Könntest du mir bitte noch mal erzählen, wie es wirklich war?«, und er sagt: »Ach Gott, Eliza.«

Ich sage: »Sie hat sehr leuchtende Augen. Wie kleine Kohlestückchen. *Joyce!* Henry, wie ***konntest*** du nur?«

Dann endlich frage ich: »Vermisst du sie?«

»Annie? Nein, ganz und gar nicht. Das ist ja das Schlimme.«

Ich sage: »Henry Peabody, Lektor. Gemeindevorsteher. Die ganzen Gebetsversammlungen.«

Er sagt: »Ich liebe dich. Ich habe nie damit aufgehört. Es war, weil du gegangen warst. Du bist gegangen, als das Baby ging. Du hast mich verlassen, obwohl du nie ausgezogen bist.«

»Du warst es, der die Betten getrennt hat.«

»Das war Jahre später. Als du offenbar verrückt geworden warst.«

»Kann schon sein, dass ich ein bisschen verrückt war. Es war die beste Möglichkeit, damit umzugehen. *Joyce!*«

»Lizzie, woher wusstest du es? Erst wollte ich, dass du es niemals erfährst. Dann – wollte ich unbedingt, dass du es erfährst.«

»Du musst mich ja für ziemlich labil gehalten haben«, sage ich. »*Wie* alt ist Joyce?«

»Sie ist – also, sie ist elf. Ich glaube, auch ich war verrückt. Ich dachte, du wärst für immer gegangen. Wir haben ja nicht mehr miteinander geredet.«

Das Telefon klingelt, ich gehe hin und nehme ab und es ist Mutter Ambrosine, die sagt: »Eliza, Liebes, könnten Sie kommen? Jetzt sofort?«

Henry steht auf dem Bürgersteig neben dem Auto. Ich sitze am Lenkrad und er tippt gegen die Scheibe. Ich lasse das Fenster runter, sitze da und starre geradeaus.

»Ich habe hin und her überlegt, wie ich's dir sage. Jahrelang. Ich hab's getan, und Schlimmes angerichtet.«

Ich sehe ihn an und erinnere mich an gar nichts mehr von ihm. Als ich mich endlich doch wieder erinnere, sage ich: »Was denn, sich in Annie Cartwright zu vergucken und ihr ein Kind zu machen? Ach, Henry – guck nicht so *traurig*. Werd erwachsen. Ich muss los.«

»Aber wohin denn? Warum? Du kommst doch wieder? Lizzie – ich will dich zurückhaben. Ich will mit dir zusammen sein. Du weißt, dass es nie anders war. Du warst es, die mich verlassen hat.«

Ich versuche, mich zu konzentrieren, doch der Wind weht die Jahrmarktsgeräusche umher. Ich sehe Tränen in den Augen des armen Henry. Meine Hände sind schwer, aber ich hieve die eine aufs Lenkrad und lasse die andere auf den Schaltknüppel fallen. Ich sage: »Versprich mir, dass du morgen wiederkommst.«

»Kann ich nicht jetzt schon bleiben? Heute Abend? Bist du lange weg? Versprichst *du* mir, dass du wiederkommst?«

»Ich bin nicht lange weg, und jetzt geh. Komm nicht vor morgen nach Hause. Wir unterhalten uns morgen. Geh heute Abend zurück in deine Wohnung.«

Mit todunglücklicher Miene rennt er neben dem Auto her, und ich halte noch mal an. »Ich geh mit Toby«, sagt er. »Dann musst du nicht, wenn du zurückkommst.«

»Henry – es reicht!«

»Sieh mal, du weißt, dass ich nichts von dir verlange. Joyce ist gut versorgt. Es wäre grausam, sie jetzt umzutopfen. Du würdest es nicht dulden und ich auch nicht. Ich weiß, wie sehr Annie dir verhasst war.«

»Annie war mir verhasst?«

Ich frage mich, was in aller Welt er damit meint. Wenn es wahr ist, dann habe ich gesündigt. Hass ist schlimmer als Betrug, schlechter zu tilgen, vor allem Hass auf die Toten. War mir Annie verhasst? Ich war eifersüchtig auf sie, von Anfang an, aber war sie mir verhasst?

Ich kann nicht denken, denn der Jahrmarkt wummert vor sich hin, und als ich den Park erreiche, sehe ich ihn flitternd und wirbelnd von Lichtern und Geräuschen, und die Menschen ziehen in Kolonnen darauf zu, stolpern dabei über die Grasbüschel. Man hört Rufe und Gelächter und Pfiffe. Kinder rennen, ohne auf ihre Eltern zu hören, die ihnen hinterherrufen, dass sie im Dunkeln aufpassen sollen.

Ich fahre den römischen Weg hinauf, und dort vor dem Eingang des Hospizes sehe ich etwas Weißes. Ich stelle den Wagen ab und Mutter Ambrosine kommt mir entgegen und nimmt mich an den Händen. Wir stehen da. Der Jahrmarkt ist jetzt nur noch schwach zu hören. Julius Caesars Tannenbäume rühren mit ihren Wipfeln in der Luft und werden vom Hospiz weg und Richtung Festlichkeiten geweht. Hier in der Gegend ist alles ruhig.

»Sie sind einen Moment zu spät. Am Ende ging es ganz schnell und friedlich. Wofür wir alle so lange gebetet haben.«

»Immer komme ich zu spät.«

»Nein. Unsinn. Sie waren immer bei ihm. Ob Sie im Raum waren oder nicht, Sie waren immer in seinen Gedanken. Kommen Sie und beten Sie ein bisschen. Wir gehen in die Kapelle.«

»Nein. Gleich. Das mach ich gleich. Kann ich ihn sehen?«

»Auf keinen Fall. Er ist weg. Sie können die Leiche sehen, wenn Ihnen makaber zumute ist. Oder heidnisch. Aber Barry ist schon woanders. Er ist weit weg. Auf dem Weg in den Himmel. Vielleicht ist er schon da.«

»Ich kann an das alles nicht glauben.«

»Na schön, dann gehen Sie und sehen Sie selbst. Sie werden sehen, dass er weg ist. Gehen Sie kurz hinein. Möchten Sie, dass ich Sie begleite?«

»Nein. Könnte ich allein gehen?«

»Natürlich.«

Barry sitzt am Fußende seines Bettes auf dem Stuhl, auf dem meist ich sitze, und wirft einen Blick auf seine Armbanduhr. Er sieht so wundersam gesund aus, dass ich für einen kurzen Moment nicht glauben kann, dass er es ist. Er trägt einen Kampfanzug, und neben ihm auf dem Boden ist ein sehr dickes Bündel. »Na endlich«, sagt er. »Wo waren Sie? Ich hab mir schon Sorgen gemacht.«

»Henry ist aufgetaucht.«

»Na toll.«

»Nein, hören Sie zu. Er hatte eine Affäre mit meiner schrecklichen Cousine Annie. Vor Jahren. In Washington, glaub ich. Es gab ein Baby. Er hat sich nie getraut, es mir zu sagen.«

Barry strahlt vor Vergnügen und sagt lachend: »Aber sich einen Baby Belling ins Haus holen! So, altes Haus – geht's los?«

»Ja, natürlich.«

Keiner von uns beiden beachtet die schmale Gestalt auf dem Bett unter dem Laken und über ihr das Kreuz an der Wand. Ich entriegele das Doppelfenster und wir steigen hindurch. Barry saugt die sommerliche Luft in seine Lungen. »Ich hab nicht viel Zeit«, sagt er. »Wo ist das Auto?«

Wir düsen die Straße hinunter, und Barry balanciert sein Bündel auf den Knien. Er redet nicht. Es ist viel Verkehr auf der Hauptstraße entlang des Parks, und die Scheinwerfer der entgegenkommenden Autos blenden uns. Ich sage: »Alles in Ordnung? Sie haben keine Angst?«, aber ein Blick auf sein strahlendes junges Gesicht genügt und ich sage: »Verzeihung. Ich muss verrückt sein.«

Er sagt: »*Queen of the Tambourine.* Königin der Tangerine und Nektarine und Aubergine. Königin des Glockenspiels und der Maultrommel. Königin der Nacht – wo gehen wir drauf, wenn wir da sind?«

»Aufs Riesenrad?«

»Aufs Riesenrad.«

Wir parken. Es ist nicht leicht, denn überall stehen Autos. Als wir endlich unterwegs sind und der Jahrmarkt vor uns auftaucht, stolpere ich immer wieder über die Boa-constrictor-Kabel unter unseren Füßen. Wir halten an, um beim Pfannenflitzer zuzusehen – metallene Eier, die sich in der Horizontalen um eine Achse drehen, zwei Gesichter pro Ei. Wir sehen uns die Goldenen Pferde beim Galoppieren an. An der Schießbude knallt es, aus der Geisterbahn kreischt es. An der Wurfbude geht Geschirr zu Bruch. Die Karussells rattern und die Autoscooter surren und die kleinen Tretautos drehen unaufhörlich ihre Runden. Die Kinder wirbeln auf dem Kinderkarussell und die Eltern lächeln.

Ich kaufe zwei Tickets fürs Riesenrad und schnalle mich fest. Barry nimmt neben mir Platz. Und dann geht es aufwärts, erst ruckelnd, Schritt für Schritt, während andere unten festgeschnallt werden. Als alle Abteile gefüllt sind, jedes Glöckchen des Tamburins, beginnen wir uns gleichmäßig immer höher und höher hinaufzubewegen und immer schneller und schneller, dann tiefer und tiefer, und bald rollen wir rasant und vom Wind gepeitscht dahin. Unter uns liegt der ganze ausgekippte Elektroschmuck des Jahrmarkts, dahinter das Dunkel des Parks, dahinter die Landkarte der erleuchteten Welt. Wir drehen uns im warmen Wind und werden uns ewig so weiterdrehen.

»Nanu«, sagt Barry. »Was ist denn jetzt los?«

Es hakt. Es hängt, das Riesenrad ruckelt und bleibt fast stehen. Dann fährt es wieder los und wir drehen uns geschmeidig im Kreis.

Dann knirscht es, und das Rad rüttelt und schüttelt sich. Es wird langsamer und bleibt stehen und sämtliche Lichter auf dem Jahrmarkt gehen aus.

Wir sitzen da, und erst ist es ruhig, aber dann weht Geschrei und Gekreische zu uns hinauf. Unser kleiner Buggy, unser Abteil, balanciert am Scheitelpunkt des Rades, Punkt zwölf, und der Wind bläst durch die Streben unter unseren Füßen und klappert und klagt. Wir sehen hinauf in die Sterne und in die gewaltige Nacht.

»Am besten packen Sie jetzt aus«, sagt Barry.

»Muss das sein?«

»Das ist Ihnen doch klar.«

Also sage ich:

»Es gibt keine Rathbone Road 34. Es gab sie mal, aber sie ist vor Jahren zerstört worden, im Krieg, durch eine Bombe. Die Ruine stand jahrelang da, und ich erinnere mich, wie sie abgerissen und planiert wurde. Das Grundstück wurde von den Leuten in den Häusern zu beiden Seiten gekauft. Dulcie und Dickie fügten ihrem Haus je eine Hälfte hinzu. Ihre Gärten sind größer als die anderen in der Straße.

Seit 1941 hat keine Familie in der Nummer 34 gewohnt, und weiß Gott, wer sie waren. Ich habe ›Joans‹ gesamte Familie erfunden – Charles und Sarah und Simon. Sie waren die Familie, die ich gern gehabt hätte. Keine Sarah hat mich jemals aus Oxford angerufen und um Hilfe gebeten. Wohl bin ich eines Tages zu einer imaginären Sarah nach Oxford gefahren. Sie wohnte in meinem alten Zimmer. Ich habe es mir angesehen. Dann bin ich zwischen den anderen Colleges herumgelaufen – es gab keinen Professor Hookaneye: keine Ahnung, wo der hergekommen ist. Wohl habe ich meine alte Tutorin Mable Pye besucht, aber ich fürchte, ich war ihr viel zu schwierig. Ich bin einfach mit dem Zug wieder nach Hause gefahren.

Es gab keinen Kurden. Es gab keinen Tom Hopkin, auch wenn ich's mir gewünscht hätte. Vielleicht war er der Geist meines geliebten Henry aus früheren Zeiten. Ach ja, und es gab keinen – nur noch dieser eine – Jogger, der ständig durch die Gegend rennt, Miss Inghams Croupier. Zumindest vermute ich, dass *er* echt ist, nur ist er nie durch mein Fenster geklettert, um mit mir zu schlafen.«

»Sie haben mir nie von ihm erzählt.«

»Und es gab keinen Hund. Keinen zweiten Hund. Nur meinen eigenen Hund, meinen und Henrys Hund. Es gab keinen Simon, der das dämonische Gelächter in der Kirche veranstaltet hat.

Die Briefe an Joan habe ich nie abgeschickt, bis auf die ersten paar – Gott weiß, wo die gelandet sind. Ich habe keinen Absender angegeben. Wahrscheinlich lösen sie großes Rätselraten in allen möglichen Botschaften aus. Die restlichen Briefe sind in meinem Schreibtisch oder fliegen im Haus herum. Ich glaube, ich habe Ihnen fast alles erzählt, was drinsteht, auf die eine oder andere Art. Ich werde sie jetzt verbrennen. Sie sind ziemlich krank.«

Mehr und lautere Schreie wehen jetzt von der Erde hinauf, und Geräusche, die von Feuerwehr und Polizei stammen könnten. Ich sehe hinaus über die Seite unseres kleinen Sitzes und sage: »Ich hätte heute fast ein Baby ertränkt.«

»*Eliza* – seien Sie vorsichtig.«

»Schon gut. Es ist wahr. *Das* ist wirklich passiert. Ich hätte fast ein Baby getötet. Im Teich. Passiert mir aber nicht noch mal.«

»Und warum nicht?«

»Weil Henry zurückgekommen ist. Wir haben uns laut miteinander unterhalten statt im schrecklich unausgesprochen Geheimen. Ich bin jetzt wieder im Lot.«

»Gut, Eliza, dann erzählen Sie mir, was sonst noch alles wahr war.«

»Na ja, alles andere ist ›wahr‹. Das heißt, alle in der Rathbone Road sind wahr, bis auf Nummer 34. Miss Ingham ist wahr, die Gargerys, die Robins, die Baxters und Lady Gant. Deborah von nebenan, Bernard und Lola – wobei ich glaube, die Tochter habe ich mir ausgedacht. Angela war wahr, o ja. Auch Bella und das Ganze mit den unverheirateten Müttern und den Shires und dem Kaplan. Und den Penumbras.«

»Nick Fish?«

»Aber natürlich ist er wahr, und Vanessa und die Kinder und die vermisste Granny in Bangladesch. Die hätte ich mir nicht ausdenken können, sie gibt überhaupt nichts her für eine Geschichte. Und außerdem – Sie kennen Nick Fish doch selbst. Ach ja, und Pixie Leak und der Schreibkurs sind echt.«

»Da bin ich aber froh. Sie haben einen dunklen Tag leichter gemacht.«

»Das waren sie alle, glaube ich.«

»Na dann«, sagt er, »erzählen Sie mir den Anfang.«

»Wird langsam kalt hier oben.«

»Kommen Sie.«

»Ich kann nicht. Mir ist zu kalt. Ich kann nicht denken.«

»Sie müssen.«

»Ich habe keinen Mantel dabei. Ich bin einfach rausgerannt, als Mutter Ambrosine anrief. Ich bin zu Ihnen gerannt.«

»Jetzt schmieren Sie mir keinen Honig um den Bart. Heute Abend werden Sie geheilt werden, oder nie.«

Ich verschränke die Arme und stecke mir die Hände unter die Achselhöhlen. Ich stöhne und wanke. Ich sehe hinunter in die Dunkelheit.

»Nach dem vierten Monat begann ich das Baby zu verlieren. Das ist jetzt über zwanzig Jahre her. Ich war 31. Henry war im Ausland. Ohne mich. Er hatte schon angefangen, ohne mich zu fahren, obwohl keiner von uns sehr glücklich damit war. Er war weit weg. In Indien. Ich rief den alten Doktor Saint Thomas, den Vater dieses Doktors, der ihm sehr ähnlich war. Er sagte: ›Nun, wir können wirklich sehr wenig tun. Es ist viel besser, wenn sich diese Dinge von allein regeln, wissen Sie. Die Natur macht das auf ihre Art, wenn irgendetwas nicht stimmt.‹

›Wir haben es jahrelang probiert.‹

›Sehr bedauerlich.‹

›Könnte ich ins Krankenhaus?‹

›Ich denke nicht, dass es einen Unterschied machen würde, wissen Sie.‹

›Muss ich im Bett bleiben?‹

›Nun, Sie könnten im Bett bleiben. Sie könnten aber auch aufstehen. Am Ende, möchte ich sagen, wird es sich nicht viel nehmen. Aber wir wollen den Kopf nicht hängen lassen. Vielleicht bleibt es Ihnen ja. Machen Sie es, wie Sie wollen. Bleiben Sie im Bett oder stehen Sie auf. Was immer sich richtig anfühlt. Sie sind aber nicht allein zu Hause?‹

›Doch, schon.‹

›Ah, nun ja, macht nichts, in der Praxis ist immer jemand zu erreichen.‹

Zehn Tage später rief er wieder an. Noch immer krauchte ich blutend umher. Ich hatte Henry nicht geschrieben, er wäre so schrecklich unglücklich gewesen und vielleicht bestand ja gar kein Grund zur Sorge. Am nächsten Tag hatte ich leichte Schmerzen und rief in der Praxis an. Die Sprechstundenhilfe sagte, sie glaubte, der Doktor habe mit dem Krankenhaus gesprochen, doch zurzeit gebe es kein freies Bett. Doktor St Thomas rief später zurück und sagte: ›Zähne zusammenbeißen. Zähne zusammenbeißen. Nil desperandum.‹

Gegenüber war mein liebster Platz, der Garten hinter der Ruine, Nummer 34. Etwa ein Jahr lang hatte ich das Gefühl gehabt, er gehörte mir. An fast allen Mauern wuchs wilder Wein. In diesem Oktober färbte er sich blutrot und schickte seine langen hübschen Finger über die Fensterscheiben. In den Zimmern standen sogar noch einzelne Möbelstücke. In einem gläsernen Raum auf der Seite des Hauses befand sich ein Ballsaal wie zu viktorianischen Zeiten …«

»Das ist jetzt aber nicht schon wieder ausgedacht, Eliza, oder?«

»Du bist jung, Barry. Es gibt noch Häuser mit Ballsälen. In den meisten davon wohnen heute die Großmütter. In diesem Ballsaal stand ein Stapel Stühle voller Spinnweben. Sie waren goldfarben. Klapprig. Es sah aus, als habe man das Ende der Welt gefeiert und dann sei das Haus eingestürzt.

Ach, ich liebte den Garten. Er war vollkommen verwildert. Es hatte mal eine geflieste Terrasse gegeben, aber die war kaum noch zu sehen. Der alte Rasen war zottelig und uneben wie eine Wiese, und Kletterrosen hatten die Obstbäume fast erdrosselt. So spät im Jahr noch wurde man von Blüten überrascht, unglaublich leuchtend und kühn.

Am hinteren Ende des Gartens unter den Bäumen stand ein Sommerhaus mit einigen spröden Korbmöbeln. Dahinter im Sonnenschein in einer eigenen Mulde stand eine Reihe schadhafter Bienenstöcke. Man war umgeben von Häufchen aus toten schwarzen Bienen. Sie sahen aus wie schwarze Johannisbeeren. Ein neuer Schwarm hatte diesen Stock besetzt und räumte singend und läuternd die alte Wabe aus. Vom oberen Teil des Gartens sah das halbe Haus mit seinem einen betrunkenen Auge hinunter durch die Stränge aus wildem Wein. Auf der Terrasse, oder was noch davon übrig war, grünten dicke süß duftende Büschel Katzengras und Lavendel. Selbst jetzt noch, so spät, blühten Rosen mit fleißigen Bienen darin.

Ich hatte mich mit meinen Rückenschmerzen im Bett herumgequält. Die Schmerzen kamen und gingen. In der Straße war es still. Ich stand auf und schlüpfte in meinen Morgenmantel und ging über die Straße. Die Terrasse auf der Rückseite des Hauses war sonnig und warm. Ich warf einen Blick in die verlassenen Räume, den geisterhaften Ballsaal. Ich stellte mir Leute dort vor, Leute wie meine Eltern. Ich stellte sie mir draußen auf der Terrasse in der Dämmerung vor, mit einem Cocktail in der Hand. Angezogen wie Noël Coward. Gelächter. Ich verließ die Terrasse und betrat den Rasen. Ich kam am Sommerhaus vorbei. Ich gelangte zu den Apfelbäumen. Kleine purpurrote Äpfel. Sehr hart und bitter. Sehr hübsch. Erst hielt ich mich an einem der Bäume fest, dann an einem anderen und dachte, sollte es das jetzt sein? Niemand hatte mir gesagt, dass im gerade mal vierten Monat richtige Wehen einsetzen würden. Ich hatte gedacht, es wäre schnell vorbei.

Dann war es vorbei. Am Ende war es doch schnell passiert. Oder zumindest war es teilweise vorbei, denn dieses Etwas, dessen ich mich entledigt hatte, mit seinen kleinen Händen, war ja noch an meinem Körper befestigt. Nassgeschwitzt lag ich da, und hinter dem Bienenstock tauchte eine alte Schildkröte auf und kam direkt auf mich zu. Sie sind nicht langsam, wissen Sie. Überhaupt nicht. Sie kam sogar relativ schnell. Sehr gerade auf ihren langen obszönen Beinen mit den scharfen Krallen. Sie hob ihren Schlangenkopf in die Luft. Sie hatte den gemeinen kleinen Mund eines alten Mannes. Schwarze Stecknadelaugen. Auf Zehenspitzen kam sie an.

Also schrie ich und versuchte sie wegzutreten, aber sie kam weiter auf mich zu und die Bienen summten in den schmerzhaft gleißenden Dahlien.

Ich wurde bewusstlos. Ich hatte meine Haustür gegenüber offen gelassen, und am Ende – am frühen Abend, glaube ich – wurde ich gefunden. Henry flog nach Hause. Er hätte bezaubernder nicht sein können. Ich glaube, er und der Doktor haben sich ausgetauscht. Aber ich fragte nicht nach. Ich weiß, dass da irgendetwas war, aber egal.«

»Sie müssen weitererzählen.«

»Ich glaubte. Ich glaubte – sie hätten. Ich hatte gelesen, dass Föten für die Forschung verkauft werden. Ich hörte den Doktor sagen, meiner sei besonders vollkommen gewesen.«

»Das glaub ich gern.«

»Ich hätte nachfragen müssen. Man hätte mich fragen müssen.«

»Denken Sie nicht mehr dran, Eliza.«

»Sie haben mir nie gesagt, welches Geschlecht es hatte. Auch da habe ich nicht nachgefragt. Ich weiß es bis heute nicht. Ich habe niemandem von der Schildkröte erzählt. Es sind harmlose Geschöpfe. Pflanzenfresser, glaube ich – ich habe mich nie richtig getraut, es herauszufinden. Es waren die Klauen. Dennoch weiß ich, dass niemand schuld war. Es war kaum der Rede wert im Vergleich zu dem, was unsere Vorfahren … So ist das Leben. Es waren gewaltige Klauen. Das ist alles wahr, Barry.«

»Es ist alles wahr«, sagt er. »Und es ist alles vorbei. Und Sie sind entwirrt.«

»Barry – sind *Sie* wahr?«

»Immer schon gewesen. Ich war waschecht, seit unserer ersten Begegnung im Hospiz. Ein bedauernswertes Exemplar, aber aus Fleisch und Blut. Nützt nur nichts mehr.«

»Es nützt so viel. Werde ich Sie jemals wiedersehen, Barry?«

Er ist nicht im Geringsten verblasst oder ausgefranst, sondern auf brillanteste Weise präsent. »Ich werde immer irgendwo bei Ihnen sein«, sagt er und ist weg.

Der Platz neben mir ist leer. Bündel und junger Mann sind verschwunden. Ich berühre das Polster. Es ist uneingedrückt und kalt. Ich nehme die schrecklichen Ohrringe, die ich im indischen Laden auf der Putney Bridge gekauft habe, wo auch das Kleid und die Süßigkeiten her sind. Ich lege sie auf den Sitz. Die letzte Spur, der letzte Atemzug von Barry zeigen sich einverstanden. Das allerletzte Flüstern von ihm sagt: »Wenn Sie nach Hause kommen, denken Sie dran. Es wird noch eine Sache geben, der Sie sich stellen müssen. Etwas Schwieriges. Das aber nur mit dieser letzten Stunde zu tun hat.«

Das Riesenrad schüttelt sich. Ein krachendes Schaudern. Die Lichter des Jahrmarkts springen wieder an und die blecherne Musik beginnt zu spielen. Schritt für Schritt, langsam und mit Samthandschuhen holt man uns alle aus unseren Nestern, hilft uns mit großem Gewese heraus. Es hat sich eine Menge versammelt. Feuerwehrleute schreien herum. Irgendwer legt mich flach auf den Rücken ins Gras, und ich liege da, alle viere von mir gestreckt.

Ich höre aufgeregte Stimmen, blicke zur Seite und sehe Füße. Vier davon gehören zwei Wachen, jede mit einer Fackel Zuckerwatte in der Hand, die fast so groß ist wie ihr Träger. Die Wachen rennen davon. Sie kommen zurück und ich sehe inmitten ihrer Füße eine größere Gestalt und ein Paar schmutzige Turnschuhe mit einem kaputten Schnürsenkel. Die Wachen fallen neben mich auf die Knie und Amanda streicht mir über den Kopf. Über Nick Fishs Schulter lugt das Baby wie Pfeile aus einem Köcher.

»O nein«, höre ich den Vikar rufen. »Es ist Eliza Peabody!«

***

Morgen der Morgen

Sie schafften mich nach Hause, liebe Joan, aber ich bin nicht ins Bett gegangen. Ich habe ein Bad mit Duftseife genommen und ein paar Erdbeeren gegessen, die ich vor meiner Tür fand, mit einem Brief von dem Mann, der alles hat. Mein Hund war lieb zu mir, treuer verwirrter Hund. Ich werde für ihn die Teppiche zurücklegen, und die Möbel und die Kissen. Leidgeprüftes, nettes Tier.

Die kurze Juninacht hindurch, die nie so richtig dunkel zu werden schien, lag ich im Wohnzimmer, mal schlief ich und mal nicht. Irgendwann, nachdem ich wahrscheinlich geschlafen hatte, stellte ich mich Barrys letztem Befehl und sagte laut: »Und schließlich gab es natürlich kein Gespenst.«

Ja, und dann habe ich wohl geweint, bin aber wieder eingeschlafen und gegen vier Uhr morgens vom herrlichen Chor der Sommervögel aufgewacht, und ich hatte meinen Frieden gefunden.

Als es hell war, schaute ich rüber, um zu sehen, ob er das Foto auf dem Kaminsims liegengelassen hatte, und ich fragte mich, ob ich ihm, wenn ja, vergeben könnte. Aber dem war nicht so. Ich fragte mich, ob ich mich trauen würde, in die Diele zu schauen, um nachzusehen, ob die Tasche mit den schmutzigen Hemden da war. Ich traute mich nicht. Aber ich lachte. Dann ging ich wieder schlafen.

Richtig aufgewacht bin ich kurz vor sechs, und ich lief steifbeinig durchs Zimmer und sah hinaus auf die Straße und seine taubenetzten Gärten. Ich sah dorthin, wo Nummer 34 stand. Nichts. Ich untersuchte meine sauberen Fingernägel, schmale weiße Bögen.

Der Zeitungsjunge bretterte die Straße rauf und runter, seine Füße klatschten über die Treppenstufen, klapperten am

Tor und verschwanden in der Ferne. Ein leises frühes Auto glitt verlegen vorbei. Dann kam von oben auf der Straße der alte Bernard auf seinem Fahrrad, die Knie angewinkelt wie ein Grashüpfer, unterwegs in den Park für seine tägliche Meditation über das Rätsel seines Fortbestehens. Er drehte den Kopf nicht in meine Richtung, hob jedoch eine Hand zum Gruß. Ich fragte mich, ob er eine Art Zeichen war.

Mit Sicherheit nicht, denn wir brauchen keine Zeichen. Wir brauchen keine Extras, keine Tickets oder Etiketten oder Schildchen. Dulcie hat unrecht – es reicht eben doch, einfach nur »zu sein«. »Und Zeichen tauchen erst dann auf, wie mir scheint«, sagte ich in den Raum, »wenn man sie gar nicht mehr nötig hat.«

Während ich das sagte, wurde der Raum hinter mir vollkommen still, und ich drehte mich um und sah das Telefon auf dem goldgläsernen Tisch an. Schließlich begann es zu klingeln.

»Oh, hallo«, sagte eine Stimme. »Entschuldige, es ist noch sehr früh. Hier ist Joan.«

***

Rathbone Road 34
London, S.W.
1. Juli 1990

Meine liebe Joan Fish,

bitte verzeih, dass ich dir so lange nicht mehr geschrieben habe. Dein frühmorgendlicher Anruf muss jetzt etwa zwei Wochen her sein – vielleicht länger –, und ich schäme mich. Ich bin sehr beschäftigt und sehr glücklich und das ist meine einzige Ausrede, und eine, für die du bestimmt Verständnis hast.

Es war eine entzückende Überraschung, von dir zu hören,

und nein, natürlich war es keineswegs zu früh. Henry und ich haben so viele Jahre im Ausland gelebt, und wenn wir Ahnung von etwas haben, dann von Zeitverschiebungen. Ich war ohnehin schon auf den Beinen.

Und ich war so geschmeichelt, dass Lucien mich »empfohlen« hatte. Ich fürchte, ich bin ein recht altes Au-pair, aber ich bin sicher, dass ich durchhalte, bis Vanessa in ihr Nest zurückkehrt. Ich bin froh, dass Lucien dich überzeugt hat, dass ich die Richtige bin, wobei er wahrscheinlich imstande wäre, jeden von allem zu überzeugen. Allerdings hat er dir, befürchte ich, vielleicht nicht erzählt, dass ich bisher sehr wenig mit Kindern zu tun hatte und keine eigenen habe.

Deine Enkel und ich verstehen uns aber wirklich sehr gut, auch wenn mir völlig klar ist, dass ich nur eine Vertretung für Vanessa bin, und sehr vorübergehend, denn ich bin sicher – absolut sicher –, dass sie zurückkommen wird. Sie ist unstet, aber nicht verantwortungslos. Sie liebt ihre Familie, und ihre Familie vergöttert sie. Und wenn sie dann zurückkommt, werde ich Nick überreden, sie den Nonnen im Park vorzustellen, die mal von unschätzbarem Wert für mich waren, als ich ein wenig niedergeschlagen war.

Jetzt muss ich dir erzählen – aber bitte, keine Panik –, dass ich demnächst mit meinem Mann nach Amerika fliegen werde, wo ich meine einzig lebende Verwandte kennenlernen soll, die außerdem meine Stieftochter ist. Ich werde nicht fahren, bevor bei der Familie Fish wieder alles beim Alten ist. Es eilt nicht. Und du solltest dir auf keinen Fall vornehmen, selbst hier bei mir aufzutauchen. Entschuldige den strengen Ton, aber mit einem »lahmen Bein« solltest du an Ort und Stelle bleiben, auch wenn du, wie du selbst sagst, »schließlich noch keine achtzig bist«.

Ich muss dir etwas sehr Schönes erzählen. Als du mich angerufen hast, stand ich zufällig am Fenster und sah hinaus auf das Grundstück, wo dein altes Haus war. Ich erinnere mich noch daran, weißt du. Es war schlimm zerbombt, aber ich habe den Garten geliebt. Ich habe immer versucht, mir die Leute dort vorzustellen – ich wusste nicht, dass es Nicks Familie gehört hatte, vor seiner Geburt.

Aber das Eigentümliche und Schöne war Folgendes. Als ich den Hörer in die Hand nahm und deine Stimme hörte, erinnerte ich mich plötzlich wieder an die Stimme meiner Mutter, und sie starb, als ich erst sechs Jahre alt war.

Nun – zurück zu den Hemden. Die Hemden von Lucien und Nick bügle ich zusammen mit denen meines Manns – nur Amandas Blusen nicht. Sie schwört auf bügelfrei. Ich könnte die Hemden mit Leichtigkeit in die Reinigung geben, aber ich bin recht gut im Bügeln. Das Baby verwöhne ich wie eine Blöde. Er ist wirklich mein Liebling. Jeden Tag gehe ich hin und bleibe, bis der Kleine ins Bett muss. Ich bin glücklich dort in dem Haus, und nur auf eines musste ich bestehen – dass Nick diese fiesen Aquarien entsorgt, und dieses Wesen, das neben dem Herd in einer Pfanne wohnt. Sie sollen das Geld in die Spendenbox stecken!

Meine Kochkünste machen täglich Fortschritte. Ich zwinge sie, alles zu essen, was ich koche. Wenn ihre Mutter zurückkommt, werden sie ihr von meinen Marotten erzählen. Buttermesser, saubere Taschentücher etc. Nun ja.

Manchen gelingt die Flucht, anderen nie.

Danke für deinen Anruf. Vielleicht lernen wir uns eines Tages kennen? Du ahnst gar nicht, wie dankbar ich dir bin, dass du dich gemeldet hast. Gott segne dich dafür.

Beste Grüße

Eliza Peabody